JANE SHEMILT

ES GESCHAH IN DUNKLER NACHT

ROMAN

DEUTSCH VON ANJA SCHÄFER

blanvalet

Die Originalausgabe erschien 2015 unter dem Titel
»The Drowning Lesson« bei Penguin Random House UK.

FSC www.fsc.org
MIX
Papier aus verantwortungsvollen Quellen
FSC® C083411

Verlagsgruppe Random House FSC® N001967

1. Auflage

in der Verlagsgruppe Random House GmbH,
Neumarkter Str. 28, 81673 München
Redaktion: Friedel Wahren
Umschlaggestaltung: © www.buerosued.de
Umschlagmotiv: © plainpicture/Reilika Landen
JaB · Herstellung: sam
Satz: Buch-Werkstatt GmbH, Bad Aibling
Druck und Bindung: CPI Books GmbH, Leck
Printed in the Czech Republic
ISBN 978-3-7645-0639-1

www.blanvalet.de

Für meine Familie

KAPITEL 1

BOTSWANA, MÄRZ 2014

Die Hitze des Abends umhüllt den Pfad, überall sirren Zikaden. Meine Schritte knirschen leise auf dem Schotter. Das Gehen fühlt sich so leicht an wie das Atmen. Meine Gedanken lösen sich und treiben durch die warme Luft.

Adam wird jetzt glücklich sein Bier trinken – glücklich, dieses neue Wort … Zoë sitzt vielleicht mit einer Eidechse auf der Hand unter den Bäumen. Alice wird sich in Tekos Nähe aufhalten und lesen, dunkle Haarsträhnen wischen über die Buchseite. Sie wird sich seit heute früh beruhigt haben. Der Duft des Abendessens weht in den Garten. Elisabeth stellt Blumen in ein Glas.

Ein Haubenbülbül flattert vom Weg auf, sein stakkatoartiger Ruf zerreißt die Ruhe: *Sei flink, sei flink, Doktor, sei flink.* Das goldene Licht wird dunkler zwischen den Bäumen. Inmitten der Schatten leuchtet flammenrot eine Wüstenblume auf, und dann ist es beinahe dunkel.

Essenszeit. Badezeit. Sam könnte gerade weinen. Auf

einen ersten Vogel antwortet ein zweiter und dann ein dritter. Schließlich schwirren die Bäume vor ihren unterbrochenen Lauten. Schwer wie Kuchen liegt mir die abendliche Luft im Mund.

Eine dünne Schlange windet sich vor meinen Füßen blitzschnell über den Pfad und verschwindet in einer Rinne. Ich sehne mich nach einem Drink mit Gin. Ich sehne mich danach, dass sich Adam beeindruckt zeigt, wenn ich es zu Fuß nach Hause geschafft habe – voller Bedauern, dass er vergessen hat, das Auto durchzuchecken und sein Handy aufzuladen.

Das Tor liegt in Schatten gehüllt, als ich es erreiche, aber bei meiner Berührung fühlt sich das Holz noch warm an. Mit dem vertrauten zweifachen Quietschen schwingt es auf. Hinter dem Haus haben die Frösche im Teich bereits ihr nächtliches Quaken angestimmt. Ich schleudere die schlammigen Flipflops weg, und der Staub unter meinen Füßen fühlt sich weich an. Die Erleichterung, endlich zu Hause zu sein, schmerzt in der Brust. Ich folge der gebogenen Einfahrt, warte ungeduldig, dass die ersten Lichter über den kargen Rasen dringen.

Innerhalb weniger Sekunden sehe ich, dass alle Lichter im Haus brennen und sich der Schein von Taschenlampen ruckartig über den Rasen bewegt. Adams Rufe sind zu hören, sie klingen wie das tiefe Bellen eines gepeinigten Tiers. Er ist drüben bei den Bäumen. Als ich losstürze, wendet er mir das Gesicht zu. Es schimmert weiß in der Dämmerung. Zoë steht im Haus an der Wand und weint still vor sich hin. Sie ist es also nicht. Alice kauert in der Ecke. Als sie mich sieht, erhebt sie sich mit fließenden Bewegungen. Sie ist es auch nicht.

Dann habe ich begriffen.

Die Schatten in unserem Schlafzimmer flackern anders als sonst. Es dauert einen Augenblick, bis ich erkenne, dass die Vorhänge zerrissen sind und sich im sanften Wind wiegen. Ein glitzernder Scherbenhaufen liegt auf dem Teppich vor dem Fenster, einige spitze Überreste stecken noch im Rahmen.

Das Bettchen ist leer.

KAPITEL 2

LONDON, MÄRZ 2013

Es war ein schlechter Zeitpunkt, um ein Gespräch zu beginnen. Mitternacht. Regen prasselte an die Scheiben, eine leere Weinflasche stand zwischen uns auf dem Tisch. Adams schmales Gesicht war gerötet. Er war sich so oft durchs dunkle Haar gefahren, dass es zu Berge stand. Ich hätte es am liebsten glatt gestrichen und ihm einen Kuss auf die Falten zwischen den Augenbrauen gegeben, aber über ihm lag ein geheimer Glanz, der mich davon abhielt.

Die Küche sah chaotisch aus. Sofia war mit ihren Freundinnen losgezogen, um einen polnischen Film zu sehen, und überall auf dem Boden lagen die Schuhe und Taschen der Kinder herum. Unsere Gläser und Fast-Food-Packungen warteten darauf, entsorgt zu werden. Ein verrutschter Stapel mit Zoës Zeichnungen lag auf der Anrichte, Alice hatte ihre Matheaufgaben ordentlich aufeinandergelegt. Beides wartete auf meine Begutachtung.

Für den nächsten Tag standen gleich um acht zwei

Totaloperationen auf dem Plan. Ich schob meinen Stuhl zurück und stand auf. Adam wirkte in sich gekehrt, als berechne er im Kopf eine schwierige Aufgabe. Ich räumte den Tisch ab, stapelte Schüsseln auf das überfüllte Abtropfbrett.

Mein Vater hatte eine antike Waage gehabt. Sie stand immer auf dem Tisch in seinem Arbeitszimmer, aber nach seinem Tod war sie verschwunden. Sie war aus poliertem Holz und Messing gefertigt, und dazu gehörten Gewichte mit eingravierten Zahlen. Er hatte mir als Kind erlaubt, seine Briefe und Päckchen damit zu wiegen. Schon ein dünnes Blatt Papier bewirkte, dass sie auf die andere Seite kippte. In Adams und meiner Beziehung waren Arbeit und Erfolg fein austariert, aber sie konnten jederzeit aus dem Gleichgewicht geraten. Ich ließ das Besteck in die Spüle poltern. Ich liebte ihn. Ich liebte fast alles an ihm: sein Lächeln, das seine Augenfältchen vertiefte, die Art, wie er die Kinder abends in die Luft wirbelte, seine Körperwärme, wenn er neben mir im Bett lag. Aber wann immer er gewann, bedeutete es zugleich, dass ich verlor. Ich wünschte ihm, dass alles gut lief, solange es bei ihm nicht besser lief als bei mir.

»Nun erzähl schon!« Ich griff nach seinem Teller. Es musste ja gar nicht lange dauern. Vielleicht war es nur eine fähige Diagnose oder ein Siegtreffer beim Squash in der Mittagspause.

»Eine Forschungsmöglichkeit hat sich ergeben.« Er räusperte sich. Ein unnötiges Geräusch, es krächzte. Seine Stimme klang monoton, aber als er meinen Blick suchte, verrieten ihn seine erweiterten Pupillen: Wir sprachen hier nicht von einem normalen Projekt. Ich ließ den Teller auf die Messer und Gabeln in der Spüle fallen. Ich setzte mich, die Hände auf den Tisch gestützt, um ihm in die Augen blicken zu können.

»Lass mich raten! Der Wellcome Trust hat die Mittel für dein Tumorstammzellenprojekt bewilligt.« Stolz und Eifersucht gerannen in meiner Magengrube.

Er schüttelte den Kopf, und seine Blicke wandten sich zur Seite. »Erinnerst du dich an deine Forschungsstelle in San Francisco vor zwölf Jahren?«

Ich nickte, obwohl es mir so vorkam, als sei es schon länger her. Eine merkwürdige und ferne Zeit voller Heimweh nach Adam, eine Zeit einsamer Spaziergänge über die nebligen Hügel zum Krankenhaus und schwacher Jazzklänge, die durch die offenen Fenster im Labor drangen. Tage- und nächtelang hatte ich Glasträger betupft und untersucht und anschließend die Ergebnisse analysiert, stundenlang meine Befunde notiert.

»... gerade erst geheiratet, aber es war eine große Chance für dich und ich ließ dich ziehen«, fuhr Adam fort.

Die Erinnerung an das glänzende Labor um Mitternacht, an die Ständer mit den Glasträgern und an leere Kaffeebecher verblasste. Adam starrte mich an und tippte mit den Fingern auf den Tisch.

Ich erwiderte seinen Blick. »Worum geht es hier wirklich, Adam?«

Er sah schnell nach unten. »Ich habe ein Angebot für eine einjährige Forschungsstelle in Botswana bekommen.«

In der Stille, die eintrat, klickte die Spülmaschine – der

Durchlauf war zu Ende. Häufig übersahen wir, dass sie geleert werden musste, aber dieses Spiel war anders. Seine Worte waren wie ein Schlag in die Magengrube. Mehr Kampf als Spiel.

»Ein Angebot? Das heißt, du hast dich vor einer Weile beworben.«

Ringsum klebten die Gemälde der Kinder an den Schränken, und Zoës Tontiere bevölkerten jede Fensterbank. Ein Squashball lag zwischen den Apfelsinen im Obstkorb. Alices Geige stand schon für den nächsten Tag in der Ecke, die Schwimmzeiten waren mit einem herzförmigen Magneten an den Kühlschrank gepinnt. Der Plan für meine Bereitschaftsdienste war mit Tesa an der Wand über dem Telefon befestigt. Adams Neuigkeiten konnten alles verändern, aber bislang hatte er sie uns völlig verschwiegen.

»Das Angebot tauchte völlig aus dem Blauen heraus auf, Em. Ich hätte doch vorher mit dir darüber gesprochen, wenn ich mich beworben hätte – natürlich.«

Ein Muskel in seiner Wange bebte. Das Zucken war winzig – hätte ich ihn nicht so intensiv beobachtet, wäre es mir entgangen.

»Das kann doch nicht alles sein. So etwas erfordert Gespräche und Planungen. Warum hast du mir bisher nichts davon erzählt?«

»Manchmal ist es schwierig, mit dir zu reden … Du hast immer Angst vor meinem Erfolg.«

»Und deshalb hältst du ihn geheim?«

»Ich war mir nicht sicher, wie ich es dir erzählen sollte.«

»Dann erzähl mir jetzt alles!«

»Chris Assazar aus Johannesburg hat mir gemailt.« Adam beugte sich vor. »Er hat meinen Aufsatz über Serummarker für Lymphome gelesen und er meint, ein Onkologe könnte bei ihnen Gutes bewirken. Er würde Gelder dafür bereitstellen.«

»Gutes bewirken … was genau soll das heißen?«

»Er leitet ein HIV-Forschungszentrum im Süden von Afrika. In Botswana wächst der Anteil der infizierten Bevölkerung von allen Ländern des Kontinents am schnellsten. Man weiß, dass bei Aids-Patienten ein hohes Lymphomrisiko besteht …« Seine Stimme nahm einen unheilvollen Klang an, vermutlich denselben, den er in einer Vorlesung vor seinen Medizinstudenten anschlug. Er bemerkte meinen Blick und sprach schneller. »Wenn wir anhand unserer Serummarker erkennen, bei wem tatsächlich ein Risiko besteht, können wir frühzeitig mit der Behandlung beginnen und das normale Leben um Monate, vielleicht um Jahre verlängern.«

»Und was ist mit unserem normalen Leben?«

Unser Leben war nicht normal, aber einer von uns war immer hier, zumindest zeitweise, und wenn nicht, sprang das Au-pair-Mädchen ein. Wir wechselten uns mit der Rufbereitschaft ab. Am letzten Wochenende hatte ich vier Kaiserschnitte, während Adam zu Hause die Stellung hielt. Ich setzte mich oft abends an meine Forschungsprojekte, während er den Kindern vorlas. Ich brachte sie dafür morgens in die Schule. Wenn Adam in Botswana wäre, bliebe alles an mir hängen. Ich hätte weder Zeit zum Forschen noch für die Arbeit in der Klinik. Er könnte so viel arbeiten, wie es ihm beliebte, und neue Ergebnisse veröffentlichen. Ich dagegen würde gar nichts erreichen.

Er wäre der Sieger. Er bestritt immer, dass es darum ging, aber das nahm ich ihm nicht ab. Meine Augen juckten vor Müdigkeit, und in diesem Moment war ich wieder in der Schule, schwamm meine Bahnen, beobachtete meine Gegner. Das Chlor brannte mir in den Augen, ich wollte unbedingt als Erste anschlagen. Warum sollte man nicht gewinnen wollen?

Adams Stuhlbeine scheuerten über die Schieferfliesen, als er aufstand. Neben ihm auf der Fensterbank stand der Silberrahmen mit dem Foto meines Vaters: weißes Haar, hohe Wangenknochen, tief liegende Augen hinter der Halbbrille. Seine Hände waren auf dem Bild nicht zu sehen, Hände mit ledriger Haut, breit wie Spaten. Warm. Weil er Facharzt für Geburtshilfe war, nannten die Leute sie Chirurgenhände, geschaffen, um Leben zu retten. Im Steinbruch hatte ich diesen Eindruck nicht gehabt. *Du kannst untergehen oder du kannst schwimmen,* sagte er. Da war ich fünf Jahre alt.

Der Steinbruch ist still. Verborgen.

Der See ist eine tiefe Mulde aus schattigem Grün zwischen Klippen. Wir sitzen gemeinsam in seinem Boot.

Es ist heiß, aber mir ist kalt. Ich trage einen Badeanzug. Ich weiß nicht, warum, denn ich kann nicht schwimmen. Sonst fischen wir hier immer, aber heute hat er die Angeln nicht mitgenommen.

»Du kannst untergehen oder du kannst schwimmen.«

Ich weiß nicht, was er meint, aber ich habe Angst.

»Es liegt an dir«, sagt er. Er beugt sich zu mir herunter; seine Hände können meine Taille ganz umgreifen. Er hebt mich hoch, hält mich über den Bootsrand und lässt mich, sehr vorsichtig, ins Wasser sinken.

Ich spüre Steine am Boden, Schlamm, der so weich ist wie Fleisch, wie Mamas Grab. Ich öffne den Mund zum Schreien und verschlucke mich am Wasser.

Mattes gelbes Licht dringt durch das Grün über mir. Blasen steigen nach oben.

Eine Stimme ruft meinen Namen.

Ich schieße an die Oberfläche. Schilf schrammt mir an den Beinen entlang, als ich auftauche.

Adam lief einige Schritte, wandte sich beim Gestikulieren hin und her. Seine Worte fügten sich nahtlos aneinander, als hätte er sie im Auto auf dem Heimweg schon geprobt. »... für beide gut. Es wäre nicht schlimm, dass Zoë die Einschulung verpasst. In Skandinavien etwa sind Fünfjährige noch gar nicht in der Schule. Und Alice ist so weit im Stoff, dass sie das restliche fünfte Schuljahr problemlos fehlen könnte.« Er setzte sich wieder hin und breitete die Hände aus, als reiche er mir ein Geschenk. »Und du könntest ein Sabbatical nehmen und forschen, so viel du wolltest.«

Wir sollten also mit nach Botswana kommen. Ich starrte über den Tisch hinweg, ohne ihn wahrzunehmen. Ich war zehn Jahre zurückversetzt und saß frühmorgens in der Küche, stürzte meinen Kaffee hinunter und schrieb Aufsätze, während Adam und Alice, das kleine Baby, noch schliefen.

Dasselbe nach Zoës Geburt. Seit meiner Ernennung zur Oberärztin war das Leben eine stetige Routine aus Klinik und Forschung. Ich nahm ja kaum je einen Tag frei – wie sollte ich da für ein ganzes Jahr weggehen? Adam hatte schon mehr veröffentlicht als ich, aber ich war auch jünger. Ich würde ihn noch einholen. Einfach war es nie, die Zeit mussten wir uns immer stehlen. Das Familienleben füllte jede freie Lücke aus, gab mir Auftrieb, zog mich hinunter.

»Bitte, Em!«

Adam beugte sich am anderen Tischende nach vorn und wartete auf meine Einwilligung. Vor zwei Jahren hatte er sich ein drittes Kind gewünscht. Er hatte damals darum gebettelt, aber ich war noch neu auf meiner Stelle und hatte Verantwortung für ein Team übernommen. Der Zeitpunkt war ungünstig gewesen. Wir hatten Alice und Zoë, alles war im Lot. Gerade so. Ich hatte abgelehnt. Und ich würde auch diesmal ablehnen. Adams Forschungsarbeiten in Botswana würden länger dauern als eine Schwangerschaft. Da bekäme ich noch lieber ein Baby, als ein Jahr ins Ausland zu gehen. Babys fügten sich mit der Zeit ins Alltagsleben ein. Nun war Adam an der Reihe, etwas aufzugeben.

»Für wann ist die Sache geplant?«, fragte ich.

Ich musste meine Gedanken sortieren, aber ich brauchte Schlaf. An einem ganz gewöhnlichen Abend wäre es in der Küche längst ruhig gewesen. Die Deckenlampe wäre gelöscht und der Raum vom Schein der Wandlampen beleuchtet gewesen. Adam hätte mit hochgelegten Füßen einen Artikel gelesen und Tee getrunken, während ich durch die Arbeiten der Mädchen geblättert hätte. Die einzigen

Geräusche wären das Ticken der Uhr und das Papierrascheln gewesen, vielleicht noch leise Mozartmusik von Adams Lieblingsquartett, während der Tag zu seinem Abschluss gekommen wäre.

»Es wird eine Weile dauern, alles zu organisieren, die Finanzen zu klären und das Team zusammenzustellen.«

Er sprach leiser. Er glaubte, gewonnen zu haben.

»Megan will uns helfen. Ihre Eltern haben in Botswana in einer Missionsstation gearbeitet. Sie ist im Land aufgewachsen. Es wird neun Monate dauern, die Forschungsarbeiten zu organisieren, von jetzt an gerechnet. Maximal zehn. Zu Weihnachten können wir dort sein.« Nun lächelte er. »Es wäre unsere Chance, Menschen zu helfen, etwas wirklich Sinnvolles mit unserem Leben anzufangen.«

Aber wir halfen bereits Menschen. Unser Leben war sinnvoll. Ich rappelte mich hoch, nahm die Spülmaschine nicht zur Kenntnis, ließ Wasser über den Stapel Besteck und Teller in der Spüle laufen. Wasser spritzte mir auf die Kleidung. Megan, seine treue Sekretärin. Sie würde alles tun, um ihm beim Erreichen seiner Ziele zu helfen, aber sie hatte keine Kinder. Womöglich ahnte sie gar nicht, welche Auswirkungen Adams Vorhaben auf unsere Kinder hätte. Es ging ihnen gut, aber was würde passieren, wenn wir sie aus ihren gewohnten Abläufen rissen? Sie verdienten dieselben Möglichkeiten, die ich gehabt hatte. Dazu gehörte es, mitzuhalten, hart zu arbeiten.

Von hinten schlang Adam die Arme um mich. »Es wäre ein Abenteuer«, sagte er.

Früher hatte ich dieses Wort geliebt. Es verhieß

Fahrradtouren durch Europa und Zelten oder Trampen durch Amerika, mit dem Gepäck auf dem Rücken. Ich kratzte mit einem Messer Pesto von einem Teller. Diese Art von Abenteuer brauchte ich gerade nicht. Alles, was ich mir wünschte – hier in London zu bleiben. Adams Arme drückten mir gegen das Becken. Trotz Müdigkeit spürte ich, wie das Verlangen mein Gesicht erhitzte.

»Was meinst du?« Seine Lippen lagen in meinem Nacken.

Ich drehte mich um, sah ihn an. Sein Mund war ein wenig geöffnet, und ich roch den Wein in seinem Atem. Alkohol flutete mein Hirn. Neun Monate hatte er gesagt, von heute an. Das verschaffte mir Zeit. Mir würde etwas einfallen, denn mit Überleben kannte ich mich aus. Ich würde auch diese Sache durchstehen.

»Lass uns die Entscheidung nicht heute treffen!« Ich küsste ihn. »Wir sind zu müde. Wir haben Zeit, morgen oder am Wochenende weiterzudenken. Komm mit ins Bett!«

Ich griff nach seiner Hand. Die Bilder und Schulaufgaben konnte ich mir am nächsten Tag noch ansehen. Als wir uns umwandten, hörte ich leise Schritte die Treppe hinaufhuschen. Dann wurde sacht eine Tür geschlossen. Sofia musste unbemerkt hereingeschlichen sein. Sie hatte auf der oberen Etage ihr Zimmer neben Alice. Alice war in letzter Zeit immer so müde – ich hoffte, Sofia hatte sie nicht geweckt.

Wir schlossen die Schlafzimmertür und lehnten uns im Dunkeln dagegen, atemlos umschlungen. Wein und

Erschöpfung befreiten den Moment. Adam zog mir den Pulli aus. Ich öffnete seinen Gürtel. Wir lachten.

Er drückte mich aufs Bett, schob mir die Hände unter den Rock. Wir mussten aufhören. Ich musste mein Pessar einführen. Er hatte vergessen, dass ich die Pille nicht mehr nahm.

Mit zitternden Fingern knöpfte ich sein Hemd auf. Mein Herz raste, meine Gedanken überschlugen sich. Neun Monate hießen für mich als Gynäkologin Herzbildung, Hirnwachstum, Entstehung der Gesichtszüge, Entwicklung von Knochen und Fingernägeln. Ich lächelte und streckte die Hände nach ihm aus. Er hatte mir bis zu diesem Abend seine Pläne vorenthalten – das gab mir das Recht auf meinen eigenen geheimen Plan, einen Plan, der den seinen ausstechen konnte. Hätte ich nur klarer denken können! Ich hätte nicht so viel Wein trinken sollen.

Er drang in mich ein und bewegte sich vor und zurück. Er presste mir die Lippen auf den Mund. Es war zu spät, ich ließ mich fallen. Es würde schon nichts passieren. Ich war erst nach Monaten mit Alice schwanger geworden und erst nach über einem Jahr mit Zoë. Inzwischen war ich noch älter, noch weniger fruchtbar. Außerdem hatte ich das Pessar schon mehrfach vergessen, und meine Tage hatten immer pünktlich eingesetzt. Wenige Augenblicke später bewegte sich mein Körper im selben Rhythmus, und meine letzten bewussten Gedanken glitten dahin.

KAPITEL 3

LONDON, APRIL 2013

»Warum fährst du so schnell?« Durch ihren schwarzen Pony, der von der Baskenmütze platt gedrückt wurde, wirkte Alices Haut im Rückspiegel sehr blass. Ihr kleines Gesicht sah ängstlich aus.

»Ich muss dich zur Schule bringen, Zoë absetzen, Mrs. Philips sprechen, Visite machen und meine Operationen vorbereiten …« Sie brauchte diese Litanei nicht, aber durch meinen Kopf schwirrte sie schon seit fünf Uhr morgens. Zoë schlief zugedeckt neben ihr. Alices Ellbogen schob ihr Gesicht zur Seite, über ihrem Mund hatte sich ein Schnurrbart aus Milch und Krümeln gebildet. Eine blonde Strähne klebte ihr am Mund.

Im Spiegel fiel mir auf, dass sie nicht angeschnallt war. Ich hatte es vergessen. Die Autos parkten zu beiden Seiten Stoßstange an Stoßstange. Ich musste in einer Einfahrt halten, und das kostete mich noch mehr Zeit.

»Es ist nicht erlaubt, mich so früh hinzubringen.«

»Natürlich ist es erlaubt, Ally.«

»Aber wo soll ich bleiben?«

»Du kannst im Klassenzimmer lesen, dich mit den anderen unterhalten …«

Ich drehte mich lächelnd zu ihr um und sah gerade rechtzeitig wieder nach vorn, um noch die Ampel zu bemerken. Ich trat scharf auf die Bremse und kam schlitternd zum Stehen. Eine junge Frau, deren Haar vom Regen geplättet war, starrte mich wütend an und geleitete ihr dick eingepacktes Kind über die Straße. Hinter mir fing Zoë laut an zu schreien. Sie war nach vorn geschleudert worden und lag zusammengerollt in der Lücke zwischen den Sitzen. Schweißgebadet vor Reue stieg ich aus und riss die Tür auf. Sie war eingequetscht worden, und vor Schreck rannen ihr Tränen über das Gesicht. Ich zog sie heraus und stellte sie auf die Straße. Es war nichts passiert. Ich umarmte sie kurz und heftig und hob sie wieder in ihren Kindersitz. Diesmal schnallte ich sie an. Hinter uns wurde die Schlange immer länger, ich erntete wütende Blicke und wildes Gehupe. Zitternd stieg ich wieder ins Auto. Mir passierten selten dumme Fehler, aber an diesem Morgen war ich in Eile und vor lauter Gedanken über den bevorstehenden Tag hatte ich nicht nachgesehen, ob wir alle angeschnallt waren. Gehörte ich schon bald zu jenen Müttern, die ihre Karriere vor die Sicherheit ihrer Kinder stellten?

»Mir ist schlecht.« Alices Stimme klang zittrig.

Vor der Schule stieg sie aus und ging, ohne sich zu verabschieden, langsam über den leeren Schulhof. Sie wusste, dass es meine Schuld war. Wegen des Nieselregens hatte sie die Schultern hochgezogen und lief die Treppe zu den Toiletten hinunter. Ihr schmaler Rücken beugte sich unter dem Gewicht ihres Rucksacks, während sie aus meinem Blickfeld verschwand.

Trotz des Vorfalls war Zoë wieder eingeschlafen. Ich trug sie zum Eingang und achtete darauf, dass ihr der Daumen nicht aus dem Mund rutschte. Wir wurden von Susi begrüßt, der Assistentin der Erzieherin, die Zoë lächelnd in Empfang nahm. Zu spät sah ich, dass sich Zoës Saum löste, ihr Bündchen mit Filzstift verschmiert war und sie zwei verschiedene Socken trug. Vorsichtig trug Susi sie hinein. Ich malte mir aus, wie behutsam sie Zoë wohl auf die dicken Kissen im Ruheraum legte, die ich bei meiner Besichtigung der Einrichtung gesehen hatte. Dieses Detail hatte den Ausschlag gegeben. Jetzt beschlichen mich Sorgen: Warum hatte Alices Lehrerin mich hergebeten?

Mrs. Philips wartete im leeren Klassenzimmer der Fünftklässler auf mich. Sie musste die Tafel geputzt haben – Kreidestaub hing noch in der Luft. Sie beobachtete mich mit schräg gelegtem Kopf, ein langer orangefarbener Ohrring berührte ihre Schulter. Ihre passend lackierten Fingernägel ruhten auf einem kleinen Bild von Alice, das auf einem eng bedruckten Blatt Papier klebte. Die Nägel waren spitz und glänzten wie die Krallen eines kleinen Greifvogels.

»Ich habe Ihre E-Mail bekommen«, begann ich.

»Danke, dass Sie gekommen sind. Ich habe Alice mit den Internatsschülern zum Frühstück geschickt. Ich wollte Ihnen unter vier Augen meine Sorgen mitteilen, Mrs.

Jordan.« Aufrichtigkeit schwang in ihrer Stimme mit. Sie beugte sich vor. »Ich denke, Sie sollten wissen, dass Alice gestohlen hat – Kleinigkeiten.« Der Ohrring baumelte und bebte.

Vor meinem inneren Auge erschien ein Berg aus Handys, Uhren und Münzen. »Was für Kleinigkeiten?«

»Stifte, Radiergummis, Zopfbänder, ein Paar Socken.«

»Mehr nicht?« Beinahe hätte ich gelacht. »Sie hat sich die Dinge wahrscheinlich ausgeliehen und vergessen zurückzugeben. Zu Hause teilen wir so etwas, deshalb …«

»Die Dinge wurden in ihrem Pult gefunden, in einer kleinen Schachtel, auf der ihr Name stand.« Sie lächelte sanft.

»Weiß sie, dass Sie es wissen?«

»Ich habe sie an mich genommen und Alice erklärt, dass ich mit Ihnen sprechen würde. Niemand sonst weiß darüber Bescheid.«

Ich sah aus dem Fenster. Mir war diese Frau unsympathisch, auch wenn ich den Grund dafür nicht hätte sagen können. Kleine Gruppen in Alices Alter erschienen zu zweit und zu dritt auf dem Schulhof, hielten Händchen, unterhielten sich. Sie wirkten zufrieden, aber vielleicht waren sie insgeheim traurig, dass sie ihre Stifte oder Haargummis verloren hatten. Vielleicht sannen sie auf Rache. Mich befiel ein Anflug von Sorge um Alice.

»Ich rede mit ihr«, sagte ich. Sonst erzählte sie mir immer von der Schule, in letzter Zeit allerdings nicht mehr so viel. Ich sah in meinen Schoß, wo sich meine Hände ineinander verflochten hatten. Chirurgenhände wie seine, hatte Dad gesagt. Kluge Hände, die das Problem sezieren und entfernen konnten. Ich hätte es wissen müssen, falls Alice ein Problem hatte. Sie hätte es mir abends flüsternd anvertrauen sollen, wenn ich sie ins Bett brachte. Aber oft war dann nicht ich da, sondern Adam. Selbst wenn ich sie gefragt hätte, ob etwas nicht in Ordnung war – hätte sie es mir erzählt? Den Anzeichen nach hätte sie vielleicht entscheiden müssen, dass es mir egal war.

»Ich glaube, Alice sucht Selbstbestätigung«, fuhr Mrs. Philips fort. »Stehlende zehnjährige Kinder suchen manchmal nach Wegen, um sich Anerkennung zu verschaffen. Ich habe mich gefragt, ob sie genügend positives Feedback bekommt von … ihren Bezugspersonen.«

Ich spürte, wie mir die Hitze ins Gesicht stieg. Die Uhr hinter ihrem Kopf zeigte acht Uhr an. Wenn ich weiter mit ihr diskutierte, kam ich zu spät. Ich schickte mich an zu gehen. »Sie bekommt zu Hause jede Menge Anerkennung. Wir loben sie ständig. Vielleicht sollten Sie dafür sorgen, dass das in der Schule auch passiert, statt ihr Diebstahl vorzuwerfen.«

Sie antwortete nicht, aber ich spürte, dass ihr Blick mir folgte, als ich zur Tür ging. Tanzende Linien flimmerten am Rand meines Gesichtsfelds – eine Migräne kündigte sich an. Während ich über den Schulhof schritt, kramte ich in meiner Tasche nach Paracetamol. Sanfter Regen berührte meine erhitzten Wangen. Meine Absätze klapperten über den Asphalt, hämmerten mit jedem Schritt gegen meinen Kopf. Diese verdammte Frau. Ich hätte nicht ausrasten sollen, aber ich machte mir Sorgen um Alice. Als ich die bitteren Tabletten schluckte, fragte ich mich, ob wohl einige der süßen Kinder, die mir entgegenkamen, an Vergeltung dachten.

Der OP-Saal war hell erleuchtet, es war warm und ruhig. Klassische Musik strömte aus den Deckenlautsprechern. Es fiel mir leicht, meine Gedanken von allem zu befreien, außer von der bevorstehenden Aufgabe. Die Patientin lag vor mir, narkotisiert, intubiert, die Augen zugeklebt. Der Krebs hatte aus dem Uterus heraus die Blase befallen. Die Aufgabe war klar: schlichtweg alles sorgfältig herausschneiden und akribisch wiederherstellen. Der Anästhesist nickte. Wir konnten beginnen. Die OP-Schwester reichte mir schweigend das Skalpell, und ich begann zu schneiden. Die Musik und das Gemurmel meines Teams traten während der Arbeit in den Hintergrund. Ich blinzelte die Schweißtropfen weg, wenn sie mir in den Augen brannten.

Zwei Stunden später war die Haut sorgfältig vernäht, die Blasenfunktion erhalten.

In meinem Büro schluckte ich erneut Paracetamol, diesmal mit einer Handvoll metallischem Leitungswasser aus dem Waschbecken. Ich setzte mich an den Schreibtisch und massierte mir die Schläfen. Auf dem Bildschirmschoner vor mir lachten Alice und Zoë an einem sonnigen Strand. Heute früh im Spiegel hatte Alice niedergeschlagen ausgesehen. Vielleicht traf Mrs. Philips' Andeutung zu. Vielleicht bekam meine Tochter nicht genügend Anerkennung zu Hause – vielleicht bekam sie überhaupt keine Anerkennung. Wir lobten sie nicht ständig, und entgegen meiner Behauptung konnte ich mich nicht erinnern, wann sie überhaupt zum letzten Mal ein Lob bekommen hatte. Es kam einfach nie die passende Gelegenheit, oder vielleicht war auch einfach nie Zeit dafür. Es konnte auch noch schlimmer sein.

Ich erhob mich vom Schreibtisch und blickte aus dem Fenster. Vor mir erstreckte sich das Panorama von Nordlondon: Himmel, Häuser, Straßen, die grünen Hänge von Hampstead Heath. Die hinter Bäumen versteckten Teiche, wo das Wasser grün und tief war. War ich auf eine mir verborgene Art wie mein Vater geworden? Glaubte sie, gewinnen zu müssen, um mich glücklich zu machen?

Wenn ich die Mittagspause durcharbeitete, konnte ich meinen Aufsatz über intrauterine Wachstumshemmung für das *Journal of Reproductive Medicine* noch fertig schreiben. Dann wäre ich früher zu Hause, könnte Alice erwischen und wir könnten reden.

Während der gynäkologischen Sprechstunde am frühen Nachmittag wurde ich in den OP-Saal gerufen, um bei Geburtskomplikationen zu helfen. Auf dem Monitor sah ich, dass die Herzfrequenz des Kindes zwischen den Wehen abfiel. Als ich an der Geburtszange zog, erschien das blutverschmierte Gesichtchen im gewölbten Scheideneingang, die winzige Nase war platt gedrückt. Ein tiefer Dammschnitt, ein letztes Ziehen, und die Geburt war geschafft. Der winzige Junge wurde sofort von den wartenden Kinderärzten in Empfang genommen. Er wurde untersucht und dann wimmernd der erschöpften Mutter gereicht. Der Vater beugte sich über sie, zu überwältigt, um sprechen zu können. Nickend gab ich meine Glückwünsche weiter, streifte die Handschuhe ab und ging. Die Nachgeburt und das Vernähen überließ ich meiner Assistenzärztin. Ich war erfüllt von Angst um mein eigenes Kind und hatte diesen Eltern nichts zu sagen. Sie würden mir kaum danken, wenn ich ehrlich war und sie warnte, dass die Geburt nichts war im Vergleich zu zukünftigen Sorgen.

Als ich durch den Korridor zur Sprechstunde zurücklief, eilten mehrere Kollegen vorbei, alle gedanklich mit der nächsten Visite oder Untersuchung beschäftigt. Ich tastete im weißen Kittel nach meinem Handy. Ich wollte mit Adam reden. Am Anfang, als wir gerade als Ärzte approbiert und die ganze Nacht in der Notaufnahme waren, trafen wir uns um zwei Uhr nachts in der Kantine. Während wir uns am Resopaltisch müde mit unseren Bechern wässriger heißer Schokolade aneinanderlehnten, versuchten wir, in den Anforderungen und dem Leiden einen Sinn zu finden. Mittlerweile unterhielten wir uns über so etwas nicht mehr. Ich wurde zu Megans Anrufbeantworter durchgestellt und legte auf, ohne eine Nachricht zu hinterlassen.

Die letzten beiden Patienten für diesen Tag hatten abgesagt, und ich kehrte frühzeitig nach Hause zurück. Alice wäre noch nicht da, und ich hätte Zeit für eine Runde im Schwimmbad. Die Bänke am Beckenrand waren um diese Tageszeit von Eltern belegt, die sich unterhielten, während sich ihre Kinder nach der Schwimmstunde wieder anzogen.

Mein Vater saß bei meinem Schulwettkampf, einem Mittwoch, in der dritten Reihe – ich erinnerte mich noch immer daran. Er kam nie zu Schulfesten, mittwochnachmittags arbeitete er, aber es war mein zehnter Geburtstag und er hatte seinen Dienst getauscht. Seine Schultern waren gebeugt, seine Mundwinkel nach unten gezogen. Er sah unglücklich aus. Er sah seit fünf Jahren unglücklich aus.

Kann man an gebrochenem Herzen sterben? Meine Lehrerin sagt Ja. Meine Zehen krümmen sich um den Beckenrand. Mein Herz klopft so heftig, dass ich nicht denken kann.

Der Pfiff fährt mir wie heißer Strom ins Rückenmark.

Meine Beine schlagen, als ich das Wasser berühre, meine Arme rudern bereits. Bei der ersten Wende bin ich Dritte. Als ich erneut anschlage, liege ich auf dem zweiten Platz. Auf der letzten Bahn drehe ich den Kopf nicht zum Luftholen, nicht ein einziges Mal. Auf der Hälfte der Bahn hole ich auf, dann ziehe ich vorbei. Atemlos schlage ich als Erste an.

Das Tosen meiner Mitschüler schallt um das Becken herum. Ich stemme mich hinaus und drehe mich zu meinem Dad um. Er lächelt. Er lächelt wirklich. Ich habe ihn nicht mehr lächeln gesehen, seit Mum gestorben ist.

Jetzt weiß ich, was ich zu tun habe.

Am Abend wollte Alice nichts essen. Sie war ruhiger als sonst.

»Stimmt etwas nicht, Süße?«

»Keinen Hunger.« Sie zuckte mit den Achseln, schob den Kartoffelbrei auf ihrem Teller hin und her.

»Du weißt ja, dass ich heute mit deiner Lehrerin gesprochen habe …«

Zoë sah neugierig auf.

Alice schob ihren Teller von sich weg. »Ich bin satt, danke«, sagte sie. »Ich muss noch üben.«

Ich folgte ihr nach oben, aber als ich ihr Zimmer betrat, hielt sie schon die Geige in der Hand. Sie blickte auf, in ihrem Gesicht herrschte höflich fragende Leere.

»Ally, du willst doch wahrscheinlich gern wissen, was Mrs. Philips gesagt hat …«

Ihre Finger schlossen sich fester um den Bogen, doch sie schwieg.

»Sie hat erzählt, dass du vielleicht ein paar Dinge hast, die eigentlich anderen gehören. Ich weiß, wenn du sie wirklich weggenommen hättest, gäbe es dafür einen Grund …«

»Sie wollten, dass ich auf ihre Sachen aufpasse.« Sie zog den Bogen über die Saiten und löste einen kleinen falschen Ton aus. »Ich habe ihnen versprochen, dass sie bei mir sicher sind.«

»Aber trotzdem …«

»Ich habe sie heute zurückgegeben. Sie können selbst auf ihre Sachen aufpassen.« Mit düsterem Blick blätterte sie die Noten um. »Ich muss üben, Mum, ja?«

Ich konnte später noch einmal zu ihr kommen, wenn sie fertig war. Vielleicht war sie dann bereit, mit mir zu reden. Aber es ging die Tonleitern auf und ab, eine halbe Stunde lang, dann begann sie mit ihrem Mozartstück. Es klang noch leicht stockend und wurde zweimal lange unterbrochen. Ich wartete, bis sie endgültig fertig war. Aber als ich wieder zu ihr hinaufstieg, war es dunkel im Zimmer und sie lag schon im Bett. Die Augen waren geschlossen, und ihr Atem ging regelmäßig. Als ich ihr einen Kuss gab, rührte sie sich nicht. Alles wirkte normal: Ihre Schuhe standen ordentlich nebeneinander, ihre Kleidung war sorgfältig gefaltet, nur die Matroschkapuppen aus Porzellan fielen mir ins Auge. Sie lagen ausnahmsweise in einer Reihe und der Größe nach sortiert auf dem Kaminsims. Sonst standen sie dort, ineinandergesteckt. Ich hatte sie vor Jahren nach einem Gynäkologenkongress mitgebracht. Ich nahm ein Püppchen in die Hand. Das Porzellan war scharfkantig – die Puppe war zerbrochen. Ich hob sie nacheinander auf und sah, dass alle zersprungen waren, die kleinste sogar in mehrere Teile. Ihre bunten Einzelteile lagen auf dem Teppich verstreut. Die Vorhänge wehten im Wind – das Fenster stand noch auf. Vielleicht waren die Puppen einfach umgeweht worden. Leise schloss ich das Fenster.

Wir würden uns morgen auf dem Weg zur Schule unterhalten; dann konnte sie mir erzählen, was passiert war. Es war oft die einzige Zeit, die wir ungestört miteinander verbrachten. Ich schloss die Tür und stieg nach unten. Die Migräne vom Morgen hatte wieder begonnen und führte einen schmerzhaften Trommelwirbel auf. Ich brauchte Stille und Dunkelheit.

Sofia wusch in der Küche ab, ihr Pferdeschwanz schwang auf und ab, während sie zu lauter Popmusik im Takt hin und her hüpfte. Sie war für das Staubwischen in den Kinderzimmern zuständig. Ich schaltete das Radio aus, und sie drehte sich um. Überraschung spiegelte sich in ihren dunklen Augen.

»Sofia, weißt du, wie Alices Matroschkapuppen kaputtgegangen sind?«

Sie wurde rot. Es folgte eine Pause. Einen kurzen Moment lang sah sie mich an, dann senkte sie kopfschüttelnd den Blick.

Ihr Erröten und Schweigen sagten alles: Sie mussten ihr zerbrochen sein, aber sie wollte nicht dazu stehen. Die Puppen bedeuteten Alice viel – früher hatte sie häufig mit ihnen gespielt, hatte kleine Familiengruppen zusammengestellt, die größeren Puppen ringförmig um die kleineren herumgruppiert, das Baby in der Mitte.

»Nun gut. Dann bring Zoë jetzt bitte ins Bett! Vielleicht könntest du die Puppen morgen reparieren.« Trotz ihrer Unachtsamkeit brauchte ich Sofia. »Im rechten Schrank in der Waschküche findest du Porzellankleber.«

Sie zuckte mit den Achseln und zog sich die Gummihandschuhe von den Händen. Ihr Gesicht hatte jeden Ausdruck verloren.

Ich beugte mich hinunter, um Zoë einen Kuss zu geben. »Gute Nacht, Süße. Ich komme später noch hoch.«

Zoë reckte mir ihren Stoffhund entgegen, damit ich ihm einen Kuss gab, und trottete Sofia hinterher.

Adam saß schreibend an seinem großen Schreibtisch im Arbeitszimmer. Sein Blick wirkte leer. Als ich ihm gesagt hatte, dass wir nicht mit nach Afrika kämen, hatte er erst ungläubig, dann wütend reagiert. Inzwischen, drei Wochen später, war die Botschaft bei ihm angekommen.

»Wie geht's voran?« Vor ihm lagen laminierte Karten in ordentlichen Stapeln und Rechnungen geordnet nebeneinander. Mein eigener Schreibtisch war mit etlichen Lagen Papier bedeckt. Er stellte gerade in akkuraten roten

Großbuchstaben eine Liste auf: Blutkonserven, Spritzen und Zentrifugenset, Moskitonetz, Trekkingstiefel.

»Kann ich dir irgendwie helfen?« Aus der Nähe sah ich an seinem Kragen das Ekzem als rote Linie aufflammen.

»So langsam wird's.« Er ließ den Stift sinken und sah zu mir auf. »Wobei ich immer noch wünsche, dass ihr mitkommt. Em, bist du dir ganz sicher?«

»Wir haben doch schon hundertmal darüber geredet. Du weißt, dass ich hier nicht wegkann.« Mir wurde schwindelig, und ich ließ mich schnell aufs Sofa sinken. Hätte ich mittags bloß etwas gegessen! »Am besten erzählen wir den Mädchen noch nicht, dass du gehst, erst wenn es so weit ist. Alice könnte sich sonst Sorgen machen. Ich habe heute früh mit ihrer Lehrerin gesprochen.«

Ich erzählte ihm von meinem Treffen mit Mrs. Philips. Während er zuhörte, waren seine Finger unermüdlich in Bewegung, stapelten Papiere Kante auf Kante, legten Stifte parallel nebeneinander.

»Ich glaube nicht, dass sie noch mehr Ansprachen über die Diebstähle braucht«, sagte er, nachdem er die ganze Geschichte gehört hatte. »Wir sollten einfach …«

»… gar nichts tun? Die Sache völlig aus dem Ruder laufen lassen? Sie wird allein dastehen. Kinder mögen es nicht, wenn ihre Sachen geklaut werden, selbst wenn Alice sie zurückgegeben hat.« Ich blickte auf seine Hände, die das Handy und den Taschenrechner so nebeneinander schoben, als wären sie kleine schwarze Soldaten. »Kannst du bitte aufhören, so herumzuhantieren? Das macht mich wahnsinnig. Wir sollten einfach … *was?*«

»Sie lieb haben vermutlich«, sagte er. Er fuhr mit den Fingern in seinen Ärmel. »Unser Zuhause für sie zu einem Ort der Geborgenheit machen.«

»Um Himmels willen, hör auf, dich zu kratzen!« Ich hatte das Gefühl, der Schmerz raube mir den Atem. »Wie kommst du darauf, dass ich sie nicht lieb habe? Sie weiß, dass sie oberste Priorität für mich hat ...«

»Welche deiner obersten Prioritäten genau, Em?« Adam stand auf und klopfte seine Taschen nach Asthmaspray ab. »Du hast so viele verschiedene Prioritäten – OPs, Sprechstunden, Forschung ...«

»Das ist doch verdammt verlogen. Bei dir ist es schließlich genauso. Und jetzt steckst du auch noch bis über beide Ohren in diesem Botswana-Projekt.« Meine Wangen brannten vor Wut. »Wann hast du dich zum letzten Mal wirklich mit Alice unterhalten?«

»Heute Abend erst. Ich bin zu ihr hochgegangen, als sie Geige übte.« Er inhalierte einige Stöße Ventolin, dann lehnte er sich mit düsterem Blick gegen den Schreibtisch. »Ich habe gesehen, dass alle ihre Matroschkapuppen kaputt sind. Sie hat sie mit Absicht zerbrochen.«

»Das war nicht sie, Adam, das ist Sofia passiert. Aus Versehen sicherlich, aber Sofia wirkte so schuldbewusst, als ich sie fragte. Sie muss es gewesen sein. Vielleicht nimmt Alice die Schuld auf sich, um sie zu schützen.«

Adam musterte mich zweifelnd. »Ich vermute, es ist weitaus weniger kompliziert. Alice bettelt um Aufmerksamkeit. Negative Aufmerksamkeit ist besser als gar keine. Vielleicht braucht sie mehr Zeit mit uns ... Vielleicht weiß sie nicht, wie sehr wir sie lieb haben.« Er hielt inne und kratzte sich am Hals.

»Natürlich weiß sie das.«

»Woher?« Er schien ehrlich neugierig auf die Antwort zu sein.

»Ich sage es ihr dauernd.« Das stimmte allerdings nicht. Ich sagte es ihr nie. Ich ging selbstverständlich davon aus, dass sie es wusste. »Und ich zeige es ihr.«

Tat ich das? Wenn ja, wann? Morgens mitten im Stress, wenn ich sie eilig zur Schule brachte, damit ich pünktlich zur Arbeit kam? Oder abends in der Hektik, wenn ich schnell meinen Papierkram erledigen wollte? Sie konnte keine Gedanken lesen. Vielleicht ahnte sie nicht einmal, dass wir sie lieb hatten. Adam mochte recht haben.

Ich kehrte ihm den Rücken zu und starrte nach draußen auf die Straßenlaternen. Es herrschte Stille. Abermals setzte Regen ein. Es klang, als würde er Hände voll winziger Steine gegen das Fenster des Arbeitszimmers schleudern. Sechstausend Meilen entfernt schien die Sonne jetzt auf eine smaragdgrüne Landschaft. Es war heiß. In dem Versuch, mich umzustimmen, hatte Adam mir kürzlich einige Fotos gemailt. Auf einem der Bilder war ein großer Baum mit flacher Krone an einem See zu sehen. Das Wasser schimmerte in der Sonne, und das Gras unter dem Baum wirkte üppig und weich. Ich schloss die Augen und stellte mir vor, wie ich mit Alice im Schatten saß. Stellte mir den beißenden Duft von jungem Gras und den friedlichen Ruf der Vögel über dem Wasser vor. Alice wäre barfuß, ich auch. Nirgendwo eine Aktentasche.

Adam stellte sich neben mich und blickte auf die Tropfen, die am dunklen Glas hinunterglitten. »Ich habe heute die Provence gebucht. Dieselbe Villa, wieder vierzehn Tage. Aus der Nummer kommst du nicht raus.«

Zwei Wochen lang Sonne und Frieden. Ich nahm seine Hand, hob sie an den Mund und drehte sie, um sein Handgelenk zu küssen. Ich spürte den Ausschlag heiß und runzelig an meinen Lippen.

KAPITEL 4

LONDON, MAI 2013

Ich schob mir die kalte Sonde über das Becken, während ich auf den Monitor neben mir blickte. Die Tür war verschlossen, das Rollo heruntergezogen. Ich lag auf dem Teppichboden in meinem Büro. Nur eine schnelle Kontrolle. Die Periode konnte bei Stress, Erschöpfung oder zu wenig Nahrung ausbleiben. Es war so viel los gewesen in letzter Zeit, dass alles davon zutreffen konnte.

Anfangs glaubte ich noch an einen Irrtum, dachte, die dichte, gebogene Form im Uterus liege an einer unscharfen Darstellung. Ich fuhr mit der Sonde hin und her, drückte jedes Mal fester. Es war kein Irrtum. In der Dunkelheit war ein winziges schlagendes Herz, kleine Bausteine einer Wirbelsäule, die dicke Nabelschnur zu sehen. Kein Wunder, dass mir in letzter Zeit so emotional zumute gewesen war – selbst jetzt liefen mir Tränen über die Wangen. Dies war ein Kind, unser Kind. Wenige Sekunden später drängte sich Sorge in das aufkeimende Glücksgefühl. Ich hatte es zugelassen. Vor sechs Wochen hatte es diesen Augenblick gegeben, in dem ich es hätte verhindern können, aber ich hatte mich dagegen entschieden. Was würde Adam sagen? Ich schloss die Augen. Er würde sich freuen. Natürlich würde er sich freuen. Er hatte sich so sehr ein weiteres Kind gewünscht. Er würde einen Moment lang zweifeln, vielleicht wäre er nicht sicher, ob er mich ernst nehmen konnte, aber dann würde sich sein Gesicht zu einem Lächeln verziehen. Er würde sich daran erinnern, dass er sich genau das gewünscht hatte.

Eine Tür fiel leise ins Schloss. Sarah hatte das Nachbarbüro betreten. Gedämpfte Schritte waren zu hören, gefolgt von einem kurzen Klicken, als sie den Computer anschaltete. Auf dem geriffelten Teppich war es mittlerweile unbequem geworden. Ich musste so bald wie möglich aufstehen und weitermachen, als wäre ich dieselbe wie vorher. Andererseits war ich ja auch dieselbe. Ich wollte immer noch alles so, wie es war. Familie, Arbeit, Erfolg. Ich wischte mir die Tränen ab. Wenn das Kind auf der Welt war, würde ich wieder arbeiten. Ich konnte es mir nicht leisten, emotional zu sein, weder jetzt noch später.

»Emmie?«

Ich stopfe mir den Pulli in den Mund, aber er hört mich trotzdem. Er kommt in mein Zimmer.

»Hör jetzt auf damit!« Er setzt sich aufs Bett. »Sie hätte nicht gewollt, dass du weinst.«

Mum hätte nichts dagegen: Wenn ich weine, nimmt sie mich in die Arme … hat sie mich in die Arme genommen.

»Die Beerdigung ist in zwei Stunden. Ich brauche deine Hilfe. Sieh mich an, wenn ich mit dir rede!«

Sein Gesicht ist geschwollen. Seine Augen sind rot und klein. Mein Brustkorb schmerzt. Er hat also auch geweint.

»Gefühle ziehen dich nur runter. Sei stark!«, sagt er und streicht mir mit seinem rauen Daumen über die Wange. »Das Einzige, was bleibt, bist du selbst. Das nennt man Überleben.«

Eine Woche später nimmt er mich zum ersten Mal mit zum Steinbruch.

Ich musste mich beeilen. Ich errechnete die Maße auf dem Monitor. Scheitel-Steiß-Länge: 1,46 cm. Herzfrequenz: 164. Arm- und Beinknospen: vorhanden. Siebte Woche, alles unauffällig. Ich wischte mir die klebrige Spur des blauen Gels vom Bauch und stand auf. Das ausgedruckte Ultraschallbild schob ich in meine Aktentasche.

Das Zimmer wirkte kleiner als sonst, muffig, als wären die Putzleute diese Woche nicht gekommen. Ich hätte gern das Fenster geöffnet, aber die schweren Glasfronten besaßen keine Scharniere. Licht strömte ins Zimmer, aber keine Luft. Um frische Luft zu tanken, musste ich mit dem Aufzug nach unten fahren, durch die Flure laufen, die Notaufnahme durchqueren, bis ich auf dem überfüllten Parkplatz stand, auf dem Asphalt neben den Mülleimern, wo sich die Raucher versammelten. Irgendwo gab es einen weiten Himmel, eine sonnige Wiese, Bäume mit flacher Krone. Frieden.

Mein Handy klingelte. Adam. Vor sechs Wochen hatte ich das Schicksal entscheiden lassen, in dem Glauben, dass eine mögliche Schwangerschaft irgendwie hilfreich wäre. Wie genau, hatte ich mir damals nicht richtig überlegt, was ungewöhnlich für mich war. Adams Vorhaben hatte mich einfach aus dem Konzept gebracht. Ich war müde gewesen, ein wenig angetrunken. Jetzt musste ich scharf nachdenken. Ohne mich zu melden, legte ich das Handy zur Seite und nach einigen Sekunden hörte das Klingeln auf. Würde ich ihm von der Schwangerschaft erzählen, flöge er früher nach Afrika als geplant, um rechtzeitig zur Geburt wieder hier zu sein. Meine Finger trommelten auf die Fensterbank. Er durfte überhaupt nicht fliegen. Alice brauchte ihn. Ich brauchte ihn. Ich fühlte mich jetzt schon erschöpfter als sonst. In vierzehn Wochen war ich im fünften Monat. Dann würde ich es ihm erzählen. Dann noch zu fliegen würde sich nicht mehr lohnen. Afrika wäre gestrichen. Unser Leben würde ganz normal weitergehen. Er würde sich über das Baby freuen und mir verzeihen. Nach der Geburt würde er sich zwei Wochen freinehmen wie bei den Mädchen. Nach sechs Wochen würde ich wieder arbeiten gehen. Sowohl jetzt als auch nach der Geburt würden wir alles ganz normal machen wie bisher, gemeinsam.

Den ganzen Morgen über trug ich das Geheimnis so eng und schweigend mit mir herum wie das Klümpchen Leben in meinem Körper. Eigentlich arbeitete ich heute nur den halben Tag, aber ich beschloss, zu bleiben und die Forschungsberichte für ein Projekt über Nabelschnurklemmen herauszusuchen, das mich interessierte.

Meine Sekretärin musste zweimal klopfen. »Ihr Mann ist am Telefon.«

»Schatz?«

Sein zögernder Tonfall klang nach: *Ich möchte dich um einen Gefallen bitten.* Er wusste, dass heute mein freier Nachmittag war. Als ich ihm zuhörte, hätte ich am liebsten die Neuigkeiten hinausposaunt, aber ich konnte nicht. Meine Haut prickelte vor schlechtem Gewissen.

»Ich habe ein paar Scans zu Hause vergessen, die ich gleich brauche. Ich bin aber in einer Sitzung und kann nicht raus. Gleich anschließend findet die neuro-onkologische Sprechstunde statt, und ich brauche sie schon für den ersten Patienten.« Ich hörte, wie er sich vom Telefon wegdrehte und nieste. Schon wieder Asthma. Stress.

»Und?«

»Sie liegen auf dem Esszimmertisch, vielleicht aber auch auf dem Boden neben meinem Schreibtisch im Arbeitszimmer. Megan will sie holen, wenn jemand sie reinlässt. Sofia hat heute aber frei.«

»Kannst du ihr nicht den Schlüssel geben?«

»Das hätte ich auch beinahe schon getan, aber wenn du da wärst und ihr einen Kaffee anbieten könntest, wäre ihr Gefallen nicht so groß. Hast du Zeit?«

Ich stand auf und räumte die Papiere zusammen. »Also habe ich etwas gut bei dir.«

»Du bist ein Engel. Dafür hole ich die Mädchen heute ab.« Er legte auf.

Ich hatte Megan einmal auf dem Krankenhausparkplatz kennengelernt. Mittleres Alter, strenger Pferdeschwanz, sie hatte müde gewirkt, irgendwie unnahbar. Einladungen zu unserer Weihnachtsfeier lehnte sie immer ab – ich wusste nie, ob ich etwas falsch gemacht hatte.

Von der Frau, die vor unserer Tür wartete, war ich überrascht: Sie war jünger, als ich sie in Erinnerung hatte, ihr kastanienbraunes Haar kringelte sich auf ihren Schultern, ihr ebenmäßiges Gesicht hellte sich auf, als sie mich sah. Sie kam auf mich zu. »Vielen Dank, dass Sie extra gekommen sind!«

»Wie nett, dass Sie helfen, Adam zu retten! Kaffee?«

Sie zögerte und warf einen Blick auf ihre hübsche Armbanduhr.

»Er kann Sie sicher noch zehn Minuten entbehren. Die neuro-onkologische Sprechstunde beginnt doch erst um zwei, oder?«

»Sie haben recht. Ein Tässchen wäre wunderbar.«

Sie folgte mir in die Küche. »Ich hätte ihm gestern Abend noch eine Erinnerung schicken sollen, aber eigentlich ist er immer sehr gewissenhaft.«

»Adam ist mehr als gewissenhaft.« Ich betrachtete sie, während ich den Wasserkocher anschaltete und zwei Becher mit Goldrand herausholte – die letzten unseres Hochzeitsgeschirrs. »Legt er bei der Arbeit seine Stifte auch immer parallel nebeneinander?«

Sie hob den Kopf, während sie den Mantel öffnete. »Ja!« Dann wurde sie rot – und fragte sich wohl, ob sie ihm in den Rücken gefallen war.

»Keine Sorge!« Ich nahm ihr den Mantel ab. »Ich erzähle es nicht weiter.«

Die Farbe ihres dunkelgoldenen Shirts passte perfekt zu

ihrem Haar. Als ich den Becher vor ihr abstellte, nahm ich den Hauch eines teuren Dufts wahr. Galt er Adam? Ich fragte mich, ob er es wusste. Ich betrachtete sie erneut: Sie hatte wundervolle Haut, klare braune Augen und ein Muttermal auf der linken Wange. Sie wirkte natürlich und zurückhaltend. Nicht sein Typ, wobei das unfair war – Adam hatte keinen Typ. Soweit ich wusste, hatte er nie einer anderen Frau schöne Augen gemacht. Ich sah, wie Megan den polierten Agaherd musterte, die glänzenden Granitoberflächen, das ordentlich gestapelte Porzellan in der Vitrine. Das Chaos vom Abend zuvor war verschwunden. Der Schieferboden war tadellos sauber. Sofia schaffte es immer, dass ein Zimmer aufgeräumt wirkte.

»Ein wunderschönes Haus.« Megans Stimme klang warm.

Einen Augenblick lang war ich versucht, so zu tun, als sei dies mein Verdienst, aber die Wahrheit zu sagen war einfacher. Megan hatte einen vollen Alltag, mit Prioritäten kannte sie sich aus. »Ich habe eine Hilfe. Die Kinder hinterlassen immer Chaos, aber ich habe nie Zeit, mich morgens darum zu kümmern.«

»Sind das Alice und Zoë?« Sie betrachtete das große Schwarz-Weiß-Foto vor uns an der Wand, das wir vor einigen Jahren hatten machen lassen. Wir wirkten alle ein wenig unnatürlich darauf. Mein Haar war sorgfältig zerzaust – ich hätte Ende zwanzig statt Ende dreißig sein können. Die Kamera hatte Adam in einem lachenden Moment erwischt. Die Kinder standen zwischen uns und strahlten zauberhaft. Megans Blick wanderte eilig zwischen den Bildern hin und her. »Hübsche Kinder.« Sie klang ernst.

»Wir sind morgens schnell aus dem Haus, deshalb … na ja, Sie wissen ja, wie das ist …« Aber Megan hatte keine Kinder. Hatte ihr Mann nicht sogar gesundheitliche Probleme? Adam hatte mir sicher davon erzählt, aber ich konnte mich nicht erinnern.

»Mein Mann ist immer zu Hause«, sagte sie, und ich hörte aus ihrer Stimme einen Hauch vorsichtiger, verlegener Betroffenheit.

»Sie Glückliche! Adam ist nie da, um mir zu helfen. Manchmal denke ich, es wäre einfacher ohne ihn.«

»Einfacher?« Sie nippte an ihrem Kaffee.

»Wenn er sowieso nicht hier ist und mir mit den Kindern hilft, müsste ich ohne ihn immerhin für einen weniger kochen. Das würde sich fast ausgleichen – mit dem Vorteil: kein Sex, wenn man müde ist.« Ich besann mich. Was redete ich da? Ich kannte sie doch kaum. Meine Vorsicht musste einen Aussetzer erlitten haben. Freundschaften mit Frauen waren mir nicht sonderlich vertraut. Ich kannte gar nicht besonders viele.

Sie lehnte sich vor. »In Botswana bekommen Sie Hilfe, da bin ich sicher. Ich bin dort aufgewachsen.«

Adam hatte ihr also verschwiegen, dass ich ihn nicht begleiten würde. Hoffte er noch immer, dass ich meine Meinung änderte?

»Ich kenne nach wie vor verschiedene Leute dort«, sagte sie eifrig. »Adam wäre dankbar, wenn ich jemanden organisieren könnte.«

Meine Gedanken klapperten die entsprechenden Möglichkeiten ab. Machte sie mir einfach ein unschuldiges Angebot? Oder wusste sie, dass ich hierbleiben würde, und wollte mich überreden? Steckte Adam dahinter? War sie deshalb gekommen?

»Um ehrlich zu sein, Megan, ich bleibe hier«, sagte ich schnell. »Adam weiß, dass ich die Kinder nicht entwurzeln will oder mir ein Jahr freinehmen kann.«

»Ah, davon hat er mir gar nichts erzählt. Das tut mir leid.«

Vielleicht lag es an diesen schlichten Worten, an ihrem Lächeln oder an ihrer Hand, die locker auf dem Tisch lag, jedenfalls schien sich in der kurzen Stille, die folgte, etwas in mir zu öffnen. »Ich kann mir nicht einfach eine Auszeit nehmen, nur weil es Adam gerade in den Kram passt. Es war schwer genug, so weit zu kommen. Ich musste schon bei den Kindern meine Zeit opfern …« Gestern Abend allerdings war ich früher nach Hause gegangen, um Alice noch vor dem Schlafengehen zu erwischen. Ich setzte mich auf ihr Bett, während sie las. Sie sah zu mir auf und lächelte. »Ich habe heute an dich gedacht, Ally«, sagte ich. »Ich hatte eine Patientin, die Hilfe brauchte bei der Geburt ihrer kleinen Tochter. Sie hatte schwarzes Haar wie du. Als du kamst, warst du ganz winzig. Dad hat dich mir auf den Bauch gelegt.«

Alice tat so, als müsse sie sich erbrechen. »Bäh, eklig!«

Ich sah, wie sie ihren Blick wieder dem Buch zuwandte. »Liebling, du weißt, wie kostbar du bist …«

Aber sie hielt sich die Ohren zu und vergrub sich im

Kissen. Ich streichelte ihr den Rücken. Ein ganz normales Verhalten. Ich spürte, dass wir eigentlich ganze Tage miteinander verbringen sollten, wahrscheinlich Wochen. Zeit, die ich nicht hatte. Ich organisierte in diesem Jahr die Geburtskundekonferenz im Sommer. Ich musste besondere Momente wie diesen finden, wann immer ich es schaffte.

»Ich wurde vor drei Jahren zur Oberärztin ernannt, und es stehen Forschungsprojekte an.« Meine Stimme klang brüchig in der behaglichen Küche. »Ich musste meinem Vater versprechen …« Ich brach ab. Um ein Haar hätte ich ihr von der Schwangerschaft erzählt.

»Sie müssen das Gefühl haben, alles, was Sie erreicht haben, sei bedroht. Ich weiß genau, wie das ist.«

Das wusste sie? Mit ihren Kulleraugen und ihrer weichen Haut wirkte sie wie geborgen in einer unsichtbaren Hülle der Ruhe. Unwahrscheinlich, dass sie jeden Morgen Kämpfe ausfechten musste wie ich. Im Spiegel hatte mein Gesicht vorhin ausgesehen, als bestehe es nur aus Runzeln und Schatten. Die dünnen Fältchen um meinen Mund und die Anspannung in meinem Blick hatten mich überrascht.

»Andrew hat während meines Jurastudiums im pathologischen Labor in der Klinik gearbeitet, aber ihm sind immer wieder Reagenzgläser runtergefallen und schließlich hat er seine Stelle verloren …« Sie zuckte leicht mit den Schultern. Kein Wunder, dass sie nie bei Feierlichkeiten erschienen. Ich lag falsch mit meiner Annahme, sie sei heil durchs Leben gekommen. Sie hatte weitaus schwerere Kämpfe überstanden als ich.

Lächelnd blickte sie auf. »Jetzt ist er zu Hause, das ist gut. Er hilft mir bei den Tieren.«

»Bei den Tieren?« Besaß sie einen kleinen Bauernhof? Ich konnte sie mir kaum mit verdreckten Stiefeln und Futtereimern vorstellen.

Offenbar sah sie mir die Überraschung an, denn sie lachte. »Gestrickte Tiere für die Hospizkinder. Andrew sucht die Wolle aus. Ich gebe Ihnen ein paar für die Mädchen.«

»Danke. Sie freuen sich bestimmt riesig darüber.«

Sie machte das Beste aus dem Opfer, das sie bringen musste. Allerdings war dies so viel mehr als alles, was ich je zu geben bereit war, dass sich meine Einstellung zu Adam und Afrika nicht änderte.

»Sie könnten auch dort weiterarbeiten. Geben Sie mir Bescheid, wenn Sie Ihre Meinung ändern! Ich fände sicher jemanden …« Sie sah nach unten – der Kater war hereingekommen und strich ihr um die Beine. Sie hob ihn hoch und nahm ihn auf den Schoß. Er war ein Straßenkater gewesen, den Zoë unbedingt behalten wollte, und eigentlich mochte er keine Fremden.

»Vorsicht! Bei Menschen, die er nicht kennt, kann er garstig werden.«

»Katzen lieben mich.« Richard begann laut zu schnurren. »Ich könnte mich um ihn kümmern, wenn Sie weg sind.«

Ich erwiderte nichts, und sie sprach weiter. »Für die Kinder wäre es großartig in Botswana. Besonders für Alice. Endlich müsste sie nicht mehr in diese unerträgliche Schule.«

Ich spürte, wie ich die Lippen aufeinanderpresste. *Besonders für Alice? Diese unerträgliche Schule?* Wie viel hatte Adam ihr über unsere Familie erzählt? Unbehagen breitete sich in mir aus, denn sie hatte eine Grenze überschritten.

»Die Sprechstunde fängt bald an.« Während ich sprach, hob ich Richard von ihrem Schoß und setzte ihn auf den Boden.

Sie stand auf und riss mit dem Ellbogen eine Tasse um. Mit lautem Knall landete sie auf dem Schieferboden, und das Porzellan zersprang in winzige Teile.

»Das tut mir leid …« Megan wollte das zerbrochene Porzellan aufsammeln.

»Nicht wild. Ich kehre das gleich zusammen.«

Sie griff nach ihrem Mantel und zog ihn fest um sich. Sie war überrascht. Ich hätte nicht so brüsk reagieren sollen. Es war nicht ihr Fehler, dass sie von Alices Problemen wusste. Wenn Adam ihr von familiären Schwierigkeiten erzählt hatte, hätte ich dasselbe getan. Sie verströmte eine Großzügigkeit, die Vertrauen schaffte. Während ich sie zur Haustür begleitete, hob ich die Scans vom Esszimmerboden auf und steckte sie in ihre Hülle. »Danke, dass Sie gekommen sind.« Ich reichte sie ihr. »Machen Sie sich keine Sorgen wegen der Tasse. Das ist nicht schlimm.«

Sie winkte ein wenig ungelenk, als sie die Stufen zur Straße hinunterstieg.

Ich fegte die Bruchteile auf dem Boden zusammen. Die Mädchen kamen morgens barfuß herunter. Ich beugte mich weiter vor, um die Scherben unter dem Hocker zu erwischen, und dabei bohrte sich ein Splitter in meine

Handfläche. Er war scharf wie ein Diamant. Ich zog ihn heraus, ein Tropfen Blut quoll heraus, und ich führte die winzige Wunde zum Mund. Wir brauchten kein Porzellan als Erinnerung an unsere Hochzeit. Ich warf die Scherben in den Müll und stieg hinauf in mein Arbeitszimmer.

Ich setzte mich nicht sofort. Ich war unruhig und stellte mich eine Weile ans Fenster. Richard war wieder draußen. Er kauerte am Rand der Wiese unter dem Apfelbaum. Der Garten war tadellos, Adams Reich. Die hübschen Beete und Rasenkanten sahen so ordentlich aus wie sein Schreibtisch. Ich hätte gern eine Wildblumenwiese gehabt, aber als ich im Internet danach suchte, sah alles viel zu kompliziert aus, und ich wusste, dass ich keine Zeit dafür hätte. Der Kater duckte sich und starrte in die verzweigten Tiefen eines Lorbeerbuschs. Seine Pfoten lagen unter seinem schlanken Körper versteckt, sein Schwanz zuckte. Die dunklen Äste des Apfelbaums über ihm waren mit weißen und rosafarbenen Blüten bedeckt. Wie hatte mir das bisher entgehen können? Die Knospen mussten unbemerkt gewachsen und aufgegangen sein. Auch in den Nachbargärten blühte es überall, zarte Farbtupfer, dicht gesäumt von Mauern und Zäunen. Ich hatte alles verpasst. Ich legte eine Hand auf meinen Bauch und schloss die Augen, spürte, wie die Wärme meiner Handfläche durch die Kleidung hindurch auf den Körper überging. In mir schlug ein Herz von der Größe eines Mohnkorns. Es schlug doppelt so schnell wie meins. In diesem Stadium war seine Haut so durchschimmernd wie ein Blütenblatt.

Unten fiel die Tür ins Schloss – Sofia kehrte von ihrem Englischkurs zurück. Ich holte meine Papiere heraus. Aus Versehen beschmierte ich das oberste mit Blut. Ich klemmte mir ein Taschentuch in die Handfläche und setzte mich zum Lesen hin.

KAPITEL 5

BOTSWANA, MÄRZ 2014

Nein, warte! Das Kinderbettchen ist nicht leer.

Einige blonde Haare liegen noch in der Mulde, wo das Köpfchen gelegen hat. Da ist ein heller Kreis aus getrocknetem Speichel aus seinem Mund.

»Um Himmels willen, Em, fass es verdammt noch mal nicht an!«, ruft Adam.

Auf dem Teppich und dem verknitterten Moskitonetz sind blutige Fußspuren zu sehen, aber es ist mein Blut. Ich habe mir die Fußsohle an einer Glasscherbe geschnitten. Seine weiße Decke fehlt.

»Wir müssen hier raus.« Adam schiebt mich aus dem Zimmer. »Die Polizei will bestimmt alles untersuchen.«

Jetzt ist es also ein Tatort. Ein Verbrecher hat meinen Sohn in seiner Gewalt. Ich winde mich aus Adams Griff, lege mir die Hände auf das Gesicht und reibe mir über die Wangen. »Was hast du gesehen? Wann bist du nach Hause gekommen? Was hast du gesehen?« Ich schreie ihn an, während wir den Flur entlanggehen. Alice steht mit dem Rücken zur Wand im Wohnzimmer, Zoë dicht neben ihr. Sie lutscht am Daumen und beobachtet uns.

»Niemanden … alle …« Adam niest heftig und kann kaum sprechen. Die Mädchen sehen ihn an, verängstigt. »Ich habe die Polizei angerufen. Sie kommt gleich.«

»Was hast du gesehen, Alice?« Sie starrt mich kreidebleich an. Als ich den Arm um sie lege, spüre ich, dass sie so heftig zittert, als hätte sie Fieber. »Ally, hast du etwas gehört?«

Sie dreht sich weg.

»Ich gehe noch einmal mit Kabo raus«, keucht Adam. »Rühr dich nicht von der Stelle! Bleib bei den Mädchen!«

Ich setze mich auf den Boden und ziehe die Kinder an mich. Zoë klettert auf meinen Schoß. Ich berühre Alices Arm, der sich kühl und steif anfühlt wie ein Puppenarm. Adam verlässt das Zimmer.

»Was ist passiert, Zo-Zo?« Ich lege mein Gesicht an ihre Wange, aber sie weint wieder mit tiefen, schaudernden Schluchzern. Ich umarme sie fest. In meinem Kopf ist ein brüllendes Geräusch. Jemand berührt mich am Arm. Elisabeth hält mir ein Glas Wasser entgegen. Ich setze es an den Mund, schlucke hastig.

»Was hast du gesehen, Elisabeth?« Bei meinem barschen Tonfall zucken die Kinder zusammen.

»Nichts.« Elisabeth wirkt völlig verängstigt. »Ich war mit den Mädchen im Garten.«

»Josiah? Teko?«

»Josiah schläft. Teko hat gesehen, dass das Baby verschwunden ist.«

»Wo ist sie jetzt?«

Elisabeth deutet zum Hinterfenster. Ich stehe auf, um nachzusehen. Teko ist kaum sichtbar, nur ihr weißes Shirt leuchtet, während ihre Taschenlampe über das Schilf am Teich hin und her blitzt. Der Lärm in meinem Kopf wird lauter.

»Ich kann nicht herumsitzen und nichts tun, wenn alle suchen.«

»Chief Momotsi wohnt im Dorf«, sagt Elisabeth. Ich kenne den Namen, meine Patienten haben ihn erwähnt – ein wichtiger Mann, ein Anführer. »Er wird Ihnen helfen.« Sie nickt.

»Ich gehe sofort zu ihm.« Ich lasse die Kinder stehen und suche an der Hakenreihe nach Adams Schlüsseln, nehme die letzte Taschenlampe aus dem Regal darüber und rufe die Mädchen wieder zu mir.

Adam kommt zurück, als wir an der Tür sind, beugt sich vor und ringt nach Atem. Er legt mir eine Hand auf den Arm. »Warte! Die Polizei …«

Ich schüttele ihn ab. »Um Himmels willen, hol dir das verdammte Asthmaspray, oberste Schublade in der Kommode im Schlafzimmer! Es kann Stunden dauern, bis die Polizei hier ist. Ich gehe zum Häuptling in Kubung. Die Mädchen nehme ich mit.«

»Emma …«

»Und frag Teko, zum Teufel, weshalb sie heute Nachmittag nicht bei Sam war!«, rufe ich, während ich die Stufen zum offenen Jeep hinunterlaufe. »Sie hätte auf ihn aufpassen sollen.«

Die Mädchen schwirren hinter mir her, kleine Motten in der Dunkelheit. Sie klettern flink hinauf, über die Tür, und als ich den Motor starte, fallen sie auf den Vordersitz. Alice legt ihren Arm um Zoë. Sie sitzen eng aneinandergedrängt.

Adam taucht auf und rennt winkend auf uns zu. Als ich ausschere, um ihn nicht zu erfassen, streift der Jeep die Jakaranda und ein Vogel fliegt kreischend aus den Zweigen auf. Weißes Gesicht und orangefarbene Augenlider: ein Milchuhu. Er rauscht in die Dunkelheit davon. Wie seltsam – er wartet schon seit Wochen darauf, endlich einen zu sehen.

Als wir wieder auf den Weg fahren, tanzen Insekten im Scheinwerferlicht. Käfer treffen auf die Windschutzscheibe und zerbersten. Meine Brüste sind prallvoll mit Milch und werden durchgeschüttelt, als der Wagen über Schlaglöcher rumpelt. Sam wird verhungern. Tränen über seine Wangen strömen. Mein Unterleib verkrampft sich.

Alice beobachtet ihre Straßenseite, ich meine. Nach einigen Minuten schreit sie, ich solle anhalten, und deutet auf den Straßengraben. Ich bremse, klettere hinunter, taste herum und lasse beinahe die Taschenlampe fallen. Die gekrümmte Gestalt entpuppt sich im Licht als Josiahs Hund. Das gelbe Fell wirkt blass im Licht der Taschenlampe. Der halbe Kopf fehlt, der Rücken ist von einer schwirrenden Schicht Maden bedeckt.

KAPITEL 6

LONDON, MAI 2013

Die neuro-onkologische Sprechstunde dauerte bis spät. Es war neun, als Adam mit einem Strauß Rosen nach Hause kam. Die dichten Knospen welkten bereits. Er stellte eine Flasche Wein auf den Tisch und holte einen Stapel Kartons aus einer Plastiktüte; durch die Foliendeckel drang orangefarbenes Fett.

Mit meinem Laptop saß ich auf der Küchenfensterbank und atmete durch das leicht offen stehende Fenster den schwachen Duft der Apfelblüten ein. Ich hatte ganz vergessen, etwas zu essen. Vorsichtig schenkte Adam mir von dem Wein ein und reichte mir das Glas. »Megan meinte, du warst heute sehr freundlich.«

Ich schüttelte den Kopf. Ich war nicht freundlich gewesen. Sie war unglücklich, als sie ging. Ich stellte das Glas auf der Fensterbank ab, beobachtete, wie die gewölbte rote Oberfläche der Flüssigkeit gegen die runden Seiten schwappte. Ich würde mich bei ihr melden und noch einmal erklären, dass die Sache mit der Tasse nicht schlimm war. Ich würde sie zum Lunch einladen.

Adam stellte die Rosen in eine Vase und füllte hellgelben Reis und rötliche Hühnchenstücke auf die Teller. Der würzige Duft von Tikka Masala stieg auf. Mir drehte sich der Magen um. »Ich möchte nur die Hälfte davon, Adam.«

Sein Löffel schwebte über den dampfenden Schalen. Sonst hatte ich immer einen Riesenhunger.

»Ich habe schon mit den Mädchen gegessen.« Das stimmte nicht, aber immerhin war ich bei ihnen in der Küche gewesen und hatte einen Anruf aus dem Krankenhaus entgegengenommen, während sie mit Sofia zu Abend gegessen hatten. Sie hatte Piroggen gemacht, mit Kräutern gesprenkelt und glänzend. Vermutlich eine Wiedergutmachung für die zerbrochenen Puppen. Obwohl sie mit Sofia plauderte, wirkte Alice blass.

»Naan?« Adam reichte mir das warme Brot. Ich setzte mich an den Tisch und biss in die zähe Geschmacksleere. »Interessanter Tag.« Mit einem kleinen Seufzer der Erleichterung setzte sich Adam mir gegenüber. »Ich habe einen Anruf aus Botswana bekommen, von einem Mann namens Kabo. Er forscht für seine Doktorarbeit in Jonathans Labor. Mit ihm werde ich zusammenarbeiten. Er klang sehr sympathisch. Er wollte den Plan mit mir durchgehen und bedauerte, meine Familie nicht kennenzulernen …« Adam sah mich an, dann redete er weiter. Die Finanzierung war bewilligt worden, es gab Schwierigkeiten mit der Einstellung, das Testzentrum musste erst noch beschlossen werden …

Ich hörte nicht mehr hin. Schlechtes Gewissen schnürte mir die Kehle zu. Adam wusste nicht, dass alle Pläne umsonst waren. Wie würde er reagieren, wenn er erfuhr, dass ich schwanger war und keine Zeit mehr bliebe, nach Afrika zu gehen? Unsere Blicke kreuzten sich, und er grinste kurz. Wir stießen mit den Gläsern an. Ich stellte meins unberührt wieder ab, aber es fiel ihm nicht auf. Sollte ich ihm das Ultraschallbild zeigen, während er mir zulächelte? Ihn warnen, dass er schnell hinfliegen sollte, bevor es zu spät war?

Ich legte die Gabel ab und blickte aus dem Fenster in die Dunkelheit, zwang mich, mir erneut die Auszeit vor Augen zu führen, die ich für die Kinder genommen hatte, machte mir klar, dass ich trotzdem das Familienleben organisiert hatte und Adam immer eine größere Freiheit blieb. Ich hatte die letzten beiden Schwangerschaften bewältigt, aber da war Adam auch verfügbar gewesen, im Hintergrund. In diese Gedanken reihte sich Alices blasses Gesicht ein – sie brauchte uns beide. Das durfte ich nicht vergessen, und wenn das Baby auf der Welt war, würde seine Enttäuschung schnell verblassen.

»Du bist still heute Abend, Em. Stimmt irgendwas nicht?«

Ich musste mich zusammenreißen. »Ich muss an Alice denken.«

Tatsächlich, ich musste dauernd an Alice denken. Neben einer ständigen Angst wisperten unaufhörlich die Fragen: Sollten wir sie zu einer Reaktion auf die Diebstähle drängen oder nichts mehr dazu sagen? Ihr Zeit und Raum geben oder versuchen, näher an sie heranzukommen? Bei der Arbeit waren Entscheidungen einfach. Da galt es, klare Abläufe zu befolgen: wann der Geburtsvorgang beschleunigt werden musste, was zu tun war, wenn eine Patientin bei einer Totaloperation blutete, wie ein fortgeschrittener Eierstocktumor zu behandeln war. Hätte es doch ebenso feste Abläufe für die Kindererziehung gegeben! Pläne, die ich an die Innenseiten der Schranktüren hätte kleben, an die ich mich in Notfällen hätte halten können! Als wir heute Abend erneut anfingen, über Alice zu reden, gab ein Wort das andere, ein müder Kreislauf, der im Nichts mündete.

Wir stiegen zu ihr hinauf. Sie war beim Lesen eingeschlafen; ihr dunkles Haar breitete sich auf dem Kissen aus. Erst gab ich ihr einen Kuss, dann Adam. Sie wurde kurz wach, murmelte etwas Unverständliches und drehte den Kopf auf dem Kissen zur anderen Seite. Die Porzellanpuppen standen, ordentlich geklebt, wieder aufrecht. Ich steckte sie vorsichtig ineinander, eine nach der anderen. Bürste, Kamm und eine kleine Shampooflasche lagen in gleichmäßigen Abständen auf dem Tisch. Selbst die Haarspangen waren nach Farben sortiert. Wir betrachteten sie einen Moment lang. Schuldbewusst hob Adam die Schultern: seine Gene.

Zoë schlief mit dem Daumen im Mund und umgeben von Stofftieren. Ihre Kleidung lag überall verstreut auf dem Boden. Ich hob sie auf. Als wir sie küssten, bewegte sie sich nicht.

Als wir uns später auszogen, dachte ich wieder an das

Ultraschallbild in meiner Aktentasche. Meine Schwangerschaft fühlte sich noch immer unwirklich an. Zweifel flochten sich in die Strähnen aus schlechtem Gewissen und Vorfreude. Ich wandte mich zu Adam um, glitt auf seinen Körper. Wir stellten die Regeln unterwegs auf – und heute übernahm ich die Macht, wobei er das Ausmaß gar nicht kannte. Am Ende trennten sich unsere feuchten Körper.

Wir hielten uns an den Händen. Er drehte mir den Kopf zu, als ich durch die Schiebefenster die winzigen Punkte der Sterne betrachtete. Vorhänge hatte ich nie aufgehängt, denn ich liebte den Ausschnitt des Nachthimmels, den wir von unserem Bett aus sahen. Obwohl orange eingefärbt und von hohen Gebäuden umrandet, konnte ich mir den Weltraum hinter den Sternen vorstellen. Früher hatte ich am Himmel meine Mutter gesucht. Wäre sie da gewesen, hätte ich ihr alle Neuigkeiten erzählen können. Sie hätte sich gefreut – das glaubte ich zumindest. Ich war erst fünf, als sie starb, ich erinnere mich an den Kuchen, den sie zu meinem Geburtstag gebacken hatte, und an ihr vom Kerzenlicht beschienenes Lächeln. Sie hatte dunkles Haar, genau wie Alice. Sommersprossen wie Zoë. Einen Hirntumor. Es hatte sechs Wochen gedauert, erzählte man mir hinterher, aber der Krankenhausgeruch, die blauen Venen ihrer dürren Hand auf dem Bettlaken, der Geschmack vom Essen der Nachbarn hatten die Jahre meiner Kindheit eingefärbt. Ich betrachtete die Sterne an ihrem Todestag und an meinem Geburtstag. Am Abend, bevor ich zehn geworden war, hatte ich nach ihr gesucht.

Das Gras unter meinen Füßen ist stachelig. Mondlicht liegt auf den Bäumen.

Der Wind fährt in mein Nachthemd. Mein Gesicht ist kalt.

Bist du da? Versteckst du dich irgendwo zwischen den Sternen oder hinter dem Mond? Siehst du mich?

Eine Tür öffnet sich. Schritte auf dem Kies. Atem, der nach Whiskey riecht. »Emmie? Was machst du da, Kind? Es ist nach elf.«

Er hebt mich hoch, obwohl ich eigentlich zu schwer bin. »Nicht weinen! Du glaubst doch nicht etwa, dass ich deinen Geburtstag morgen vergesse, oder? Hör zu, ich komme mit zu deinem Wettkampf.«

Sein Gesicht ist feucht an meiner Wange. Seine oder meine Tränen?

Später schleiche ich nach unten, um nach ihm zu sehen. Er ist noch in der Küche, sein Kopf schwankt hin und her. Wird er auch sterben? Aus Trauer? Durch den Alkohol?

»Wie wirst du zurechtkommen, wenn ich weg bin?« Adams schläfriger Tonfall ließ sich in der Dunkelheit leicht deuten. Ganz eindeutig ging er davon aus, dass wir ohne ihn bestens klarkämen.

»Vielleicht hole ich mir zusätzliche Hilfe«, sagte ich, drehte mich weg und zog die Daunendecke fester um mich. »Vielleicht einen Nachhilfelehrer, der den Mädchen bei den Hausaufgaben hilft, wenn ich Rufbereitschaft habe.«

Als er am nächsten Morgen sah, wie ich mich übergeben musste, schob ich es auf das Curry.

Am Abend reichte Sofia mir ein Päckchen, das mit der Post gekommen war. Die Karte darin war schlicht.

Liebe Emma,
danke für den Kaffee. Es tut mir leid, dass ich die Tasse zerbrochen habe.
Ihre Megan

Zwischen den Lagen aus Geschenkpapier befand sich eine bemalte Porzellantasse mit einem hübsch geschwungenen Henkel und einem edlen Muster aus blassrosa Blumen; sie leuchtete in der Reihe mit dem langweiligen weißen Geschirr im Regal.

Tagsüber wurde ein Fall abgesagt. Ich wartete im Mitarbeiterzimmer auf die nächste Patientin, die Übelkeit blieb. Aus den defekten Polstern schien der Geruch billiger Kekse und milchigen Tees zu strömen. Eng aneinandergedrängt saßen mir zwei OP-Schwestern gegenüber. Die eine war mittleren Alters, Büschel ihres grauen Haars lugten unter der OP-Haube hervor, die Ärmel ihres vorschriftsgemäßen grünen Kittels saßen stramm über den fülligen Oberarmen. Ihre Freundin war jünger, hübscher, ihr dunkles Haar war hochgesteckt, sie trug ein glänzendes Kreuz an einer Kette um den Hals. Die beiden lachten und flüsterten miteinander, ihre Blicke huschten umher, ihre Hände griffen in dieselbe Chipstüte. Als mich die ältere OP-Schwester ansah, wandte ich den Kopf betreten zur Seite. Erweckte ich den Eindruck, als hätte ich etwas begehrt, das mir nicht gehörte?

Meine Kollegen waren überwiegend männlich, und wir pflegten joviale Arbeitsbeziehungen, die kaum in die Tiefe gingen. Joan Ridley-Scott, die einzige andere Frau im Team, hatte immer zu tun. Das graue Haar zu einem unordentlichen Knoten gebunden, zwinkerte sie mir über ihre Halbbrille hinweg zu, wenn wir im Flur aneinander vorbeigingen. Sie war freundlich, aber distanziert. Da ich die Kinder früh brachte und spät abholte, traf ich nie andere Mütter am Schultor. Freundschaften schienen komplizierte Vorleistungen und angesammelte Verpflichtungen mit sich zu bringen; schon für die Grundlagen brauchte man Zeit. Heute aber beneidete ich die unkomplizierte Nähe der beiden OP-Schwestern. Sie wirkten wie leibliche Schwestern – wobei ich nie eine Schwester gehabt hatte. Adam und ich waren Einzelkinder, deren Eltern nicht mehr lebten. Manchmal hatte ich das Gefühl, unsere Familie umgebe eine hallende Leere anstelle einer größeren Familie. War es das, was ich vermisste? Das fragte ich mich, als ich den beiden Frauen heimlich einen weiteren Blick zuwarf. Eine Schwester?

Ich stand auf und warf meinen Becher in den Müll. Auf dem Weg zum Waschraum zog ich mein Handy heraus und schickte Megan eine Nachricht, in der ich mich für die Tasse bedankte und vorschlug, uns nächste Woche zum Lunch in einem Café in der Nähe des Krankenhauses zu treffen. Ich schrubbte mir die Hände mit der kleinen Bürste, drehte sie unter dem heißen Wasser hin und her. Meine Handflächenmuskeln waren stärker und größer als die der meisten Frauen. Mit den Instrumenten in den Händen musste ich gegen die Zeit ankämpfen – zupacken, aufschneiden, zunähen. Ich musste an Megans Hände denken, die auf dem Küchentisch gelegen hatten: die glatte Haut, ruhig, geduldig, so wie sie selbst wirkte. Sie schienen friedlich zu warten und alle Zeit der Welt zu haben.

Der Lärm von Frauen, die essen, sich unterhalten und lachen, traf mich wie eine Brandung. Ich blieb zögernd im Türrahmen des Cafés stehen. Ich sollte an meinem Schreibtisch sitzen. Dies war nicht meine Welt. Als ich schon eine Entschuldigung tippen wollte, sah ich Megan weiter hinten in einer Ecke sitzen. Sie hatte mich noch nicht bemerkt. Sie trug eine blaue Jacke mit Blümchenmuster, hatte die Hände vor sich auf dem Tisch gefaltet, hielt den Kopf schräg und schien zu warten. Ich packte mein Handy weg.

»Das ist so schön«, sagte Megan, als ich mich auf den Stuhl ihr gegenüber setzte. »Andrew und ich gehen nie aus. Nicht dass es mir etwas ausmachen würde, natürlich nicht. Aber ich hatte vergessen …« Sie betrachtete die pinkfarbenen Rosen, die in einer Vase auf dem Tisch standen, als vergleiche sie alles mit ihrem Leben zu Hause: mit der unermüdlichen Aufgabe, jeden Abend eine Mahlzeit auf den Tisch zu bringen, sodass das gemeinsame Essen schon lange kein Anlass zum Feiern oder auch nur zum Entspannen mehr war. Ich fragte mich, ob sie Andrew manchmal füttern musste.

»Wir gehen auch nicht aus«, sagte ich. »Nur an Feiertagen.«

Während wir auf das Essen warteten, unterhielten wir

uns über Feiertage. Sie zeigte mir auf ihrem Handy Fotos von vor drei Jahren: Megan am Strand, neben ihr ein großer Mann mit einem Stock; dunkle Haare wehten ihm in die Augen. Sie beugte sich zu mir vor, um meine Bilder zu betrachten. Meist waren darauf die Kinder an Stränden in Frankreich zu sehen. Als ich weiterscrollte, hielt ich bei einer Nahaufnahme an, die Alice auf einem Schiff zeigte: Ihre Augen reflektierten das Wasser und tanzten vor Licht, ihr Mund war zu einem breiten Lächeln geöffnet, ihre Wange mit Eis verschmiert. Ich verspürte ein nicht greifbares Gefühl von Verlust. Ich legte mein Handy weg und sah mich um, als könne ich irgendwo zwischen den vollen Tischen und Stühlen entdecken, was verloren gegangen war. Aber ich hätte nicht einmal genau sagen können, was es war.

Beim Reden berührte Megan unbewusst die Rosen, als wolle sie die Blüten ordnen. Sie erzählte von einem Erlebnis mit Andrew. Die Hintergrundgeräusche waren zurückgewichen, und die Sonne strömte neben mir durch das offene Fenster; das Besteck auf unserem Tisch glänzte wie eine Kostbarkeit. Es war friedlich hier, als wäre ich aus meiner gewohnten Welt hinausgetreten und hätte eine neue gefunden.

Beim Kaffee klingelte ihr Telefon. Sie deutete eine Entschuldigung an und entfernte sich beinahe auf der Stelle vom Tisch. Andrew war gestürzt und konnte nicht allein aufstehen. Mit sorgenvoll verzogener Miene eilte sie hinaus.

Neben meinem Teller lag ein unebener brauner

Umschlag. Sie musste ihn mit dem Telefon aus der Tasche gezogen haben. Zwei kleine gestrickte Löwen mit wollenen Mähnen lagen darin, an die mit rotem Band Schildchen gebunden waren: *Für Alice* und *Für Zoë.* Später textete sie mir, dass Andrew Panik gehabt hatte; jetzt war alles wieder in Ordnung. Wir beschlossen, unser Treffen in zwei Wochen zu wiederholen.

KAPITEL 7

PROVENCE, AUGUST 2013

Als Alice mit ihrem Croissant fertig war, schob sie ihren Stuhl zurück und schloss die Augen. Tief unten im Beckenbereich spürte ich ein kleines Flattern, wie von einem Schmetterling, den man in der Hand hält. Im Hof war es still, abgesehen vom warmen Summen der Bienen im Thymian. Wir waren vom staubigen Duft des heißen Gesteins umgeben.

»Ich will nie wieder nach Hause«, flüsterte Alice, als spräche sie mit sich selbst – oder würde sogar beten.

Über ihren Kopf hinweg erhaschte ich Adams Blick. Uns blieben noch zwei Tage. Wie wäre es wohl, wenn wir hätten bleiben können? Wenn alle diese Tage voller Leichtigkeit weitergehen würden – schwimmen, spielen und ausruhen, in ruhiger Routine meiner Arbeit nachgehen. Wir hätten Zeit zum Reden, Kochen und Lesen. Adam schwieg, vielleicht dachte er dasselbe.

Eine Biene landete auf meinem Teller, kroch über einen

Rest Aprikosenmarmelade. Eine andere gesellte sich dazu. Als ich meinen Stuhl beim Aufstehen zurückschob, schabte das Metall über das alte Gestein. Es dauerte einige Momente, bis sich meine Augen an die höhlenartige Dunkelheit der Küche gewöhnt hatten. Natürlich würden wir nach Hause zurückkehren, würden die Fäden unseres Londoner Lebens wieder aufnehmen. Die Mädchen würden wieder zur Schule gehen. Adam würde wieder arbeiten, genauso wie ich. Das normale Leben hätte uns zurück.

Was ist mit unserem normalen Leben? Diese Frage hatte ich Adam gestellt, als er mir von Botswana erzählt hatte, und jetzt schien sie durch die Stille der Küche mit ihren hohen Regalen voller blauem und rotem Geschirr und den dicken, unebenen Wänden zu hallen. Was genau hatte ich damit gemeint? Das normale Leben war die tägliche Fahrt im Berufsverkehr zur Schule, die anschließende Visite, Untersuchungen, ein Sandwich vor dem Computer in meinem Büro, OPs bis spätnachmittags, Besprechungen im Labor, die anschließende Fahrt nach Hause, um Adam und die Kinder zu ermahnen. Fertiggerichte auf den Tisch knallen. Abends noch E-Mails beantworten. Diese Hektik würde in wenigen Tagen wieder losgehen, bis zum nächsten Urlaub im kommenden Jahr, abgesehen von einer kurzen Pause über Weihnachten. Ich nahm den Laptop von der Anrichte und ging hinaus, durch den Vorgarten bis zum Tisch unter dem Olivenbaum am hinteren Ende des Pools.

Die Kinder kamen wenige Minuten später nach. Alice tauchte elegant wie eine Schwalbe in den Pool. Zoë sprang in die Luft und landete mit einem geräuschvollen Platscher.

Adam glitt nach ihnen hinein. Ich fotografierte sie mit meinem Handy; irgendwann im Stau, wenn der Novemberregen gegen die Scheiben klatschte, würde ich das Bild betrachten und mir das Blau des Wassers, den Lavendelduft von den Feldern rings um die Villa, den herben Geschmack der weichen gelben Aprikosen, die vom Baum an der Mauer ins Gras fielen, wieder ins Gedächtnis rufen.

Adams Schultern glänzten, als er durchs Wasser schwamm. Zoë hing an ihm und feuerte ihn an, während Alice mithielt; ihre Arme peitschten durchs Wasser. Ich beobachtete ihr Gesicht, das sie mit jedem Zug zur Seite drehte, um Luft zu holen. Es war von einer glühenden Freude erfüllt, und zum ersten Mal fragte ich mich, ob ich vielleicht einen riesigen Fehler beging.

Megan hatte mir Bilder von Botswana vor Augen gemalt und bei jedem Treffen weitere Pinselstriche hinzugefügt. Ich sah die stillen Ebenen mittlerweile klar vor mir, die freundlichen Menschen, die untergehende Sonne. Ich lehnte mich zurück und blickte durch die schmalen grünen Blätter hinauf in den wolkenlosen Himmel. In den letzten beiden Wochen hatte ich hier viel besser arbeiten können als zu Hause; im zarten Schatten des Olivenbaums war es einfacher als in meinem stickigen Büro. Lag es am klaren Licht? An der Hitze? Obwohl mir das Baumwollkleid am Rücken klebte, flogen meine Finger nur so über die Tastatur. Ich war so konzentriert, als hätte ich ein Skalpell in der Hand. Gestern hatte ich die Leistungsbewertungen meines Teams aktualisiert und einen Fallbericht über Gebärmutterkrebs geschrieben. Er war längst überfällig, aber bis zu unserer Abreise nach Frankreich war ich mit der Sommerkonferenz beschäftigt gewesen. Dies war meine erste Chance, Aufgaben zu erledigen, und ich tippte so schnell ich denken konnte.

»Komm auch rein, Mummy!«

Alices nasse Finger waren kalt, als sie die heiße Haut meiner geschwollenen Füße berührte, bisher eins der wenigen Anzeichen für die Schwangerschaft. Als sie sich vom Pool aus zu mir herüberstreckte, lag ihre andere Hand auf Adams Kopf, der zwischen seinen Bahnen leicht schnaufend eine Pause einlegte. Ich war überrascht von dem Licht auf ihrem schräg gelegten Gesicht. Wann hatte ich sie zuletzt so glücklich erlebt? Letztes Jahr? Vor drei Jahren? Als Kleinkind?

Ich sah, wie sich das Netz aus goldenem Licht auf der schaukelnden Wasseroberfläche ausbreitete und zusammenzog. Der Familie in London einen Anker zu geben war vollkommen richtig gewesen, aber als ich die Augen schloss, sah ich, wie sich Alices sonnenbeschienenes Gesicht veränderte. In der Dunkelheit hinter meinen Augenlidern wurde es blass und angespannt, und die Augen waren geschlossen.

Es wäre heiß in Afrika, wie hier. Das Licht wäre ebenso klar. Es wäre Zeit, Nähe zu Alice zu suchen, und Adam könnte seinem Projekt nachgehen. Zoë wäre in ihrem Element. Das Baby würde sein Leben in der Sonne beginnen. Könnte ich dort so gut arbeiten wie hier, würde ich sogar mit Adam Schritt halten. Ich könnte meine Forschungen abschließen, Sabbatical und Mutterschutz kombinieren und mit mehreren Beiträgen unter meinem Namen zurückkehren. Die Waage stünde noch immer im Gleichgewicht.

In den letzten vier Wochen hatte ich ein leichtes Bäuchlein bekommen, das die Kleidung noch kaschierte. Ich hatte laut geschimpft, ich würde fett werden, und Adam war vollkommen auf der falschen Spur. Er sagte, er habe sich immer eine mollige Frau gewünscht und vielleicht würde ich nun etwas langsamer, wenn ich so viel Gewicht mit mir herumzuschleppen hätte.

Ich zog meinen Kaftan aus und stand im Bikini in der Sonne; es fühlte sich an, als würde meine Haut in Wärme und Licht baden. Ich fragte mich, ob das Baby die Helligkeit wahrnehmen konnte. Adam sah herüber, dann wieder weg, dann wieder zu mir her. Ein Lächeln breitete sich auf seinem Gesicht aus, als ich ins Wasser sprang.

Er wartete im flachen Ende auf mich, als ich nach oben kam, um Luft zu holen, und schnitt mir an der Wand den Weg ab. Sein Mund war warm im kalten Wasser. »Du hast es ziemlich geheim gehalten, hm?«

Seine grünbraunen Augen wirkten ganz klar in seinem gebräunten Gesicht. Ich betrachtete sie, während ich nach einer Antwort suchte. Es war vielleicht nicht sonderlich klug, die bewusste List einzugestehen.

»Es war ein Fehler. Ich war so … überrascht, als es passierte, und ich wusste nicht, was ich wollte«, sagte ich mit klopfendem Herzen. Würde er mir glauben? »Es hat eine Weile gedauert, mir über alles klar zu werden. Aber jetzt ist es so weit.« Das immerhin entsprach der Wahrheit.

»Und das bedeutet?« Er umfasste mein Kinn mit seiner nassen Hand.

Ich hielt mich an seinen Schultern fest und ließ meine Beine hinter mir im Wasser treiben. Das Gefühl von Schwerelosigkeit war eine Erleichterung. »Wir gehen zusammen nach Afrika, wir alle fünf.«

Seine Augen verengten sich, als spüre er mein Ausweichen. Würde er nachhaken? Mich nach weiteren Einzelheiten fragen? Dann entspannte sich sein Gesicht. Augenscheinlich beschloss er, alle Zweifel beiseitezuschieben. Er wollte den Augenblick nicht zerstören, denn ihm wurde alles geschenkt, was er sich gewünscht hatte. Seine Umarmung war so fest, dass ich kaum atmen konnte.

Mit breitem Lächeln schwamm Alice auf uns zu. Ich wollte ihr die Fröhlichkeit nicht verderben – zu viel Veränderung machte ihr womöglich Angst. »Sagen wir ihnen, dass wir nach Afrika gehen, erzählen aber noch nichts vom Baby«, flüsterte ich Adam in die nasse Ohrmuschel. »Eins nach dem anderen.«

Er nickte und schloss Alice mit einer Drehung in die Umarmung mit ein.

Ich war im Hof und schnitt vor dem Mittagessen noch Basilikum ab, als Megan anrief. Ich konnte das Lächeln in ihrer Stimme hören. »Ich habe deine Nachricht bekommen. Ihr werdet also alle zusammen fliegen. Wunderbar.«

»Ich freue mich auch.« Ich schnupperte an den satten Blättern. Der pfeffrige Duft war so stark, dass er mir in den Augen brannte.

»Was hat dich dazu bewogen?«

»Vor allem Alice, die Sonne und …«, ich zögerte. Das Geheimnis war so gut gewahrt gewesen.

»Du musst gar nichts sagen. Ich weiß es schon.« Sie klang amüsiert.

»Woher?« Ich ging in die Küche und legte die Kräuter aufs Schneidebrett.

»Emma, wir waren mittlerweile – wie oft? – sechsmal zusammen beim Mittagessen.« Sie klang herzlich, aber entrüstet. »Wie hätte ich es nicht merken sollen? Deine weiteren Pullis? Dein Gesicht?«

Ich blickte in den kleinen Spiegel neben dem Kühlschrank; selbst im Dämmerlicht der Küche erkannte ich meine gerundeten Wangen, die Augen schimmernd wie Katzenaugen. Mein Haar war dicker geworden. Ich war so gestresst gewesen, dass ich es nicht bemerkt hatte, und Adam war es ebenso ergangen. Er ließ die Tomaten liegen, die er gerade schnitt, und legte mir den Arm um die Hüften, sein Gesicht erschien neben mir im Spiegel. »Hallo, schwangere Frau!«, flüsterte er und küsste meine Schulter. »Wir verhungern hier zu Tode.«

Ich verabschiedete mich von Megan.

An diesem Abend lag ich auf Alices Bett. Müde vom Schwimmen und der Aufregung wegen Afrika, zog sie die Decke fest um sich, ihr Rücken war mir zugewandt, und sie betrachtete die Olivenbäume im Mondlicht hinter den offenen Fensterläden. Ihre warmen Zehen schlossen und öffneten sich an meinem Bein. Der schwache Duft von

Lavendel und Thymian drang aus dem Garten zu uns herein. Zoë knuffte mich von der anderen Seite. Ich las *Hänsel und Gretel* aus dem Märchenbuch, das Zoë jedes Mal in die Ferien mitnahm. Sie fürchtete und liebte die Geschichte. Mittendrin kroch sie näher zu mir heran und sah hinaus. »Gibt es in Frankreich Hexen?« Sie nahm den Daumen aus dem Mund. »Essen sie Menschen?«

»Das ist nur eine Geschichte, Zoë.« Alice klang schläfrig. »Das ist alles nur ausgedacht.«

»In Ordnung«, erwiderte Zoë gehorsam und schob den Daumen wieder in den Mund. Kurz darauf war sie eingeschlafen.

Ich lag da, die Arme um meine Töchter geschlungen, und beobachtete, wie der Mond am dunkler werdenden Himmel aufstieg. Mir fiel kein Grund ein, warum das Leben in Afrika nicht ebenso vollkommen werden sollte.

KAPITEL 8

LONDON, SEPTEMBER 2013

Drei Uhr nachts, Notkaiserschnitt. Die Haut sprang unter meinem Skalpell auseinander; Päckchen aus rotrandigem Fett traten hervor. Ein feuchter Geruch von Fleisch verbreitete sich im Saal.

Fetale Notlage. Geburtsstillstand. Nicht diagnostizierte Steißlage, unerfahrene Assistenzärztin. Die Entscheidung zu operieren fiel leicht. Die OP war einfach. Bis zu den Faszien schneiden, die geraden Bauchmuskeln auseinanderschieben, die Wand der Gebärmutter öffnen, das mekoniumhaltige Fruchtwasser absaugen und hineingreifen – mein eigener Bauch erschwerte die Bewegungen. Nach einigen kritischen Sekunden, in denen ich die eingeklemmten Schultern mit Schaukelbewegungen löste, war der verschmierte kleine Körper befreit. Ein stotterndes Wimmern, blassweiße ausgestreckte Arme: ein blutfeuchtes, gesundes Mädchen. Ich reichte es der wartenden Kinderärztin. Mein Rücken schmerzte. Mich vorzubeugen fiel mir mittlerweile, in der fünfundzwanzigsten Woche, immer schwerer. Aber ich konnte jetzt nicht aufhören, auch wenn ich das Nähen der Assistenzärztin neben mir hätte überlassen können. Aufgeben war keine Option.

»Was dich nicht umbringt, macht dich stark.«

Er lächelt, als er das sagt. Wir sitzen im Auto auf dem Weg zum Schwimmbad. Sechs Uhr morgens, Regen. Ich lächele zurück. Inzwischen ist es leicht. Wenn ich gewinne, lächelt er. Ich weiß, dass er glücklich ist. Er isst mehr. Er liest wieder Bücher. Er hat aufgehört zu trinken.

Übung macht den Meister, ein anderer Spruch von ihm. Er sagt, dass ich nie, niemals aufgeben darf.

Jeder Morgen läuft gleich ab. Er liest die Zeitung und arbeitet am Beckenrand. Ich trainiere. Er glaubt, er tue es mir zuliebe. Wie kann ich ihm sagen, dass es andersherum ist?

Ich habe einen Trainer, und wir konzentrieren uns auf verschiedene Bereiche. Heute sind es meine Hände: wie ich sie halten muss, wenn sie ins Wasser eintauchen, und wie ich die Finger krümmen soll. Ich schwimme eine Bahn nach der anderen und konzentriere mich nur auf meine Hände.

Nie, niemals aufgeben.

Ich konzentrierte mich auf die offene Wunde, die Plazenta und die Blutung. Die Worte der Hebamme verblassten, der Mundschutz vor meinem Gesicht war klamm.

Zwanzig Minuten später war ich fertig. Eine weitere Viertelstunde später fuhr ich im Schiefergrau der Dämmerung langsam durch Hampstead Heath. Die Blätter lagen in dunklen Haufen unter den Bäumen und zusammengeweht am Straßenrand. Ein junger Fuchs schlich über die Straße, geriet mir mit erhobenem Kopf fast unter die Räder – ich musste schnell abbremsen. Er musste das Auto gesehen, die Gefahr aber nicht erkannt haben. Der Wagen war zu groß, zu nah, zu fremd. Die Rute mit der weißen Spitze verschwand in den Büschen. Tagsüber sah man hier in der Heide keine Wildtiere. Ich hielt am Straßenrand und öffnete die Fenster, um weiter zu beobachten. Die kühle Luft war mit dem Duft von feuchtem Gras und verrottendem Holz gewürzt; kurz darauf erhob sich Vogelgesang aus den Bäumen ringsum. Meine Hände entspannten sich; die plötzlichen Tränen rollten mir kühl über die Wangen.

Ein Polizeiwagen fuhr langsam vorbei; die müden Augen eines Mannes blickten, nicht unfreundlich, durch mein Fenster. Ich startete den Motor wieder und drückte den Kopf fest gegen die Lehne, um meine schmerzenden Nackenmuskeln zu dehnen. Ich drehte den Kopf von einer Seite zur anderen und ging gleichzeitig die OP von vorhin noch einmal durch, um Fehler zu entdecken. Es gab keine. Es war alles glattgegangen, nur den Namen der Patientin hatte ich vergessen. Hatte ich ihn überhaupt gewusst? Spielte er eine Rolle? Ich war ihre Gynäkologin, nicht ihre Freundin. Sie brauchte nicht meine Freundschaft, sondern mein Können. Ich lenkte das Auto in unsere Straße und ließ es den Hügel zu unserem Haus hinunterrollen. Die Operation war zügig verlaufen: Das Gehirn des Kindes war durchgehend mit Sauerstoff versorgt; es würde normal intelligent sein. Die Wunden der Mutter würden heilen. Das war genug. Ich stieg aus, sah mich auf der leeren Straße mit der Häuserreihe und den Fenstern mit ihren Vorhängen um. Falls ich außerdem noch irgendetwas tun oder sein sollte, blieb es mir verborgen.

Adam lag im Schlafzimmer auf der Seite. Ich zog die Jalousie hoch, um Licht hereinzulassen, öffnete das Fenster und setzte mich aufs Bett, um ihn anzusehen. Im Schlaf wirkte er jünger, eher so wie damals, als ich ihn kennengelernt hatte, wobei er damals älter gewesen war als wir anderen. Er kam aus London, wechselte das Studienfach und war reifer, wusste sich schon zu organisieren. Stets heftete er seine Mitschriften ab, versah sie mit Querverweisen und Inhaltsverzeichnis – bereit für die Abgabe. Meine lagen in chaotischen Stapeln überall im Zimmer verstreut, Zettel überfluteten den Schreibtisch, die Heizung und ergossen sich über den Boden. Ich war mehr der schludrige Typ; sein Sinn für Ordnung hatte mich verführt. Ich beugte mich vor, berührte sein Haar leicht mit den Lippen, spürte den Unterschied zwischen den spröden grauen und den weichen schwarzen Haaren. Dann zog ich mich aus und warf die Kleidung in Richtung Stuhl, auf dem Adam seine ordentlich gefaltete Hose abgelegt hatte. Einige Kleidungsstücke landeten auf dem Boden, der Rest auf seinen Sachen. Er würde sich ärgern, wenn er das sah. Weder die Ehe und noch nicht einmal die Kinder hatten etwas daran geändert. Auch vom Chaos übermannt, blieb sein Ordnungssinn derselbe. Das trübe Morgenlicht fiel auf den Rücken eines großen Buchs auf seinem Nachttisch: *Das*

Lexikon der Tierwelt im südlichen Afrika. Wahrscheinlich hatte er sich Notizen gemacht.

Vorsichtig hob ich die Daunendecke an, schob mich dicht neben ihn und drehte und wendete mich so lange, bis mein Rücken sich an seinen warmen Körper schmiegte. Meine Arme und Beine schmolzen beinahe in der Hitze. Das Baby versetzte mir oben im Brustkorb einen kleinen Schwall an Tritten. Adam rückte im Schlaf näher an mich heran und legte einen Arm über mich. Ich hatte mir am nächsten Tag freigenommen, konnte ausruhen, aber noch als die dunklen Ecken des Schlafs mich umhüllten, stand mir eine To-do-Liste vor Augen. Kaffeetrinken mit Megan, Gespräch mit Mrs. Philips, Forschungsberichte ausdrucken, falls das Internet in Botswana nicht zuverlässig war …

Als ich in den hellen Morgen hinauftauchte, schwebte Adams Gesicht über mir. Seitlich von einem schmalen Strahl der Morgensonne beschienen, lag die tiefe Furche zwischen seinen Augenbrauen im Schatten und an seinem Haaransatz waren blasse Spuren eines schuppigen Hautausschlags zu erkennen.

»Was war letzte Nacht so schlimm, dass es deine Assistenzärztin nicht beheben konnte?« Er beugte sich zu mir herab, um mir einen Kuss zu geben. Seine Lippen schmeckten nach Kaffee und Zahnpasta.

»Nicht diagnostizierte Steißlage einer Erstgebärenden. Francesca hatte Panik.«

Adam nickte und richtete sich auf, um den Schrank zu öffnen. Wären wir noch in Frankreich gewesen, wären wir gemeinsam aufgewacht und hätten uns beim Schein der Sonne geliebt. Ich rollte behäbig zur Bettkante und richtete mich auf.

»Was hast du an deinem freien Tag vor?« Er wirkte beinahe neidisch.

»Ich treffe mich mit Megan zum Kaffee, danach mit Mrs. Philips …« Ich hielt inne. Alice stand im Türrahmen und betrachtete uns. Zoë drängte sich an ihr vorbei, reckte mir das Gesicht für den Gutenmorgenkuss entgegen und rannte wieder aus dem Zimmer. Ich hörte Sofia die Mädchen zum Frühstück rufen, aber Alice blieb stehen.

»Hallo, Süße!« Sie musste den Namen ihrer Lehrerin gehört haben. »Mrs. Philips will mir heute deine Aufgaben für Afrika mitgeben.«

»Was ist, wenn ich irgendwo nicht weiterkomme, wenn wir dort sind?« Ihre Stimme zitterte. »Wenn ich wieder hier bin, hinke ich den anderen bestimmt ganz weit hinterher.«

»Das wird schon klappen, Alice. Und falls du nicht weiterkommst, können wir immer noch einen Nachhilfelehrer anstellen. Oder was denkst du?«

Sie nickte und verschwand.

»Das ist eine klasse Idee, Em.« Adam lehnte sich zum Schlafzimmerspiegel vor, entblößte kurz seine Zähne, um zu prüfen, dass sie ordentlich geputzt waren. »Ich habe doch gesagt, sie braucht nur ein wenig Bestätigung. Der Frankreichurlaub war erfolgreich.« Während er mit gesenktem Kinn sein Hemd zuknöpfte, pfiff er leise vor sich hin. Dann sah er auf. »Megan also, deine neue beste Freundin, hm? Ich hätte gar nicht gedacht, dass sie dein Typ ist.«

Mein Typ. Meinte er *wie du?* Ich misstraute Menschen, die so waren wie ich: ehrgeizig, kompliziert, leichtsinnig. Megan strahlte eine beruhigende Zuverlässigkeit aus.

Ich lief steifbeinig zum Stuhl und lehnte mich zurück, um das Gewicht auszugleichen. Als ich meine Kleidung aufhob, fragte ich mich, ob er etwas dagegen hatte. Wetteiferten wir nun um seine Sekretärin? Auch wenn sie nur halbtags arbeitete, störten ihn womöglich unsere gemeinsamen Mittagessen oder dass sie angeboten hatte, dienstags die Mädchen abzuholen, damit ich in Ruhe meine Sprechstunde beenden konnte.

»Ich mag sie gern, Adam. Sie ist geradlinig. Und freundlich.« Ich musterte ihn. »Ist das ein Problem?«

»Für mich nicht. Sie ist gern dabei.« Er legte mir den Arm um die Hüfte und lächelte. »Wir müssen uns nicht um Megan streiten.« Dann tätschelte er mir den Bauch. »Er wird groß.«

Er? Ich war sicher, dass es ein Mädchen war. Ein winziges Mädchen, das sich genauso bewegte wie Alice damals; mir war genauso übel. Sie würde auch aussehen wie Alice, eine dunkelhaarige kleine Elfe. Ich hatte nicht im Ultraschall nachgesehen, die kleine Unsicherheit gefiel mir, aber ich wusste es trotzdem.

»Sollten wir es nicht den Mädchen sagen?« Er kniete nieder, um sich die Schuhe zuzubinden. »In der fünfundzwanzigsten Woche – da werden sie es bald sehen, wenn sie es nicht schon längst gemerkt haben.«

»Kinder gucken sich ihre Eltern nicht so genau an«, gab ich zurück, obwohl mir schon mehrmals aufgefallen war, dass Alices flackernder Blick mich streifte. »Alice ist in Sorge wegen ihrer Aufgaben. Lass uns noch ein wenig warten.«

Er hob die Schultern. An seinem Gesicht konnte ich ablesen, dass er mit den Gedanken schon beim vor ihm liegenden Tag war. Er zog seine Jacke an, küsste mich abermals und polterte hinunter.

»Vergiss das Abendessen nicht!«, rief ich ihm hinterher.

Er erwiderte etwas Unverständliches. Dann rief er den Mädchen zu, sie sollten ins Auto steigen, und kurz darauf fiel die Haustür ins Schloss.

Zwei Stunden später wartete ich im Café auf Megan. Der Kaffeeduft, das Hintergrundgemurmel, das Klappern von Tellern und Besteck wurden mir in den letzten Monaten vertraut. Schon bald wäre es Tausende Meilen entfernt. Ein mir fremder Anflug von Besorgnis befiel mich wie der Nachhall einer Wehe und war wieder verschwunden.

Es entstand eine kleine Unruhe durch Stühle, die verrückt wurden. Megan war da, außer Atem. »Tut mir leid, dass ich zu spät bin. Andrews Medikamente waren aufgebraucht, und ich musste noch schnell in die Apotheke springen.«

»Ich habe dir einen Cappuccino bestellt.« Ich sah zu, wie sie ihr Halstuch abwickelte. Meine Zuneigung kämpfte mit Mitleid. Andrew wirkte mehr nach Patient als nach Ehemann.

»Ich habe meinem Freund David in Gaborone gemailt.« Sie lehnte sich zurück, als die Kellnerin eine Tasse mit schaumigem Kaffee vor ihr abstellte. »Er sollte euch eine Hilfe besorgt haben, wenn eure Familie dort ankommt.«

Ich stellte mir vor, wie ich im kühlen Schatten eines großen Baums arbeitete, das Baby schlafend an meiner Seite, die Mädchen im Pool oder neben mir am Tisch bei den Schularbeiten. Ein Leben mit weniger Verpflichtungen. Warum sollten wir eine Hilfe brauchen? »Wir müssten Referenzen haben«, sagte ich vorsichtig. »Das könnte schwierig werden.«

»David leitet ein Waisenhaus.« Sie wandte den Blick ab, ihre Wangen hatten Farbe angenommen. »Alle seine Angestellten müssen sorgfältig überprüft werden.«

»Wir können es ja im Hinterkopf behalten.« Ich berührte ihre Hand, und sie lächelte.

»Die Mädchen werden jedenfalls auch eine Hilfe sein«, sagte sie. »Habt ihr es ihnen schon erzählt?«

Ich schüttelte den Kopf. »Ich habe immer noch Bedenken wegen Alice. Momentan macht sie sich Sorgen, dass sie mit ihren Klassenkameraden nicht Schritt halten kann, wenn wir dort sind. Die Schwangerschaft könnte das Fass zum Überlaufen bringen.«

»Letzten Dienstag hat sie einen guten Eindruck gemacht. Wir haben über den Umzug gesprochen. Sie können es kaum erwarten. Ich hoffe, Botswana erfüllt alle ihre Erwartungen.« Megan klang seltsam verhalten, als wolle sie eine Warnung andeuten.

»Aber du hast doch gesagt, es sei dort großartig für sie.« Ich musterte sie überrascht. »Vor allem für Alice – ich erinnere mich noch genau an deine Worte.«

»Es ist dort etwas geschehen, das mir Angst gemacht hat, aber es war vor langer Zeit.« Ihr Lächeln sprang nicht auf ihre Augen über. »Es wird euch dort gut gehen.«

So etwas hatte sie vorher nie erwähnt. Rückblickend fiel mir auf, dass wir nie über ihre Kindheit gesprochen hatten, obwohl ich ihr viel von mir erzählt hatte, Einzelheiten, die ich noch nie einem Menschen anvertraut hatte: dass meinem Vater, der blind war vor Tränen, auf dem Rückweg von der Beerdigung der Wagen entglitten war, sodass er aufs Dach schleuderte und wir beide eingeklemmt waren. Oder dass ich mich noch Jahre später nicht traute, eine Freundin mit nach Hause zu bringen, falls er gerade in Tränen aufgelöst war. Nun vertraute sie mir. »Auf einer Missionsschule hattest du Angst? Vor den Nonnen?«

»Ich war nicht auf der Missionsschule. Ich hatte ein Kirchenstipendium und war auf einem Internat in Südafrika.« Ein kleines Stirnrunzeln erschien auf ihrem Gesicht.

»Erzähl mir davon!«

Sie senkte die Stimme. »Alles hat angefangen, weil ich anders aussah. Meine Mutter nähte meine Kleidung selbst. Ich war molliger als die anderen und hatte rotes Haar. Es gab ein Mädchen, das die anderen dazu anstiftete, mich auszugrenzen – sie war beliebt, also redete niemand mehr mit mir.« Sie legte eine Pause ein. »Nach einer Weile hatte ich das Gefühl, gar nicht real zu sein«, schloss sie flüsternd.

Das Mädchen war sicher schlank gewesen, hatte gemein gegrinst und vielleicht goldenes Haar gehabt. Das Stipendium deckte wahrscheinlich das Schulgeld ab, aber trotzdem hatte sie weniger Geld als die anderen und trug andere

Kleidung und Schuhe. Ich stellte mir vor, wie sie am Schulhofrand stand – stämmig, rothaarig, die Letzte, die in die Mannschaft gewählt wurde. Am liebsten hätte ich sie umarmt. »Hast du deinen Eltern nichts davon erzählt?«

»Sie haben gefragt, wie es war, wenn sie mich am Ende des Schuljahrs abgeholt haben, aber sobald wir zu Hause waren, hat der Alltag uns eingeholt.« Sie zuckte mit den Achseln. »Sie sind weiter in der Klinik arbeiten gegangen. Mum war Gynäkologin, wie du.«

Nicht ganz wie ich, aber das sagte ich nicht laut. Ich hatte andere Pläne. In einigen Monaten stand Alice im Mittelpunkt unseres Lebens.

»Was hast du dann gemacht?«

»Ich war immer mehr mit den Kindern aus dem Dorf unterwegs. Sie haben mich in ihre Clique aufgenommen.«

»Glück gehabt … dass du Anerkennung gefunden hast, meine ich. Du warst ja auch anders als sie …« Ich wusste nicht, was ich damit eigentlich sagen wollte.

»Sie hatten keine Regeln. Ich glaube, es ist ihnen nicht mal aufgefallen, dass ich anders war. Dira hat auf mich aufgepasst.« Sie nickte bedächtig. »Sie hat mich lieb gehabt.«

Die Frau am Nebentisch traf mich heftig mit dem Ellbogen, entschuldigte sich aber nicht. Sie zupfte den Salat auf ihrem Teller auseinander, ihre Finger glänzten vor Öl. Ihre Begleitung trug mehrere unnötige Schals um den Hals und lachte kreischend. Plötzlich schien der Raum voller verwöhnter Frauen zu sein, die ihre Zeit vergeudeten. Wie gut, in eine Kultur fliehen zu können, in der selbst die Kinder bessere Manieren hatten.

»Dann war Dira so etwas wie eine adoptierte Tante?« Es war Zeit zu gehen. Ich holte eine Fünf-Pfund-Note aus meiner Tasche und klemmte sie unter die Untertasse.

»Dira war eine Hexe.«

Das überraschende Wort hallte nach in einer Stille, die gerade zufällig entstand, beinahe so, als hätten die Umsitzenden etwas Beängstigendes gehört und müssten es verarbeiten. Dann lachte die Schalfrau erneut, und die Gespräche flammten wieder auf. Vielleicht hatte Megan einen Scherz gemacht.

»Du Glückliche«, sagte ich, während ich mit den Füßen unter dem Tisch nach meinen Schuhen scharrte, die ich ausgezogen hatte. »Ich gäbe alles für ein paar magische Tricks.«

»Nein, das tätest du nicht.« Ihre Stimme klang eindringlich. »Ein Mädchen aus der Schule verschwand – das beliebte Mädchen, das mich ausgegrenzt hatte.« Sie lehnte sich vor. »Es gab eine landesweite Suche in Südafrika, aber sie wurde nie gefunden. Einige Monate später entdeckte man am Bahnhof in der Nähe unseres Hauses eine Tüte mit Beckenknochen. Wie sich herausstellte, waren es ihre.«

Was sie erzählte, klang so grotesk, als entstamme es einem der Märchen, vor denen sich Zoë so gern gruselte.

»Wir waren gerade im Urlaub in England, als es geschah. Freunde haben uns die Nachrichten mitgeteilt«, fuhr sie fort. »Es gab Gerede im Dorf. Die Menschen behaupteten, es sei Dira mit ihren Kräften gewesen. Aber die Polizei schob es auf eine Bande von Vergewaltigern aus Südafrika. Sie landeten lebenslänglich hinter Gittern. Die Mutter des Mädchens verlor den Verstand.« Megan sah mich an, ihre braunen Augen wirkten leer. »Ein Teil von mir schiebt mir immer noch die Schuld zu, weil Dira es für mich getan hat.«

Die kleinste Matroschkapuppe war zu Scherben zertrümmert worden. Die hellen Porzellansplitter lagen überall auf dem Teppich. Ich beugte mich vor und nahm Megans Hand. Unter all den verschiedenen Schichten, der Ehefrau, der Sekretärin, der Freundin, wartete ein zutiefst verletztes Kind. »Du hast gesagt, die Schule war in Südafrika?«

Sie nickte mit gesenktem Blick.

»Wie sollte Dira dann mit einem solchen Verbrechen etwas zu tun gehabt haben, Hunderte Meilen entfernt in einem anderen Land? Das ergibt keinen Sinn, Megan.«

Sie erwiderte nichts. Im Café war es mittlerweile ruhiger geworden. Die Frauen vom Tisch neben uns waren gegangen, und die Kellnerin räumte ihre Teller ab. Ich musste ebenfalls los. Als ich aufstand und in meinen Mantel schlüpfte, berührte ich Megan an der Schulter. »Meine neue Assistenzärztin kommt heute Abend zum Essen. Wollt ihr nicht auch kommen? Ich würde Andrew gern kennenlernen.«

Nach einem kurzen Moment sah sie auf und lächelte. »Liebend gern.«

Ich parkte draußen vor der Schule der Mädchen und eilte über den Schulhof zum Eingang. Die tief stehende Herbstsonne schien durch die Bäume, die langen Schatten teilten den Asphalt in Streifen aus Licht und Dunkelheit. Wie gelang es Megan, an die hell erleuchtete wissenschaftliche Welt ihrer Arbeit und gleichzeitig an die Dunkelheit einer schattenhaften, altertümlichen Vergangenheit zu glauben? Mich fröstelte. Ich klingelte und vergrub die kalten Hände tief in den Taschen, während ich auf Einlass wartete.

Mrs. Philips war in Eile, sie verteilte gerade Zettel auf den Tischen im Klassenzimmer. Als sie mich an der Tür stehen sah, nickte sie und lief rasch zu einem Karton auf ihrem Tisch. »Ich habe alles zusammengestellt, was Sie brauchen. Eine Kopie des Lehrplans, die Aufgaben, einen Wochenplan, Schulbücher und ein Lehrerhandbuch für jedes Fach.« Sie klopfte auf den Karton. »Es ist alles hier drin.«

»Ich werde mein Bestes geben.« Ich versuchte, mich nicht verzagt zu fühlen. »Alice macht sich Sorgen, dass sie nicht mitkommt.«

Mrs. Philips eilte durch den Gang und verteilte weiter Zettel auf den Tischen. »Sie ist ein kluges Kind und hat eine große Sprachbegabung. Sie ist den anderen weit voraus, und in gewisser Hinsicht ist das auch ihr Problem.«

Ich ließ es dabei bewenden. Wenn die Schule keinen Weg gefunden hatte, mit einem klugen Kind wie Alice klarzukommen, war es nur gut, wenn sie ging.

»Hat ein Kind noch etwas vermisst?«, fragte ich.

»Das hat offenbar aufgehört.« Sie lief wieder einen Gang entlang und lächelte beim Näherkommen. »Sie wirkt jetzt zufriedener.« Sie beobachtete mich, als ich den Karton hochhob. »Sicher freut sie sich über den bevorstehenden Familienzuwachs.«

Ich erwähnte nicht, dass ich Alice noch gar nichts von der Schwangerschaft erzählt hatte, doch plötzlich schien die Zeit dafür reif zu sein. Ich verstaute den Karton im Auto. Das Gespräch musste warten, bis die Dinnerparty am Abend vorüber war. Am nächsten Tag hätte ich Zeit, es ihr auf behutsame Weise beizubringen.

KAPITEL 9

BOTSWANA, MÄRZ 2014

Der Jeep rumpelt über die Furchen in der Straße.

Hatte man Josiahs Hund getötet, als er bellte, damit er die Entführer nicht verriet? Wenn Sam weint, töten sie ihn dann auch? Als ich mir den Handrücken gegen die Zähne presse, in die Hand beiße, die Haut ansauge, fällt mir ein, dass Maden Zeit zum Schlüpfen brauchen. Der Hund muss also schon vor zwei Tagen gestorben sein, als er auf der Suche nach Abenteuern über die Straße trottete.

Das Dorf könnte jedes beliebige afrikanische Dorf bei Nacht sein: kein Strom, keine Straßenlampen. Ich kenne mich schon bald nicht mehr aus. In den Hütten, an denen wir vorbeifahren, ist es still. Ich kann nicht erkennen, wo meine Klinik liegt. Eine Hütte an der Straße hat ein helles Quadratfenster. Ich halte den Wagen an der Seite an und trete barfuß in eine warme Pfütze. Blut? Hundeurin? Ich blicke hinunter – mein Fuß schimmert schwarz. Motoröl.

Ich klopfe an die Tür, dann hämmere ich mit den

Fäusten dagegen. Hinter mir im Auto wimmert Zoë. Die Tür wird von einer jungen Frau geöffnet. Ein Mann mit eng verschränkten tätowierten Armen steht hinter ihr, daneben eine alte Frau mit runzligem, misstrauischem Blick. Ein Junge in Schuluniform späht neben ihr zu mir heraus. Das Licht einer Petroleumlampe, die hinter ihnen hängt, flackert über die Autoposter an der dunkelgrünen Wand.

»Ich muss Häuptling Momotsi finden. Können Sie mir sagen, wo er wohnt?«

Der Mann schiebt sich nach vorn und breitet die Arme aus, um den Türrahmen zu ergreifen. Er reißt kurz den Kopf hoch – eine wortlose, wütende Frage.

»Mein Baby ist verschwunden.« Die obszönen Worte machen alles real, die Welt schwankt taumelnd, und die alte Frau tritt vor, schlingt mir die kalten Finger um den Arm. Ihr Griff ist fest. Ihre Augen leuchten hell unter wimpernlosen Lidern. Unzählige Falten verlaufen kreuz und quer über ihre Wangen. Wie eine Hexe. In meinem Mund pocht der Schrecken. Dann lächelt sie und bedeutet der jungen Frau, dass sie nach vorn kommen soll, vielleicht zum Übersetzen. Das Mädchen ist hochschwanger, vermutlich eine Patientin von mir, denn sie erkennt mich und legt die Hände auf den Bauch, während sie den Kopf schüttelt. Fürchtet sie, das Unglück meines Kindes könne sich auf das Ungeborene übertragen?

Hinter mir im Jeep beginnt Alice zu schreien – kurze, schrille Laute, wie eine defekte Alarmanlage, die ohne Grund losgeht. Ich kehre um, setze mich auf den Vordersitz und ziehe sie zu mir heran. Das Schreien hört so plötzlich auf, wie es begonnen hat.

Die alte Frau schlurft hinter mir her, der Junge folgt ihr. Sie legt ihre dünne Hand oben auf die Tür; ein zartes Perlenarmband rutscht ihr über das Handgelenk und trifft mit leisem Klimpern auf das Metall.

»Kgosi Momotsi.« Sie deutet die Straße hinunter. Als sie sich umdreht und ihm in schnellem Setswana etwas sagt, nickt der Junge. Er läuft los und winkt, dass ich ihm folgen soll. Ich starte den Motor, und die Hand der Frau rutscht von der Tür. In der Ferne wird sie zu einer alten Frau, die müde und gebeugt in ihr Haus und ihren Alltag zurückkehrt und sich wieder aus unserer Katastrophe löst.

KAPITEL 10

LONDON, SEPTEMBER 2013

Francesca wirkte zu jung, um als Assistenzärztin eingeschätzt zu werden. Wie hatte sie ohne eine Falte im Gesicht ihr Medizinstudium beenden können? Ich hatte vergessen, wie jung sie war. Ihr Mann Gianni war älter und wesentlich fülliger. Graues Haar kringelte sich unordentlich an seinem Nacken. Er stand dicht hinter ihr, lächelte und redete ein wenig zu laut, wie um vom Altersunterschied abzulenken. Im Wohnzimmer griff er nach den gebrannten Mandeln, blieb kauend stehen, schirmte breitbeinig die Wärme vom Feuer ab und sah sich um.

Es hatte zwei Stunden gedauert, aber die Flut von Papieren und Laptopkabeln war tatsächlich verschwunden. Der Raum strahlte vor Sauberkeit, und ein Strauß weißer Lilien stand in einer dicken Glasvase und verbreitete seinen schweren Honigduft. Geschliffenes Kristall funkelte auf dem Getränketablett, und im Kamin knisterte und zischte ein Feuer. Der Raum wirkte glanzvoll und ordentlich. Niemand wäre auf den Gedanken gekommen, dass die Zettel in wenigen Tagen wieder herumlägen und die Blumen verwelkt wären. Für den Moment war es gut, wie es war.

Als es erneut klingelte, standen Megan und Andrew vor der Tür. Megan wirkte verändert: Sie hatte ihr Haar hochgesteckt, das Grübchen in ihrer Wange war so tief, dass es einen eigenen kleinen Schatten warf. Sie hatte sich erholt, aber von Andrew war ich überrascht – er war älter, als ich erwartet hatte. Vielleicht lag es aber auch an seiner Krankheit. Hager und schmal humpelte er durch die Tür, doch sein Gesicht entspannte sich beim Anblick des offenen Feuers. Ich setzte mich mit ihm und Megan aufs Sofa und bemühte mich, ihn zu verstehen, so langsam und undeutlich sprach er.

Kurz vor dem Abendessen huschte ich nach oben, um die Mädchen ins Bett zu bringen. Megan begleitete mich und wollte ihnen gute Nacht sagen. Zoë war bereits auf einem Berg aus Kuscheltieren eingeschlafen. Ich küsste sie, während Megan ihr mit zärtlicher Miene über das Haar strich. Die Fürsorge für Andrew füllte wahrscheinlich den Raum, den sonst Kinder einnahmen, aber als ich die Decke um Zoë feststeckte, verspürte ich einen Stich des Bedauerns für die Mutter, die Megan gewesen wäre.

Alice saß über ihren Schreibtisch gebeugt und las in einem Schulbuch, stand aber auf, als wir hereinkamen, und sah mich an, als wäre ich eine Fremde. Die Hand, mit der sie sich am Stuhl festhielt, war verkrampft, ihr Körper wirkte steif.

»Gute Nachrichten, Liebling, Mrs. Philips sagt, du brauchst dir keine Sorgen zu machen …«, setzte ich an.

»Sie hat etwas von bevorstehendem Familienzuwachs gesagt«, flüsterte sie. Ich verstand sie zuerst nicht. »Warum hast du es uns nicht erzählt?«

Nach der langen Zeit hatte sie nun von außerhalb von meiner Schwangerschaft erfahren. Ich streckte die Arme nach ihr aus, aber sie zuckte zurück und ging rückwärts zur Wand wie ein kleines Tier, das in die Enge getrieben wurde. Megan stand schweigend hinter mir und schien den Atem anzuhalten.

»Ich hätte es dir morgen erzählt«, sagte ich. Das klang schwach, selbst für meine Ohren. »Ich habe einfach gedacht, du hättest schon genug um die Ohren, Ally, ohne dir auch noch Sorgen um ein Baby zu machen.«

»Warum sollte ich mir Sorgen machen?«

»Manchmal denken Kinder, durch ein Baby könnten sie sich zurückgesetzt fühlen.«

Alices Augen wurden vor Angst noch größer. Ich ergriff ihre kalte Hand – die Finger waren tintenfleckig, die Nägel abgekaut – und legte sie mit der Handfläche auf meinen Bauch. »Fühl mal! Ich verlasse mich darauf, dass du meine größte Hilfe bist.«

Ich spürte, wie ihre Finger zitterten, bevor sie die Hand wegzog.

»Es wird sich überhaupt nichts ändern, Süße.« Eigentlich wollte ich es anders ausdrücken, aber alles, was ich sagte, klang falsch. Als ich nach besseren Worten suchte, drang Sofias Stimme schwach die Treppe herauf. Sie rief aus der Küche und klang panisch.

Megan trat vor. Sie legte die Arme um Alices Schultern.

»Kann ich ein bisschen bei dir bleiben, Alice? Ich unterhalte mich lieber mit dir als mit den ganzen Leuten dort unten.«

Alice nickte gegen ihre Schulter. Sofias Stimme wurde lauter.

»Danke«, murmelte ich und eilte hinaus.

Die Küche war voller Qualm, die Kartoffeln waren angebrannt. Sofia hatte den Tisch gedeckt und den Herd vergessen. Ich maß Reis ab, füllte ihn in einen Topf und setzte ihn zum Kochen auf.

Im Wohnzimmer unterhielt sich Adam mit Francesca. Gianni hatte sich aufs Sofa neben Andrew gesetzt, und ich hörte einige Wortfetzen über italienische Seen.

Ich zog Adam zur Seite. »Alice weiß, dass ich schwanger bin. Die Lehrerin hat ihr von dem Baby erzählt. Sie ist sauer, dass wir es ihr nicht schon früher gesagt haben.«

»Ich wusste es«, murmelte Adam und verzog den Mund zu einem wütenden Strich. »Ich rede mit ihr.«

Als er sich umdrehte, um hinaufzugehen, stand Megan an der Tür und hielt ihn mit der Hand am Ärmel auf. »Alice schläft fest.« Sie lächelte ihn an. »Sie war erschöpft. Erst hat sie ein bisschen geweint, aber als wir über Namen sprachen, wurde sie wieder munter. Sie hat schon einen ausgesucht.«

»Wie soll ich dir nur danken?« Ich umarmte sie. »Alles, was ich sagte, erwies sich als wenig hilfreich.«

Megan berührte mich am Arm. »Es kam ihr schon eine Weile merkwürdig vor, aber weil keiner etwas sagte, fragte sie sich schon, ob sie verrückt wird und Gespenster sieht.«

»Arme Alice.« Mir wurde übel.

»Danke.« Adam beugte sich zu ihr hinab und gab ihr einen Kuss auf die Wange. »Du warst großartig.«

»Schön, dass ich helfen konnte.« Sie errötete heftig. »Ich glaube, jetzt kommt alles in Ordnung.«

Ich bezweifelte, dass es so einfach werden würde, aber immerhin wusste Alice nun Bescheid. Ich nahm Megan am Arm und führte sie in das kerzenerleuchtete Esszimmer. Die Wände waren dunkelrot, die Kerzen bildeten kleine Lichterseen auf dem polierten Eichentisch. Sofia hatte auf jeden Platz einen kleinen Teller mit Schichten aus dünnem rosafarbenen Schinken, tiefroten Feigen und Mozzarellascheiben gestellt.

»Alles wirkt perfekt«, sagte Francesca zu Adam, zog einen Stuhl nach hinten und setzte sich neben ihn.

»Ein bisschen wie im Mutterleib, finden Sie nicht? Emma bringt gern ihre Arbeit mit nach Hause …«

Francesca stieß ein kurzes Lachen aus.

Ich lächelte und wandte mich an Megan. »Welche Namen hat Alice vorgeschlagen?«

»Samuel, wenn es ein Junge wird, Samantha, wenn es ein Mädchen wird«, erwiderte Megan. »Sie liest im Englischunterricht gerade *Herr der Fliegen.* Sam ist einer der Jungs auf der guten Seite. Vermutlich denkt sie …«

»Natürlich«, unterbrach ich sie. Ich mochte nicht zugeben, dass ich keine Ahnung hatte, was Alice gerade las. »Samantha«, wiederholte ich. »Der Name gefällt mir.«

Sofia half, den Hauptgang hereinzutragen: einen Schmortopf mit brodelndem Boeuf bourguignon. Der Reis dampfte, mit Petersilie bestreut, in einer Schüssel. Anerkennendes Gemurmel war zu hören. Niemand wusste von dem Topf mit den angebrannten Kartoffeln im Müll, und das Essen sah köstlich aus.

Beim Essen kam das Gespräch auf Kinder.

»Ich bringe sie gern auf die Welt, aber der Gedanke, meine eigenen aufzuziehen, macht mir Angst.« Francesca spießte mit der Gabel ein Fleischstück auf. Ein leichtes Schulterzucken, ein kleines Lächeln. »Vielleicht muss ich einfach noch ein bisschen älter werden.«

»Ach, ich weiß nicht. Ich war jünger als Sie, als Alice geboren wurde, und wir haben es überlebt – wenn auch mit gelegentlichem Schrecken.« Die erwartete Stille trat ein. »Es war Wochenende, ich hatte Rufbereitschaft, alles war ruhig. Alice war noch ein Baby, und ich fuhr mit ihr im Kinderwagen zum Laden an der Ecke.«

»Typisch Em«, sagte Adam. »Sie hat sie im Laden stehen gelassen.«

»Das Krankenhaus rief mich zu einem Notfall. Ich ging raus zum Telefonieren und fuhr dann sofort hin.« Warum erzählte ich diese Geschichte? Sie war überhaupt nicht lustig, aber wenn Frauen wie Francesca Hilflosigkeit vortäuschten, schockierte ich sie mit Vorliebe. »Erst als ich im OP-Saal geschrubbt wurde, fiel mir ein, dass ich mein Baby vor dem Tiefkühlregal bei Spar stehen gelassen hatte.«

Die Stille wurde wieder von Francescas klirrendem Lachen unterbrochen. Megan starrte auf die Tischdecke – ich hatte sie verärgert. Sie wusste nicht, wie leicht man die eigenen Kinder vernachlässigte, während man sich um die Gesundheit von Fremden sorgte. Oder doch? Vor meinem inneren Auge erschien das Bild eines Kindes, das eines Morgens in der afrikanischen Hitze seine Mutter beobachtet, die mit dem Arztkoffer in der Hand die Verandastufen hinuntereilt. Es tat mir leid, so flapsig gewesen zu sein.

»Mit dem Baby war zum Glück alles in Ordnung«, erzählte Adam der Runde. »Emma rief mich an, und ich ging sofort in den Laden. Glücklicherweise kannten uns die Inhaber, sonst hätten sie vielleicht die Polizei gerufen. Alice schlief tief und fest hinter dem Tresen.«

Francesca musterte Adam unter ihren langen Wimpern hervor. »Dann waren Sie also die Rettung?« Ihr gelockter kurzer Pony erinnerte mich an ein Kalb.

»Da er nicht im Krankenhaus festsaß und Säuglinge auf die Welt brachte, war es doch ein recht simpler Job, den Kinderwagen nach Hause zu schieben«, sagte ich. »Möchte noch jemand einen Nachschlag?«

Megan schüttelte den Kopf. Gianni nickte nachdrücklich. Andrews Augen waren geschlossen, und kurz dachte ich, er sei eingeschlafen.

Als ich aufstand, um den Nachtisch zu holen, bot Megan ihre Hilfe an. Sie trug die weiße Mousse au Chocolat und stolperte, gerade als sie den Tisch erreicht hatte. Die Zeit schien stehen zu bleiben. Die runde, makellos weiße Form drehte sich, umrahmt von herunterfallenden Brombeeren, bevor sie den Boden erreichte. Wir verharrten schweigend und starrten auf das Durcheinander aus cremigem Weiß, das von dunklem Rot durchzogen war. Einen Augenblick lang sah es aus wie vergossenes Blut.

Es entstand ein kleines Gewimmel um Megan, beinahe so, als wäre sie verletzt. Während Adam mit Kehrschaufel und Besen alles beseitigte, stellte ich rasch die Käseplatte zusammen.

Nachdem alle gegangen waren, hatte ich das Gefühl, mein Gesicht sei vor Lächeln steif geworden. Ich zog die Schuhe aus und schleuderte sie in die Ecke. Meine Gebärmutter hatte sich den ganzen Abend über immer wieder zusammengezogen. Keine Dinnerpartys mehr, bis wir aus Afrika zurückkamen. Ich wollte nicht, dass dieses Kind auch nur einen Augenblick vor dem errechneten Termin zur Welt kam.

KAPITEL 11

LONDON, NOVEMBER 2013

Das Kind kam trotzdem zu früh. Es war ein regnerischer Sonntagnachmittag im November, und Adam hatte Bereitschaftsdienst. Alice musste noch ihre Englischaufgaben erledigen, während ich an meinem Laptop arbeitete.

Zoë lag mit einem Malbuch auf dem Boden, ringsum von Wachsmalstiften umgeben. Der Regen, der ans Fenster prasselte, schnitt uns friedvoll vom Rest der Welt ab. Ich war in der achtunddreißigsten Woche. Die Mädchen hatte ich voll ausgetragen, deshalb maß ich den einsetzenden Wehen keine Bedeutung bei. Als die Fruchtblase platzte, stopfte ich mir ein Handtuch zwischen die Beine und arbeitete weiter. Ich merkte erst, dass ich stöhnte, als Alice mir das Telefon in die Hand drückte. »Ruf Megan an!«

»Sofia ist hier, Ally. Lass uns einfach …« Ich biss die Zähne zusammen. Ich hatte vergessen, wie sich Wehen anfühlen.

Alice starrte mich kreidebleich an. »Ich will, dass Megan kommt.«

»Ich komme sofort.« Megans Stimme klang entschlossen am Telefon. »Ich bringe dich ins Krankenhaus, die Mädchen kommen mit, und dann kaufen wir drei fürs Abendessen ein. Andrew kommt zurecht, bis wir zurück sind, und übernachten können sie bei uns.«

Als wir im Krankenhaus ankamen, waren die Wehen häufiger und ich konnte nicht mehr laufen. Megan fand einen Rollstuhl und schob mich zur Station. Ich hörte die leisen Schritte der Mädchen, die hinter ihr durch die langen Flure hüpften.

Eine Stunde später erschien Adam völlig außer Atem. Mittlerweile war Duncan, der Chefarzt für Geburtshilfe, gerufen worden. Das Herz des Kindes erholte sich zwischen den Wehen nur schwer. Die Schmerzen waren brutal. Ich erkannte Adam kaum. Bei den Mädchen hatte ich eine PDA bekommen – bei ihnen war alles besser vorbereitet gewesen. Dafür war es diesmal zu spät. Ich hätte gern einen Kaiserschnitt gehabt, aber ich bat nicht darum. Ich käme schon damit zurecht. Ich kam immer zurecht.

Ringsum drängen sich andere Eltern mit besorgten Gesichtern auf dem Bahnsteig, aber immerhin lächeln sie. Dad starrt mich nur an, seine Mundwinkel weisen wieder nach unten. Erstes Semester Medizinstudium. Braune Blätter wirbeln über die Gleise.

Er redet so leise, dass ich mich zu ihm hinüberbeugen muss.

»Es ist schwieriger, als du glaubst, Em. Wenn du ans Aufgeben denkst, denk dran …«

»Aufgeben?« Ich lache, aber mein Brustkorb schmerzt. »Da solltest du mich aber besser kennen, Dad.«

Er lacht ebenfalls. Wir verabschieden uns. Er wird von der Menge verschluckt, ein Kopf unter vielen. Er wendet sich um, um mir zu winken, bevor er, noch immer lächelnd, ganz verschwindet.

Wie sollte man aufgeben, selbst wenn man es wollte? Wie geht das? Lässt man los? Was genau lässt man los? Wie fühlt sich das an? An der gegenüberliegenden Mauer hängt ein Plakat, das mit Urlaubsangeboten wirbt. Ein Zug fährt auf einem Gleis in einer grünen Wiese auf weiße Klippen und das Meer zu. Fühlt es sich so an, wie wenn man von einer Klippe ins Wasser fällt? Wie untergehen?

Dreißig quälende Minuten später presste ich das Kind in einem glitschig heißen Schwall hinaus und lehnte mich zurück, schweißgebadet und nach Atem ringend.

»Es ist ein kleiner Kerl«, sagte Duncan. In seinem Ton schwang ernst gemeinte Freude mit, als überreiche er mir einen wichtigen Preis. Ein Junge. Wie war das möglich? Ich hatte nicht daran gezweifelt, dass es ein kleines Mädchen würde. Adam drückte mir die Hand und hatte Tränen in den Augen.

Bevor ich ihn davon abhalten konnte, hatte Duncan schon die Nabelschnur abgeklemmt und durchtrennt. Einen Augenblick lang packte mich die Wut: Alle Aufsätze, die ich über den dafür besten Zeitpunkt gelesen hatte, legten nahe, besser noch abzuwarten. Dann wurde das Baby ins Bettchen gelegt und vom jungen Kinderarzt untersucht. Adam folgte ihm. Ein breites Lächeln hatte auf seinem Gesicht gelegen, aber plötzlich sanken seine Mundwinkel nach unten. Mein Ärger über die Nabelschnur verflog. Irgendetwas stimmte nicht.

»Was ist los?« Ich schob mich auf einem Ellbogen hoch und reckte den Hals, um etwas zu sehen.

»Nichts. Er ist süß, niedlich, prima«, sagte Adam munter. Die Aufzählung war gruselerregend.

»Warum …« Bevor er antworten konnte, beugte ich mich nach vorn und erbrach mich in die Pappschale auf dem Bett. Selbst beim Würgen versuchte ich noch zu erkennen, was in dem kleinen Wirrwarr neben dem Bettchen vor sich ging. »Um Himmels willen!« Ich lehnte mich zurück, mir war schwindelig, als die Hebamme die Schale wegbrachte. »Sagt mir endlich, was los ist!«

»Hier ist Ihr Sohn.« Der Kinderarzt legte mir den Säugling in die Arme.

Ein unregelmäßiges Mal bedeckte seine rechte Wange, eine erdbeerrote Landkarte mit unregelmäßigem Rand, gedruckt auf seine makellose Haut. Ich betrachtete den übrigen Körper: ein schön geformter runder Kopf, heller Flaum, winzige hübsche Ohren. Neben dem Gesicht zuckten dünne, kleine Finger. Mein Blick wanderte wieder zu dem Geburtsmal. Die Mädchen waren ohne Makel gewesen. So etwas hatte ich nicht erwartet, darauf war ich nicht vorbereitet. Der Kinderarzt war ein neuer Assistenzarzt, den ich noch nie gesehen hatte.

»Sieht nach einem Erdbeerfleck aus, könnte aber auch ein Portweinmal sein. Wo ist Mr. Sutton?« Er, ein älterer Kinderarzt, und ich arbeiteten bei schwierigen Geburten häufig zusammen. Mich verlangte sofort nach seiner bärbeißigen Ehrlichkeit, nicht nach diesem nervösen Jüngling.

»Er hat frei. Ich bin heute für ihn hier«, entschuldigte er sich.

»Wir müssen die Fehlbildung scannen.« Es war einfacher, es als chirurgischen Fall zu betrachten. Falls es ein Portweinmal war, könnte es mit einer venös-arteriellen Missbildung zusammenhängen, die behandelt werden müsste.

»Natürlich, wobei ich sicher bin, dass es sich um einen typischen Erdbeernävus handelt. Er dehnt sich in den ersten Jahren aus und verschwindet dann völlig.« Der Assistenzarzt hielt inne und wurde rot. »Das wissen Sie natürlich selbst. Wir behalten Sie für einige Nächte hier, weil er drei Wochen zu früh gekommen ist, aber es dürfte keine Schwierigkeiten geben.«

Ich blendete ihn aus. Als ich den Kleinen an die linke Brust legte, drehte er das Köpfchen zu mir und der winzige Mund suchte nach der Brustwarze. Aus dieser Perspektive war das rote Mal unsichtbar. Es hätte völlig normal aussehen können.

Ehrfürchtig berührte Adam das Köpfchen. »Der Fleck spielt überhaupt keine Rolle, Em. In einigen Tagen nimmst du ihn nicht einmal mehr wahr.«

Mir stiegen Tränen in die Augen. Duncan legte mir kurz eine Hand auf die Schulter. »Zeit zum Nähen. Bereit, Emma?«

Die Hebamme schob meine Füße in die Halterung. Eine Nadel pikste wie ein Bienenstachel in meine lädierte Haut, und dann betäubte die Anästhesistin meinen Damm.

»John, nach meinem Vater?« Adam hielt den winzigen blutigen Fuß in der Hand.

»Samuel.«

»Wie kommst du denn auf diesen Namen?« Er beugte sich herunter, um die eingerollten Zehen zu küssen.

»Durch Alice. Sie liest *Herr der Fliegen.* Ein Mädchen hätte Samantha geheißen.« Aber das undeutliche Bild von einem winzigen dunkelhaarigen Mädchen war nicht mehr da, verblichen unter den grellen Lichtern.

»Was gefällt dir nicht an John?«, fragte er.

»Wir sollten Alice den Gefallen tun.«

»Samuel. Sam.« Er lief umher, testete den Namen. »Ich mag ihn. Da gab es doch einen Richter namens Samuel im Alten Testament.« Er lächelte. »Der Name bedeutet *von Gott erhört.*«

Ich war zu müde, um sein Lächeln zu erwidern, selbst meine Stimme war schwach vor Erschöpfung. »Es ist ein Name, Adam, kein biblischer Verweis.«

Ein Name, den Alice in *Herr der Fliegen* für einen Jungen gefunden hatte, der auf Peiniger treffen würde, es sei denn, der Fleck verblasste, bevor er in den Kindergarten kam. In der Stille hörte ich das Quietschen des Fadens, den Duncan durch die Gewebeschichten zog, das Klicken, als er das Ende abschnitt. Ich schloss die Augen und schlief ein.

KAPITEL 12

LONDON, ANFANG DEZEMBER 2013

Unten wurde die Haustür geöffnet. Dann folgte Stille. Adam neigte bestimmt gerade den Kopf, um zu hören, woher das Geschrei kam. Vier Sekunden vergingen, vielleicht sechs, dann sprangen seine Füße eilig die Treppe herauf. Seinen Schritten nach zu urteilen, übersprang er immer eine Stufe. Die Schlafzimmertür wurde aufgestoßen. Ein Schwall kalter Luft wehte herein. Auf seinen Schultern lag eine dünne Schneeschicht, sein Entsetzen schien das ganze Zimmer zu füllen. Er lief flink zum Bettchen und streifte dabei den Mantel ab.

»Himmel, Em!«

Das Geschrei nahm einen tiefen, bebenden Tonfall an, Adam warf seine Jacke hin, hob Sam hoch und lief mit ihm hin und her, während er das Baby an seiner Brust wiegte.

Ich tippte ein paar weitere Verweise. Die digitale Uhr in der Ecke des Monitors zeigte Mittag an. Zeit zum Stillen – gemäß dem Plan, den ich in der Nacht zuvor aufgestellt hatte. Ich setzte mich aufs Bett. Adam küsste Sam aufs Köpfchen und legte ihn mir in die Arme, dann setzte er sich neben mich und vergrub das Gesicht in den Händen. Durch sein Gewicht wurde die Matratze niedergedrückt, und ich fiel beinahe auf ihn. Er roch nach Kälte, nach dem beißenden Geruch von Alkoholtüchern, nach der Krankenhauswelt.

Sam drehte das feuchte Gesichtchen zu meiner Brust. Als sich sein Mund an meiner wunden Brustwarze festsaugte, schienen mich heiße Nadeln zu durchstechen. Adam keuchte hörbar, holte sein Asthmaspray heraus und inhalierte.

Die kleinen Schnief- und Schluckgeräusche sickerten in die Stille. Ich war zu müde für die Erklärung, dass ich einen Rhythmus einzuführen versuchte. Die Tage und Nächte verschwammen in einem Kreislauf aus Stillen und Weinen, einer aufreibenden Routine, anders als alles, woran ich mich erinnerte. Vermutlich hatte ich nicht genug Milch.

Adams Stimme drang gedämpft durch seine Hände. »Kannst du dir nicht ein paar Wochen ganz freinehmen und ihm beim Einleben helfen?«

»Wie lange hast du dir denn *ganz freigenommen?*« Als ich mich zu ihm umwandte, rutschte Sam die Brustwarze aus dem Mund und er weinte erneut.

Adam erwiderte nichts. Ich zog Sam zu mir heran. Es war, als flösse beim Saugen die Kraft aus mir heraus. Der Nävus lag oben, die rote Haut glänzte an den Stellen, wo die Tränen entlanggeflossen waren. Ich wandte den Blick ab. Von hier aus erkannte ich auf dem Monitor die Ergebnisse aus dem Aufsatz über Saugglockengeburten. Ich musste es irgendwie schaffen, ihn noch für die nächste

Ausgabe der *Zeitschrift für Geburtshilfe und Gynäkologie* fertig zu bearbeiten.

Adam hob den Kopf aus den Händen und folgte meinem Blick. Er stand auf, lief zum Computer und nahm die kleine Tabelle mit den Spalten und Kästen, die ich erstellt hatte, zur Hand. »Was ist das?«

Ich gab keine Antwort. Er wusste, was es war.

»Man kann vier Wochen alte Stillkinder noch nach keinem festen Rhythmus füttern.« Er stieß ein kleines Lachen aus. »Denk an die Mädchen!«

»Ich denke an die Mädchen. Sie waren nie so … Sam schreit schon nach einer halben Stunde wieder nach Nahrung. Ich werde fünfmal, zehnmal in der Nacht wach.«

Alice hatte kaum geschrien. Sie war wach, aber friedlich. Ich erinnerte mich daran, wie ich stundenlang die winzige Vollkommenheit ihres Gesichts und ihrer Zehen bewundert hatte. Ich hatte gearbeitet, während sie schlief. Zoë war berechenbar gewesen: Sie schlief, trank und spielte. Ich hatte sie oft aus ihrem Bettchen geholt, nur um sie im Arm zu halten. Sie hatte nach frischem Brot und Babyseife geduftet.

Adam setzte sich wieder neben mich. Ich stützte mich ab, um nicht zu ihm hinüberzukippen. Ich hasste ihn für dieses kleine Lachen und wollte ihn nicht berühren, auch nicht aus Versehen.

»Ich weiß, dass es schwer ist.« Adam streichelte Sams Haar. »Meinst du, er hat besonders großen Hunger? Vielleicht braucht er mehr Milch als Alice oder Zoë. Jungs haben mehr Hunger als Mädchen.« Er lächelte.

Sam war kleiner, als die Mädchen in diesem Alter gewesen waren; er brauchte nicht so viel Milch. Ich rückte an der Bettkante weiter von Adam ab.

»Ich frage mich, ob das … na ja, eine postnatale Depression sein könnte.« Adam sah mich nicht an. Er klang vorsichtig, fast entschuldigend. »Man sagt, bei Säuglingen, die zu früh geboren werden, kommt das häufiger vor.«

Sam war drei Wochen zu früh gekommen, das war alles. Ich hatte keine Depression. Ich musste nur arbeiten und schlafen, ich war immer nur erschöpft. Daraus ließ sich keine Krankheit ableiten, aber wenn ich widersprach, glaubte Adam womöglich, dass etwas dran war. Vielleicht würde er sogar unseren Hausarzt herbitten.

Er seufzte und stand auf. »Meine Sprechstunde beginnt in zwanzig Minuten. Ich bin nur kurz vorbeigekommen, um zu sehen, ob alles in Ordnung ist.« Durchs Fenster betrachtete er die Schneeflocken, kratzte sich am Nacken und drehte sich dann zu mir um. »Ich habe einen Vorschlag: Nach der Arbeit kaufe ich etliche Babyfläschchen und Milchpulver. Heute Abend gebe ich ihm ein Fläschchen, dann schläft er und du schläfst und alle fühlen sich besser.«

Ich erwiderte nichts. Wenn er das Problem so einfach zu lösen gedachte, war jede Antwort zwecklos.

Nachdem er gegangen war, legte ich Sam in sein Bettchen. Er protestierte, aber ich nahm es nicht zur Kenntnis, und er schlummerte ein. Ich tippte weitere Ergebnisse in den Computer.

Es war nicht Adams Schuld, mir Depressionen

zuzuschreiben. Er versuchte nur, einen Zusammenhang herzustellen. Der Scan hatte ergeben, dass es sich um einen einfachen Erdbeernävus ohne weitere Fehlbildung handelte. Also hielt er das Problem für gelöst. Hätte ich ihm gestanden, warum ich Sam fast nie hochnahm, hätte er mir nicht geglaubt. Die dumpfe Last, versagt zu haben, sobald ich das verunstaltete Gesichtchen sah, konnte er mit Sicherheit nicht nachempfinden.

Ich erzählte aber Megan davon. Eines frostigen Sonntagmorgens kam sie früh und mit vor Kälte geröteten Wangen und einem Korb gestrickter Spielwaren vorbei. Sie schenkte Alice eine winzige Eule mit runden Knopfaugen. Alice hob sie sich ans Gesicht, verließ uns aber kurz darauf. Seit Sams Geburt hatte sie sich weiter zurückgezogen; sie sprach mit Adam, gab mir aber nur einsilbige Antworten und schlüpfte aus dem Zimmer, wenn ich hereinkam. Adam hielt das für normal und meinte, sie müsse sich nur an die neue, größere Familie gewöhnen.

Zoë verbrachte Stunden damit, Sam zu streicheln, als hätte sie ein neues Haustier bekommen. Megan hatte ihr ein Zebra mit tiefvioletten Streifen gestrickt, und mit lautem Freudengeheul schloss Zoë die Arme um Megan. Sam bekam eine weiße Decke und einen grauen kleinen Elefanten mit Lederohren, den Megan mir neben ihm in den Arm schob.

»Du kannst ihn gern halten, wenn du magst. Er ist nicht zerbrechlich.« Ich reichte ihr Sam hinüber.

Sie nahm ihn mit wachsamem Blick entgegen. »Er ist so leicht.«

»Adam zufolge liegt das daran, dass ich nicht genügend Milch produziere. Er gibt ihm jetzt abends ein Fläschchen.«

Sie vergrub ihr Gesicht in seinem Nacken. »Er duftet so gut.«

»Babyspucke und Urin. Wahrscheinlich braucht er eine neue Windel.« Ich blätterte durch einige Zettel, die neben mir lagen. Das stimmte nicht. Er duftete nach warmem Heu.

Megan schüttelte den Kopf und umgriff ihn fester in seiner Babydecke. »Er ist so süß, Emma.«

Mir stiegen Tränen in die Augen. »Das ist er nicht. Sieh ihn dir doch an!«

Sie betrachtete entzückt Sams Gesicht, und ihr Mund verzog sich zu einem Lächeln. »Falls du auf das Geburtsmal anspielst – weshalb sollte das eine Rolle spielen?«

»Es sollte vielleicht egal sein, aber es ist nicht egal.« In der Schule war Megan wegen ihres Aussehens ausgegrenzt worden. Natürlich spielte das Äußere eine Rolle, und sie wusste das besser als jeder andere. »Wenn ich ihn betrachte, ist mir zum Heulen zumute«, sagte ich.

»Ich an deiner Stelle würde ihn dafür umso mehr lieben.« Sie küsste ihn aufs Köpfchen. »Für mich ist er vollkommen.« Sie sah mich an. »Du hast eine Traumfamilie, Emma. Das ist ein großes Glück.«

Sie umarmte mich herzlich. Näher würde sie dem Eingeständnis, dass sie gern Kinder gehabt hätte, nicht kommen. Ich hätte sie trösten sollen, aber mir war nur danach, meinen Kopf an ihre Schulter zu legen und zu heulen.

Danach kam Megan häufiger vorbei. Sie organisierte

einen Kinobesuch für die Mädchen und nahm den Kater vorzeitig zu sich – dem Versprechen gemäß, sich während unseres Auslandaufenthalts um ihn zu kümmern. Es schien ihr nie etwas auszumachen, Sam zu versorgen, wenn ich arbeiten oder auch nur schlafen wollte. Manchmal fragte ich mich, womit ich diese Großzügigkeit verdient hatte. Nachdem sie an einem Abend die Mädchen zurückgebracht hatte und sich verabschiedete, fragte ich sie, weshalb sie so hilfsbereit war.

»Du tätest für mich doch dasselbe.« Sie musste meinen zweifelnden Blick gesehen haben. »Die Geschichten aus meiner Kindheit habe ich noch niemandem außer dir erzählt. Du hast mir zugehört. Ich hatte das Gefühl, du verstehst mich wirklich.«

Ich verstand sie gut; das war nicht schwierig. Ich wusste genau, dass die Vergangenheit in einem Menschen weiterleben kann, und einen Augenblick lang stand das Gesicht meines Vaters mit den hinuntergezogenen Mundwinkeln und den tränenerfüllten Augen zwischen uns.

Als Megan sich umdrehte und die Haustür öffnen wollte, warf sie einen Blick zurück in die Diele, die angefüllt war mit Spielzeug, mit dem Kinderwagen und Zoës Roller. »Und außerdem liebe ich das Zusammensein mit den Kindern. Eigentlich hilfst du mir.«

Einige Tage später sah sie, wie ich Zettel auf dem Esszimmertisch sortierte. »Hast du deine Bescheinigung?«, fragte sie und wiegte Sam in den Armen.

Ich druckte die letzten Dateien aus, die ich für meine

Studien brauchte. Ich griff nach den Blättern, die aus dem Drucker schossen. »Meine habe ich. Die Mädchen bekommen morgen ihre letzte Impfung.«

Megan lachte. »Nein, die Bescheinigung, dass du praktizieren darfst – das Zertifikat der Behörde für Heilberufe in Botswana. Ich habe die von Adam schon vor einer Weile erhalten.«

»Ich werde von zu Hause aus arbeiten. Darum geht es ja.« Ich legte die Zettel aufeinander und trat einen Schritt zurück, um die ordentlichen Stapel zu bewundern. »Das wird mich monatelang auf Trab halten.«

»Wenn du weitere Daten erheben oder eine Sprechstunde geben willst, brauchst du das Zertifikat. Bei Adam ging es recht schnell.«

Unter Sams Lidern, die sich langsam schlossen, zuckten seine Augen flink hin und her. Sie beugte den Kopf und drückte ihm einen Kuss auf die Nase. »Wenn du mir deinen Lebenslauf, dein Abschlusszeugnis und eine Kopie deines Reisepasses gibst, kümmere ich mich darum.«

Wochen später gab sie mir die Bescheinigung. Später am Abend packte ich sie in meinem Arbeitszimmer in den Koffer, dankbar, aber überzeugt, dass sie ihre Zeit vergeudet hatte. Ich sah mich in dem vertrauten Zimmer um – die Lampe in der Ecke, der Schreibtisch meines Vaters und die Bücherstapel darauf. Beim Hinausgehen schaltete ich das Licht aus und spürte einen Anflug von Besorgnis. Trotz Adams Planung und sorgfältiger Vorbereitung, trotz der vielen Karten, der Bücher und der Ausrüstung zogen wir ins Ungewisse.

KAPITEL 13

BOTSWANA, MÄRZ 2014

Der Junge biegt in einen kleineren Pfad ein und läuft durch ein Tor. Seine langen Beine tauchen immer wieder vor den Scheinwerfern auf. Ich folge ihm, bremse scharf, als er vor das Auto springt und dann verschwindet. Der Motor geht aus.

Vor uns steht eine Rundhütte, die mit einem flachen Gebäude verbunden ist. Das Wellblechdach glänzt im Mondlicht. Dunkle Gestalten hocken um ein kleines Feuer. Wir steigen aus, die Mädchen klammern sich an mich.

»*Dumela.*« Eine große Gestalt tritt aus dem Schatten auf uns zu. »Kgosi Momotsi.« Er nickt. Der Schein des Feuers huscht über ein sympathisches schmales Gesicht. Es ist ernst und reglos, wie aus Stein gemeißelt. Sein Handschlag ist fest.

Er begleitet mich zu einem Stuhl, und jemand drückt mir eine Tasse in die Hand. Zoë vergräbt sich in meinem Schoß, und Alice drückt sich an mich. Die Menschen am

Feuer erheben sich geräuschlos und verschwinden in der Dunkelheit. Ingwerbier brennt sich glühend den Weg durch meine Kehle.

»Ich war heute Nachmittag in der Klinik. Ich arbeite mit Esther zusammen …«

Er nickt. Er weiß bereits Bescheid. Er muss von Anfang an von uns gewusst haben. Wir haben es versäumt, ihm unseren Respekt zu zollen, jetzt brauchen wir seine Hilfe.

»Mein kleiner Junge wurde heute entführt.« Wird er mir glauben? »Er hat ein Geburtsmal im Gesicht«, fahre ich fort und male einen Kreis auf die rechte Wange, als würde das meine Geschichte glaubwürdiger machen.

»Wer könnte es gewesen sein?«, fragt Häuptling Momotsi ruhig und mustert mich aufmerksam.

Wer? Die Fragen kreisen wie ein Insektenschwarm, laut und immer dichter: Teko, die Sam liebt und die weinend in der Ecke saß? Josiah, der alt ist und hilfsbereit? Elisabeth? Sie war die ganze Zeit da. Sonst war heute niemand in der Nähe, abgesehen von Kabo, der aber bei Adam war. Irgendein Verbrecher also, aber mit welchem Motiv?

»Ich muss jetzt gehen. Vielleicht ist die Polizei inzwischen gekommen.«

»Die Ältesten werden sich in der *Kgotla* zusammensetzen und die Sache besprechen.« Er erhebt sich ebenfalls. »Mein Sohn fährt Sie nach Hause. Morgen kommt meine Frau Peo zu Ihnen.« Er dreht sich um und deutet auf eine große Frau neben sich. Sie nickt feierlich.

Warum sollten wir noch jemanden brauchen? Es sei denn, er hilft uns bei der Suche nach Sam. Aber Häuptling

Momotsi nickt und wendet sich um. Die Vereinbarung steht.

Ein großer Junge tritt zu uns. Seine riesige Brille ist ordentlich mit Klebeband repariert. Ich lasse die Schlüssel in seine Hand fallen. Die Mädchen klettern auf den Rücksitz, und der Jeep fährt holpernd an.

In London würde es innerhalb weniger Minuten in unserer Küche von uniformierten Männern nur so wimmeln, es würden Notizen gemacht und Informationen in den Teams ausgetauscht. Fakten würden überprüft, Polizeiwagen losgeschickt, Sirenen würden durch die Straßen heulen. Und dann? Manche Säuglinge wurden in England nie gefunden. Die Polizei war überall fehlbar. Sam könnte genauso verschwunden bleiben, aber immerhin wäre mir alles vertraut. Ich wüsste, wohin ich mich wenden und wen ich anrufen müsste. Megan wäre hier, würde sich um die Kinder kümmern, Tee kochen.

Die Scheinwerfer auf der Straße erfassen die verbogenen Schatten der Dornbäume auf beiden Seiten. Dahinter, in der Dunkelheit, erstreckt sich Hunderte Meilen weit das leere Land.

KAPITEL 14

UNTERWEGS, LONDON-BOTSWANA, DEZEMBER 2013

Am Nachthimmel, fünf Meilen über Paris, neigte sich das Flugzeug zur Seite. Adam und die Mädchen schliefen, Sam schlummerte in meinem Arm. Horrorvorstellungen liefen wie ein Film vor meinem inneren Auge ab. Eine Bombenexplosion, ein Maschinenschaden oder auch nur ein Augenblick der Unachtsamkeit des Piloten, und wir würden alle durch den Himmel nach unten geschleudert. Würde Alice aus ihrem Tiefschlaf erwachen, bevor sie das Bewusstsein verlöre? Würde Zoë, die an Adams Schulter lehnte und leise schnarchte, auch nur einen Moment Schmerzen spüren, wenn der Aufprall den zarten Knochen in ihrem Gehörgang zerfetzte? Sam würde einen Absturz vielleicht überleben, weil er so klein und durch mich geschützt war, anschließend aber käme er im Feuer um.

Hunderte von Passagieren schliefen friedlich. Niemand quälte sich so wie ich – wie jedes Mal, wenn ich im Flugzeug saß. Adam hielt sonst immer meine Hand, aber er saß zwei Plätze weiter, den Kopf zur Seite gelehnt. Im Schlaf sah er aus, als sei er ganz woanders, aber er war auch schon in den letzten Wochen weit weg gewesen. Wegen der ganzen Umzugsvorbereitungen war er abends lange im Krankenhaus geblieben. Ich dagegen war früh aufgestanden, um meinen Aufsatz über Saugglockengeburten zu überarbeiten. Wenn er abends nach Hause kam, schlief ich meist schon. Er hatte sich auf seine Diagnose einer postnatalen Depression versteift: Es war einfacher für ihn zu glauben, mein mangelndes Interesse an Sam sei eine Krankheit, die durch Afrika kuriert würde. Wir hatten kaum mehr miteinander gesprochen. In einigen Stunden würden wir in einer hellen, vollkommen anderen Welt landen, aber anders, als Adam glaubte, würde die Sonne nichts heilen.

Sams Kopf sank im Schlaf nach hinten. Sein Mund rutschte langsam von meiner Brustwarze, zog sie dabei mit sich, und es entstand ein Riss. Die Haut würde brennen und bluten, wenn ich ihn das nächste Mal anlegte. Ein dünner Milchfilm spannte sich über seine Lippen, zerplatzte und lief auf meinen Pulli. Ich hob ihn an die Schulter. Die Stewardess stockte, als sie vorbeieilte. Ihre Augen weiteten sich, als sie das Geburtsmal sah. Sie spürte meinen Blick und warf mir ein kurzes, professionelles Lächeln zu. Vermutlich dachte sie, ich hätte mich daran gewöhnt.

Das hatte ich aber nicht. Wie auch? Wie sollte ich mich an ein Geburtsmal gewöhnen, das sich wie ein Schmierfleck über das Gesicht meines Kindes ausbreitete? Ich sah mich um: Die anderen Eltern sahen so friedlich aus, wie sie neben ihren Kindern schliefen, während sie durch den dunklen Himmel befördert wurden. Irgendwo auf der Welt musste es Eltern wie mich geben, die das Aussehen ihrer Kinder nicht ertrugen, ihren Widerwillen und ihre Schuldgefühle für sich behielten. Megan war die Einzige, die wusste, was ich fühlte, und sie war Tausende Meilen entfernt. Meine Empfindungen, so falsch und erbärmlich sie waren, mussten verborgen bleiben.

Das Flugzeug veränderte die Position, schien die Flugbahn auf dem Weg nach Afrika zu verlagern, irgendwohin, wo wir noch nie gewesen waren. Ein winziger Hoffnungsschimmer erfüllte mich, als hätte mich jemand an die Hand genommen. Vielleicht erwartete uns etwas, das alles ungeahnt verändern würde. Die Wärme von Sams Körper war einschläfernd. In der Dunkelheit konnte ich mir einbilden, er sehe völlig normal aus. Trotz meiner Flugangst entspannten sich meine Gesichtsmuskeln und mein Puls verlangsamte sich, während ich in den Schlaf sank.

Das Metallgeländer war heiß, als wir die klapprige Treppe zum Flugfeld hinunterstiegen. Von allen Seiten strömten Sinneseindrücke auf uns ein: Hitze, die wie aus einem Backofen quoll; Licht, so dick und gelb wie Sirup; der Duft von Eukalyptus, Diesel und Staub. Diesen Moment unserer Ankunft hätte ich gern in mich aufgesogen, aber ich hatte einen trockenen Mund, meine Brustwarzen waren entzündet und Sam wand sich in meinen Armen. Adam ging mit Zoë vor mir her, Alice zwischen uns. Sie rannte hinter Adam her. Der Asphalt unter meinen Sohlen fühlte sich klebrig an. Rings um den Flughafen bis zu einer entfernten Hügelkette erstreckte sich flaches braunes Land. Neben dem Terminal waren eine schäbige Ansammlung verlassener Gebäude und ein Stacheldrahtzaun zu sehen, hinter dem zwei dürre Esel das kümmerliche braune Gras fraßen. Zoë wandte den Kopf, um sie zu betrachten, aber Adam schob sie weiter.

In einem verglasten Gebäude führten weiße Rohre nach oben, Gezwitscher und das Flattern von Flügeln waren irgendwo vom Dach her zu hören. Ich hatte mir ein niedriges, lärmiges Gebäude vorgestellt, keine kühle Kathedrale. Die Frau, die meinen Reisepass abstempelte, lächelte und hieß mich in Botswana willkommen. Das strahlend blaue Kopftuch einer alten Frau stach aus der Menge heraus; rote Blumen in Kübeln tanzten zum hellen Marmorboden. Es schien, als seien wir in einer geordneten bunten Welt gelandet.

Ich beugte mich zu Alice hinunter. »Ist es nicht schön, wieder auf festem Boden zu stehen, Süße? Wir werden hier viel Spaß zusammen haben.«

Sie nickte, und mich durchflutete Erleichterung. Ich hob ihre Hand für einen schnellen Kuss an meine Lippen.

Als wir unser Gepäck eingesammelt hatten, standen wir zusammen in der Ankunftshalle. Die Mädchen starrten auf einen Weihnachtsbaum, der sich schräg zu einer Seite neigte. In zwei Tagen war Weihnachten, aber meine Weihnachtsstimmung hatte sich verflüchtigt. Es fühlte sich viel eher so an, als begänne gerade unser Sommerurlaub. Die Passagiere, die mit uns im Flugzeug gesessen hatten, verstreuten sich im Flughafen und wurden von der Menge verschluckt. Nach einer Weile waren nicht mehr viele Menschen zu sehen, es wurde ruhiger. Sam begann zu quengeln. Hatten wir bei den Absprachen etwas falsch verstanden? Ich wusste nicht einmal mehr genau, was wir vereinbart hatten. Adam beobachtete die Menge und winkte energisch. Als ich seinem Blick folgte, entdeckte ich einen großen Botswaner, der die Menge um einen Kopf überragte. Er hielt ein Schild hoch, auf dem in dicken blauen Buchstaben schräg unser Name geschrieben stand: FAMILIE JORDAN. Einen Augenblick später hatte er Adams Winken bemerkt und eilte auf uns zu. »Willkommen!« Er hatte eine tiefe Stimme, die in seinem Mund nachzuhallen schien. Er trug einen verknitterten weißen Anzug und eine Halbbrille, die ihm von der Nase rutschte, als er sich zu unserer kleinen Gruppe herunterbeugte. »Ich bin Kabo.«

Adam hatte seinen Forschungsassistenten Kabo schon erwähnt, aber es war mir entfallen. Selbst vor Sams Geburt hatte ich solche Einzelheiten schon vergessen, das Hintergrundrauschen hatte sie verschluckt. Vielleicht konnte ich mir hier alles einfacher merken. Kabo ergriff mit beiden Händen meine Hand und lächelte breit.

»Vielen Dank, dass Sie gekommen sind, um uns abzuholen.« Adam klopfte ihm auf die Schulter, dann schüttelte Kabo feierlich den Mädchen nacheinander die Hand. Zärtlich berührte er Sams Fuß. In seinem Lächeln erschien kein eilig unterdrücktes Mitleid oder Missfallen. Endlich fiel die Anspannung der langen Nacht ein wenig von mir ab.

Kabo hatte bereits mehrere Gepäckwagen für unsere Koffer organisiert, und wir liefen an den Blumenkübeln vorbei in die gleißende Helligkeit auf dem Parkplatz, wo in der heißen Sonne reihenweise Autos glänzten.

»Wäre es sinnvoll, dass wir hier ein Auto mieten?«, fragte Adam und deutete auf die Schlange vor einem Mietwagenschalter.

»Nicht nötig. Ich bringe Sie nach Kubung – ich wohne nicht weit von Ihnen entfernt«, antwortete Kabo. »Und Ihre Autos sind bereits eingetroffen: ein Jeep für die Ausrüstung und ein Wagen mit Allradantrieb. Sie werden ihn brauchen, wenn es regnet. Vergessen Sie nur nicht, die Autos zu warten – Öl, Wasser und so weiter! Hier gibt es keinen ADAC.« Er lachte mit einem tiefen Glucksen, das die Unterschiede zwischen unseren Ländern zu einem Witz machte, über den wir uns beide amüsieren konnten. Er deutete auf die trockenen Beete und ausgedörrten Pflanzen am Straßenrand. »Der Regen ist überfällig. Er hätte schon im September einsetzen sollen. Überall herrscht starke Trockenheit.«

Ich erinnerte mich, dass Botswana in Alices Schulatlas zum größten Teil vom Gelb der Wüste bedeckt gewesen war, nur unterbrochen von einem winzigen grünen Fleck im Nordwesten neben dem Delta.

Wir verluden unser Gepäck in Kabos geräumigem Wagen, und anschließend half er, Sam in seiner Babyschale festzuschnallen, die wundersamerweise aufgetaucht war. Die Mädchen kletterten auf beiden Seiten neben ihn, und ich setzte mich dazu und war erleichtert, der Hitze zu entkommen. Adam saß auf dem Beifahrersitz. Kabo manövrierte den Wagen um Inseln aus zerzausten Palmen und dürren Hecken herum und fuhr auf die Straße.

»Ich wusste gar nicht, dass es hier so heiß ist«, sagte Adam und rollte die Ärmel hoch. »Die Hitze trifft einen ja wie ein Vorschlaghammer.« Er spähte neugierig aus dem Fenster. Ich bemerkte, dass er die Hitze anstrengend fand.

»Wir kommen auf dem Weg an einem Hotel mit Pool vorbei«, sagte Kabo. »Wir können dort anhalten, wenn Sie möchten. Kein Problem.«

»Klingt gut.« Adam sah zu mir nach hinten. »Was hältst du davon, Em?«

»Ich weiß nicht genau.« Die Aussicht auf kaltes Wasser war verlockend, aber ich wollte auch gern ans Ziel kommen, Sam hinlegen und schlafen.

»Wir kommen ohnehin an dem Hotel vorbei«, sagte Kabo. »Sie können sich entscheiden, wenn wir dort sind.«

Das Auto beschleunigte auf der zweispurigen breiten Fahrbahn. Alice sah aus dem Fenster, Zoë fielen trotz der Stimmen ringsum die Augen zu. Sam döste, würde aber bald Hunger bekommen. Adam und Kabo wandten sich die Köpfe zu und unterhielten sich. Ich schnappte die Wörter »Lymphom« und »Aids« auf – offenbar waren sie schon jetzt ein Team. Draußen rauschten hohe Gebäude vorbei. Ihre getönten Scheiben schillerten bläulich. Im Vorüberfahren erklärte Kabo, was darin untergebracht war: die Umschlagstelle für Diamanten, das Gesundheitsministerium, das Handelszentrum. Die Dächer der kleineren Gebäude kauerten sich unter grüne Bäume. Überall am Straßenrand entdeckte ich Verkaufsstände, aber wir fuhren so schnell, dass ich nicht erkennen konnte, was dort verkauft wurde. Nur wenige Menschen liefen am Straßenrand entlang. Dies war nicht das Afrika, das ich mir vorgestellt hatte. Ich hatte mehr Armut und strömende Menschenmassen erwartet. Gaborone sah aus wie jede andere weltoffene Stadt. Es war heißer, anders natürlich, aber die Gebäude, die Menschen und Straßen wirkten vertraut. Die Kinder waren hier in Sicherheit, ich konnte meinen Studien nachgehen, alles würde sich einspielen.

Nach einigen Meilen fuhr Kabo langsamer und deutete auf ein weitläufiges Backsteingebäude vor uns auf der linken Seite. Auf dem Vorplatz standen Palmen, und dahinter schien es grün zu sein; hohe Bäume ragten hinter dem Dach empor. »Das ist das Hotel, das ich meinte. Sollen wir anhalten?« Er bremste ab, drehte sich um und warf den Mädchen ein Lächeln zu. »Meist toben im Garten auch Affen herum.«

»Affen!«, wiederholte Zoë begeistert. Sie war aufgewacht und hob bereits den Kopf, um in den Bäumen nach den Tieren zu suchen.

Adam drehte sich mit fragendem Blick zu mir um.

Ich schob Zoës Hand vom Türgriff. »Ein kurzer Sprung ins Wasser kann nicht schaden«, erwiderte ich.

Kabo fuhr in die Einfahrt und hielt neben einem Reise- und einem gelben Kleinbus mit außen aufgemalten Löwen. Wir sahen, wie eine Schar Kinder aus dem Reisebus strömte und ein sich schlängelndes Krokodil formte. Es wurde von zwei Frauen mit Klemmbrettern im Arm und roten Blazern angeführt. Kurz darauf waren sie im Hotel verschwunden. Dann öffneten sich die Türen des Kleinbusses und zehn wesentlich kleinere Kinder kletterten heraus, gefolgt von einer übergewichtigen weißen Frau mit hochgestecktem blonden Haar. Die kleine Gruppe wuselte ins Hotel. Ein großer Afrikaner mit dunkler Sonnenbrille und breitkrempigem Cowboyhut bildete die Nachhut.

»Schulausflug?«, fragte Adam und schnallte sich ab.

Kabo drehte sich um und sah ihn an. »Waisenkinder«, erklärte er mit leiser Stimme. »Aids hat hier eine ganze Generation ausgelöscht. Diese Kinder und Tausende weitere wachsen in Waisenhäusern auf.« Er deutete auf das letzte Kind, das zurückgelaufen kam, weil es ein Handtuch verloren hatte. »Gelegentlich kommen sie in den Genuss eines solchen Ausflugs. Die Hotels laden sie in der ruhigeren Saison kostenlos ein – das ist gut fürs Image.«

Ich rutschte mit Sam seitlich aus dem Auto, die Mädchen krochen hinter uns her. Adam legte ihnen beiden einen Arm um die Schulter; sie lehnten sich an ihn und stellten ihm mit vor Begeisterung piepsiger Stimme Fragen. Ich vergaß so schnell, wie gut es uns ging. Wie konnte ein gelegentlicher Ausflug irgendetwas im brüchigen Leben dieser Waisen verändern?

Wir wurden mit warmen Waschlappen und Saft begrüßt. In der Empfangshalle war es kühl, und die flauschigen Blütenbälle eines großen Akazienstraußes auf dem Tresen verströmten einen intensiven Mandelduft. Das feuchte Tuch war wohltuend für mein verschwitztes Gesicht. Kabo meldete uns als Gäste an, während sich Zoë auf dem glänzenden Holzboden unaufhörlich vor dem Weihnachtsbaum im Kreis drehte und dabei die Hosenbeine ihrer Shorts festhielt. Alice saß an den hinteren Fenstern und betrachtete den Garten.

»Sie haben noch Zimmer frei, Em«, sagte Adam. »Wollen wir über Nacht hierbleiben und unsere Reise für heute beenden? Kabo meint, es sind noch mindestens zwei Stunden bis Kubung.«

Sam fing an zu strampeln und zu weinen. Der Gedanke, mich nach der Nacht im Flugzeug mit Sam auf dem Schoß in einem Bett auszustrecken, war verlockend.

»In Ordnung«, stimmte ich zu.

Zoë klatschte in die Hände, und das Mädchen hinter dem Tresen lächelte.

Wir fanden einen Tisch im Schatten neben dem Pool. Sam trank sein Fläschchen, als ich mich mit Kabo hinsetzte, vor uns eine Kanne mit frischem Orangensaft. Die Mädchen warfen sich ins Wasser, wo Adam stand, um sie aufzufangen. Zoë kreischte vor Vergnügen. Die Waisenkinder standen schweigend zusammen auf der flachen Seite, einige sprangen vorsichtig in die Höhe.

»Sie wirken so verhalten«, sagte ich zu Kabo. »Gar nicht so, wie ich es von Kindern in einem Pool erwarten würde.«

»Sie wissen nicht, wie man spielt«, erwiderte er. »Manche waren für ihre Familie verantwortlich oder wurden von der Straße aufgegriffen.« Er schüttelte den Kopf. »Waisenhäuser sind nicht ideal, aber die Alternativen sind noch weitaus schlimmer.«

Die jüngeren Kinder aus dem Kleinbus liefen an uns vorbei. Keins von ihnen sagte etwas. Im Vorbeigehen sah die blonde Frau auf Sam hinab, und ihr gebräuntes Gesicht verzog sich zu einem freundlichen Lächeln. »Entzückend«, sagte sie.

Vielleicht fiel einem Menschen, der täglich mit tragischen Schicksalen zu tun hatte, das Geburtsmal nicht so sehr auf. Aber als ihr Blick auf seinem Gesicht ruhte, hatte ich zum ersten Mal das Gefühl, dass jemand von außen ihn wirklich zur Kenntnis nahm. Die Mädchen waren als Kleinkinder so süß gewesen, dass sie überall Beifall bekommen hatten. Aber ich hatte zu viel um die Ohren gehabt, um mit Sam hinauszugehen, ich war zu müde gewesen, um Leute einzuladen, und hatte mich zu sehr geschämt.

»Das Geburtsmal wird innerhalb eines Jahres verblassen, dann ist er erst recht entzückend.« Mir fiel selbst auf, wie beflissen ich klang. Es konnte auch vier Jahre dauern, aber das wollte ich mir selbst kaum eingestehen.

»Willkommen in Botswana! Ich heiße Claire, Claire Stukker. Machen Sie Urlaub hier?« Sie deutete auf das Hotel. Ihr südafrikanischer Akzent verlieh ihrer Stimme einen hoffnungsvollen, sympathischen Klang.

Ich schüttelte den Kopf. »Wir sind nur für eine Nacht hier.« Als Sam zu spucken begann, stand ich auf, um ihn zu wickeln.

Kabo sprang für mich ein. »Wir starten ein gemeinsames Projekt, um die Krebsrisiken bei HIV-Patienten zu erforschen.« Er nickte in Richtung Pool, zu Adam und den Mädchen hinüber. »Doktor Jordan und seine Familie sind gerade erst aus England gelandet.«

»Was immer die Situation verbessert, ist gut.« Sie wandte sich an mich. »Diese Kinder hier haben alles verloren.«

»Sicher eine schwere Aufgabe, sie zu betreuen.« Ich sah, wie sie einige ihrer Zöglinge in den Blick nahm, die sich am Beckenrand rauften. Sie wirkte ruhig, aber wachsam, ganz so, wie es ihre Aufgabe erforderte.

»Wir tun unser Möglichstes«, erwiderte sie, »doch das ist nicht annähernd genug. Ich habe natürlich Unterstützung. Mein Partner Daniel und ein kleines Team junger Frauen helfen mir dabei. Ohne sie würde ich es gar nicht schaffen.« Sie sah wieder auf Sam hinab und berührte ihn sanft unter dem Kinn. »Die Menschen hier werden Ihnen ihre Hilfe anbieten. Ich nähme sie nach Möglichkeit an. Die Botswaner lieben Kinder und brauchen das Geld.« Sie nickte uns beiden zu und wandte sich zum Gehen.

»Noch irgendwelche Ratschläge für Neuankömmlinge?«

Sie sah mich wieder an. »Stadt oder Land?«

»Im tiefsten Busch, fürchte ich«, erzählte Kabo ihr und blickte mich beklommen an. »Ein paar Kilometer hinter Kubung auf der Thamagastraße.«

»In dem Fall: Schlangen.« Sie ging los, wandte sich aber noch einmal um. »Sie verstecken sich im hohen Gras. Ihre Kinder sollten immer Schuhe tragen.«

Das war alles? Ich hatte mehr erhofft. Sie war bei den Jungen angekommen, die sich mittlerweile prügelten, und zog sie mit festem Griff auseinander. Ich nahm wieder Platz; ich hatte nicht geahnt, dass wir so abgelegen wohnen würden.

Kabo lächelte. »Adam hat erzählt, dass Sie auch arbeiten werden. Erzählen Sie mir von Ihren Studien!«

Während unseres Gesprächs beobachtete ich Adam mit Zoë auf den Schultern und Alice neben sich im Pool. Die Sonne stand noch immer hoch, es duftete nach Kiefern und Kräutern. Ohne die Kinderschar, die hüfttief im Wasser stand und schweigend zusah, hätten wir wieder in der Provence sein können.

Nach einer Weile kamen alle aus dem Wasser, und der Pool war leer. Ich übergab Sam an Adam, zog mich um und stieg ins Becken. Ich ließ mich eine Weile auf dem Rücken treiben und widerstand der Versuchung, Bahnen zu schwimmen – Kabo hätte mich für verrückt erklärt. Die blonde Frau war stehen geblieben und unterhielt sich mit Adam, während sie wartete, dass die Kinder sich anzogen. Sie hatte eine Hand über Sams Köpfchen ausgebreitet und kraulte ihm gedankenverloren die Öhrchen. Ich wäre am liebsten hinausgesprungen und hätte ihn an mich gerissen. Dieselbe Furcht hatte mich befallen, wenn Fremde die Mädchen angefasst hatten, als sie Säuglinge waren, aber dies war das erste Mal, dass es mir bei Sam so erging. Seltsam beschwingt drehte ich im tiefen Wasser eine Rolle und tauchte in die Tiefen des Pools. Als ich wieder hochkam, war die Frau verschwunden. Kurz danach stieg ich aus dem Wasser und hörte, wie die Busse geräuschvoll vom Hotelparkplatz losfuhren.

»Sie fahren schon wieder? Die armen Kinder hatten ja kaum Zeit zum Ausruhen«, sagte ich zu Kabo, während ich mir mit einem Handtuch die Haare trocknete. Zoë kauerte neben meinen Füßen, um eine kleine Eidechse zu untersuchen, die sich auf einer Gehwegplatte sonnte.

»Sie fahren noch zu einem Fußballspiel. Sie hat viel geplant für heute. Ihre Energie ist bewundernswert.« Er lächelte. »Sie hat Ihnen ihre Telefonnummer und Adresse hinterlassen.«

Kabo reichte mir einen gefalteten Zettel. Darauf hatte sie eine Adresse in Gaborone und eine Handynummer notiert. *Melden Sie sich gern,* stand in schnörkeliger Schrift darunter. Ich hatte vergessen, wie hilfsbereit Menschen Reisenden gegenüber sein können. Ich tippte die Kontaktdaten in mein Handy.

Später zeigte ich Adam die Notiz.

»Und schon hast du eine Freundin.« Er legte mir einen Arm um die Schultern. »Könnte hilfreich sein.«

Er hatte recht. Sie war irgendwann selbst neu im Land gewesen und sie hatte mit Kindern zu tun. Es mochte Hunderte von Themen geben, zu denen ich sie befragen konnte.

Kabo wollte die Nacht bei seinen Eltern verbringen, die in der Nähe wohnten, und verabschiedete sich. Er versprach, uns am nächsten Morgen bei Sonnenaufgang abzuholen. Wir spazierten durch den Garten. Samtweicher Rasen umgab die Bananen- und Zitronenbäume. Hohe Eukalyptusbäume standen in kleinen Gruppen zusammen. Versteckte Schläuche drehten sich hin und her, das versprühte Wasser hinterließ dunkle Spuren auf der papierartigen Rinde und setzte den warmen Duft von Eukalyptus frei. Affen hangelten sich durch die Äste und sprangen aufs Hoteldach, unter sich ihre Jungen, die sich mit winzigen Fingern festklammerten. Alice hielt Sam hoch und zeigte ihm die herumtollenden Tiere. Er wirkte ganz versonnen, griff mit den Händchen danach, als wolle er sie berühren.

Am nächsten Morgen schliefen alle noch. Das Wasser dampfte in der klaren Luft, und Schwalben schossen tief über den Pool, als ich hin und her schwamm. Die Kiefern verströmten schon ihren intensiven Duft. Nach dem Frühstück holte Kabo uns ab. Als wir alle im Auto saßen, startete er den Motor und das Hotel verschwand hinter uns in der Ferne. Das Schwimmen war erholsam gewesen; es konnte eine Weile dauern, bis wir wieder Gelegenheit dazu hatten.

»Gibt es dort, wo wir hinfahren, irgendwo einen Pool, Kabo?«

Er sah mich im Rückspiegel an. »Kubung ist eine arme Gegend«, sagte er vorsichtig und schob seine Brille hoch. »Sehr trocken. Wasser ist kostbar. Ich glaube nicht, dass es für einen Pool reicht.«

Ich schämte mich für meine Frage, aber Kabo ließ sich nicht beirren. »Der Eigentümer sagte etwas von Wasser hinter dem Haus. Es könnte ein aufgestauter See sein.«

Die Aussicht auf einen See war traumhaft, besser noch als ein Pool. Ich erinnerte mich an die Bilder, die Adam mir gemailt hatte. Vielleicht gab es dort Schatten und Wiesen, auf denen wir picknicken konnten. Wir könnten jeden Tag schwimmen gehen. Wir fuhren schneller, und ich drehte mich um, um Alice davon zu erzählen, aber sie schlief schon. Ich zog ihr die Strickjacke aus, und sie rührte sich kaum. Zoë sah aus dem Fenster und lutschte am Daumen. Ihr fielen ebenfalls die Augen zu. »Schlaf nur, mein kleines Mädchen!« Ich streichelte ihr über den pummeligen Arm, und ihre Augen schlossen sich. Ich lächelte und betrachtete Sam. Er hatte den Kopf in der gepolsterten Babyschale zur Seite gedreht. Der Nävus lag vorn – im Sonnenlicht wirkte er noch größer und glänzender. Die Sonnencreme steckte in meiner Tasche. Als ich ihn einrieb, öffnete er den Mund und nuckelte am Polster. Ich lehnte mich zurück, und mein letzter wacher Gedanke war: Hoffentlich ist es sauber.

Der konfuse Fetzen eines Albtraums glitt davon, und schließlich nahm ich mehr als nur Schatten wahr. Wir standen, und es war still im Auto. Draußen sah ich weißen Himmel, braune Erde und grüne Blätter. Die Mädchen lagen mit geschlossenen Augen auf dem Rücksitz und atmeten tief, fast wie betäubt. Sam hatte seine Arme weit ausgebreitet – er wirkte glücklich, selbst im Schlaf. Ich schob mich an Alice vorbei und öffnete die Tür. Vor uns auf einer Anhöhe stand ein langes, niedriges Gebäude mit Strohdach. Adam saß unter einem Baum und unterhielt sich mit Kabo.

Die Hitze war brutal. Mir brannten Gesicht und Arme. Hier war es noch viel heißer als in Gaborone. Ich stolperte über Baumwurzeln in der harten rötlichen Erde und lief zu Adam hinüber. Er unterbrach sein Gespräch mit Kabo und drehte sich zu mir um. »Wir sind da! Du hast fast den ganzen Weg geschlafen.« Dann deutete er auf ein junges Mädchen, das ich gar nicht bemerkt hatte, weil es halb von Kabo verdeckt wurde.

Sie kam zu uns herüber und betrachtete ihre Füße. Sie waren nackt und mit rotem Staub bedeckt; ihr Haar war streng geflochten, ihr Gesicht ebenmäßig. Sie wirkte sehr jung.

»Das ist Teko«, sagte Kabo. »Sie hat schon auf uns gewartet. Sie hat gehört, dass Sie kommen, und möchte sich um die Kinder kümmern.«

»Sich um die Kinder kümmern?« Dieses Kind? Megan musste ihren Vorschlag wirklich in die Tat umgesetzt haben, aber ich war eher ärgerlich als dankbar. Wir brauchten kein Kindermädchen – ich dachte, wir hätten das geklärt. Ich wollte mehr Zeit mit den Kindern verbringen, arbeiten und gemeinsam mit ihnen etwas unternehmen. Ich hatte mich auf Spaziergänge durch den Busch gefreut, bei denen wir Insekten und Pflanzen sammelten, auf Ausflüge in Wildparks, hatte mich darauf gefreut, mit unseren Büchern unter Bäumen im Gras zu liegen. Gutenachtgeschichten. Adam sah mich erwartungsvoll an. Ich lächelte und schüttelte Teko die Hand. Ihre Haut war rau. Arbeitshände. Ihr Gesicht war hübsch, aber sie sah angespannt aus; ihre Augen wirkten älter als ihre Figur. Auch ohne Schuhe war sie ordentlich gekleidet, trug einen schwarzen Rock, ein enges weißes T-Shirt und eine hübsche Kette aus blauen Steinen um den schlanken Hals.

»Eine Freundin von uns hat als Kind hier in der Nähe gelebt. Sie hatte angeboten, über einen Bekannten, der ein Waisenhaus leitet, eine Hilfe zu organisieren«, berichtete ich Kabo. »Aber ich wusste gar nicht, dass sie aktiv geworden ist.«

Kabo wandte sich an Teko und stellte ihr in schnellem Setswana einige Fragen. Während sie nickte und kurze Antworten gab, betrachtete sie mich. »Sie kommt direkt aus dem Waisenhaus. Ihr Chef hat ihr von Ihrer Ankunft erzählt.« Er hob die Schultern. »Das ist üblich bei uns. Arbeitssuchende kommen einfach vorbei, auch ohne eine solche Vermittlung.« Dann lächelte er und schob seine Brille hoch. »Teko hat sich um die Säuglinge und einige ältere Kinder gekümmert. Sie hat ein Schreiben mitgebracht.« Er reichte es mir. Ich las einige getippte Sätze über ihre Aufgaben bei den jüngeren Waisenkindern. Ihre Ehrlichkeit wurde hervorgehoben. Ich reichte das Blatt an Adam weiter, der es kurz überflog und ihr zurückgab.

»Schön, dass Megan Wort gehalten hat. Wir sind sehr dankbar«, sagte Adam herzlich. Er nickte Teko zu. »Sie sind zum idealen Zeitpunkt gekommen.«

»Auf wundersame Weise.« Ich wandte mich an Kabo. »Wie hat sie uns gefunden?«

»Sie hat die Adresse von ihrem Chef im Waisenhaus bekommen. Sie hat den Bus nach Kubung genommen und ist dann mit einem Bauern gefahren, der nach Thamaga wollte«, erwiderte er, sah sie an und nickte zustimmend. Seine Worte deuteten an, dass sie eine aufwendige Reise auf sich genommen hatte. Sie wollte die Stelle offenbar wirklich antreten.

»Wann wollen Sie anfangen? Sofort?«, fragte Adam mit einem Lächeln. Teko erwiderte seinen Blick, die straffe Haut um ihre Augen war entspannt, aber sie gab keine Antwort.

»Sie spricht kein Englisch«, warf Kabo dazwischen. »Aber das ist kein Problem.«

Kein Problem? Wie sollten wir eine junge Frau anstellen, mit der wir nicht kommunizieren konnten?

»Wir brauchen eher einen Nachhilfelehrer als ein Kindermädchen, Kabo, jemanden, der Englisch spricht.«

»Ich finde einen Nachhilfelehrer für Sie, kein Problem«,

gab er zurück. »Aber Sie werden bestimmt trotzdem dankbar für Tekos Hilfe sein. Ein paar Worte versteht sie. Sie sagt, wenn Sie ihr einfach zeigen, was Sie wollen, wird sie schnell alles begreifen.« Seine Brille rutschte wieder nach vorn.

Alles begreifen? Alices Angst? Zoës übermäßigen Wunsch nach Aufmerksamkeit? Sam, dessen Rhythmus schon jetzt völlig durcheinander war? Würde ihr der schwelende Konflikt zwischen Adam und mir etwas ausmachen? Ich bezweifelte, dass irgendetwas in unserer Familie für einen Außenstehenden so ohne Weiteres zu begreifen war.

»Es ist ja nicht so, als seist du nicht die ganze Zeit auch dabei. Vielleicht kannst du mit ihrer Hilfe eher in Ruhe arbeiten«, sagte Adam. Dann lenkte ihn ein leuchtend blauer Vogel ab, der immer wieder zwischen den Zweigen über unseren Köpfen hin und her flog. »Ein blauer Star«, murmelte er. »Fantastisch.«

Er warf mir ein triumphierendes Lächeln zu, wie ein kleiner Junge, der einen verborgenen Schatz entdeckt hat. Er hatte viel über die hiesige Vogelwelt gelesen, mich dagegen hatte Sam so sehr in Beschlag genommen, dass ich nicht dazu gekommen war. Wenn Zeit übrig gewesen wäre, hätte ich vielleicht ein paar Wörter auf Setswana gelernt oder mich mit den Pflanzen beschäftigt, die hier wuchsen, damit ich sie den Mädchen zeigen konnte. Selbst im Flugzeug hatte ich keine Gelegenheit gehabt, durch die Prospekte über Botswana zu blättern, die in den Sitztaschen vor mir steckten. Bitterkeit stieg in mir auf.

»Dann könntest du dein Forschungsprojekt über das

Abklemmen der Nabelschnur abschließen«, fuhr Adam fort und tätschelte mir den Arm. Ich zog ihn verärgert weg. Er sah zu Kabo hinüber, der den Vogel genauer betrachtete und dabei leise vor sich hin pfiff.

Die blauen Steine in Tekos Kette hatten genau dieselbe Farbe wie Sams Augen. Als spürte sie meine Neugier, hob sie die Hand und berührte ihre Kette; sie lächelte schüchtern. Mir fiel ein, dass Kabo denken könnte, ich würde ihr Angebot ablehnen, weil sie Afrikanerin war. Fühlte er sich möglicherweise gekränkt? Wenn wir Teko einstellten, könnte ich mehr Zeit mit Alice verbringen. Auch die Frau am Pool hatte mir geraten, Hilfe anzunehmen, wenn ein Angebot bestand.

Kabo beugte sich vor und breitete die Arme um Adam und mich aus. »Warum entscheidet ihr euch nicht einfach später? Es besteht keine Eile. Vereinbart eine Probezeit, wenn ihr möchtet.« Er lächelte aufmunternd. »Kommt mit und seht euch das Haus an!«

Die Kinder schliefen immer noch. Kabo hatte im Schatten geparkt. Ich zögerte, sah zum Haus hinüber. Dann lief Teko aufs Auto zu; den rechten Fuß zog sie ein wenig nach. Vielleicht Kinderlähmung, die in Teilen Afrikas verbreitet war. Sie musste eine schwierige Kindheit gehabt haben. Vielleicht war es gar nicht so einfach, Arbeit zu finden – vielleicht dachte sie, diesmal habe sie Glück. Sie nickte mir zu, sie würde aufpassen, während wir im Haus waren. Kabo hatte recht – auch ohne Worte schien die Verständigung einfach zu sein.

»Es ist das Landhaus eines Geschäftsmanns«, fuhr Kabo

fort, während er zu einer Steintreppe vorausging, die in den trockenen Erdhang eingehauen war. »Er hat es für seine Familie im traditionellen Stil errichtet, aber inzwischen wohnen sie ganz luxuriös in Gaborone … Diamanten.« Sein Blick schweifte über den Garten, der das Haus umgab: ein großer, bräunlicher Rasen, darin einzelne Beete mit Sukkulenten und hinten eine Gruppe Eukalyptusbäume. »Er hatte drei Wachhunde«, fügte er hinzu. »Tagsüber waren sie angebunden, aber nachts liefen sie frei herum. Sie sind inzwischen in Pflege in Thamaga. Ich könnte ihn bitten, euch die Tiere auszuleihen. Ihr wohnt hier recht abgelegen – es könnte ratsam sein.«

Vermutlich streiften große Tiere in der Dunkelheit frei durch den Garten. Was, wenn die Mädchen sich spätabends hinausschlichen und im Garten spielten? Was, wenn Zoë versuchen würde, eins der Tiere zu streicheln?

Adam wirkte unschlüssig. »Entscheide du, Em!«

»Danke, Kabo, aber ich will immer hier sein. Und nachts ist auch Adam da. Welche Botschaft würde eine solche Maßnahme außerdem an die Bewohner in der Umgebung senden?« Reiche Weiße, die Angst vor ihren afrikanischen Nachbarn hatten. Das wäre die Botschaft, dachte ich, sprach sie allerdings nicht laut aus. *Wir sind hier, um zu helfen, aber wir trauen euch keinen Meter über den Weg.*

Kabo holte tief Luft und wollte offenbar widersprechen, besann sich dann wohl eines Besseren. »Sagt mir Bescheid, wenn ihr euch abgesprochen habt. Das lässt sich schnell organisieren. Kommt, gehen wir rein!«

Wir folgten ihm die Treppen hinauf in den kühlen

Schatten der Veranda. Nach dem grellen Sonnenlicht war es drinnen dunkel. Es roch nach Bienenwachs und gekochtem Fleisch. Ein langes Sofa aus gemustertem Samt stand vor dem Fenster. Auf einem niedrigen Tisch stapelten sich Bücher, gestreifte Baumwollteppiche lagen auf dem Holzboden, und einige schwere Petroleumlampen standen auf Beistelltischen. Regale mit weiteren Büchern reichten bis zur Decke. Auf den ersten Blick schienen sie von Mineralien und Bergbau zu handeln. Ein Globus stand auf dem Boden. Der Kopf eines Tiers mit gebogenen und zerfurchten Hörnern hing an der hinteren Wand.

»Ein Kudu«, sagte Kabo stolz, als er meinen Blick auffing. Dieses Tier hatte einst hier zur Landschaft gehört, nun hing es dekorativ an der Wand. Ich hoffte, Zoë würde es nicht so schnell entdecken.

Eine schillernde Wasserreflexion glänzte an der Decke – sie musste vom See hinter dem Haus stammen. Als ich auf das Fenster an der hinteren Zimmerwand zuging, zuckte ich zusammen. Ein Mann und eine Frau hatten sich stumm an der Wand aufgestellt und beobachteten mich. Der Mann, grauhaarig und mit milchigen Pupillen, stand mit zurückgezogenen Schultern da, wie zur Wache. Die Frau war jünger, mollig und hatte hübsche Gesichtszüge. Sie trug ein verblichenes Kleid, eine grüne Wollmütze und abgenutzte Turnschuhe. Ihre Augen leuchteten im Dämmerlicht. Einen Moment lang blickten wir uns an. Als der Schreck verebbte, gelang mir ein Lächeln. Sie trat vor und stellte sich in gebrochenem Englisch vor. Sie hieß Elisabeth, der ältere Mann war ihr Bruder Josiah. Er kümmerte sich um den Garten, sprach aber nur Setswana. Sie war verantwortlich für das Haus und die Verpflegung. Beide waren beim Eigentümer angestellt, wohnten hier und sorgten für Ordnung, wenn er nicht hier war.

Ein Gärtner? Eine Haushälterin? Von Bediensteten war nie die Rede gewesen. Ich dachte, wir seien hier allein, gemeinsam als Familie, das war doch der Sinn des Ganzen gewesen. Das, Adams Arbeit und meine Forschungsprojekte. Ein merkwürdiges Schuldgefühl kroch in mir hoch. In England war es einfach, Hilfspersonal zu beschäftigen, aber in Botswana kannte ich die Regeln nicht. Schon jetzt empfand ich es hier als überfüllt. Andererseits konnte ich die beiden schlecht wegschicken.

Dann stand Adam neben mir, lächelte und reichte ihnen die Hand. Josiah schüttelte sie mit einer leichten Verbeugung. Adam fragte, wo sein Dorf liege und wie er sein Stück Land bebaue. Elisabeth strahlte und begann zu übersetzen. Adam hatte seine Jacke abgelegt, und mit seinen aufgerollten Ärmeln wirkte er entspannt und so, als fühle er sich zu Hause. Meine Leinenhose war zerknittert, und Sam hatte Milch auf meinen Rücken gesabbert. Sein Stück Land? Adam hatte seine Hausaufgaben erledigt – er war besser vorbereitet als ich und mir schon jetzt ein Stück voraus. Erneut stieg Bitterkeit in mir auf.

Neben Elisabeths ruhiger Stimme war in der Ferne Weinen zu hören. Die Mädchen mussten von Sams Geschrei aufgewacht sein und hatten wahrscheinlich Panik, weil sie nicht gesehen hatten, wohin wir verschwunden waren.

Ich rannte los, stolperte über den Teppich und stieß mir

am Tisch das Schienbein. Adam eilte mir zu Hilfe, aber ich lief schnell hinaus zum Auto. Als ich die Tür aufriss, sah ich schon, dass der Wagen leer war. Ich blickte mich um, suchte verzweifelt den Garten ab, bis ich merkte, dass sie dicht neben mir unter einem Baum saßen, zusammen mit Teko. Sie hockte auf den Fersen, summte eine tiefe Melodie und wiegte Sam. Mit der Hand schirmte sie seine linke Wange ab, als wolle sie den Nävus vor der Sonne schützen. Er hatte Schluckauf und war ganz damit beschäftigt, ihre Kette zum Mund zu ziehen. Die blauen Steine leuchteten zwischen seinen kleinen Fingern. Zoë lehnte an Tekos Schulter, ein Fuß schaukelte im Rhythmus der Melodie hin und her. Ein wenig davon entfernt hüpfte Alice auf und ab und beobachtete, wie der Staub um ihre Sandalen aufwirbelte. All das zählte mehr als tausend Empfehlungsschreiben.

Ganz außer Atem tauchte Adam hinter mir auf.

»Du hast gewonnen. Sie kann bleiben«, sagte ich.

Er umarmte mich lachend. Ich sah Kabo grinsen, zweifellos erleichtert, dass wir uns wie ein normales Ehepaar verhielten. Vermutlich schob er meine Verärgerung von vorhin auf meine Müdigkeit. Die Regeln, nach denen sich Liebe und Konkurrenz bei uns abwechselten, waren kompliziert. Adam konnte von mir aus gewinnen – verglichen mit den Themen, über die wir sonst stritten, war das hier banal.

KAPITEL 15

BOTSWANA, 23. DEZEMBER 2013

Als Kabo sich verabschiedet hatte und die Koffer ausgeladen waren, lief Zoë im Flur hin und her. Ihre Schritte dröhnten auf den Holzdielen. Adam pfiff, während er seine Bücher auspackte und sie in einem Regal im Wohnzimmer einordnete. Eine Bücherreihe des Eigentümers schob er zusammen, um Platz zu schaffen. Alice tappte auf Zehenspitzen umher, öffnete die Schränke, spähte hinein und schloss sie wieder. Ich übergab Sam an Adam und trat durch die Haustür auf die breite Veranda, die über die gesamte Häuserbreite verlief. Im Schatten stand eine Tischgruppe mit mehreren Stühlen. Vor mir erstreckte sich bis zum Horizont nichts als braunes Land, das zu unebenen Gräben zerklüftet und mit Tausenden von Dornbäumen gespickt war. Eine violette Hügelkette erhob sich in der Ferne.

Ich spürte einen Anflug von Besorgnis. Trotz Kabos Ankündigung hatte ich nicht gedacht, dass wir hier so allein wären. Es gab keinerlei Anzeichen von Häusern oder

Menschen, nur eine kleine Ziegenherde kraxelte neben der Straße in einer Schlucht unter wilden Feigenbäumen herum. Der Himmel war breiter und wolkenloser, als ich ihn je gesehen hatte. Ich konnte mir kaum vorstellen, dass dieses hohe, vollkommene Blau Tausende von Meilen entfernt in England zu einer niedrigen, regnerischen Wolkendecke wurde.

Zoë gesellte sich zu mir, wollte die Gegend erkunden. Ich erinnerte mich an den Schimmer an der Zimmerdecke und aus Sehnsucht nach kühlem Wasser holte ich unser feuchtes Schwimmzeug aus der Reisetasche und sprühte Zoë eilig mit Insektenspray ein. Am Pool gestern war mir das nicht nötig erschienen, aber hier war es viel heißer und urwüchsiger. Jauchzend rannte Zoë die Böschung hinter dem Haus hinunter. Ich folgte ihr langsam und suchte den Boden nach Schlangen ab. Erst als ich das Ufer erreicht hatte, erkannte ich, dass es hier gar keinen aufgestauten See gab. Vor uns lag ein mit grünem Schaum bedecktes und mit Schilf bewachsenes braunes Wasserloch. Schlingpflanzen umwucherten die Bäume am Ufer und hingen bis zur Wasseroberfläche hinunter. Über dem Teich hingen napfförmige Nester, aus denen kleine gelbe Vögel hinein- und herausflatterten. Zoë bückte sich, um ihre Sandalen auszuziehen; wir beobachteten den Schlamm, der wie kleine braune Schnecken zwischen ihren Zehen hervorquoll. Insekten umschwirrten vereinzelte Hufabdrücke rings um das schlammige Ufer.

»Ich finde das nicht so schön, Mummy.« Sie trat einen Schritt zurück und schüttelte den Kopf.

»Ich habe mich geirrt, Liebling. Hier kann man nicht

schwimmen. Komm, wir ziehen uns die Schuhe wieder an und gehen zurück!«

Mit dem feuchten Handtuch wischte ich den Matsch von ihren Füßen. Sie zog ihre Sandalen an und rannte die Böschung zum Haus wieder hinauf. Es war mir nie in den Sinn gekommen, dass es außerhalb von Adams Seefoto auch Schaumteppiche auf dem Wasser oder Insekten in Schlammpfützen am Ufer geben könnte.

Zoë verschwand in ihrem Zimmer, und ich sah mich genauer um. Das Haus bestand aus mehreren strohgedeckten Zimmern auf einer Ebene, die durch enge Flure miteinander verbunden waren. Das Zimmer am Ende würden wir beziehen, denn es war groß genug für Sams Bettchen. Wir konnten es in die Nähe der Glastüren stellen, die zum Vorgarten hinausführten, damit er das Licht beobachten konnte, das draußen über die Blätter glitt. Im Zimmer davor kuschelte sich Zoë neben ihr Zebra, die Eule und den gestrickten Löwen; Alice lag neben ihr und hielt Sams Elefant in der Hand, bei dem ein Lederohr vom vielen Nuckeln schon die Farbe verloren hatte. Sie erzählte gerade eine Geschichte eines von Löwen gefangen gehaltenen Babyelefanten, der mithilfe einer Eule gerettet wurde. Es war schon eine Weile her, dass ich eine solche Nähe zwischen meinen beiden Töchtern beobachtet hatte. Ich schlich auf Zehenspitzen hinaus.

Die Küche war ein muffiger dunkler Raum, der hinten ans Haus angebaut war. Ein kleiner Kühlschrank summte in der Ecke, obendrauf balancierte ein Wald aus Flaschen. In einem rußgeschwärzten Ofen knisterte Holz. Die Tür nach draußen ließ sich mit einem knarrenden Ruck öffnen, und ich stolperte in einen Garten mit mehreren Verschlägen, einem Feld mit wucherndem Mais und einigen Sonnenblumen. Ein alter Hund lag neben der Mauer und erwachte, als er die Geräusche hörte. Er trottete in meine Richtung und schnüffelte an meinen Füßen. Von Nahem sah ich einige nässende Schorfstellen in seinem gelblichen Fell. Er verlor das Interesse an mir und sank ungelenk wieder in sich zusammen. Unter einem Dornbaum wich eine Ziege vor mir zurück und zerrte an ihrem Haltestrick. Ihre Hufe scharrten über den harten Boden. Dies war das Hoheitsgebiet eines anderen. Ich eilte zurück durch die Küche ins Wohnzimmer, wo Adam mit Sam auf und ab lief.

»Kannst du ihn nehmen? Kabo will mir das Büro zeigen, das er in der Garage eingerichtet hat. Er hat es geschafft, eine Internetverbindung aufzubauen.« Er lächelte, als er mir Sam in die Arme legte. »Ist das nicht klasse? Wir werden hier jede Menge Spaß haben.«

Spaß? Das dunkle Zimmer mit den schweren Polstermöbeln und dem monströsen Kudukopf wirkte fremd. Die Landschaft, die sich schroff hinter dem Fenster erstreckte, entsprach so gar nicht meinen Vorstellungen. Kämen wir hier tagtäglich zurecht? Wie sähe unser Alltag ganz praktisch aus?

Später kam Zoë ins Schlafzimmer. Ich lag auf den Kissen und stillte Sam. Sie lehnte sich an mich und streichelte sein Köpfchen, beobachtete, wie er beim Trinken mit den Zehen wackelte. »Ist das wirklich Afrika?«, nuschelte sie mit dem Daumen im Mund.

»Ja.« Ich streichelte sie mit einer Hand. »Das ist wirklich Afrika.«

Sie betrachtete mich einen Augenblick lang, dann ging sie wieder hinaus.

Nach dem Stillen kniff Sam das Gesicht zusammen und warf sich ruhelos an meine Schulter. Mich übermannte tiefe Müdigkeit.

Teko saß in der Küche. »Teko, könntest du dich um Sam kümmern, während ich mich eine Weile hinlege?« Sie stand auf, ihre Hand flog wieder an den Hals und berührte ihre Kette wie einen Talisman. Mit konzentriert gerunzelter Stirn nahm sie ihn mir ab. Ich deutete auf die hintere Küchentür und schüttelte den Kopf. »Bitte nimm ihn nicht mit nach draußen!«

Sie nickte.

Als ich wieder auf meinem Bett lag, hallte Zoës Frage in mir nach. Nach Abschied von Arbeit und Schule, nach den Impfungen und Malariamedikamenten, nach dem Packen und der langen Reise – war das jetzt wirklich Afrika? Konnte irgendein Ort die Erwartungen erfüllen, die wir geschürt hatten? Wo das Gras grün und die Sonne warm war und wir alle glücklich wären? An der Unterseite des Strohdachs hingen Spinnweben, groß wie Vogelnester. Spinnen und Insekten würden in der Dunkelheit auf mir herumkrabbeln. Mein letzter Gedanke war ein Gebet, dass mir im Schlaf nichts aufs Gesicht fallen möge.

Als ich aufwachte, schnarchte Adam leise neben mir und seine Körperwärme hatte mein Shirt durchtränkt. Mein Mund war trocken. Im Haus war es still. Das

Zimmer der Mädchen war leer, ebenso die Küche. Wo waren sie alle?

»Adam.«

Er atmete schwer, seine Brille hing schief, sein Haar war strähnig. Er öffnete die Augen und sah sich um. »Ich hatte einen Moment vergessen, wo wir sind«, sagte er und wirkte belustigt. Seine Lider schlossen sich wieder.

»Die Kinder sind verschwunden und Teko auch.« Meine Stimme klang hohl vor Panik.

Er richtete sich auf und blinzelte aus dem Fenster. »Ich habe sie draußen gesehen, als ich in der Garage war«, sagte er munter. »Sie sind hinten in den Garten gegangen.«

Das Schilf um den Teich war feucht und verworren gewesen. Ich schob meine Füße in die Sandalen und öffnete die Terrassentüren. Die Hitze schlug mir wie eine Faust ins Gesicht. Ich rannte die Böschung hinunter und spähte suchend über die glatte Wasseroberfläche, bis ich Gelächter hörte. Wie lange hatte ich Alice nicht mehr so herzlich lachen gehört? Ich war mir erst gar nicht sicher, ob sie es wirklich war.

»Ally? Zoë?«

Das Geräusch war von links gekommen, wo ich eine dicke Schicht aus platt getretenem Schilf entdeckte. Das trübe Wasser gluckerte zwischen den robusten Halmen. Wie viel Gewicht konnten sie wohl tragen? Das Gewicht eines Kindes, mehrerer Kinder? Als ich ein Büschel aufrechter Stiele beiseiteschob, landete ein langes Insekt mit orangefarbenen Flügeln surrend auf meinem Handgelenk. Hektisch schüttelte ich es ab. In der Luft lag der Geruch von stehendem Gewässer und verwesender Vegetation. War das Wasser tief? So tief, dass es am Grund dunkel und still war? Angst zog sich wie eine Schnur um meine Brust.

»Alice?«

Das Wasser schwappte mir über die Füße. Ich schob eine weitere dicke Schilfwand zur Seite und sah das Rot von Zoës Kleid, dann Sams zappelnde Fäuste. Er lag in einem flachen Korb aus geflochtenem Plastik, der auf einer Schilfschicht stand, und betrachtete die Zweige über sich, während sich seine kleinen Fäuste zum Greifen öffneten und schlossen. Teko hockte bei ihm und hielt den Korb fest; die Mädchen kauerten neben ihr. Das Wasser stieg mir bis zu den Knöcheln. Ich lief weiter und riss Sam hoch. Er begann zu weinen.

Alice kam auf die Füße. »Du machst unser Spiel kaputt!« Sie klang laut und empört, aber sie wusste bestimmt, dass es gefährlich war.

»Kommt rein! Teko, ich hatte dich doch gebeten, mit den Kindern nicht rauszugehen.«

Tekos Gesicht zeigte keine Regung, als sie den Korb nahm und mir schweigend folgte. Zoë fing an zu weinen.

Später wurde Sam müde. Ich stopfte die Enden des Moskitonetzes unter die Matratze seines Bettchens und setzte mich eine Weile neben ihn. Dabei beobachtete ich, wie sein Geburtsmal verblasste. Immer tiefere Schatten breiteten sich im Zimmer aus und verschluckten es schließlich.

Im Wohnzimmer las Adam den Mädchen eine Geschichte vor, Zoë saß auf seinem Schoß, Alices Hand lag auf seiner Schulter. Er hob den Kopf. »Es war eigentlich ganz originell, Em«, sagte er. »Sie haben Moses im Schilf gespielt …«

»Es war gefährlich, dass Teko sie dorthin mitgenommen hat.« Sam hätte aus seinem Körbchen kippen und ohne jeden Laut ins braune Wasser rutschen können. Er hätte sofort ertrinken können. »Wir sollten sie bitten, dass sie geht.«

Alice zuckte erschrocken zusammen, und Adam drückte sie an sich. »Ich habe gerade mit Elisabeth gesprochen«, erwiderte er. »Teko hat Alice missverstanden. Sie dachte, du hättest es den Kindern erlaubt. Dort, wo sie gespielt haben, war das Wasser nur wenige Zentimeter tief – ich habe nachgesehen. Es ist doch nichts passiert.«

Ein Säugling konnte in zentimetertiefem Wasser ertrinken. Durchs Fenster sah ich den Teich im Sonnenuntergang schimmern; darüber schien am Himmel ein großes Feuer zu lodern, das von gelben, purpurfarbenen und blutroten Flammen durchschossen wurde. Ein einzelner langhalsiger Vogel schwirrte vorbei und hob sich schwarz vor dem goldenen Hintergrund ab. Meine Hände zitterten auf dem Fensterbrett. Adam stellte sich neben mich, und wir blickten hinaus, Seite an Seite, schweigend. Der Sonnenuntergang dauerte nicht lange, und innerhalb weniger Minuten wurde der Himmel schwarz.

Ich lag lange wach und starrte nach draußen in die Dunkelheit. Wir waren Tausende von Meilen in eine andere Welt geflogen. Es musste am hohen Tempo unserer Reise liegen, dass ich meine gesamte Orientierung verloren hatte.

Als ich am nächsten Morgen aufwachte, war meine Beklommenheit wie weggeblasen. Die Sonne lag in leuchtend gelben Streifen quer über dem Bett. Adam regte sich neben mir, seine Körperwärme strahlte zu mir ab. Wir hatten nicht mehr miteinander geschlafen, seit Sam geboren war, und es war, als würden wir uns nach langer Trennung wieder begegnen. Als er spürte, dass er mir nicht wehtat, schob er sich weiter und weiter in mich hinein. Wir mussten leise sein – Sams Bettchen stand dicht neben unserem Bett. Als er sich schneller bewegte, legte er mir die Hand auf den Mund, um meine Schreie zu dämpfen. Heute Morgen war er an der Reihe, Regie zu führen. Nach dem Sex und der Dusche verwandelten wir uns in unsere Tagespersönlichkeiten. Hätte Adam mir dann noch gesagt, was ich zu tun hätte, wäre ich gekränkt gewesen.

Wir frühstückten draußen. Sam saß friedlich auf meinem Schoß. Nach dem Schlafen wirkte er zufrieden; seine blauen Augen strahlten, während er Zoë beim Erzählen beobachtete. Sonnenstrahlen lagen auf den Sträuchern; kichernde Vogelgeräusche gellten aus den Eukalyptusbäumen. »Eisvögel«, sagte Adam, ohne aus seinem *Reiseführer Afrika* aufzublicken, als ein strahlend bunt gefiederter kleiner Vogel auftauchte und zwischen den Zweigen aufleuchtete.

»Woher weißt du, welcher Vogel das ist, Daddy?«, fragte Alice nach.

»Ich habe mir eine CD mit afrikanischen Vogelstimmen gekauft und sie mir im Auto auf dem Weg zur Arbeit immer wieder angehört, bis ich sie auswendig kannte«, entgegnete er ernst. Ich lachte.

Es gab selbst gebackenes Brot, Guaven und Papaya zum Frühstück. Es duftete frisch nach Bäumen und Gras, und aus einem Strauch vor uns stieg ein intensiver, herber Duft auf. In der klaren Luft zeichneten sich die knorrigen Konturen der Dornbäume deutlich ab.

»Ich mag diese Melone nicht. Sie schmeckt faul«, sagte Alice plötzlich.

»Das ist keine Melone, Ally, sondern Papaya. Ich esse sie gern, wenn du sie nicht möchtest.« Ich wollte nach der dünnen Obstscheibe greifen, aber sie rutschte mir durch die Finger und fiel zu Boden.

»Morgen ist Weihnachten«, sagte Adam. Wir schwiegen alle und sahen ihn an. Trotz der Weihnachtsbäume am Flughafen und im Hotel wirkte Weihnachten fern und unwirklich.

»Lasst uns morgen etwas Schönes unternehmen.« Er schwenkte sein Buch. »Es gibt einen Safaripark mit Giraffen, Nashörnern und Zebras nicht allzu weit entfernt. Wir könnten uns dort die Hügel ansehen oder – noch besser vielleicht – unseren Nachbarn im Dorf Hallo sagen.«

»Ich will die Tiere sehen!«, rief Zoë, sprang auf und umarmte ihren Vater. »Bitte, Daddy!«

»Kommt Teko mit?«, fragte Alice.

Ich nickte, und offensichtlich freute sie sich darüber. Als ich mich hinüberlehnte, um in Adams Buch die Fotos von Nashörnern zu betrachten, waren dicht unterhalb der Veranda leise Schritte zu hören: Josiah und zu seinen Füßen der Hund. Mit der Hacke, die er wie ein Gewehr über der Schulter trug, und einem tief sitzenden khakifarbenen

Hut sah er aus wie ein alter Soldat, der sich zum Dienst meldet. Er drehte sich, um uns zuzunicken, aber als er Sam sah, erschien ein breites Lächeln auf seinem Gesicht. Er winkte, bevor er weiterging, und summte mit tiefer, brummender Stimme vor sich hin. Zoë hing über dem Geländer der Veranda, um dem Hund hinterherzusehen, wie er hinter dem alten Mann auf ein Beet blühender Kakteen zutrottete.

Zu meinen Füßen vertilgte eine wimmelnde Ameisenmeute den Papayarest. Eine dunkle Spur kroch bereits an den Stufen herauf. Woher kamen die alle so schnell? Alice wandte das Gesicht ab und stieg über die brodelnde Menge hinweg, Zoë aber hockte sich hin und betrachtete die Tierchen aus der Nähe. Bald wäre die Papaya komplett verschwunden.

Am nächsten Morgen, dem ersten Weihnachtstag, brachen wir gegen Sonnenaufgang auf. Zoë umklammerte das gestrickte Nilpferd von Megan, das ich am Abend zuvor in ihren Weihnachtsstrumpf gesteckt hatte. Auf ihrem hellen Haar saß ein lilafarbenes Papierhütchen; ihr T-Shirt war schon jetzt mit Schokolade beschmiert. Sie kletterte auf den Rücksitz neben Teko und Sam, der in seiner Babyschale schlief. Alice saß schweigend auf der anderen Seite. Adam schaltete das Radio an, und im Auto erklangen Weihnachtslieder. Er und Zoë sangen mit. Ein wohliger Schauer lief mir über den Rücken: Wir verbrachten in unserem Zwischenjahr Weihnachten alle zusammen in diesem neuen Land. Nun konnte ich wieder an mein Glück glauben und beugte mich hinüber, um Adam beim Fahren einen Kuss zu geben. Er lächelte und drückte kurz meine Hand.

Nach mehreren Kilometern auf der Schotterpiste kamen wir durch ein kleines Dorf. Die Männer saßen im Schatten neben ihren Hütten; die Kinder rannten an die Zäune und starrten uns an, während wir vorüberfuhren. Die Kinder waren dürr, die Dächer kaputt, im Stroh klafften Löcher. Die Gärten rings um die Hütten wirkten kümmerlich oder waren ganz ohne Bewuchs. Kabo hatte recht, was Dürre und Armut betraf. Das Glücksgefühl schwand; dies war ein anderes Botswana als die florierende Hauptstadt – dunkler, trauriger. Als wir eine Asphaltstraße erreichten, fuhren wir schneller; an der Böschung am Rand glänzte der Müll. Ein toter Esel mit seltsam verkrümmtem Hals lag neben der Straße.

Die Sonne stand hoch, als wir durch die Metallgatter des Mokolodi-Naturreservats fuhren. Sobald wir angehalten hatten, erschienen zwei Ranger und lächelten. Als Teko jedoch den ramponierten offenen Geländewagen sah und erfuhr, dass sie sich dort hineinsetzen sollte, schüttelte sie den Kopf und wich mit Sam im Arm zurück. Auf der Außenterrasse war es kühl und leer, abgesehen von einer jungen Kellnerin am Tresen, die die Scheiben wischte. Ich stellte Sams Sitz auf den Tisch und legte ihn hinein; er war wach geworden und blickte umher. Ich holte Teko etwas zu trinken und Sandwiches und gab ihr Sams Babytasche mit seiner Wasserflasche und meinem Handy. Adams Nummer schrieb ich schnell auf eine Serviette. Die Kellnerin kam zu Sam, wackelte schüchtern mit den Fingern und lächelte ihn an. Wir gingen und versprachen, höchstens eine Stunde wegzubleiben. Adam machte mit seiner Handykamera ein Foto von Teko und Sam und zeigte es ihr. Sie fasste sich unsicher an den Hals und lächelte nicht.

Auf der Schotterpiste schwankte der Geländewagen heftig von einer Seite zur anderen. Sam hier sicher festzuhalten, wäre sicher schwierig gewesen. Als ich nach meinem Hut tastete, der zu meinen Füßen lag, entdeckte ich zwischen den Bäumen die gedrungene Bewegung eines muskelbepackten braunen Fells und aufblitzende Hörner von einem Kudu, das von der Piste floh. Die dunklen Augen einer Giraffe zwischen den Bäumen folgten uns. Nach einer halben Stunde Hitze, heftigem Geholper und kurzen Blicken auf grasende Impalas hielt der Fahrer an und deutete auf esstellergroße geriffelte Spuren im Staub. »Ein Nashorn«, verkündete er.

Er kletterte mit seinem Gewehr vom Wagen und bedeutete uns, ihm zu folgen. Während wir in der glühenden Hitze hinter ihm hergingen, stoben von unseren Schritten zu beiden Seiten Zikaden auseinander. Zwanzig Minuten später blieb der Ranger stehen und stieß mit den Füßen einen feuchten Misthaufen auseinander. Die bröseligen Klumpen wimmelten vor schwirrenden grünen Käfern. Wir waren richtig. Er wies auf große graue Felsen hinter der spärlichen Belaubung. Als wir näher kamen, entpuppten sie sich als zwei Nashörner unter einem Dornbaum, eine Mutter und ihr Kalb. Mit zuckenden Ohren rückten die Tiere dichter zusammen; sie atmeten ruhig in der heißen Luft, während sie uns mit gesenkten Lidern beobachteten.

Im Auto nach Hause waren wir alle still. Sam trank hungrig.

»Warum wird so viel Wirbel um die Tiere gemacht?« Alices plötzliche Frage ließ mich aufhorchen.

»Um sie zu schützen, Ally.« Ich hob Sam an meine andere Brust, und sie wandte grimmig den Blick ab. »Damit sie nicht mehr geschossen werden.«

»Warum?«

»Damit sie nicht aussterben.«

»Warum wäre es schlimm, wenn es keine Nashörner mehr gäbe?« Ihr Gesicht unter der Baumwollmütze war rot.

»Wir müssen wilde Tiere schützen. Nashörner haben schon Tausende von Jahren vor uns auf der Erde gelebt.« Mit Sam auf dem Schoß, legte ich ihr umständlich den Arm um die Schultern. »Sie haben genauso viel Recht, hier zu sein, wie wir.«

»Aber Nashörner sind nicht wie Menschen.« Sie rückte weg. »Sie sind unwichtig.«

Sam begann zu weinen. Er schlug mit den Fäustchen in die Luft. Der Nävus schien in der Hitze zu pulsieren, seine Oberfläche war feucht von Milch und Schweiß. Ich wischte Sam ab und setzte ihn mir zum Umdrehen aufs Knie. »Es gibt millionenmal mehr Menschen als Nashörner, Ally. Weniger Menschen wären egal. Weniger Menschen wären sogar gut. Niemand würde es merken. Aber es gibt nur noch ein paar Hundert Nashörner. Auch nur eins weniger wäre schade.«

»Warum?«

»Du möchtest sie später doch sicher noch deinen Kindern zeigen, oder?«

»Nein.«

Adam sah meinen Blick im Rückspiegel und zwinkerte, aber ich war besorgt, als ich mich zur Seite wandte und Sam in seiner Babyschale anschnallte. Alices Reaktion war ungewöhnlich. Fiel es ihr schwer, die verschiedenen Bilder einzuordnen, die wir gesehen hatten? Das gewaltige Zentrum für Diamanthandel, die prächtigen Tiere, die dürren, barfüßigen Kinder und die schadhaften Dächer? Vielleicht fragte sie sich, wie die Prioritäten verteilt waren. Wer kam zuerst?

»Sie hat ein Recht auf ihre Meinung«, sagte Adam am Abend, als er aus der Dusche kam und sich ein Handtuch um die Hüften schlang. »Angesichts von so viel Armut ist es möglicherweise schwer verständlich, wie die Tiere da hineinpassen.«

»Das stimmt, aber sie sollte immerhin einsehen, dass Nashörner schützenswert sind.«

»Wie wäre es mit weniger Sollen?« Er beugte sich auf dem Bett über mich, sein nasses Haar tropfte auf mein Gesicht.

Ich schob ihn weg. »Tu doch nicht so, du Heuchler! Du bist total getrieben vom Sollen.«

»Und du nicht?« Er beugte sich tiefer und küsste mich. Ich schüttelte den Kopf, lachte und versuchte nicht länger, trocken zu bleiben – es war ohnehin heiß wie im Backofen.

Aber er hatte recht: Ich war vom Sollen getrieben. Das

Wort war mir im Medizinstudium wie ein Mantra durch den Kopf gegeistert, gedämpft, aber pausenlos, es stand hinter allem …

Ich sollte lernen.

Ich sollte nicht in die Kneipe gehen, lange aufbleiben, trinken, rauchen, Sex haben.

Ich sollte zu den Besten gehören, die Erste sein, Preise gewinnen.

Ich sollte ihm gute Nachrichten liefern, ihn zum Lächeln bringen, ihn beschützen.

Ich lernte, ich wurde Erste, ich gewann alle Preise. Ich wurde süchtig nach Gewinnen. War der Preis auch hoch, der Lohn war größer, und immer hatte ich das Bild von meinem Vater am Beckenrand vor Augen; er lächelte. Noch nach seinem Tod hatte er mich im Blick. Noch immer musste ich ihn zum Lächeln bringen.

Als ich später Sam stillte, drang ein Rascheln vom ungewohnten Nachtleben im Garten durchs Fenster. Der Himmel war voller unterschiedlichster Sterne. Ich beobachtete Sam, wie er auf meinem Schoß in den Schlaf fiel. Die Nashörner würden ihren Weg zum Wasser finden und in der Dunkelheit trinken. Das Weibchen wäre dabei geräuschlos auf der Hut. Es war beruhigend, an das gewaltige Tier zu denken, wie es still in der Nacht dastand und auf sein Kalb aufpasste.

KAPITEL 16

BOTSWANA, MÄRZ 2014

Der Junge parkt den Wagen oben auf unserer Einfahrt; das Haus ist dunkel, die Tür steht weit offen. Sind während unserer Abwesenheit weitere Diebe eingedrungen? Es gibt ohnehin nichts mehr zu holen – welche Rolle würde es also spielen?

Der Junge steigt aus unserem Auto aus und läuft davon. Im Haus geht ein Licht an. Kabo steht auf der Veranda.

Adam stolpert auf uns zu. Im Scheinwerferlicht sehe ich, dass ihm das Haar am Schädel klebt. An seinem Ärmel haftet noch ein Rest Schaum. Er riecht nach Schweiß und abgestandenem Wasser. Sein Gesicht fühlt sich feucht an, als er mich an sich drückt. Er schüttelt den Kopf. Er weiß, was ich denke. Nein, Sam war nicht im Teich.

Er hebt Zoë aus dem Auto. Alice rutscht heraus und rennt die Stufen zum Haus hinauf. Teko kommt schweigend aus der dunklen Küche. Alice geht auf sie zu, dreht sich um und wirft mir einen leeren, eindringlichen Blick zu. Sie wirkt krank.

»Es ist alles in Ordnung, Ally.«

Sie schließt die Augen. Sie weiß, dass ich lüge.

»Ich fahre Adam nach Gaborone zur Polizeiwache.« Kabos Wangen sind von Tränen und Staub verschmiert, seine Hosenbeine schlammig an den Knien. Er muss unter Sträuchern hergekrochen sein. Er legt mir den Arm um die Schultern. »Die Polizei war noch nicht hier, deshalb fahren wir jetzt hin. Teko kommt auch mit. Sie müssen sie befragen, was sie gesehen hat.«

»Hat schon jemand mit ihr gesprochen?« Ich greife nach Adams Hand, aber er hebt die Schultern – er weiß es nicht. Ich wende mich an Kabo. »Hat sie etwas gesagt?«

Er schüttelt den Kopf. »Sie steht unter Schock. Die Polizei wird wissen, was zu tun ist.«

Kabo spricht mit ihr, aber Teko starrt ihn nur an. Ihr Blick wandert zu mir und wendet sich ab. Ich möchte sie anschreien, aber mein Zorn ringt mit Schuldgefühlen. Wenn Teko an Sams Seite hätte sein sollen, trifft das für mich erst recht zu. Ich bin seine Mutter, sie ist eine Fremde.

Die Männer verschwinden durch die Tür, und Kabo berührt im Vorübergehen meinen Arm. Teko schlüpft hinter mir durch und folgt den Männern in die Nacht. Elisabeth kommt aus der Küche und begleitet die Kinder aus dem Zimmer hinaus.

Stille. Der Kerzenstummel auf der Fensterbank, den jemand angezündet hat, flackert in seiner Wachspfütze und erlischt.

Ich stemme die Hand gegen die Wand. Es gibt zwei Wirklichkeiten. Ich kann sie an- und ausschalten. An: Dies ist ein normaler Mittwochabend. Die Mädchen sind zu Bett gegangen, und im Zimmer weiter hinten schläft Sam in seinem Bettchen. Sein Atem geht gleichmäßig, sein kleiner Brustkorb hebt und senkt sich im Mondschein. Aus: Er ist nicht hier. Er ist irgendwo dort draußen in der Nacht, in den Armen von jemandem, den ich nicht kenne. Er schreit, weil sein Ohr wehtut. Ich weiß nicht, was sie mit ihm machen.

Ich weiß nicht, wie ich den nächsten Augenblick überleben soll.

An: Er ist hier. Aus: Ich falle, stolpere, sinke in die Dunkelheit.

KAPITEL 17

BOTSWANA, JANUAR 2014

Afrika tat Adam gut: Sein Ausschlag war verschwunden; er wirkte sogar größer. Eines Abends wurde ich von einem fremden Geräusch ans Fenster gelockt. Adam war von der Arbeit zurückgekehrt und stand mit Kabo draußen. Er lachte aus vollem Hals, mit einem Grölen, das ich noch nie gehört hatte. Auf dem Verandatisch standen Bierflaschen. Hinter mir auf dem Tisch hatte er seine Papiere in achtlosen Stapeln zurückgelassen. Die Stifte steckten in einem Kaffeebecher. Etwas hatte sich gelöst. Ich lehnte die Stirn an die kühle Scheibe; mein eigener Alltag wickelte sich so eng um mich herum, dass ich kaum atmen konnte. Nach der Begeisterung der ersten Tage beschränkte sich meine Welt nun auf das abgedunkelte Haus, dessen Vorhänge gegen die Sonne immer zugezogen waren. Sam war quengelig vor Hitze, und das Internet im Garagenbüro fiel regelmäßig aus. Außerdem schlief ich schlecht; nachts war das Haus zwar kühl, aber überall schien es zu krächzen und zu flüstern.

Wie hatte ich dermaßen falsche Erwartungen haben können? Das weite Land war auf die Größe eines Käfigs zusammengeschrumpft. Wir konnten nirgendwohin entkommen. Ich arbeitete, zwei Aufsätze waren fertig, aber ausnahmsweise fühlte es sich nicht nach einem Triumph an. Adam schien ein anderes, geheimes Ziel zu haben – ich spielte die Möglichkeiten durch: Forschungsergebnisse, die er für sich behielt? Eine Affäre? Als ich ihn fragte, warum er so glücklich war, lachte er sein geräuschvolles neues Lachen und sagte, es liege daran, dass wir wieder Sex hätten. Wenn ich zwischendurch klarer denken konnte, wusste ich, dass er nie fremdgehen würde, dass Hitze und Tatenlosigkeit meinen Blick trübten. Megan hätte mich auf den Boden der Tatsachen zurückgeholt, aber sie war nicht bei mir. Auf mich allein gestellt, konnte ich das Gefühl nicht abschütteln, dass ich etwas verpasste.

Eines Freitagmorgens, noch früh in der Stille, sah ich, halb verschlafen und mit Sam an der Brust, Adam durch das Schlafzimmerfenster. Er saß vor dem Wohnzimmer auf der Veranda. Seine Reglosigkeit weckte meine Aufmerksamkeit. Seine Schultern zeichneten sich gegen den Himmel ab und hatten etwas von der Strenge einer Statue.

Ich legte Sam in sein Bettchen und verließ das Zimmer, lief durch den Flur und durchs Wohnzimmer auf die Veranda. »Adam?«

Keine Antwort. Ich stellte mich hinter ihn und legte ihm eine Hand auf die Schulter. Er griff danach, schob seine warmen Finger unter den Ärmel des alten Sweatshirts, das ich zum Schlafen trug. »Hallo.« Seine Stimme klang schleppend und schläfrig. »Warum bist du schon auf? Es ist noch früh.«

»Warum bist du schon auf?« Er hatte kein Buch vor sich, keinen Laptop, nicht einmal einen Kaffee.

»Setz dich her und sieh selbst!«

»Ich sollte bald loslegen. Morgens funktioniert das Internet am besten, und Simon kommt schon früh. Er will mit Alice heute einen Probetest in Mathe schreiben, bevor es zu heiß wird.«

Er ließ mein Handgelenk nicht los. Ich setzte mich auf den Stuhl neben ihn. Die vom Tau feuchte Kante des rauen Plastiks schnitt mir von hinten in die Beine.

»Ich finde, das ist die schönste Zeit des Tages.« Er wies auf den schwach leuchtenden Himmel. »Das Gefühl von Weite, bevor die Hitze sie einschnürt. Der Duft der Sträucher, bevor die Hitze ihn versengt.«

»Ich bin beeindruckt, dass dir das auffällt. Sonst bist du immer viel zu beschäftigt, um irgendetwas wahrzunehmen.«

Er zuckte die Achseln und lächelte. »Hier ist weniger los.«

Woran lag es, dass er so anders wirkte? Sein Haar war länger und kräuselte sich am Kragen seines Pyjamas. Seine Haut zeigte weniger Falten als sonst. Vielleicht war es einfach die entspannte Art, wie er dasaß und den langen Rücken gegen den Stuhl lehnte.

»Du warst trotzdem ständig beschäftigt, besonders wenn nicht viel los war.« In der Stille klang meine Stimme brüchig. »Erinnere dich nur an die Wochenenden.«

An den Wochenenden war es fast schlimmer gewesen als in der Woche. Adam hatte E-Mails beantwortet und Auslandstelefonate geführt. In den kurzen Momenten dazwischen war er zum Squash, zu Zoës Ballett oder Alices Mandarinstunden geeilt.

Er nickte. Adam stimmte mir sonst nie zu.

»Hier konnte ich dem Hamsterrad entfliehen«, erwiderte er. »Plötzlich wird anderes wichtiger.«

»Was zum Beispiel?« Er mochte seinem normalen Alltag entkommen sein, aber ich fühlte mich trotz Hilfe gefangen. Die Mädchen lebten sich ein, aber die Wanderungen, die ich geplant hatte, kamen nicht zustande. Das Land war zu weit, zu trocken, zu heiß. Sie liefen eher Teko hinterher als mir. Ich hatte Zeit für meine Studien, aber ich war eifersüchtig. Ich hatte gedacht, die Eifersucht verschwinde hier, stattdessen war sie größer denn je zuvor. Adams Arbeit erlaubte es ihm, hinauszukommen und hinter die Fassade dieses Landes zu blicken. Gleichzeitig zu wissen, dass ich undankbar war und den Frieden und die Wildnis in Afrika genießen sollte, machte die Sache nur noch schlimmer.

»Gestern habe ich eine Frau gesehen.« Adam saß noch immer im Schatten und blickte zu den Eukalyptusbäumen hinten am Rasen hinüber. »Sie hat Blut gehustet. Geschwüre im Mund und in der Vulva. Ihre Lymphknoten hatten die Größe von Golfbällen. Sie ist an Aids gestorben. Ich konnte nichts mehr für sie tun.«

»Auch in England sterben Menschen.« Ich war verärgert. »Wir mussten nicht hierherkommen, um die Hilflosigkeit angesichts des Todes zu spüren.« Auf der Gynäkologiestation im Royal Free Krankenhaus lagen Frauen mit inoperablem Eierstock- und Gebärmutterkrebs, der gestreut hatte. Sie würden genauso wenig wieder gesund werden.

»Es geht nicht nur um den Tod. Es geht auch um das Wie.« Er drehte sich zu mir um und sah mich an. »Die meisten meiner Patienten haben nicht einmal Strom – sie bekommen weder kalte Getränke noch saubere Decken. In einer Wellblechhütte ist es wie im Glutofen, und nachts wird es noch schlimmer, weil dann die Hitze aus dem Boden nach oben steigt. In der Regenzeit hat das Palliativteam Mühe, die Dörfer zu erreichen.«

»Das Palliativteam?« Mir stand das Bild vom Hospiz in Barnet vor Augen, die stillen Flure und gut gelaunten Berater. »Was ist denn mit den Familien?«

»Sterbende brauchen Schmerzmittel und hygienische Maßnahmen.« Adam klang zornig. »Es ist schwierig, alles zu ihnen zu schaffen. Auf der Aids-Konferenz in Gaborone in ein paar Monaten werde ich das zur Sprache bringen.« Er schob seinen Stuhl zurück und stand auf. Nach einer Weile sprach er leise weiter. »Aber ja, die Familien sind hier enorm wichtig. Jeder springt ein. Selbst ohne Krankheiten gibt man sogar Neugeborene weiter. Frauen geben ihrer Schwester eins von ihren Kindern ab, wenn sie keins bekommen kann.«

»Klingt ideal, wenn man ein Kind loswerden will …« Er hätte lachen sollen, aber er runzelte die Stirn und der Moment des Schweigens zog sich in die Länge. »Ich mache nur Spaß, Adam.« Das wusste er doch. »Wobei … Gefühle mal beiseite, du musst zugeben, dass das nicht ganz abwegig ist.«

»Wie kannst du Gefühle beiseitelegen? Was glaubst du, wie es ist, ein Kind wegzugeben?«

Der Rand der Sonne erschien hinter den Hügeln, und Zikaden setzten ein. Er reckte sich. »Ich muss mich anziehen. Kabo ist bald hier.«

Im Wohnzimmer hörte ich Schritte, dann wurde leise die Tür zum Flur geschlossen. Falls es Elisabeth war, hatte sie vielleicht meine unbedachten Worte über das Weggeben von Kindern gehört, als ich aber eilig hinüberblickte, sah ich, dass es nur Teko mit sauberem Bettzeug war. Selbst wenn sie mich gehört hatte, hatte sie nichts verstanden. Alice schwankte ähnlich beladen neben ihr her.

»Du bist früh auf den Beinen, Ally. Komm, ich helfe dir!« Ich griff hinüber, um ihr die Laken abzunehmen.

»Nein!«, schrie Alice, presste das Bettzeug an sich und drehte sich um. Dann gingen die beiden nebeneinander den Flur entlang. Teko beugte sich zu Alice hinüber, bis ihre Köpfe sich beinahe berührten. Ich beobachtete sie, wie sich der kleine Schreck legte, lauschte den lauter werdenden Geräuschen der Insekten und Vögel, die durch die offenen Fenster hereindrangen. Alice behauptete ihre Unabhängigkeit, das war alles. Sam begann zu weinen. Ich drehte mich weg; ein weiterer, heißer Tag nahm seinen Lauf. Als ich später in der Garage saß, hörte ich Simons Auto kommen und winkte ihm aus der offenen Tür zu, als er seine schlaksigen Glieder aus dem Auto schob. Auf seinem Gesicht erschien ein breites Grinsen, als er mich sah, und er erwiderte mein Winken. Simon war Kabos Freund und hatte Mathematik studiert. Er war so entschlossen, den Mädchen etwas beizubringen, als wäre er ihr Tutor an der Universität. Selbst Zoë lernte schon mehr, als sie zu Hause je in der ersten Klasse gelernt hätte. Sie konnte bereits bis hundert zählen und einfache Additionsaufgaben lösen. Simon beugte sich über Elisabeth, während sie ihre rollende afrikanische Begrüßung austauschten. Alices Begeisterung und Zoës hohe Stimme waren im Hintergrund zu hören. Dann fiel die Haustür ins Schloss, und es war wieder still, abgesehen vom endlosen Schrillen der Zikaden und dem leisen Summen des elektrischen Generators.

Späteres Abklemmen der Nabelschnur … höhere Blutmenge … geringeres Risiko für Blutarmut. Ich blickte vom Papier vor mir auf und betrachtete den braunen Rasen und die Hügel in der Ferne. Die Ergebnisse dieser Studien konnten in Afrika von Nutzen sein, denn Intensivstationen für Neugeborene waren hier mit Sicherheit selten und lagen weit auseinander. Dies schien ein einfacher Weg zu sein, um einem Neugeborenen bei seiner Entwicklung zu helfen. Ich verbrachte eine Stunde damit, das Konzept für eine neue Studie zu bearbeiten, hängte es an eine E-Mail an Francesca und drückte auf *Senden.* Nichts geschah. Ich probierte es erneut. Ein leises Geräusch war zu hören, als das Senden wieder nicht gelang. Das Internet funktionierte nicht. Ich hatte aufgehört zu zählen, wie oft das inzwischen schon der Fall gewesen war.

Mittlerweile durchdrang die Hitze auch die Steinmauern, aus denen die Garage erbaut war. Ich ging hinaus und hoch zum Haus. Auf Zehenspitzen konnte ich durchs Fenster sehen, wie Simon und Alice eng nebeneinander am Tisch saßen. Alice schrieb etwas. Simon deutete auf die Seite, redete und lächelte. Zoë lag auf dem Boden und stapelte versonnen Bausteine zu kleinen Türmen. Sam lag auf seiner Decke neben ihr und beobachtete sie. Teko stand in der Nähe und bügelte, den Kopf den Mädchen zugewandt. Sie brauchten mich nicht. Ich trat zurück, unsicher, was ich tun sollte. Ich lief schnell um das Haus herum, holte eine Kappe aus dem Schrank und eilte die Einfahrt zum Tor hinunter.

Nachdem ich das Grundstück verlassen hatte, verschwand das Gefühl der Ferne und ich war von einer engen Welt aus Grau und Grün und einem beißenden Geruch nach Staub und Tieren umgeben. Die Stille wich dem Summen von Insekten und dem Meckern der Ziegen. Ich schritt den gefurchten Weg entlang und genoss den Wind im Gesicht. Hinter verkümmerten Sträuchern glänzte Stacheldraht, und dahinter stand, eingerahmt von Grün, eine Ansammlung heruntergekommener Hütten, die an die Bilderbuchversion eines mittelalterlichen englischen Dorfs im Frühling erinnerte. Ich ging darauf zu, und meine Schritte knirschten im Gras. Aus der Nähe sah ich die Löcher im Wellblech und einen Haufen unbrauchbar gewordener Apparate. Ziegengemecker drang aus einem behelfsmäßigen Pferch. Eine Frau fegte den Boden. Um ihre muskulösen Arme rankten sich Venen. Ein Junge lehnte an der Tür und spielte mit einem angeleinten Welpen. Der Friede in diesem kleinen Hof schien im gleichen Rhythmus zu schlagen wie der Besen.

Die Hitze war inzwischen unerträglich geworden. Ich

kehrte auf dem Pfad um, und einen Augenblick später waren die Hütten aus meinem Blickfeld verschwunden.

Als ich zu Hause ankam, war Simons Auto verschwunden. Die Kinder saßen mit Teko hinten auf der Wiese unter den Bäumen. Jemand hatte Sams Babyschale in den Schatten geschoben. Josiah grub in der Erde, und Zoë kauerte neben seinen Füßen, neben sich einen Schuhkarton. Alice und Teko saßen auf der Decke; von hier aus sah es so aus, als lachten sie. Ich lief rasch auf sie zu.

Zoë rannte auf mich zu, um mich zu begrüßen. »Ich und Josiah haben einen Frosch und eine Babyeidechse gefunden«, sagte sie. »Komm, guck sie dir an!«

Teko rappelte sich hoch, als ich näher kam. »Ist schon in Ordnung, Teko, du brauchst nicht zu gehen«, sagte ich, aber sie schlüpfte an mir vorbei. Alice stand auf, nahm Tekos Hand, und gemeinsam liefen sie zum Haus. Sam wachte auf und begann zu weinen. Bevor ich ihn erreicht hatte, war Josiah schon hinübergeeilt, ließ sich steif auf die Knie fallen und summte Sam trillernd etwas vor. Sam hörte auf zu weinen und betrachtete das alte Gesicht vor sich. Als ich dazukam, rappelte Josiah sich auf und tippte sich kurz an den Hut. Ich lächelte einen Dank und mit Sam auf dem Arm ließ ich mich von Zoë zur Kiste führen. Aufgeregt hob sie die Klappe. Darin pulsierte ein kleiner grüner Frosch unter einer Handvoll Gras. Die Eidechse saß reglos auf halber Höhe in einer Ecke, die Vorder- und Hinterbeine ausgebreitet. Ich gratulierte Zoë, aber meine Gedanken waren bei Alice. Sie schien Teko sehr nahe zu sein, und es war, als sähe ich nur aus der Ferne zu, von der anderen Seite eines Zauns.

Am Abend setzte Kabo Adam zu Hause ab, und ich erzählte ihm von den Problemen mit dem Internet.

»Ich rufe einen Elektriker, der sich die Sache ansehen soll, aber das kann Wochen dauern«, warnte mich Kabo.

»Wochen kann ich nicht warten.« Ich reichte ihm eine Tasse Tee. »Bis dahin werde ich verrückt.«

Durch das Fenster sah ich, dass Zoë bei Josiah und Adam unter den Eukalyptusbäumen stand, umgeben von Holzleisten und einer Rolle Maschendraht. Gehämmer schallte durch den Garten. Alice stand neben Teko, die Sam in den Armen wiegte.

»Du hattest recht mit Teko. Sie schickt der Himmel«, gestand ich Kabo. »Aber ich habe mehr Freizeit, als ich dachte. Kann ich mich irgendwo ein paar Stunden am Tag nützlich machen? Ich möchte gern helfen.«

»In Kubung gibt es ein Gesundheitszentrum.« Nachdenklich nippte Kabo an seinem Tee. »Es ist nicht groß, aber sie haben oft zu wenig Personal. Ich frage mal nach.«

Als ich ihn später zu seinem Auto begleitete, war die Sonne aus dem Garten verschwunden und die Kinder hatten sich ins Haus begeben. Dünne rote Wolken lagen über dem Dämmerhimmel, aber Kabo spähte zu den Schatten unter den Bäumen hinüber. »Was ist mit den Hunden?«, fragte er und öffnete seine Wagentür. »Ihr wolltet doch darüber nachdenken …«

»Wir haben schon einen … Habe ich dir das nicht

erzählt?« Ich wies zur Rückseite des Hauses. »Er gehört Josiah.« Ich erwähnte nicht, dass Josiahs Hund alt war und tagsüber schlief. Er würde schon bellen, wenn jemand kam. Außerdem hielten sich Elisabeth und Josiah auch immer in der Nähe auf.

Abends zur Schlafenszeit war Zoë müde. Ich schob Megans Nilpferd zur Seite, um ihr einen Kuss aufs Gesicht zu drücken.

Alice lehnte auf einem Ellbogen und las in einem Tierlexikon. Die Seite mit einem Nashornfoto war aufgeschlagen.

»Teko sagt, die sind echt gefährlich«, brach es aus ihr heraus. »Sie ist froh, wenn sie alle tot sind.«

Teko konnte das unmöglich gesagt haben. Ich lächelte, obwohl mir das Herz schwer wurde. Das Bild von den zerbrochenen Puppen und die Schachtel mit den geklauten Gegenständen kamen mir in den Sinn. Weshalb hatte Alice es noch immer nötig zu lügen? »Sie sind nur gefährlich, wenn man Angst hat, Ally.« Ich gab ihr einen Kuss. »Wie vermutlich alle.«

»Warum behauptet Alice, dass Teko mit ihr geredet hat?« Wir saßen kurz darauf im Wohnzimmer; die Petroleumlampen brannten, aber der Raum war trotzdem voller Schatten. »Ich wollte sie heute Abend nicht direkt damit konfrontieren, aber es war eindeutig gelogen.«

»Vielleicht unterhalten sie sich auf Setswana.« Adam blickte aus dem Fenster. Die Dunkelheit war intensiver als sonst; seit Tagen schon hatten sich Wolken zusammengebraut. Alle hofften auf Regen. »Spielt es denn wirklich eine Rolle? Immerhin verständigen sie sich, und sie hat eine Freundin gefunden.«

»Sie soll wissen, dass wir ihre Lügen durchschauen.« Ich setzte mich aufs Sofa. »Woher soll sie sonst lernen, wann sie aufhören muss?«

»Sie ist ein kluges Mädchen.« Er sah mich an. »Sie findet es schon selbst heraus.« Er wandte sich wieder dem Fenster zu. »Erinnerst du dich an das orangefarbene Licht vom Verkehr und den Straßenlampen zu Hause? Ich liebe die pure Leere der Dunkelheit hier – zu wissen, dass meilenweit niemand da ist.«

Er beugte sich vor und starrte angestrengt durch die Scheibe. Ich erzählte ihm nicht, dass ich das orangefarbene Licht vermisste. Ich vermisste Menschen und Straßen; ich vermisste sogar Autos. Als ich Sam am Abend weckte, um ihn zu stillen, war die Dunkelheit für mich nicht leer, sondern voll namenloser Bedrohungen. Morgens, wenn die Sonne aufging und die Welt mit Licht und Wärme flutete, kamen mir meine düsteren Gedanken kindisch vor.

Am nächsten Tag waren wir immer noch offline. Auf der Suche nach Francescas Nummer sah ich meine Kontakte im Handy durch und stieß auf Claire Stukker. Sie würde mir weiterhelfen. Sie hatte gesagt, ich solle mich melden. Vielleicht fühlte sie sich auch manchmal einsam. Ich konnte zum Mittagessen zu ihr fahren. Vielleicht hatte sie sogar von Stellenangeboten gehört.

Hi, hoffe, es geht dir gut. Wir leben uns langsam ein. Ich hielt zögernd den Finger still. *Ich suche eine Stelle. Vielleicht hast du Tipps? Ein Wiedersehen wäre schön, Emma.*

Ihre Antwort kam Sekunden später. *Höre mich um. Viel Glück!*

Immer wieder las ich die Nachricht und versuchte, etwas in den kurzen Text hineinzulesen. Immerhin hatte sie geantwortet. Ich legte das Handy weg, ging zur Tür und betrachtete den Himmel. Sie hatte sicher viel um die Ohren bei so vielen Kindern. Die Wolken waren größer als sonst, wirkten schwer und wiesen graue Streifen auf. Vielleicht vermisste ich einfach Megan. Wir schrieben uns E-Mails und Nachrichten, aber es war nicht dasselbe. Ich kehrte zum Tisch zurück, holte meine Kiste mit den Papieren heraus und setzte mich hin zum Lesen. Jetzt war ich froh, dass ich sie ausgedruckt hatte.

Am nächsten Tag rief Kabo an. In der Klinik in Kubung fehlte es an Personal – eine Krankenschwester war im Mutterschutz. Ob ich die richtigen Dokumente dabeihätte?

Unter dem Tisch in der Garage fand ich in einer Kiste zwischen anderen Papieren das Zertifikat, das ich brauchte. Als ich es glatt strich, schien es mir so, als müsse ich mich nur schnell genug umdrehen, um meinen Vater im Schatten stehen und mir zulächeln zu sehen.

KAPITEL 18

BOTSWANA, FEBRUAR 2014

Die Garagentüren standen weit offen. Von hier aus hatte ich Josiah im Blick, der in der Nähe des Kinderwagens arbeitete und mit seiner Brummstimme vor sich hin sang. Der Hund lag in der Nähe, die grau melierte Schnauze auf den Pfoten. Von Zeit zu Zeit legte Josiah die Hacke weg und schob nickend den Kinderwagen ein paarmal vor und zurück. Aus der Entfernung hörte ich die glucksende Antwort.

Umgeben von Büchern, lag Alice bäuchlings auf einer Decke. Sie drückte Simon jeden Tag ihre Hausaufgaben in die Hand, wenn er kam, und errötete vor Freude, wenn er sie lobte. Ich hatte bemerkt, wie dicht sie neben ihm saß und wie sie ihm zum Auto nachlief. Falls sie sich ein wenig in Simon verguckt hätte, wäre es harmlos. Das gehörte zum Erwachsenwerden dazu.

Zoë lief mit Marmeladengläsern umher und fing Zikaden für die Reptilien in ihrem Zoo. Mein Blick wanderte automatisch zu den Füßen der Mädchen: Ich hatte Claires

Warnung vor Schlangen nicht vergessen, aber bislang hatten wir keine Einzige entdeckt.

Endlich kam der Regen, und der Garten glänzte, der Duft von Gras erinnerte mich an England, wobei es zu Hause anders regnen würde. Vom dunklen Himmel fiele ein kühler Nieselregen, die Wiesen wären schlammig, die Äste kahl.

Von: drjordan32@gmail.com
An: meganhoward@gmail.com

Hallo,
das Internet funktioniert – endlich!
Wie geht's Andrew? Wie ist die Arbeit? Leichter oder schwieriger ohne meinen Mann?
Hier ist einiges besser geworden. Ich arbeite wieder. Kluge Megan, du hast es schon vorher gewusst. Ich bin Mutterschutzvertretung für eine Krankenschwester in Kubung. Esther, die Schwester, die Vollzeit arbeitet, sagt mir, was ich zu tun habe, und ich gehorche. Die meisten Fälle sind eindeutig: Kinder mit Durchfall oder Brustkorbinfektionen …

Sollte ich ihr von Baruti erzählen? Konnte sie Esthers Geschichte richtig einordnen? Baruti war mit einer Brustkorbinfektion ins Krankenhaus gekommen. Seine Mutter hatte auch seinen Zwillingsbruder Ibo mitgebracht; sie waren sechs Jahre alt und hatten einen trockenen Husten. Ich hatte Antibiotika verschrieben und gebeten, noch einmal wiederzukommen. Aber beim zweiten Mal hatte sie nur Ibo mitgebracht und wollte über Baruti nicht sprechen. Später hatte ich Esther aufgesucht, die in ihrer Mittagspause den Verbandskasten sortierte. »Mrs. Munthe hat Baruti nicht mitgebracht. Sie wollte nicht über ihn reden.«

»Sie weiß nicht, wo er ist«, hatte Esther geflüstert und sich vorsichtig umgesehen. »Vor zwei Wochen hat ein Nachbar ihn gebeten, bei der Suche nach zwei Eseln zu helfen, und er ist nie zurückgekehrt.«

Ein seit zwei Wochen vermisstes Kind hätte in England landesweit für Aufruhr gesorgt, aber hier hatte ich nicht einmal davon erfahren.

»Was sagt denn die Polizei dazu?«

»Da braucht man gar nicht erst nachzufragen. Es ist Wahlkampf.«

»Was haben Wahlen mit vermissten Kindern zu tun?«

»Sie kommen aus dem Busch, um sie zu fangen«, murmelte sie, den Blick auf die Tür geheftet. »Du weißt schon … wegen der Medizin.«

»Wovon, um Himmels willen, redest du?«

Sie legte die Mullbinden weg, stand auf und schloss die Tür, anschließend das Fenster. »Es geht um Macht«, erklärte sie leise und nahm wieder Platz. »Politiker und Geschäftsleute kaufen Medizin, um Macht zu erlangen. Die Polizei unternimmt nichts dagegen. Sie hat Angst vor den *Boloi.* Wie alle hier.«

»Den *Boloi?*«

»Medizinmänner der übelsten Sorte.« Sie zog den Stuhl näher zu mir heran und senkte die Stimme zu einem Flüstern: »Sie stellen aus den Körperteilen eines

Kindes Medizin her: aus den Augenlidern, Händen, Hoden. Aus Armen und Beinen.« Wie Wasser durch einen gebrochenen Damm schossen ihre Worte in dichtem Schwall hervor. »Die Schreie sollen die Wirkung der Medizin noch verstärken. Bevor sie mit dem Schneiden anfangen, nehmen sie das Kind mit in den Busch. Es muss ein offenes Gebiet sein, sonst wirkt die Magie nicht. Und dann …«

Ich sprang so schnell auf, dass mein Stuhl nach hinten kippte. Esther schlug die Hand vor den Mund – sie hatte mir das alles gar nicht erzählen wollen. Es konnte nicht wahr sein. Barbarei geschah im Krieg, nicht geplant, aus Geldgier. Das musste ein Märchen sein wie *Rotkäppchen* oder *Der Wolf und die sieben Geißlein.* Die Geschichte der Märchen war unwichtig. Das wusste doch jeder. In Wirklichkeit ging es um die Würde von Kindern oder vielleicht auch um die Kraft des Glaubens.

Esther verließ das Zimmer. Ich stellte den Stuhl wieder aufrecht hin. Die Sprechstunde ging weiter, und wir redeten nicht mehr darüber. Ich würde Megan nichts davon schreiben – warum auch? Es würde nur am Bodensatz ihrer eigenen dunklen Vergangenheit rühren.

Den Kinder geht's gut. Sam nimmt zu. Du würdest ihn kaum wiedererkennen. Er lächelt ständig …

Sein Gesicht schien aufzuleuchten, wenn er mich sah. Den ganzen Tag musste ich an dieses Lächeln denken und zu Hause eilte ich zu ihm, holte die verlorene Zeit nach. Ich mochte den Fleck nicht, aber er stand nicht mehr im Weg. Wenn ich Sam nun ansah, erkannte ich ihn so, wie er war.

Die Mädchen leben quasi draußen. Zoë ist voll in ihrem Element. Sie liebt alles hier. Alice

Während ich schrieb, war Teko herausgekommen und legte sich neben Alice auf die Decke. Sie hatte ein Tütchen mit getrockneten Schoten dabei und fädelte sie auf eine Schnur zu einer Kette.

Alice ist zufriedener.

Entsprach das der Wahrheit? Alice folgte Teko überallhin und lebte für ihren Unterricht mit Simon. Sie half Zoë bei ihrem Zoo. Ich sah, wie sie Teko anlächelte, als sie ihre länger werdende Kette hochhielt. Schnell tippte ich weiter.

Viel glücklicher, sie lernt auch schon etwas Setswana …

Sie scheute sich, in unserer Gegenwart Setswana zu sprechen, aber sie unterhielt sich mit Teko, flüsternd, damit wir sie nicht hörten.

Adam würdest du nicht wiedererkennen. Er wird fast normal. Auf seinem Schreibtisch herrscht Chaos!

In diesem Moment fuhr Kabos Jeep die Einfahrt herauf. Nun begann der schönste Teil des Tages.

Insgesamt fügt sich alles zu einem sehr schönen Auslandsjahr zusammen.
Viele Grüße an Andrew und alles Liebe von uns allen!
Emma x

Adam und Kabo kamen in den Garten. Das Abendritual begann: Adam hielt sich die Augen zu und zählte langsam und laut von zehn rückwärts. Zoë kreischte, rannte los und versteckte sich unter den gewaltigen roten Bougainvilleen neben unseren Fenstern. Alice sprang hinter einen Baum.

»... drei ... zwei ... eins. Versteckt oder nicht, ich komme!« Adam warf seine Jacke ins Gras, Teko reichte ihm Sam, und er schritt, Sam fest an sich gedrückt, theatralisch durch den Garten und beugte sich weit hinunter, um unter jeden Strauch zu spähen.

Elisabeth kam aus dem Haus und balancierte ein Tablett mit Bierflaschen. »Bleib hier, Elisabeth!« Ich nahm ihr das Tablett ab. »Trink ein Bier mit uns!«

Sie schüttelte den Kopf und eilte zurück ins Haus. Ein warmer Duft von Curryhühnchen strömte in den Garten. Kabo leerte seine Flasche, schloss sich auf Knien der Suche an und knurrte laut, wenn er sich den Bäumen näherte.

Die Kinder wurden aus ihren Verstecken gescheucht und rannten kreischend über die Wiese. Adam reichte mir Sam, und ich ging hinein, um im Badezimmer das Wasser in die Wanne laufen zu lassen. Er passte schon fast nicht mehr hinein und lachte sein glucksendes Lachen, wenn ich mit der Nase an seinen Bauch stieß, während er sich mit Seifenfingern an meinem Haar festhielt. Nach dem Stillen schlief er schnell ein, aber ich ging noch eine Weile durchs Zimmer und drückte ihn an mich.

Kabo blieb zum Abendessen. Seine Frau begleitete ihre Mutter zum Arzt; sie mussten sicher lange warten und kämen spät zurück.

»Wo ist denn die Praxis?« Es schien in Botswana nur sehr wenige zu geben.

Er rutschte auf seinem Stuhl hin und her. »Das ist keine Praxis, nur eine kleine Hütte mit einem traditionellen Heiler. Er verwendet Kräuter und Wurzeln und so weiter. Die meisten suchen bei solchen Leuten Hilfe.« Er schob sich die Brille zurecht. »Bei Magenschmerzen gehe ich auch zu ihm – er hilft immer. Letzte Woche hat meine Frau ihn um einen Zauber gebeten. Sie hat Sorge, dass die Nachbarn eifersüchtig sind, weil ich eine gute Stelle habe, und wollte uns Schutz verschaffen.«

Kabo, ein gebildeter Wissenschaftler, glaubte an Zauberei? Er nickte mir zu, als könne er meine Gedanken lesen und wolle den Widerspruch bestätigen.

»Wie passen diese Medizinmänner ins Bild?« Ich sprach leise, aber die Kinder waren zum Sofa gegangen und lauschten Adam, der etwas über Eulen erzählte. Mit Alices gestrickter Eule spielte er ihren schnellen Flug nach.

»Es gibt hier ein ganzes Spektrum an Medizinmännern«, erwiderte Kabo. »Am einen Ende sind die *Ngaka ya setso,* die guten Heiler. Am anderen die *Boloi.*« Er senkte die Stimme. »Das sind die mit den schrecklichen Zaubersprüchen …«

Bei dem Wort wandte Zoë sich zu uns um.

»Kabo hat mir ein Märchen erzählt.« Ich stand auf. »So, ihr Süßen, wie können wir nur ein paar Eulen für Daddy finden?«

Später spielten wir auf der Veranda Monopoly; die Schwalben schossen um uns herum, so niedrig, dass Alice sich duckte und Adam lachte. Kabo grinste, als er seine Gewinne einstrich; er wurde richtig gut in diesem Spiel. Dieses Leben erinnerte kaum noch an die ermüdenden Abläufe unseres Alltags in London, die Hektik am Abend und die Erschöpfung am Ende des Tages. Endlich lebten wir so, wie ich es mir immer vorgestellt hatte.

Langsam krochen die Schatten über die Wiesen, und die Mücken begannen zu stechen. Wir packten das Spiel ein, nahmen unsere Gläser, scheuchten die Mädchen vor uns her und schlossen die Tür, als wir im Haus waren.

KAPITEL 19

BOTSWANA, MÄRZ 2014

Adam war früh aufgestanden. Er faltete seine Kleidung für den Koffer, den er zur Aids-Konferenz in Gaborone mitnahm. Er würde für einige Tage weg sein.

Vogelgezwitscher drang durch die Fenster, Sam schniefte in seinem Bettchen neben mir. Ich spreizte die Finger vor einem Sonnenstrahl – von hinten beschienen, waren die Ränder meiner Finger durchscheinend, als wäre Licht darin gefangen. Ich beugte mich aus dem Bett hinüber, um Sam über das Haar zu streicheln. Mittlerweile war es dichter geworden, und glänzende Strähnen standen ab. Ich hatte immer gedacht, Glück sei den Kindern oder leicht Minderbemittelten vorbehalten und es sei sinnlos, nach etwas so Illusorischem zu streben; ich musste mich geändert haben oder verändert worden sein. Nun schien es, als liege der seidige Stoff, aus dem das Glück gewoben ist, in meiner Reichweite.

Teko wartete in der Küche. Ich mochte sie inzwischen

sehr. Sie hatte kaum ein englisches Wort gelernt, aber das spielte keine Rolle. Sie schien zu wissen, was ich wollte, bevor ich meine Bitte aussprach. Ich lud sie ein, mit uns zu essen, aber sie lehnte immer ab, schien gern am Rand des Geschehens zu bleiben und alles zu beobachten. Vielleicht hatte das Leben sie gelehrt, stets auf der Hut zu sein.

Sie nahm Sam hoch und wandte ihm den Kopf zu. Sie waren sich nahe, das allein zählte.

Elisabeths Stoffschuhe verursachten ein leicht klatschendes Geräusch auf dem Holzboden, als sie beim Wischen des Wohnzimmers vor- und zurücktrat.

Adam sah mein Gesicht. »Was ist los?«

»Nur … ein schlechtes Gewissen. Elisabeth macht hier alles allein.«

Er goss Kaffee aus der Kanne in zwei Becher und reichte mir einen. Der Dampf kräuselte sich in der Morgenluft. »Sie wirkt zufrieden. Sie wird für ihre Arbeit bezahlt.« Er nahm einen Schluck Kaffee, sein Blick folgte einem blauen Star, der über die Wiese tappte. »Braucht sie wirklich dein schlechtes Gewissen?«

Wie sollte ich keine Gewissensbisse haben? Mich hinzusetzen, während Elisabeth neben uns arbeitete, fühlte sich einfach verkehrt an. Wenn ich ihr allerdings meine Hilfe anbot, schüttelte sie den Kopf und sah wie beschämt zur Seite. Bei meiner Arbeitsstelle waren meine Schuldgefühle noch größer. Die meisten Krankheiten ließen sich auf Armut zurückführen, ich aber fuhr am Ende der Sprechstunde zurück in meinen Reichtum. Auf dem Rückweg fragte ich mich oft, ob ich den Patienten wirklich half oder mich bloß beruhigenden Illusionen hingab. Seit meinem Gespräch mit Kabo wusste ich, dass die meisten meiner Patienten auch traditionelle Heiler aufsuchten.

Bei Josiah spürte ich diesen Konflikt seltsamerweise nie. Nach der Arbeit lag ich in der Hängematte unter den Eukalyptusbäumen. Sam hickste und strampelte auf meinem Bauch. Josiah arbeitete in der Nähe und behielt Sam im Blick. Den ramponierten Hut hatte er tief ins Gesicht gezogen, sein treuer Hund lag irgendwo in der Nähe. Ich beobachtete den eleganten Bogen, mit dem er die Hacke zu Boden schwang, und hatte überhaupt kein schlechtes Gewissen.

Als hätte er meine Gedanken gelesen, ging Josiah an der Veranda vorbei und scherzte kurz mit den Mädchen.

»Sein Hund ist nicht hier«, verkündete Zoë überrascht und schaukelte über der Balustrade, die Füße in der Luft. Sie hatte recht: Ausnahmsweise trottete das treue Tier nicht hinter Josiah her. Ich beobachtete, wie sich der alte Mann mit einem Tütchen Biltong am Gürtel langsam seinem Schuppen näherte. Ich hatte beobachtet, wie er die getrockneten Fleischstreifen mit dem Hund teilte. Also konnte er nicht weit weg sein.

»Vermutlich schläft er, Zoë. Stell die Füße ab, Liebling, sonst fällst du noch runter!«

»Er ist ekelhaft. Hoffentlich ist er weg und kommt nie wieder«, zischte Alice.

Adam ließ die Zeitung sinken, die er gerade las, und musterte sie. Wahrscheinlich entdeckte er die dunklen Ringe unter ihren Augen im selben Moment wie ich. »Brauchst du nachts einen Ventilator, Süße? Du siehst aus, als hättest du kaum geschlafen.«

Sie starrte ihn an. »Du hast mich doch geweckt, so wie du herumgeschlichen und an alle möglichen Sachen gestoßen bist.«

»Ich?« Adam schob seinen Stuhl zurück. »Das tut mir leid, Ally.«

»Du hast vor meiner Tür geatmet. Ich habe dich flüstern gehört.«

»Das tut mir leid.« Er drückte ihr einen Kuss aufs Haar. »Ich erinnere mich nicht daran. Vielleicht bin ich aufgestanden, um etwas zu trinken – oder ich bin schlafgewandelt.« Er zwinkerte ihr zu, aber sie drehte sich weg.

»Wie meinst du das, der Hund ist ekelhaft?« Zoës Augen füllten sich mit Tränen. »Er ist süß, ich will, dass er zurückkommt.«

Schulterzuckend lief Alice hinunter und ging weg, ohne zu antworten.

»Sie will dich bloß ärgern.« Ich wischte Zoë die Tränen weg und hätte mir gewünscht, dass Alice ihre Macht ihrer Schwester gegenüber nicht so deutlich ausspielte. Es war so einfach, Zoë zum Weinen zu bringen. »Ich frage Elisabeth – sie weiß bestimmt, was passiert ist.«

Kabo kam nach dem Frühstück. Er wartete, bis Adam seine Sachen geholt hatte, und lehnte an der Tür, um Radio zu hören. Wahlen in der Region, Diamantenhandel, Pläne für neue Landstraßen. »Das wäre gut, wenn ich es nur glauben könnte.« Kabo klang resigniert. »Die Straßen sind in schlimmerem Zustand als je zuvor.«

Trotz seines Grolls klang er sanft. Ich konnte mir kaum vorstellen, dass Kabo je wütend wurde. Seine Körperlänge und seine Freundlichkeit hatten ähnliche Ausmaße. Selbst Alice entspannte sich in seiner Gegenwart. Sie probierte ihr Setswana aus und lachte, wenn er sie wegen ihres Akzents neckte.

Die Männer verabschiedeten sich. Kabo beugte sich zu Adam hinüber, als sie zum Auto gingen, und sie studierten das Papier mit den Ergebnissen für ihren Vortrag. Am Auto drehte Adam sich um und winkte den Mädchen zu, die breitbeinig auf der Veranda standen. Zoë winkte mit beiden Händen. Alice nickte. Sie sprangen hinunter. Alice lief schnell zum Zoo, Zoë folgte ihr langsam und hielt ab und zu inne, um Insekten am Boden zu inspizieren.

In der Küche steckten Elisabeths Hände tief im Spülwasser. Ich stellte das Frühstückstablett neben das Becken. »Josiahs Hund war gerade nicht bei ihm.« Ich räumte die Schalen und Tassen vom Tablett. »Zoë macht sich Sorgen. Weißt du, was mit ihm ist?«

»Manchmal streunt er durch den Busch«, erwiderte Elisabeth. Ein Blick milder Verzweiflung huschte über ihr Gesicht, während sie den Kopf schüttelte. »Wir wissen nie, wo er hinläuft, aber er kommt zurück, wenn er Hunger hat.«

Simon kam an diesem Tag früher als sonst. Wenn ich vormittags Dienst hatte, war ich meist schon aus dem Haus, wenn er kam. Ich bot an, die Mädchen zu rufen, aber er schüttelte den Kopf. »Ich bin früher gekommen, damit ich Sie noch erwische«, sagte er.

Wir setzten uns ins Wohnzimmer. Ungeduldig spürte

ich die Minuten verstreichen. Simons Augen hinter den dicken runden Brillengläsern wirkten besorgt. Er räusperte sich. »Alice hat schon jetzt ihren Lehrplan in Mathe abgeschlossen, und Zoë beherrscht die Addition.«

Ich beobachtete, wie sich sein Kehlkopf bewegte, als er schluckte. Er zog an den Fingern, bis die Knöchel knacksten.

»Sie lernen beide sehr gut. Wir sind dankbar dafür, Simon …«

»Ich muss leider kündigen«, unterbrach er mich eilig. »Meine Frau hat gerade erfahren, dass sie gute Aussichten auf eine Stelle hat, die weiter entfernt liegt. Und unser Sohn ist erst ein halbes Jahr alt …«

»Ich verstehe.« Mir sank das Herz.

»Ich kümmere mich um einen Nachfolger. Ein Kollege von mir würde gern zusätzlich unterrichten. Er hat einen Abschluss in Biologie. Ich könnte ihn fragen.«

»Wann wollen Sie aufhören?«

»Morgen ist mein letzter Tag. Wir wissen erst seit gestern Abend Bescheid, und meine Frau muss sich noch vorbereiten.«

»Die Mädchen haben sich so an Sie gewöhnt, vor allem Alice«, sagte ich. Auf seiner Stirn glänzten feine Schweißperlen – er fühlte sich ohnehin schon elend. »Aber herzlichen Glückwunsch natürlich. Ihre Frau muss sich riesig freuen.«

»Ja, das stimmt.« Seine Hände entkrampften sich. »Sie steht zur Wahl als Vorsitzende des Ausschusses für Dorfentwicklung in Serule. Das ist wichtig für sie – die erste Sprosse der politischen Karriereleiter.«

In diesem Moment öffnete Alice mit strahlendem Gesicht die Tür. Zoë folgte ihr. Ich verabschiedete mich. Zoë würde damit klarkommen, aber mir graute davor, Alice von Simons Weggang zu erzählen.

In den Ausläufern von Kubung ging gerade eine alte Frau durch ihren Garten, als ich vorbeifuhr. Einige Kleinkinder stapften hinter ihr her: Aids-Waisen. Wie konnte ich mir nur Sorgen um Simons Kündigung machen? Es war nur eine winzige Hürde im Leben unserer Kinder. Hier gab es jede Menge zerbrochene Familien.

Mmapula kam als erste Patientin zur Vorsorgeuntersuchung. Ihr Gesicht war vor Schmerzen verzerrt. Wie sich herausstellte, waren es erste Wehen, und das Kind hatte Steißlage. Als Esther ihr mein Angebot übersetzte, sie sofort zur Entbindungsstation in Thamaga zu fahren, schüttelte sie den Kopf. Ihr Freund habe ein Auto, sie werde ihn sofort anrufen. Sie verabschiedete sich eilig. Als ich zwei Stunden später dort anrief, um nach ihr zu hören, erfuhr ich, dass sie gar nicht gekommen war. Mein Blick streifte Esthers besorgtes Gesicht, und ich packte ein Entbindungsset zusammen: Zange, Handschuhe, Spritzen, Nadeln und Betäubungsmittel. Gemeinsam eilten wir die Stufen hinunter, Esther gab mir unterwegs keuchend Anweisungen.

Die Betonhütte lag halb versteckt hinter einem großen Dornbaum. Als wir über das Grundstück hasteten, scheuchten wir eine Hühnerschar auf. Aus dem Innern der Hütte hörte ich lautes Stöhnen. Mmapula lag auf einer Matte vor der Tür. Ihr Gesicht war schweißnass, und sie krümmte sich vor Schmerzen. Mit einem wilden Blick zu uns herüber stieß sie undeutliche Worte aus. Esther übersetzte und schüttelte wütend den Kopf: Ihr Freund war betrunken und schlief in seiner Hütte. Esther kannte den Mann – er war immer betrunken.

Wir baten Mmapula, sie untersuchen zu dürfen. Auch ohne Taschenlampe erkannte ich das winzige Hinterteil am Scheideneingang. Mit einem Pinard-Rohr hörte Esther die Herztöne des Ungeborenen ab. Sie waren zu langsam, wir hatten keine Zeit, sie umzubetten. Esther hielt Mmapulas Hand, während ich das Entbindungsset aufriss und die Handschuhe herauszerrte. Ich wusch die Scheide mit Desinfektionsseife aus einem Tütchen und injizierte ein Mittel für die örtliche Betäubung. Ich setzte schnell den Schnitt, schob die Zange hinein und zog sie schwitzend mit jeder Wehe weiter heraus. Einige spannungsvolle Sekunden vergingen. Plötzlich rutschte ein winziger männlicher Unterleib heraus. Kopf und Schultern waren noch im Bauch. Ich befreite das Neugeborene von der Nabelschnur, die um seinen Hals lag, setzte die Zange neu an und zog. Beim dritten Mal kam der Kopf frei. Ein blutverschmierter kleiner Junge lag blau, reglos und nicht atmend in meinen Händen.

Ich hörte, wie Mmapula etwas fragte und Esther ihr antwortete. Den Daumen auf die zarte Brust gelegt, hob ich das stumme Kind einhändig hoch und suchte nach dem Nasensauger, während ich mir mit dem Ellbogen das Haar aus dem Gesicht schob. Plötzlich und unerwartet hob sich der winzige Brustkorb, und der vertraute erste Schrei füllte die Hütte. Er erinnerte an das Geschrei einer Katze. Überrascht, begnadigt und mit brennenden Augen legte ich Mmapula ihren Sohn auf den Bauch. Mit einer Hand auf dem kleinen Rücken schloss sie die Augen.

Als die Schnur nicht länger pulsierte, klemmte ich sie ab und schnitt sie durch, dankbar, dass meine Forschungen dem kleinen Jungen zugutekamen. Esther entband die Plazenta, dann halfen wir Mmapula, quer durch den Raum ins Bett zu wanken, und legten ihr den eingepackten Säugling in die Arme. Esther hielt die Taschenlampe, und ich nähte den Dammschnitt. Dafür hatte ich kein Betäubungsmittel mehr, aber Mmapula lag ganz still und betrachtete den winzigen Jungen in ihrem Arm.

Esther fuhr, um über Mittag die Tuberkulosesprechstunde abzuhalten. Ich blieb zurück, um noch den Blutdruck zu messen. Mmapula und ihr Sohn schliefen. Es war dunkel und still. Auf der Entbindungsstation in meinem Krankenhaus in England gab es hohe Lampen, surrende Maschinen, Pieptöne, Tropfe und Skalpelle. Masken. Die Namen meiner Patientinnen kannte ich nicht. Sie vertrauten meinen Fähigkeiten, nicht mir, denn sie kannten mich ja gar nicht. Hier schien diese Unterscheidung nicht möglich zu sein. Das Baby maunzte. Ich beugte mich darüber, um den Puls zu messen; die winzigen Fingerchen griffen nach meiner Hand und hielten sie fest.

Die Hütte füllte sich nach und nach mit Nachbarn, eine Kanne Sorghum wurde gebracht, Tassen mit Tee, Ingwerbier. Als Esther zurückkam, schlief Mmapula noch immer, und ich eilte zur Nachmittagssprechstunde zurück.

Als ich nach Hause fuhr, regnete es. Die alte Frau und die Kinder, die ich gesehen hatte, waren verschwunden. Das Dorf sah jetzt anders aus, düsterer. Die Asche unter den Kochtöpfen war dunkel von der Nässe. Es saßen keine Familien mehr in der Sonne, keine Kinder spielten im Dreck.

Durch Adams Abwesenheit war es ruhiger im Haus. Mir fielen mehr Einzelheiten auf. Alice begleitete Teko überallhin und half bei Sams Betreuung. Sie flüsterten miteinander, und ich konnte nicht hören, was sie sagten, hätte es aber ohnehin nicht verstanden. Es wurde Zeit, dass ich Setswana lernte – es wäre vor allem im Krankenhaus von Nutzen gewesen. Als ich Sam aus Alices Armen entgegennahm, überraschte mich ihre Wut. »Warum legst du ihn weg?«

»Ich lege ihn nicht weg, Ally. Es ist jetzt Schlafenszeit für ihn. Er braucht einen Rhythmus.«

»Du meinst, dass *du* einen Rhythmus brauchst«, sagte sie laut. »Ich weiß, du willst nicht, dass Sam zu unserer Familie gehört.«

Wie kam sie darauf? Ich wollte ihr einen Arm um die Schultern legen, aber sie schüttelte mich ab. Ihre Worte hallten in mir nach, als ich Sam neben seinem Bettchen stillte. Zum Teil hatte sie recht – ich brauchte einen Rhythmus –, aber sie hatte auch unrecht. Ich liebte ihn, selbst wenn ich es nicht von Anfang an ausgedrückt hatte. Sanft berührte ich das Geburtsmal. Während er langsam einschlief, starrte ich abwesend auf die weißen Wände und entdeckte dunkle Fingerabdrücke in der Nähe der

Glastüren. Die Kinder mussten besser aufpassen, denn wir wohnten hier nur zur Miete. Ich drehte den Schlüssel im Schloss und verstaute den Schlüsselbund in einer Schublade. Ich legte Sam schlafen und fand die Mädchen in ihrem Zimmer.

»Ally, Zoë, bitte denkt daran, euch die Hände zu waschen, wenn ihr aus dem Garten hereinkommt! An der Wand in unserem Zimmer sind überall Fingerabdrücke neben der Tür. Ich habe sie jetzt abgeschlossen, die Schlüssel liegen im Nachttisch, für den Notfall.«

»Für welchen Notfall?«, fragte Zoë und sprang vom Bett auf. »Können Löwen in unser Zimmer kommen – oder Elefanten?« Ihre Stimmt zitterte vor Aufregung.

»Feuer, du Dussel«, zischte Alice.

Zoë war sichtlich geknickt und hatte Tränen in den Augen.

»Elisabeth sagt, der Hund ist nur zu einem kleinen Abenteuer unterwegs«, erzählte ich ihr schnell. »Er kommt bald zurück, du wirst sehen.«

Bis zum Abendessen hatte Zoë sich erholt, und als wir bei Elisabeths Kürbiseintopf zusammensaßen, erzählte ich den Mädchen, dass Simon uns verlassen werde, weil seine Familie umziehen müsse. Ich beobachtete Alice, war aber trotzdem nicht auf ihre Reaktion vorbereitet. Sie schob den Teller von sich weg und stieß dabei eine Vase mit Bougainvilleen um. »Das ist alles deine Schuld!«, schrie sie, rannte in ihr Zimmer und schloss die Tür von innen. Sie weigerte sich, sie zu öffnen; am Ende musste Zoë in unserem Bett schlafen.

»Warum ist Ally so sauer?«, flüsterte sie, als ich sie zudeckte.

»Sie ärgert sich, dass Simon aufhört«, flüsterte ich zurück. »Sie mag ihn.« Es war mehr als das. Zum ersten Mal war ein Lehrer auf sie eingegangen, hatte sie ernst genommen. Hatte ich sie vernachlässigt? Hatte ich versucht, ihre Gefühle zu verstehen, und dabei ihre Auffassungsgabe übersehen? Aber auch Gefühle spielten hier eine Rolle – sie hatte Simon vergöttert.

Ich nahm mein Handy mit nach draußen. Die Dunkelheit war dicht und feucht. Ich rief Adam an, wurde aber nur zum Anrufbeantworter weitergeleitet. Ich probierte es im Hotel und ließ mich zu seinem Zimmer durchstellen. Er nahm sofort ab – er hatte vergessen, sein Handy aufzuladen.

»Ich sehe zu, dass ich morgen früh nach Hause komme«, sagte er, als er die Sache mit Simon erfuhr. »Wir können am Wochenende etwas Schönes unternehmen – vielleicht einen Campingausflug?«

»Ich sage ihnen noch nichts davon.« Vielleicht wurde er aufgehalten, aber wenn wir Glück hatten, wäre das eine schöne Überraschung, genau das, was Alice brauchte. »Ich vermisse dich.«

Was er erwiderte, ging in einem Sturm von Hintergrundgeräuschen unter, und dann war die Verbindung unterbrochen. Meilenweit entfernt zuckten Blitze über den Himmel und erhellten die Hänge der Hügelkette. Ich hatte Adam noch nie gestanden, dass ich ihn vermisste. Auch vor mir selbst konnte ich kaum zugeben, dass ich ihn brauchte. In London hatte ich in der Küche gesessen, ärgerlich mit den

Fingern auf den Tisch getrommelt, wenn er später kam, und mich gefragt, was er wohl gerade tat oder erreichte. Hier war alles einfacher. Ich wollte schlichtweg, dass er hier war, bei seiner Familie.

Geräusche drangen durch die Stille – ein Rascheln von Sträuchern, plötzliches Flügelschlagen und Laute wie ein ruhiges Atmen, als wäre das Land in der Dunkelheit lebendig geworden. Ich stand auf und ging ins Haus.

Mit ausgestreckten Armen und Beinen lag Zoë auf unserer Matratze, sodass ich unbequem am Bettrand liegen musste, die Arme voll juckender Mückenstiche. Ich schlief nicht gut. Später glaubte ich zu hören, wie eine Tür geöffnet und wieder geschlossen wurde, dann Alices Schritte im Flur und in der Ferne das Schließen der Küchentür. Sie musste den Kühlschrank durchsuchen, nachdem sie nicht zum Abendessen erschienen war. In der Hoffnung, dass sie etwas Essbares fand, schlummerte ich wieder ein.

Schon als ich am nächsten Morgen das Haus verließ, beeilte ich mich, wieder zurück zu sein. Sam wachte weinend auf und zog sich am rechten Ohr. Teko hielt ihn fest. Sie war besorgt, ihre freie Hand wanderte zu ihrer Kette, als ich mit meinem Auroskop sein Trommelfell untersuchte. Die winzigen verzweigten Blutgefäße unter der dünnen Haut waren geweitet: frühe Anzeichen einer Infektion. Seine gerötete Wange war heiß. Ich gab ihm einen Löffel unseres kostbaren Paracetamols und fand seinen kleinen Elefanten. Die winzigen Finger schlossen sich fest um das gestrickte Tier, und er kaute am Lederohr.

Das Wohnzimmer sah mittlerweile nach unserem Zuhause aus. Alices Laubsäge lag auf dem Tisch, und Zoës Bilder hingen an der Wand. Meine Strickjacke hing über einer Sessellehne. Teko hatte die Ketten aus getrockneten Hülsen über das Kudugeweih gehängt, und die Kissen waren aufgeschüttelt. Als ich nach meiner Tasche griff, klingelte das Telefon. Simon. Ein Blitz hatte einen Mopanebaum an der Stelle getroffen, wo die Schotterpiste von der Hauptstraße nach Gaborone abzweigte. Es war schon ein Team unterwegs, um das Hindernis beiseitezuschaffen, aber bis dahin hatte er keine Möglichkeit zu kommen. Es tue ihm leid, vor allem weil dies sein letzter Tag gewesen wäre. Alice solle mit ihren Matheübungen weitermachen; Zoë solle zehn neue Wörter mit W lernen und Bilder davon in ihr Alphabetheft malen. Er werde weitere Aufgaben mailen und einen neuen Lehrer für uns suchen; ob ich den Mädchen von ihm Tschüs sagen könne? Mit einer Entschuldigung legte er auf.

»Was für Wörter?« Zoë war ausnahmsweise als Erste da. Sie setzte sich hin und sah mich von der Seite durch ihre Finger an, die sie wie einen Stern über dem Gesicht ausgebreitet hatte.

»Würmer, Zo-Zo. Wale, Wespen. Warzenschweine.«

»Wabbelige Quallen.« Sie lächelte, und ich sah, dass einer ihrer Schneidezähne endlich wuchs.

Alice war stillschweigend hereingekommen; sie saß vor ihren Büchern am Tisch.

»Simon kommt heute nicht durch, weil die Straße blockiert ist. Er hat gesagt, ihr sollt einfach weitermachen. Alles in Ordnung, Ally?«

Ihrem Gesicht fehlte jede Farbe, die dunklen Ringe wirkten nun wie Veilchen unter ihren Augen.

»Ist es Simon?«

Ihre Hand, die auf dem Buch lag, geriet ins Zittern. Sie war den Tränen nahe.

»Es tut mir so leid, Süße. Ich weiß, wie sehr du ihn magst. Ich mag ihn auch. Ich werde einspringen, bis wir jemand anderen gefunden haben. Ich habe dich diese Nacht gehört – hast du etwas zu essen gefunden?«

Sie erwiderte nichts. Vermisste sie Adam? »Ich finde es auch nicht schön, dass Daddy fort ist. Er freut sich schon ...« Aber Adams frühe Rückkehr und der Campingausflug sollten eine Überraschung bleiben. »Er freut sich auch, euch zu sehen, wenn er nach Hause kommt.«

Alice schwieg, und sie tat mir leid. Aber sie würde Simon vergessen, auch wenn sie es noch nicht wusste. Der Ausflug würde ihr guttun. Ich gab ihr einen Kuss auf die Wange. Es war schon spät. Ich musste los, konnte aber meine Sandalen nicht finden und schlüpfte in meine alten Flipflops neben der Tür.

Die Straßen standen voller Pfützen, und ich fuhr vorsichtig. Ich erwartete, weitere umgestürzte Bäume zu entdecken, doch das Gewitter hatte hier nicht viel angerichtet – oder es stand uns erst noch bevor.

Zufällig war der heutige Vormittag für Kinder und alte Frauen vorgesehen, der nächste Tag konnte alten Männern und Schwangeren vorbehalten sein. Ich mochte Vormittage wie diesen. Ich mochte die Kinder, ihre stille Würde, wie sie mit geschwellter Brust tapfer dastanden und darauf warteten, dass ich sie abhörte. Ibo hätte einer von ihnen sein sollen. Als ich ihn mittags gegenüber Esther erwähnte, legte sie ihr halb gegessenes belegtes Brot zurück in die Tupperdose. »Mrs. Munthe ist nach Francistown gefahren und hat ihn mitgenommen.«

»Und Baruti?«

Sie schüttelte den Kopf und stand auf, um auf der Liege frisches Papier auszubreiten. Barutis Name hing weiter in der Luft.

Der Nachmittag ging langsam vorüber. Drei Männer aus derselben Familie hatten sich eine Lebensmittelvergiftung zugezogen, nachdem sie gekochte Ziege gegessen hatten, die von einer Hochzeit übrig geblieben war. Ringelflechte, chronische Rückenschmerzen, Vitaminmangel. Als Esther auf ihrem Motorroller davonbrauste, war es schon fast an der Zeit für Sams abendliches Stillen. Ich zog die schweren Eisentore hinter mir zu, hörte das Schloss einschnappen. Die Sonne stand nun tiefer. Die fedrigen Spitzen der Maispflanzen auf den kleinen Grundstücken, die zu den Hütten neben dem Krankenhaus gehörten, flimmerten in dem Licht, das sich in ihnen verfing. Ich eilte zum Auto, aber als ich mit dem Schlüssel den Motor starten wollte, tat sich nichts. Ich probierte es erneut. Die Scheinwerfer funktionierten – laut Tankanzeige hatte ich genügend Benzin. Unter den Blicken herbeieilender Kinder öffnete ich die Motorhaube. Genügend Wasser, genügend Öl. Bei Adam meldete sich wieder nur der Anrufbeantworter, das Handy war noch immer nicht aufgeladen. Das Hotel musste er inzwischen verlassen haben. Ich probierte unser Telefon zu Hause, aber es war tot. Jemand hatte nicht richtig aufgelegt. Ich holte einen Sonnenhut aus meiner Tasche, nickte den wartenden Kindern zu und machte mich mit schwingenden Armen auf den Weg. Dies ist ein Abenteuer, sagte ich zu mir selbst – das Wort, das Adam benutzt hatte, um mich nach Afrika zu locken. Als ich die letzte Hütte im Dorf passierte, dachte ich an den Augenblick zurück, als er mir von seinen Plänen erzählt hatte, an die vielen Sorgen, die ich mir wegen meiner Arbeit gemacht hatte, und wie wütend ich gewesen war. Im Rückblick war es wie die Erinnerung an ein Theaterstück, das ich irgendwann gesehen hatte, über eine Frau in einer Geschichte, die ich schon fast vergessen hatte.

KAPITEL 20

BOTSWANA, MÄRZ 2014

Die Hitze des Abends umhüllt den Pfad, überall sirren Zikaden. Meine Schritte knirschen leise auf dem Schotter. Das Gehen fühlt sich so leicht an wie das Atmen. Meine Gedanken lösen sich und treiben durch die warme Luft.

Adam wird jetzt glücklich sein Bier trinken – glücklich, dieses neue Wort … Zoë sitzt vielleicht mit einer Eidechse auf der Hand unter den Bäumen. Alice wird sich in Tekos Nähe aufhalten und lesen, dunkle Haarsträhnen wischen über die Buchseite. Sie wird sich seit heute früh beruhigt haben. Der Duft des Abendessens weht in den Garten; Elisabeth stellt Blumen in ein Glas.

Ein Haubenbülbül flattert vom Weg auf, sein staccatoartiger Ruf zerreißt die Ruhe: *Sei flink, sei flink, Doktor, sei flink.* Das goldene Licht wird dunkler zwischen den Bäumen. Inmitten der Schatten leuchtet flammenrot eine Wüstenblume auf, und dann ist es beinahe dunkel.

Essenszeit. Badezeit. Sam könnte gerade weinen.

Auf einen ersten Vogel antwortet ein zweiter und dann ein dritter. Schließlich schwirren die Bäume vor ihren unterbrochenen Lauten. Schwer wie Kuchen liegt mir die abendliche Luft im Mund.

Eine dünne Schlange windet sich vor meinen Füßen blitzschnell über den Pfad und verschwindet in einer Rinne. Ich sehne mich nach einem Drink mit Gin. Ich sehne mich danach, dass sich Adam beeindruckt zeigt, wenn ich es zu Fuß nach Hause geschafft habe – voller Bedauern, dass er vergessen hat, das Auto durchzuchecken und das Handy aufzuladen.

Das Tor liegt in Schatten gehüllt, als ich es erreiche, aber bei meiner Berührung fühlt sich das Holz noch warm an. Mit dem vertrauten zweifachen Quietschen schwingt es auf. Hinter dem Haus haben die Frösche im Teich bereits ihr nächtliches Quaken angestimmt. Ich schleudere die schlammigen Flipflops weg, und der Staub unter meinen Füßen fühlt sich weich an. Die Erleichterung, endlich zu Hause zu sein, schmerzt in der Brust. Ich folge der gebogenen Einfahrt, warte ungeduldig, dass die ersten Lichter über den kargen Rasen dringen.

Innerhalb weniger Sekunden sehe ich, dass alle Lichter im Haus brennen und sich der Schein von Taschenlampen ruckartig über den Rasen bewegt. Adams Rufe sind zu hören, sie klingen wie das tiefe Bellen eines gepeinigten Tiers. Er ist drüben bei den Bäumen. Als ich losstürze, wendet er mir das Gesicht zu. Es schimmert weiß in der Dämmerung. Zoë steht im Haus an der Wand und weint still vor sich hin. Sie ist es also nicht. Alice kauert in der Ecke; als sie mich sieht, erhebt sie sich mit fließenden Bewegungen. Sie ist es auch nicht.

Dann habe ich begriffen.

Die Schatten in unserem Schlafzimmer flackern anders als sonst: Es dauert einen Augenblick, bis ich erkenne, dass die Vorhänge zerrissen sind und sich im sanften Wind wiegen. Ein glitzernder Scherbenhaufen liegt auf dem Teppich vor dem Fenster, einige spitze Überreste stecken noch im Rahmen.

Das Bettchen ist leer.

KAPITEL 21

BOTSWANA, MÄRZ 2014

Kabos Wagen dröhnt die Einfahrt hinunter, hält an der Straße an und braust dann davon. Die Motorengeräusche verklingen. Sie werden die Polizeiwache in Gaborone erst in zwei Stunden erreichen. Kabo wird reden, nicht Teko. Adam wird schweigen und genau wie ich hoffen, dass sich Sam auf der Polizeiwache befindet: ein Fundstück, das abgegeben wurde. Aber Leute geben keine Neugeborenen ab, keine jedenfalls, die sie soeben entführt haben.

Im Haus ist es still, aber die Küche führt ein Eigenleben. Der Ofen dröhnt. Dünne Fleischstreifen für Josiahs Biltong hängen an Haken von der Decke und bewegen sich in der heißen Luft. Elisabeth sitzt am Tisch und knetet einen Teigklumpen. Josiah legt Holz nach und betrachtet mich wie eine Fremde. Er zieht die Augenbrauen dicht zusammen, Falten zerfurchen seine Stirn, sein verwirrter Blick schweift in die Zimmerecken. Wenn er nicht versteht, was passiert ist, wie soll ich es dann können?

»Erzähl mir, was passiert ist, Elisabeth! Wart ihr im Garten?«

Sie nickt. »Teko war im Haus und hat nach Sam gesehen.« Sie mustert ihren Bruder. »Josiah hat in seiner Hütte geschlafen.«

Als sein Name fällt, blickt er sie vertrauensselig an wie ein Kind.

»Teko hat Lärm gemacht«, fährt sie fort. »Wir sind hineingerannt. Sam war weg.«

»Wo habt ihr nach ihm gesucht?«

»Überall.«

»Überall?«

»In allen Zimmern.« Ihre Hände bearbeiten wieder den Teig. Sie dämpft die Stimme. »In den Schränken.«

Ein winziger Körper ist so biegsam, dass er nur wenig Platz braucht, sich tief in eine dunkle Nische schieben lässt. Das Stottern des Kühlschranks in der Ecke geht in ein tiefes Summen über. Bisher habe ich ihn kaum beachtet, nie hineingesehen. Ich stehe auf und zerre die Tür auf. Bei der heftigen Bewegung springt Elisabeth mit einem kleinen Schrei vom Stuhl auf. Auf den Gittern liegt fast nichts. Ein Päckchen Butter, eine Tüte Milch, zusammengebundene grüne Blätter. Elisabeths Schrecken schwingt noch nach. Josiah wischt sich mit den Händen über das Gesicht, tritt durch die Tür und schließt sie hinter sich.

»Ich werde verrückt«, flüstere ich.

Elisabeth schweigt. Sie legt den Teig in eine Blechschüssel neben dem Ofen, bedeckt ihn mit einem Tuch und beginnt mit dem Fegen des Bodens.

»Die Frau des Häuptlings kommt morgen.«

Sie nickt, ohne aufzublicken.

»Ich habe Josiahs Hund gesehen, Elisabeth.« Ich stoße die Worte rasch hervor. »Er ist tot.«

Sie sieht mich an und schüttelt den Kopf, als ergäben meine Worte keinen Sinn.

»Ein Auto muss ihn erwischt haben. Der Kadaver lag in einem Graben. Es tut mir leid. Ich sage Josiah Bescheid.«

Ihre Lippen straffen sich, und sie blickt zur Tür. »Ich erzähle es ihm«, sagt sie.

Ich verlasse die Küche. Die Nachricht aus ihrem Mund zu hören wird es für ihn leichter machen. Einen Augenblick lang stelle ich mir den kleinen gelben Welpen vor, der er einmal gewesen ist, wie er durch den Garten saust, herumtobt und unter dem Bett seines Herrchens schläft. Dann sind meine Gedanken wieder vollkommen von Sams Gesicht ausgefüllt. Er hat den Mund geöffnet, Tränen rinnen ihm über die Wangen, sein Körper ist fest im Griff eines Fremden. Irgendwie muss ich die Stunden überstehen, bis Adam zurückkehrt. Kabo wird nach Hause fahren und alles seiner Frau erzählen. Bald werden es die Nachbarn wissen. Unsere Katastrophe wird sich immer weiter ausbreiten und in das Leben anderer Menschen eindringen.

In den Spätnachrichten im Fernsehen sind Männer zu sehen, die auf einer Bühne herumschreien, Banner hochhalten, Menschenmassen. Wahlen. Eilig schalte ich aus, mein Kopf dröhnt vor Angst.

Die Weinflasche im Schrank ist halb voll. Ich stürze zwei Gläser hinunter, dann sehe ich, dass die Telefonschnur durchtrennt ist. Sie haben ein Messer benutzt – der Schnitt ist glatt. Ich weiche zurück, als wäre die Schnur gefährlich.

Zoë liegt schlafend auf der Seite, aber Alice ist wach. Im Mondlicht sind ihre Augen weit geöffnet. Als ich hineinschleiche, dreht sie das Gesicht zur Wand. Ich lege mich neben sie und hoffe, dass meine Anwesenheit sie tröstet. Eine Stunde vergeht, bis ihr Körper sich zum Schlafen entspannt.

Die Bettdecke im Schlafzimmer ist noch völlig glatt. Die Entführer hatten keine Zeit, sich hinzusetzen. Sie haben sich hinuntergebeugt, ins Bettchen gegriffen, sich gleich wieder aufgerichtet und weggedreht. Geschickt. Vielleicht haben sie es geübt. Die Stapel mit Handtüchern und Windeln auf der Kommode daneben sind unberührt. Warum haben sie nichts mitgenommen? Es wäre besser gewesen, ein Zeichen für ihr Wohlwollen, für einen Plan, den kleinen Sam am Leben zu erhalten.

Sein rechtes Trommelfell ist inzwischen bestimmt geschwollen, die gedehnte Haut gleichmäßig rot. Er wird vor Schmerzen schreien, aber sie kennen den Grund dafür nicht. Werden sie ihn bestrafen? Ich rutsche am Türrahmen hinunter und bleibe schaukelnd sitzen, den Kopf in die Hände gebettet.

Ich tauche auf. Er ruft mir aus dem Boot zu, ich solle meine Arme und Beine bewegen.

Ich tauche wieder ab. Unter Wasser ist es still und dunkel.

Das Wasser läuft mir in den Rachen. Ich ertrinke.

Wie das Fleisch an den Haken in der Küche hängen die Minuten einfach so da und ziehen sich schweigend in die Länge.

Ich trinke den Wein aus. Als der Schlaf kommt, trifft er mich wie ein schwerer Lastwagen.

KAPITEL 22

BOTSWANA, MÄRZ 2014

»*Dumela.*«

Das Licht brennt mir in den Augen. Ich bin zwischen Adams Brustkorb und den Kissen vor der Sofalehne eingezwängt und kann kaum atmen. Sein Hemd ist hochgerutscht. Die feuchte Haut an meinem Gesicht riecht nach Alkohol und Schweiß.

Sofort übermannt mich die Verzweiflung wieder, bringt die Erinnerung zurück, wie Adam mich vom Boden aufgehoben hat und mit mir aufs Sofa gefallen ist. Er ist sofort eingeschlafen; seine Körperwärme hat einschläfernd gewirkt, und ich bin auch eingeschlafen oder, besser gesagt, zurück in die Bewusstlosigkeit geschleudert worden.

»*Dumela.*« Die leise Stimme wiederholt die Begrüßung.

Eine große Frau rückt in meinen Fokus, ihr Körper beugt sich zu mir herab, ihre Hände sind gefaltet. Peo, die Frau des Häuptlings von gestern Nacht. Ihre schrägen Augen blicken traurig, ihr Mund ist ernst. Fragen wirbeln mir durch den Kopf. Kann sie uns helfen? Wird sie Sam für uns finden? Ich habe weder für sie noch für einen anderen Menschen irgendwelche Worte. Als könne sie meine Gedanken lesen, verschwindet sie aus meinem Blickfeld, und die Küchentür schließt sich leise.

Ich trage noch meine Kleidung von gestern. Die Kleidung, in der ich Sam zum Abschied geküsst, Patienten behandelt und den Heimweg angetreten habe. Ich schiebe mich an Adam vorbei und stelle die Füße auf den Boden. Er stöhnt, brummt und versinkt wieder im Schlaf. Fragen ringen um einen Platz in meinen Gedanken.

War es ein Mann oder eine Frau? Oder sowohl als auch?

Das Wohnzimmer wirkt verändert – der Boden fühlt sich kälter an. Die Stühle stehen im Halbkreis. So haben wir nie gesessen. Vielleicht hätten wir so sitzen sollen. Wäre das besser gewesen? Wäre Sam in einer Familie sicherer gewesen, die im Halbkreis sitzt und sich unterhält, statt auf dem Weg nach draußen an der Tür lehnt oder im Auto Bemerkungen macht, die vom Fahrersitz über die Schulter nach hinten geworfen werden?

Es könnte sein, dass er zu weinen anfing, als sie kamen. Dann haben sie ihm vielleicht eine Hand über das Gesicht gelegt und den Mund zugehalten.

Hinter dem Fenster hat sich die atemberaubende Landschaft in eine struppige Einöde verwandelt. Irgendwo dort draußen drängt sich die heiße Luft um mein Kind. Irgendjemand weiß, wo Sam ist.

Ich müsste eigentlich draußen sein und im Gestrüpp und unten beim Graben suchen. Warte ich auf die Polizei oder renne ich in den Busch und suche hinter jedem Baum?

Mein Kopf kribbelt vor Unschlüssigkeit, als ich aufstehe. Zoës Stimme dringt von draußen herein, und durch das Fenster sehe ich sie am Verandatisch sitzen, Alice ihr gegenüber. Zwei Frauen sind bei ihnen. Die Ältere legt eine Hand auf Alices Rücken. Die Ringe einer jungen Frau mit rundem Gesicht blitzen auf, während ihre langen Finger einen Berg Marulafrüchte verlesen. Teko ist nicht bei ihnen. Sie wird schlafen, wie Adam. Als ich hinaustrete, blicken die Frauen auf und verstummen. Die Hand löst sich vom Rücken meiner Tochter.

»*Dumela.*«

Meine Stimme klingt anders heute, selbst in meinen Ohren. Zoë mustert mich erschrocken, Alice argwöhnisch. Beide haben geweint. Die ältere Frau neigt den Kopf. Dunkle Leberflecke verteilen sich ungleichmäßig über ihre Wangen, als hätte sie ihr jemand ins Gesicht geworfen. Die jüngere Frau ist sehr hübsch; ihre vollen Lippen sind leuchtend pink bemalt. Ihr Blick schweift durch den Garten, und sie trommelt mit violetten Fingernägeln auf die Tischplatte, ihre hohen Wangenknochen röten sich vor Scham.

Zoë rutscht von ihrem Stuhl und läuft auf mich zu. »Habt ihr Sam gefunden?«

»Noch nicht, Zoë.«

Ich beuge mich zu Alice hinunter und flüstere ihr ins Ohr. »Danke, dass so du vernünftig warst, Liebling! Daddy und ich überlegen, was jetzt das Beste ist. Ich muss reingehen und mit ihm darüber sprechen.« Ich gebe ihr einen

Kuss. Ihre Lippen zittern, dann straffen sie sich zu einer geraden Haltung.

Adam schläft noch. Er wacht halb auf und will sich aufrichten, sinkt aber mit einer Hand über den Augen zurück. Auf dem Tisch neben dem Sofa liegt frische Kleidung: ein bunter Rock mit blauen und orangefarbenen Kreisen und ein rotes T-Shirt. Das war Elisabeth oder Peo, jemand, der weiß, dass allein der Akt der Kleiderauswahl unmöglich gewesen wäre. Diese Umsicht treibt mir Tränen in die Augen.

Möglicherweise haben sie ihn auch geschlagen, ihn bewusstlos gemacht, damit er ruhig ist, als sie mit ihm in der Dunkelheit hockten, versteckt in der Zimmerecke.

Ich ziehe mich aus und dusche fröstelnd unter lauwarmem Wasser. Anschließend ziehe ich die frische Kleidung an. Im Spiegel starren mich tief liegende Augen und ein geschwollenes Gesicht befremdlich an.

Adam setzt sich auf, obwohl er noch halb schläft.

»Was passiert jetzt?« Ich packe ihn am Arm, ich kann unmöglich länger warten. »Was unternimmt die Polizei?«

Er legt mir eine Hand auf den Arm, seine Finger sind heiß und leicht klebrig. »Man hat die großen Ausfallstraßen blockiert und ein Team zum Flughafen geschickt.«

Ich hätte gleich nach Gaborone zum Flughafen fahren sollen statt nach Kubung. Ich hätte in der Abflughalle warten und mir nacheinander jedes Baby angucken sollen, bevor es das Land verlässt.

Adam fährt sich mit der Zunge über die Lippen. Ein kleines Glas trübes Wasser steht noch auf dem Tisch. Ich reiche es ihm, er trinkt es schnell leer und spricht dann weiter. »Sie wollen auch hier vor Ort suchen. Zwei Beamte kommen heute Vormittag vorbei. Keiner darf hier weg. Sie wollen alle befragen.«

Die Polizei wird also doch noch kommen. »Wie ist es gelaufen, als ihr gestern Abend dort wart?«

»Sie haben sich schnell um uns gekümmert.« Er legt sich wieder aufs Sofa. »Ich wurde in einen Raum mit zwei Beamten gerufen. Kabo blieb draußen. Anschließend war er an der Reihe. Sie haben uns wie Verdächtige behandelt, immer wieder dieselben Fragen gestellt, uns zu überrumpeln versucht. Fast schienen sie zu glauben, ich hätte meinem eigenen Sohn etwas angetan.« Stirnrunzelnd sieht er sich um, als wäre er wieder auf der Wache, würde ausgefragt wie ein Gefangener in seiner Zelle.

»Sie müssen doch gewusst haben, dass du es nicht gewesen sein kannst. Als Sam verschwand, warst du erst auf dem Heimweg von der Konferenz. Tekos Aussage muss doch mit deiner übereinstimmen.«

»Sie reden heute Vormittag mit ihr.« Er nickt in Richtung Tür und scheint fast zu erwarten, dass sie auf sein Stichwort hin erscheint.

»Warum haben sie ihre Aussage nicht gestern Abend aufgenommen?«

»Vielleicht weil sie nicht dabei war?« Er spricht langsam wie zu einem Kind.

»Wieso war sie nicht dabei? Sie ist doch mit euch losgefahren.«

»Sie ist ausgestiegen, als wir am Ende der Einfahrt angehalten haben.« Meine Frage scheint Adam zu verwirren.

»Sie hat geweint, deshalb haben wir sie gehen lassen. Kabo dachte, es sei vielleicht einfacher, wenn sie die Fragen mit Elisabeths Unterstützung beantwortet. Hast du sie denn nicht gesehen?«

Noch bevor er ausgeredet hat, renne ich durch das Wohnzimmer in die Küche, wo Elisabeth unter Peos Blicken ein rosafarbenes Tuch auf einem Tablett ausbreitet. Die sanfte Farbe leuchtet im dunklen Raum. Sie blickt überrascht auf, als ich an ihr vorbei in den Flur dahinter stürze. In Tekos Zimmer liegt eine Matratze auf dem Boden, sonst nichts. Nicht das kleinste Papierfetzchen. Der Raum hat kein Fenster; ich will das Licht anschalten, aber es funktioniert nicht. Ich bin noch nie hier gewesen. Ein Gefühl von Reue, von Überraschung und Angst flackert auf. Hat sie in diesem Loch gewohnt? Im Dunkeln? Und das unter demselben Dach wie wir, mit elektrischem Licht, Möbeln, Büchern und Kleidung? Mit Laptops, reichlich zu essen? Welche Verbitterung mag dadurch in ihr aufgekommen sein?

»Sie ist weg.«

Adam ist mir gefolgt und späht in die Ecken, als könne Teko noch hier sein, sich unsichtbar gegen die Wand lehnen. Ist sie deshalb nicht mehr da? Weil sie sich unsichtbar fühlte?

»Was hat das zu bedeuten?« Er wirkt verblüfft.

Ich weiß, was das zu bedeuten hat. Es bedeutet, dass sie Sam mitgenommen haben könnte. Das wäre gut. Mit dem Rücken an der Wand spüre ich den nackten Beton an den Fingerspitzen, kühl und grobkörnig. Gut, weil Teko bestimmt leicht zu finden ist. Ich mochte Teko, ich habe ihr vertraut. Wut steigt in mir auf, aber ich unterdrücke sie. Ich muss klar denken. Sie wird ins Waisenhaus zurückkehren, aus dem sie gekommen ist. Dort werden wir sie finden. Sie versteckt ihn in ihrem Zimmer, bis sie sich entscheidet, was mit Sam werden soll. Hat sie ihn mitgenommen, weil sie ihn liebt oder weil sie uns hasst?

»Sie hat ihn bei sich, Adam.«

Er nickt wortlos.

Peo und Elisabeth haben das Teetablett auf den Wohnzimmertisch gestellt; jetzt sind sie mit den anderen Frauen, mit Alice und Zoë draußen. Ihre Stimmen verschwimmen zu einem leisen Klang, wie ein Lied im Radio, Hintergrundmusik.

Dafür sind Peo und ihre Freundinnen hier. Sie übernehmen für uns das Reden, das Gehen und das Leben. Beseelen das Haus. Der bittere Tee schmeckt nach dem grünbraunen Aroma roher Blätter; seine Hitze dringt tief in mich hinein.

Wir trinken unseren Tee im Stehen. Ich stelle meine Tasse ab und verfehle den Unterteller. Sie fällt um, und auf dem rosa Leinen breitet sich ein kleiner brauner Kreis aus.

Adams Augen sind gerötet; seinen Haaransatz säumt ein rosafarbener dunkler Ausschlag.

»Warte du hier auf die Polizei«, sage ich zu ihm. »Ich fahre zu ihrem Waisenhaus. Dort finde ich sie.«

Er schüttelt den Kopf. »Ich fahre hin. Mich hat die Polizei schon befragt. Als Nächstes will sie sicherlich dich befragen.« Er stellt seine Tasse zurück. »Ich brauche die Adresse.«

»Gehört es zum Krankenhaus in Molepolole?« Ich starre ihn an, meine Finger kribbeln vor Panik. »Oder zu irgendeinem Missionszentrum?«

Er schüttelt den Kopf. Er weiß es nicht. Wir wussten es von Anfang an nicht. Wir haben Teko ungeprüft eingestellt, ohne Adresse, ohne Referenzen, abgesehen von dem dünnen Zettel, den wir ihr zurückgegeben haben. Ich habe sonst immer alle Referenzen durchgesehen. Die Au-pair-Agentur in England war für ihre Sicherheitsvorkehrungen bekannt.

Draußen erstreckt sich der struppige Rasen bis zur Straße. Die Bäume glänzen. In England wären jetzt blasse Mandelblüten und Schlüsselblumen in satten grünen Reihen zu sehen. Hatten wir die Regeln missachtet oder hatten wir gedacht, sie gälten hier nicht, weil alles so anders war? War meine Angst, jemanden vor den Kopf zu stoßen, so groß gewesen, dass ich die Sicherheit meines eigenen Kindes aufs Spiel gesetzt hatte?

»Ich bin dann weg.« Adam steht an der Tür. »Erzählen wir der Polizei noch nichts von Teko! Wenn rauskommt, dass sie Sam bei sich hat, wird die Suche losgehen und die Medien springen auf. Möglicherweise würde das Teko so sehr einschüchtern, dass sie ganz abtaucht. Ich muss sie vorher finden.« Er verzieht den Mund zu einer Fratze. »Wenn wir Sam zurückhaben, kann sie meinetwegen für immer verschwinden.«

»Wie willst du das Waisenhaus finden?«

»Ich werde es finden.« Adams Miene wirkt verändert, genau wie mein Gesicht im Spiegel. Seine Augäpfel scheinen nicht mehr so tief in den Höhlen zu liegen, seine Augen wirken größer, weniger geschützt. Die trockene Furche zwischen Nase und Mund ist tiefer geworden. Seine Schultern sind über Nacht nach vorn gesunken. Zum ersten Mal kann ich ihn mir als alten Mann vorstellen.

Mich fröstelt, obwohl mir die Hitze schon gegen den Schädel pocht. Schießen Adam ähnliche Erinnerungen durch den Kopf wie mir? Erinnerungen, die ich unter dem Bild vergrabe, wie Teko Sam anlächelt. Das Bild gleitet davon. Ich sehe aufgeschnittene Leichen, abgetrennte Hände.

»Sag den Mädchen Tschüs von mir!« Adam holt die Schlüssel vom Haken. Das metallische Klimpern weckt eine andere Erinnerung in mir: Adam kommt in Islington durch die Tür, legt lächelnd seinen Schlüssel ab und nimmt mir Sam vom Arm. Habe ich damals auch gelächelt? Oder war meine Miene starr, weil ich den ganzen Tag beim Baby gewesen war und lieber arbeiten gegangen wäre?

Adam beugt sich zu mir herab, legt mir eine Hand auf die Schulter. »Frag Elisabeth, was sie dir über Teko erzählen kann! Jede Einzelheit ist wichtig.«

Ich folge ihm auf die Veranda. Er eilt die Stufen hinunter, dreht sich aber am Auto noch einmal um. »Vielleicht erreichst du Megan. Und sag mir Bescheid!«, ruft er mir zu.

Megan? Ich bin vor Angst so verwirrt, dass ich einige Sekunden brauche, bis es mir wieder einfällt. Ja, Megan hat ihren Freund damals gebeten, eine Hilfe für uns zu organisieren. So kam Teko zu uns. Über Megan machen wir Teko vielleicht ausfindig. Allein ihr Name hilft schon, dass ich mich besser fühle. Der Gedanke an ihre Ruhe, ihren wachen Blick, ihre freundliche Stimme tröstet mich.

Adam öffnet die Wagentür. Selbst aus der Entfernung wirkt sein Hemd zerknittert und verschwitzt. Er hat seine Kappe vergessen, und in der schwülen Luft klebt ihm das Haar schon jetzt an der Stirn. Das Auto springt an und braust die Einfahrt hinunter. Kiesel spritzen hinter den Reifen in die Höhe.

KAPITEL 23

BOTSWANA, MÄRZ 2014

Megan meldet sich nicht am Telefon. Linkisch vor Hast schreibe ich ihr stattdessen eine Nachricht, mache einen Fehler nach dem anderen und hinterlasse feuchte Flecke auf den Tasten. Zoë stürmt vom Tisch her auf mich zu und schlingt mir die Arme um die Taille. Grüne und malvenfarbige Schimmer funkeln an jeder blonden Strähne entlang. Ich habe Sams Haare noch nie in der Sonne gesehen. Wir haben ihm immer eine Mütze aufgesetzt und ihn zur Sicherheit in den Schatten gestellt. Die Frauen hier binden sich ihre Kinder um den Körper, das ist noch sicherer. Angst und Reue wallen in mir auf. Zoë drückt das Gesicht fest an meinen Rock. »Ich will Sam zurück.« Ihre Stimme klingt gedämpft. »Wo ist er?«

»Daddy ist gerade losgefahren und sucht ihn, Zo-Zo.« Meine Stimme klingt sorglos, als könne Sam irgendwo an der Straße unter einem Baum liegen oder in einem Garten schlafen. Als winke er der Gestalt, die sich über ihn beugt, vielleicht zu – auf die neu erlernte Art, wenn er die pummeligen Ärmchen ruckartig auf und ab bewegt.

Zoë nickt, als hätte ich ihre Frage beantwortet, wischt sich mit dem Handrücken über die Nase und klettert wieder auf ihren Stuhl. »Guck dir mal meine Bohnen an, Mummy!«

Es könnte sich auch alles in Islington abspielen, an einem ganz normalen Samstagmorgen. Zoë könnte am Küchentisch malen und sich ein Lob von mir wünschen. Adam könnte Alice vom Mandarinunterricht abholen. Sam säße in seiner Babyschale auf dem Tisch neben Zoë und würde lächeln, wenn sie aufblickt und ihn angrinst. In Sicherheit. Ich würde mit meiner Assistenzärztin telefonieren, ihr bei einem Problem helfen und gedankenverloren Sams Bäuchlein kitzeln.

»Guck doch mal!«, verlangt Zoë nachdrücklich.

Ich habe vergessen, was ich mir eigentlich ansehen soll. »Kluges Mädchen«, sage ich automatisch. Der grüne Haufen vor ihr schimmert und verschwimmt.

Alice dreht den Kopf weg, als ich neben ihrem Stuhl niederknie.

»Daddy ist losgefahren, um Teko zu suchen.«

Ihr Kopf schnellt herum. »Warum? Wo ist sie?«, fragt sie mich mit dünner Stimme, die vor Überraschung klirrt. »Sie hat mir gar nicht erzählt, dass sie irgendwohin geht.«

Erzählt? Ich lege einen Arm um Alice. Ihre Schulterblätter fühlen sich spitz an. Teko könnte ihr alles erzählt haben, und ich kann ihr nicht sagen, dass vielleicht alles gelogen ist. Nicht jetzt.

»Ich glaube nicht, dass Teko etwas geplant hat, Ally. Ich

glaube, sie ist weggegangen, weil sie wütend war, dass Sam verschwunden ist, ganz spontan.«

So ist es aber nicht gewesen. Teko muss alles sorgfältig geplant haben. Ich kann mir genau vorstellen, was passiert ist. Nachdem sie Sam ins Auto gebracht hat, hat ihr Komplize sich außer Sichtweite versteckt. Sie muss wieder hineingegangen sein, um noch ein paar letzte Sachen zu holen. Als Adam unerwartet früh zurückkam, saß sie in der Falle. Der Fahrer musste ohne sie losfahren, und sie hat sich in den frühen Morgenstunden davongeschlichen. Sie muss getrampt sein und ihn mittlerweile eingeholt haben.

»Vermutlich ist sie bei den Leuten, die sie im Waisenhaus kennt«, flüstere ich, erzähle aber nicht, dass sie wahrscheinlich Sam bei sich hat. »Vielleicht kann sie uns etwas Wichtiges erzählen.«

»Was denn?« Alice sucht in meinem Gesicht nach Antworten, ihre Hände sind zu Fäusten geballt.

»Vielleicht hat sie etwas gesehen oder gehört. Sie war die Erste, die gemerkt hat, dass er verschwunden ist.«

Sie dreht sich weg und starrt geradeaus; eine leuchtende runde Träne rinnt ihr an der Wange entlang.

»Ally, kurz bevor Teko gemerkt hat, dass Sam nicht mehr da ist, hast du da irgendetwas Ungewöhnliches im Vorgarten gesehen?«

Alice rührt sich nicht, als hätte sie mich nicht gehört.

»Wir waren hinten«, durchbricht Zoë die Stille.

»Hinten? Am Teich? Aber …« Welche Rolle spielt es noch, dass ich ihnen verboten habe, sich jemals wieder dem Teich zu nähern?

Ich drehe mich um und nehme Zoës Hand. »Hast du dann irgendetwas gehört, Zoë? Ein lautes Auto vielleicht?«

Vielleicht war es aber auch gar kein Auto. Vielleicht sind sie zu Fuß gekommen, ganz leise. In meiner Vorstellung waren es zwei. Einer hat ins Kinderbett gegriffen. Vielleicht hat Sam ihm zugelächelt. Der andere ging zum Flur und horchte. Sie waren dünn, barfuß, hatten Mützen ins Gesicht gezogen. Sahen sie finster aus? Belustigt? Oder zielstrebig? Erledigten sie nur ihren Job? Ging es ihnen ums Geld? Teko muss lange gespart haben, damit sie ihr halfen.

Zoë schüttelt den Kopf. »Wir haben getrommelt. Es war ein Konzert – Elisabeth hatte eine Eintrittskarte.«

»War das Tekos Vorschlag, dass ihr Lärm macht?«

»Ally hat das Konzert vorgeschlagen.« Zoë klingt verwirrt. »Dann hat Teko etwas von drinnen gerufen.«

In ihren Augen sammeln sich Tränen. »Deshalb sind Ally und ich reingegangen, und Sam war nicht da …« Sie bricht in lautes Schluchzen aus.

Alice steckt sich die Finger in die Ohren. Ich gebe Zoë einen Kuss, stehe auf und lege die Hand auf Alices Kopf. Ihr Haar glüht vor Hitze. Ich hole ihren Sonnenhut aus ihrem Zimmer und eile zurück, während ich noch einmal versuche, Megan zu erreichen. Sie meldet sich, als ich die Veranda erreiche.

»Ja?«

»Hallo Megan, hier ist Emma.«

»Emma!« Ihre Stimme wird lauter. »Ich bin gerade

aufgewacht und habe deine Nachricht gesehen. Wir sind eine Stunde zurück, deshalb dachte ich, ich helfe Andrew kurz beim Aufstehen und dann …«

»Sam ist weg. Jemand hat ihn gestern mitgenommen.« Ich laufe die Verandastufen hinunter, um außer Hörweite der Mädchen zu sein, aber meine Beine versagen und ich breche auf der untersten Stufe fast zusammen.

»Mitgenommen? Was meinst du damit?« Sie klingt verwirrt. »Wohin denn mitgenommen?«

»Ich meine, er wurde entführt. Jemand hat die Scheibe eingeschlagen und ihn geschnappt. Wir waren bei der Arbeit. Teko sollte sich um ihn kümmern, aber sie ist ebenfalls verschwunden. Wir brauchen den Namen des Waisenhauses, aus dem sie kam.«

»Wovon redest du?« Megans Stimme klingt hohl vor lauter Schrecken. »Ich verstehe gar nichts. Sam wurde entführt? Ich verstehe das nicht … Ich kann das gar nicht fassen. Und wer ist Teko?«

»Das Mädchen, das dein Bekannter für uns gefunden hat. Wir müssen sie finden.«

»Wo ist denn die Polizei? Soll ich …«

»Das Wichtigste ist jetzt der Name des Waisenhauses.« Es ist mir gleichgültig, wenn ich unbeherrscht klinge – ich bin unbeherrscht.

»Den Namen kenne ich leider nicht. David hat ihn nie erwähnt. In seinen Weihnachtskarten hieß es immer nur *das Waisenhaus.*«

»Und wie lautet die Adresse?«

»Die kenne ich auch nicht.«

»Wie kann es sein, dass du nichts weißt?«, schreie ich. »Du hast doch alles organisiert.«

»Ich hatte ihm ursprünglich gemailt und ihn gebeten, jemanden zu suchen.« Ihre Stimme zittert. »Er hat geantwortet und mir Hilfe versprochen. Nachdem ihr niemanden gebraucht habt, rief ich ihn an. Seine Haushälterin sagte, er sei im Krankenhaus. Ich habe ihm eine Nachricht hinterlassen, auf die er jedoch nie reagiert hat. Daraufhin habe ich die Sache nicht weiter verfolgt. Aber sie muss wohl weitergegangen sein … Ach, Emma, es tut mir so leid, es ist alles meine Schuld …«

»Nein, mir tut es leid …«

Es ist nicht ihre Schuld. David muss alles eingespurt haben, bevor er ins Krankenhaus kam. Es ist auch nicht seine Schuld, sondern unsere, weil wir nichts überprüft haben. Es ist meine Schuld, weil ich ein Mädchen angestellt habe, das ich überhaupt nicht kannte.

»Ich finde heraus, woher sie kam«, sagt sie schnell. »Ich rufe David sofort an. Ich melde mich so bald wie möglich wieder bei dir. Vielleicht dauert es ein bisschen. Manchmal geht er tagelang nicht ans Telefon.« Sie legt auf.

Auf der Erde flackern plötzlich Farben. Aus der Dunkelheit unter den Stufen schnellt eine große Schlange auf mich zu. Eine Schlange, hier, nach der ganzen Zeit! Auf der grauen Haut leuchten orangefarbene Streifen. Die Schuppen glänzen wie eingeölt; die Spitze der orangeroten Zunge zischelt vor und zurück.

Sie hält inne, als ich meinen Fuß wegziehe, hebt den dreieckigen Kopf und schiebt ihn hin und her. Einen

Moment später wendet sie sich um und verschwindet im Gras.

Claire hat mich gewarnt; sie wusste es. Ich scrolle durch die Nummern in meinem Handy. Claire leitet ein Waisenheim; sie muss die Heime in Molepolole und ihre Leiter kennen.

»Ja?« Die südafrikanische Stimme klingt sachlich.

»Hallo, Claire, hier ist Emma. Ich habe dir vor einer Weile eine Nachricht geschickt. Du meintest, ich solle mich melden …«

»Ja?«

»Mein Sohn wurde entführt.« Erschrockene Stille. »Das Mädchen, das sich um ihn kümmern sollte, ist verschwunden. Adam ist losgefahren, um nach dem Waisenhaus zu suchen, aus dem sie kam. Wir kennen aber den Namen nicht, daher …«

»Wo ist es?«, unterbricht sie.

»Irgendwo in Molepolole. Wenn du uns eine Liste geben könntest, rufe ich dort an …«

»Molepolole? O Gott, das tut mir leid! Wäre es ein Heim in Gaborone, würde ich es kennen, aber Molepolole liegt weit außerhalb unseres Einzuggebiets.« Mir sinkt der Mut, aber sie spricht schon weiter: »… nicht groß, es kann nicht lange dauern, bis er es findet. Soll ich dir helfen und vorbeikommen?« Ihre Worte klingen freundlich, und beinahe werde ich schwach.

»Vielleicht später. Danke, Claire.«

Obwohl sie im Augenblick nicht helfen kann, wirkt ihre Bereitschaft, mir beizustehen, wie ein rettender

Strohhalm angesichts meiner gellenden Panik. Die Sonne brennt vom Himmel. Die Luft über der leeren Auffahrt flimmert wie der Beginn einer Migräne. Die Tür hinter mir öffnet sich. Elisabeth kommt mit einem Tablett heraus, auf dem eine Wasserkanne und Gläser stehen; sie geht langsam und mit gesenktem Kopf. Sie kommt die Stufen hinunter, nimmt mir Alices Mütze ab und steigt wieder hinauf zum Tisch. Ally setzt die Mütze auf, und zwischen den Frauen, die um den Tisch herumstehen, erhebt sich ein leises Gelächter.

»Elisabeth.« Ich erklimme die Stufen, und auf ihrem Weg zurück zur Tür lege ich ihr eine Hand auf den Arm. »Hat Teko dir erzählt, wohin sie geht?«

»Teko spricht nicht mit mir.« Sie schüttelt entschieden den Kopf.

Tatsächlich sah ich die beiden nie miteinander reden, dachte mir aber, sie würden sich abends am Tisch unterhalten und Geschichten aus ihrem Leben austauschen.

»Weißt du, warum sie gegangen ist?«

Sie erstarrt – ich komme ihr zu nahe. Dann streicht sie sich die Schürze glatt und beugt sich zu mir herüber. »Sie hat es Josiah erzählt und er mir.«

Josiah muss ein guter Zuhörer sein; er würde nicken und lächeln. Er verurteilt nicht.

»Sie hat Angst«, gesteht Elisabeth flüsternd.

»Angst?«

»Sie glaubt, die Leute sagen, es ist ihre Schuld. Sie hat Angst vor dem Gefängnis. Sie hat gesagt, deshalb läuft sie weg.«

Und frag Teko, zum Teufel, weshalb sie heute Nachmittag nicht bei Sam war! Sie hätte auf ihn aufpassen sollen.

Ich spüre einen unerwarteten Anflug von Mitleid für Teko und sehe sie vor mir, wie sie in der Dunkelheit aus dem Haus stolpert, Angst hat vor meinen Worten, um Sam trauert und fürchtet, zur Verantwortung gezogen zu werden.

»Hat sie je erzählt, woher sie stammt? Sie bekommt keinen Ärger, aber vielleicht kann sie uns wertvolle Hinweise liefern.«

Elisabeth senkt nachdenklich den Kopf. »Ich habe sie einmal gefragt«, murmelt sie. »Teko sagt, nirgendwo Bestimmtes.« Dann macht sie eine kleine Handbewegung und sieht zum Haus hinüber: Sie will wieder hineingehen, die Aufgaben des Tages erledigen. Das Leben muss weitergehen, auch wenn es stockt. Mahlzeiten müssen vorbereitet, Zimmer gereinigt, Vorhänge gegen die Sonne zugezogen werden. Ich lege die Hände aneinander.

»Vielen Dank, Elisabeth, das war sehr hilfreich.«

Sie nickt und geht davon.

»Megan weiß nicht, aus welchem Heim Teko kam. Frag überall nach«, texte ich an Adam. *»E sagt, T ist weg, weil sie fürchtet, beschuldigt zu werden. Vllt war sie nicht beteiligt. Sei vorsichtig.«*

Ich laufe die Einfahrt immer wieder auf und ab, schiebe mich durch die sengende Hitze. Die Wahrheit liegt irgendwo; ich muss nur zu ihr durchstoßen.

Ich tauche ein zweites Mal auf. Mein Vater lehnt über die Bootskante, die Arme ausgestreckt.

Beweg dich, Kind! Beweg die Arme! Strample mit den Beinen!

Ich stoße die Arme ins Wasser, grätsche die Beine, sinke unter die grüne Oberfläche, schlucke Wasser, komme wieder hoch.

Die Sonne steht an ihrem höchsten Punkt, die Hitze backt den Duft aus den kleinen gelbgrünen Sträuchern entlang der Einfahrt. Die grellen Geräusche der Zikaden erfüllen die Luft: wie Tausende winziger Sägen. Zwanzig Stunden sind jetzt vergangen. Meine Brüste schmerzen von der nicht getrunkenen Milch.

Es klingt einleuchtend, dass Teko aus Angst weggelaufen ist. Weshalb sollte ein junges Mädchen ein fremdes Baby haben wollen, wenn sie selbst eins bekommen könnte? Ein schwarzes Mädchen mit einem weißen Kind würde nur Aufmerksamkeit erregen. Sie würde ein Netzwerk aus Freunden brauchen. Teko besaß keine Schuhe, als sie ankam; sie besitzt kein Telefon. Wie sollte sie eine Entführung organisieren? Wenn Teko beteiligt gewesen wäre, hätte niemand die Fensterscheibe einschlagen müssen. Sie hätte ihrem Komplizen einfach die Tür öffnen können. Wo ist Sam dann, wenn nicht bei ihr? Esthers Geschichte löst sich aus der Verankerung und treibt in mein Sichtfeld. Vielleicht ist er schon tot, ermordet, Minuten, nachdem er gestohlen wurde. Wurde er vorher verstümmelt?

Ich setze mich wieder auf die Stufen, beuge mich über mein Handy, schaukele vor und zurück, weiß, dass die leise Totenklage, die ich höre, hinten aus meiner Kehle kommt.

Eine Hand berührt mich an der Schulter. Eine Tasse Tee

wird neben mich auf den Stein gestellt. Leise Schritte entfernen sich. Ich blicke mich um, aber die Haustür fällt leise ins Schloss.

Der Tee fließt hinunter, verbrüht mir die Kehle. Peo weiß, dass eine freundliche Geste verhindern kann, in die Finsternis abzudriften.

Strample im Wasser!

Überlebe!

Josiah gräbt hinter dem Haus. Er hat den Hut tief ins Gesicht gezogen, die staubigen Füße fest auf die Erde gestemmt.

»Josiah, hat Teko dir erzählt, wohin sie gehen wollte?«

Er schüttelt den Kopf; er versteht mich nicht. Neben seinen Füßen erhebt sich ein länglicher Erdhügel. An einem Ende steht ein grobes Kreuz, zwei Stöcke verbunden mit einer Schnur. Er ist also gestern Nacht zum Graben gefahren, hat die Überreste seines Hundes gefunden und sie geholt, um sie hier zu vergraben.

»Es tut mir leid.«

Er sieht weg. Die Haut unter seinen Augen ist feucht. Zwischen uns wogen die Verlustgefühle, und die Frage nach Teko löst sich im Dunst auf.

Als er seinen Spaten wieder aufhebt, beschreibe ich ihm die Schlange, indem ich meine Hände ineinander verschränke. Er folgt mir um die Ecke zu den Stufen vor dem Haus. Ich zeige dorthin, wo sie verschwunden ist. Er bückt sich, um im Gras nachzusehen. Seine Finger umklammern den Spaten fester. In diesem Moment biegt ein weißer Wagen mit breiten blauen Streifen in die Einfahrt ein, und zwei Polizisten steigen aus. Josiah verschwindet. Der größere Mann blickt sich beim Gehen um und wäre beinahe – als wäre er die eine Hälfte eines Komikerduos – gegen einen Baum gelaufen. Der untersetzte kleinere Mann wählt seine Schritte bewusst. Er hält einen Schäferhund an der Leine. Das Tier läuft dicht an seiner Seite, während sie aufs Haus zusteuern.

KAPITEL 24

BOTSWANA, MÄRZ 2014

Die Polizisten stehen stramm wie beim Militär. In ihrer Gegenwart wird das Zimmer enger und dunkler. Der Jüngere ist hager im Gesicht; die Haut spannt sich über kantige Knochen. Er stellt einen großen Koffer auf den Boden zwischen seine Beine, Hände auf dem Rücken. Sein bulliger Kollege hat eng stehende Augen und schüttelt mir die Hand. Er stellt sich als Detective Goodwill vor; sein Partner ist Officer Kopano. Ich soll sie einfach mit dem Nachnamen anreden.

»Danke, dass Sie gekommen sind.« Während ich rede, neigt sich der Boden zur Seite. Ich habe seit mindestens einem Tag nichts mehr gegessen. »Bitte, nehmen Sie Platz!« Ich weise auf die Stühle und setze mich rasch.

»Unsere Verspätung tut mir leid.« Goodwill lässt sich auf dem Lederstuhl nieder, holt ein Taschentuch heraus und wischt sich über die Stirn.

Elisabeth öffnet die Küchentür und bringt ein Tablett sowie eine Kanne mit gelbem Saft herein, in der Eiswürfel klimpern. Sein Blick ruht auf ihr, als sie einen Knicks macht und leise das Zimmer verlässt.

Er füllt und leert ein Glas, richtet sich anschließend schnaufend auf. »Wir haben gestern Abend Ihren Mann befragt. Er hat heute angerufen und gesagt, dass er eine Angestellte bitten will, zu Ihnen zurückzukommen. Heute Nachmittag wird er uns mehr dazu erzählen.«

»Ich bin froh, dass Sie gekommen sind. Ich weiß …«

Mit einer Hand gebietet er mir zu schweigen. »Wollen Sie hören, wie die Suche nach Ihrem Sohn abläuft?«

Dieser Mann hat die Macht, Sam zu finden. Also muss ich es ihm überlassen, wie sich das Gespräch gestaltet.

»Auf allen wichtigen Straßen wurde eine Überwachung eingerichtet.« Er forscht in meinem Gesicht – soll ich ihm jetzt danken? Gibt es für dieses Gespräch ein Protokoll, das ich gerade missachte? Es kostet mich alle Kraft, nicht auf die Knie zu fallen und schreiend um Hilfe zu betteln.

»In Kubung sind Polizisten unterwegs und klingeln an jeder Haustür. Wir haben Leute am Flughafen und an den Bahnhöfen postiert. Interpol und das Konsulat wurden informiert.«

»Danke.«

Sie werden Sam finden. Vermisste Kinder tauchen in der Nähe ihres Wohnorts auf. In den Überschriften der Zeitungen, die ich zwischen den OPs im Ärztezimmer gelesen habe, ging es konkret um entführte Kinder, die im Nachbarhaus oder einige Häuser weiter gefunden wurden. Jede Minute könnte die Polizei eine Hütte in Kubung betreten und Sam finden, der in einem Bettchen in der Ecke schläft.

»Wir haben die Presse informiert.« Er muss den Satz wiederholen.

»Jetzt schon? Ich dachte, irgendwie ...« Dass sie ihn so schnell fänden, dass es sich gar nicht lohnt, die Medien zu informieren. Er hebt erneut die Hand. Schweißperlen glitzern in den Furchen seiner fleischigen Handfläche. »Die Medien müssen eingeweiht werden. Die Öffentlichkeit muss erfahren, dass ein Kind verschwunden ist. Das kann entscheidend sein.«

Vor weniger als vierundzwanzig Stunden schlief Sam noch wenige Meter von dem Stuhl entfernt, auf dem ich sitze. Ich habe ihn auf die Wange geküsst, bevor ich fuhr; seine Haut war warm. Er hat nur uns gehört. Jetzt teilen wir sein Bild mit der ganzen Welt. Wir sollten dankbar sein.

»Wir nehmen natürlich jeden Hinweis ernst, falls er gesehen wurde«, fügt Goodwill hinzu. Er klingt verärgert.

Wird ein Fremder Sam erkennen, wenn er ihn irgendwo in einer Menschenmenge im Kinderwagen sieht? Würde er sich die Mühe machen, die Polizei zu informieren? Ich drücke die Fingerspitzen aneinander, wie im Gebet.

»Wenn sich Presseleute bei Ihnen melden, verweisen Sie sie bitte an uns weiter. Wir werden dann das Notwendige mit ihnen besprechen. Morgen können Sie im Fernsehen Stellung nehmen. Das wird hilfreich sein.«

Was passiert mit Eltern, nachdem sie das Rampenlicht verlassen haben? Es muss Heerscharen gebrochener Mütter und Väter geben, Menschen, an denen wir auf der Straße unbemerkt vorübergehen.

»Wir müssen das Zimmer untersuchen, aus dem Ihr Sohn entführt wurde, anschließend das gesamte Haus und das Grundstück.«

»Das gesamte Haus?«

Goodwill starrt mich mit ausdrucksloser Miene an. In dieser Stille begreife ich. Es ist die Frage, ob ich oder Adam ihn versteckt oder ermordet und seinen Leichnam verscharrt haben. Ich zwinge mich, dem Blick des Polizisten standzuhalten. Er schließt nur mögliche Tathergänge aus. Es ist mir egal. Ich brauche ihn nicht an meiner Seite, ich brauche ihn nur an Sams Seite.

Kopano beugt sich über seinen Koffer, holt eine Kamera, Overalls und Handschuhe heraus. Ich führe ihn durch den Flur, und von unserer Schlafzimmertür aus stellt er das Objektiv ein. Der Auslöser klingt wie eine Folge von Pistolenschüssen. Dann zieht er einen weißen Overall an und betritt auf Zehenspitzen, geschmeidig wie eine Katze, das Zimmer.

Im Wohnzimmer beugt sich Goodwill, behindert von seinem Sessel, ungelenk zum Tisch und drückt den Knopf eines kleinen Aufnahmegeräts. Seine Anwesenheit saugt die gesamte Energie aus dem Zimmer. Die Möbel, die Teppiche, selbst die Wände verblassen zu einem Hintergrund. Ich nehme nur sein Gesicht wahr – und seine eng stehenden, stechenden Augen. Er befragt mich zu meiner Arbeit. Wie oft bin ich in der Klinik? Wer besucht mich? Er nimmt Esthers Telefonnummer, meine Bescheinigung, dass ich praktizieren darf, und meinen Arztkoffer an sich. Glaubt er, ich besäße Betäubungsmittel? Ich würde meinen

Sohn betäuben? Schweiß sammelt sich rings um meinen Hals, als er stirnrunzelnd auf seine Notizen blickt. Er betrachtet prüfend meinen Körper, als er mich nach meiner Schwangerschaft, der Geburt und der Zeit danach fragt. Postnatale Depression? Mit verschränkten Armen erzähle ich ihm, dass ich froh bin, Sam vom ersten Augenblick an geliebt zu haben. Welche Rolle spielt es schon? Die komplizierte Wahrheit würde nur seine Aufmerksamkeit wecken.

Er fragt, ob es Probleme zwischen mir und Adam gibt. Während ich nach draußen zur Sonne auf den Bäumen blicke, wandern meine Gedanken hin und her zwischen Geflüster im Bett und Geschrei im Türrahmen, zwischen Liebe und dem Gegenteil davon. Keinerlei Probleme. Er schaltet das Aufnahmegerät aus.

Er will Fotos. Ich scrolle durch die Bilder auf meinem Handy und stelle fest, dass Sam stets ohne Mal darauf zu sehen ist – die Fotos sind immer von links aufgenommen. Goodwill nimmt stattdessen seinen Reisepass. Ich schäme mich, dass das einzige vollständige Foto meines Sohns ein offizielles ist.

»Sehr nützlich, dieses kleine Mal«, sagt er. »Vielleicht hilft es uns weiter.«

Für diese Worte möchte ich ihn küssen. Ich möchte Gott im Gebet für dieses Mal danken. Goodwill erhebt sich ächzend von seinem Stuhl und geht in die Küche, um mit Elisabeth und Josiah, Peo und ihren Freundinnen zu sprechen. Noch keine Nachricht von Megan. Stattdessen sende ich ihr eine Frage: *Hat David sich schon gemeldet?*

Die Kinder kommen, um bei mir abzuwarten. Zoë sitzt

gähnend auf meinem Schoß, Alice auf dem Boden neben meinen Füßen. Ich blättere durch Zoës Märchenbuch, aber es gibt keine Geschichte ohne Tod oder Hexerei, deshalb lese ich stattdessen lieber etwas aus dem Lexikon über Webervögel, Hyänen, Warzenschweine und Giraffen vor.

»Die afrikanischen Webervögel gehören zur Ordnung der Sperlinge und brüten in Gemeinschaftsnestern aus 100 bis 300 flaschenförmigen Kammern …
Hyänen sind vorwiegend nachtaktiv, manchmal verlassen sie in den frühen Morgenstunden ihren Bau …
Die Bezeichnung Warzenschwein geht auf vier Erhebungen auf dem Kopf des Tiers zurück, die als Fettreserven dienen …«

Glasklare Fakten. Allerdings zittert meine Stimme, während ich lese, dass eine Muttergiraffe niemals umherstreunt, sondern ihre Kinder bis auf den Tod verteidigt.

Goodwill kommt zurück, um die Mädchen zu befragen. Er holt einen Block heraus, aber sie können wenig sagen. Zoë erzählt ihm von dem Konzert. Alice starrt nur vor sich hin und zuckt mit den Achseln. Er notiert sich ein paar Zeilen, und sie huschen in die Küche zurück.

»Was glauben Sie, was passiert ist, Goodwill?«

Er senkt den Kopf, um eingehend seine Schuhe zu betrachten. Ein Augenblick verstreicht. Er sieht auf. Sein Blick ist verhalten. »Würden Sie nicht lieber warten, bis Ihr Mann zurückkommt?«

»Adam wird erst spät wieder hier sein. Ich würde es lieber jetzt hören.«

Das Leder knirscht, als Goodwill seine massige Statur zurechtrückt.

»Manchmal liegen die Gründe innerhalb der Familie – ein Elternteil nimmt das Kind beispielsweise mit, um das andere zu bestrafen. Dann kommt es vor, dass ein Kind weit weggebracht wird.«

Vor vier Tagen auf der Wiese hat Adam mir Sam aus dem Arm genommen, mich geküsst, ihn geküsst. In der frühen Abendsonne war der Garten wie mit Gold durchtränkt. Ich schüttele den Kopf, unfähig, ein Wort zu sagen.

»Der Entführer kann der Familie auch bekannt sein, ein nahestehender Bekannter etwa, der von Eifersucht getrieben ist, ein Verwandter oder ein enger Freund.«

»Wir haben keine Verwandten. Alle Großeltern sind bereits verstorben.« Für Freunde war nie groß Zeit, abgesehen von Megan. Das Leben bestand aus Familie und Arbeit, immer schon. Nach dem Tod meiner Mutter war mein Vater für mich da. Später füllten Adam und die Kinder mein Leben aus.

Er wendet den Blick ab. »Vielleicht ist jemand bei seiner Arbeit auf das Baby aufmerksam geworden. Ein Lieferant zum Beispiel, oder ein Gärtner. Ein Mann, der das Dach repariert hat.«

»Josiah übernimmt alle Reparaturen und die Gartenarbeit. Angeliefert wird hier nichts. Josiah kann nicht Auto fahren, deshalb nimmt Adam Elisabeth alle zwei Wochen zum Einkaufen mit nach Kubung …«

»Außerdem kommt es immer wieder vor, dass Frauen verzweifelt sind ...« Seine Stimme rumpelt ruhig dahin. Er könnte genauso gut über das Wetter oder eine Einkaufsliste reden. »Kinderlose Frauen, die Kinder von anderen stehlen.«

Vor Jahren ist einmal aus meinem Krankenhaus ein Säugling verschwunden. Im Verdacht stand damals eine verwirrte Frau, die eine Fehlgeburt erlitten hatte. Aber wir wohnen hier zu weit außerhalb, als dass jemand zufällig vorbeikommen und zugreifen könnte. Außerdem hat Adam erzählt, dass man hier Kinder untereinander weitergibt. Es besteht also kein Grund, unser Baby zu entführen. Goodwills Spekulationen helfen nicht weiter.

»Ich muss eine Warnung vorausschicken: Es gibt Fälle, die noch ... herausfordernder sind.« Er blickt mich wachsam an, und seine Stimme bekommt einen alarmierenden Ton. »Dabei ist Geld im Spiel.«

»Wir haben Ersparnisse, ein Haus ...«

»Lösegeld ist eine der Möglichkeiten, aber wir müssen auch weitere in Betracht ziehen. Mit Menschenhandel werden hohe Einnahmen erzielt, Lösegeld wird dabei gewöhnlich nicht erpresst.«

Menschenhandel? Mein Gehirn setzt aus. Teile seiner Worte dringen durch das Rauschen der Panik zu mir durch.

»... verbrecherischer Handel ... durchlässige Grenzen ... verkauft wie frisches Brot ...«

Verkauft? Wer kauft denn Kinder? Und weshalb? Seine Lippen formen weitere Wörter, aber ich höre sie nicht. In meinem Innern öffnet sich ein Spalt, in den mein Herz zu fallen droht. Sein Blick wandert über mein Gesicht, er versucht den Schaden abzuschätzen.

»Wir sollten warten, bis Ihr Mann zurückkommt. Morgen ist Zeit für weitere Fragen. Jetzt müssen wir das Grundstück einer gründlichen Suche unterziehen.« Er steht auf, geht hinaus, kommt aber noch einmal zurück. »Die Presse wird sich melden. Halten Sie sie bei der Stange, aber gleichzeitig auf Abstand!« Goodwill streckt eine Hand aus, um seine Aussage zu unterstreichen. Die breiten Finger tragen an vier Knöcheln die gleichen Narben.

Im Zimmer ist es still, als er weg ist. Die Mädchen essen in der Küche; sie wenden mir ihre bleichen Gesichter zu. Peo reicht mir eine Schüssel mit warmer Sorghumhirse, aber ich bringe nichts hinunter. Zoë lehnt den Kopf an meine Schulter und gähnt. Danach streiche ich meine Milch ins Spülbecken, sehe zu, wie der winzige Strahl der dünnen weißen Flüssigkeit auf das Metall trifft und dann nutzlos in den Abfluss tröpfelt. Meine Brüste fühlen sich geschunden, aber leichter an.

Später hocken die Männer über den zerbrochenen Glastüren, schaben Wände und Möbelstücke ab und nehmen schließlich das Telefon mit dem durchgeschnittenen Kabel mit. Sie suchen überall nach Fingerabdrücken.

Als die Mädchen in ihrem Zimmer schlafen, hallen Goodwills Andeutungen noch nach. Bei Menschenhandel denke ich an Einwanderer, zusammengedrängt in Lastwagen, an Männer, die zur Arbeit gezwungen, an Frauen, die in Kellern gehalten werden. Es kann sein, dass sie Sam mit anderen in einen winzigen Raum gesperrt haben, dass er grob angefasst wurde, halb bewusstlos ist vor Hunger und Hitze. Ich laufe umher und setze mich wieder, gehe weiter auf und ab, schüttele den Kopf, aber die Bilder in meinem Kopf verändern sich nicht.

Sie haben das Babybettchen abgebaut, die Matratze verhüllt und zum Auto gebracht. Sams kleiner Elefant ist verschwunden. Vielleicht haben die Entführer ihn mitgenommen. Bei dem Gedanken wird mein Herz ein bisschen leichter. Später fegt Goodwill den Boden vor den Glastüren im Schlafzimmer, sammelt Scherben und Erde auf. Er reagiert nicht, als ich auf den Abdruck eines Zehs deute. Ich spüre, dass er etwas gegen meine fragende Anwesenheit hat.

Zoë wacht von ihrem Mittagsschlaf auf, und wir beobachten durchs Fenster, wie Kopano Wathosen anzieht und mit einem breiten Kescher in den Teich steigt. Sie schreit auf, als der Hund bellend ins Wasser und wieder herausspringt. Als er das schwere Fell schüttelt, funkeln die Spritzer wie Diamanten. Hätten wir auf Kabo gehört, wären Hunde wie dieser auf dem Grundstück gewesen. Hunde, die die Männer angebellt oder – besser noch – angegriffen hätten.

Der Hund kommt aus dem Wasser gesprungen. Im Maul hält er einen kleinen grauen Stein. Kopano folgt ihm, streckt ihm die Hand entgegen, und der Hund lässt den Stein hineinfallen. Kopano legt das Objekt in eine durchsichtige Tüte und steckt sie in die Tasche.

Mein Handy klingelt. »Adam?«

»Die *Botswana Gazette* hier. Mit wem spreche ich?« Die Stimme der Frau klingt nasal.

»Mrs. Jordan.« Wie haben die meine Nummer herausgefunden?

»Es tut mir leid zu hören, dass Ihr vier Monate alter Sohn gestern aus Ihrem Haus verschwunden ist …«

Gestern? Erst? Es fühlt sich an, als sei er schon immer weg, als würde ich schon mein ganzes Leben in diesem Zimmer warten.

Wie Pistolenschüsse feuert die Frau weitere Worte ab. »Sie sind also Ärzte und arbeiten hier vor Ort, soweit ich weiß. Wie fühlt es sich an …«

»Danke Ihnen.« Weshalb danke ich ihr? Es besteht kein Grund, ihr dankbar zu sein. Ich beende das Gespräch. Die Medien haben sich noch früher gemeldet als erwartet.

Das Handy klingelt erneut.

»Hier ist die *Ngami Times,* Ma'am. Spreche ich mit der Herrin des Hauses?«

»Ja.«

»Können Sie mir bestätigen, dass Ihr kleiner Sohn aus seinem Bettchen entführt wurde, während Sie unterwegs waren?«

Während Sie unterwegs waren und nicht aufgepasst haben.

»Bitte wenden Sie sich an die Polizei«, antworte ich.

Goodwill hat geraten, die Presse bei der Stange zu halten, aber mir ist, als umschwirre mich ein stechender Insektenschwarm und wolle mir das Blut aussaugen. Es kommt noch ein Anruf, aber ich lasse das Handy klingeln, bis es aufhört, und schalte es dann aus.

Goodwill klopft, um zu sagen, dass sie jetzt fahren und

morgen wiederkommen. Mit unserem Schlafzimmer seien sie fertig, sagt er. Wir können es wieder benutzen, allerdings müssen die Fenster vernagelt werden. Kopano bleibt stehen und packt seinen Koffer zusammen; der Hund ist wieder an der Leine.

»Was hat der Hund im Teich gefunden, Kopano?«

Er zieht die Tüte aus seiner Tasche und zeigt sie mir. Darin befindet sich Sams kleiner Elefant. Der Körper sieht ein wenig größer aus, als hätte er sich mit Wasser vollgesogen. Ein Ohr fehlt, vielleicht hat der Hund es abgerissen.

Mit zitternden Fingern strecke ich die Hand aus, aber Kopano steckt die Tüte wieder in die Tasche. »Beweismaterial«, sagt er.

KAPITEL 25

BOTSWANA, MÄRZ 2014

Stunden später ist Adam immer noch nicht zurück. Peos Freundinnen sind gegangen, im Haus ist es still. Ich schlafe auf dem Sofa ein, wache aber von schweren Schritten draußen auf. Jemand hantiert am Türgriff. Mein Mund ist trocken. In der Küche sind Waffen, die ich benutzen kann: ein Messer auf dem Abtropfbrett, eine Flasche im Kühlschrank. Bevor ich das Zimmer halb durchquert habe, öffnet sich die Haustür und Adam stolpert herein. Seine blutunterlaufenen Augen starren mich leer an, als würde er mich nicht erkennen. Er sinkt bleischwer in einen Sessel. Mir stockt das Herz. Er schüttelt den Kopf. Er ist kalkweiß, selbst seine Lippen sehen ausgeblichen aus, wie die eines Patienten, der lange geblutet hat.

Kurz darauf bringt Elisabeth aufgewärmtes Essen und ein Glas Wasser herein; sie muss die ganze Zeit geduldig in der Küche gewartet haben. Adam balanciert den Teller im Schoß, während er erzählt, was passiert ist.

»Das Krankenhaus zu finden war nicht schwierig.« Mit zitternden Fingern hält er das Messer und die Gabel. Ich bezweifle, dass die Suche einfach war. Das Vorankommen auf den Straßen war sicher mühsam, denn es gibt kaum Hinweisschilder, und die nur in großen Abständen.

»Die Geschäftsführerin hat mir erzählt, dass die Missionsstation aufgelöst wurde. Sie erinnert sich an Megans Eltern und an einen jüngeren Mann namens David, der mit ihnen zusammenarbeitete.« Adam schiebt das Essen über den Teller und nimmt einen Schluck Wasser.

»Nach ihrem Tod übernahm David die Leitung eines Waisenhauses, aber die Geschäftsführerin hatte keine Ahnung, wo es lag. Es gab drei im Ort. Ich bin zu allen hingefahren: eine unbenutzte Kirche, ein Bungalow und ein paar Hütten am Stadtrand. Keiner der Mitarbeiter in allen drei Heimen hat je von Teko gehört. Am Ende habe ich in Cafés und Läden gesucht und Tekos Foto überall herumgezeigt. Niemand hat sie erkannt.«

Ein Europäer mit wildem Blick, der um Informationen bettelt, hat den Befragten bestimmt Unbehagen bereitet. Vielleicht sogar Angst.

»Ich habe deine Nachricht bekommen, dass du Teko verjagt hast.« Er stellt seinen Teller ab und mustert mich. »Warst du wirklich so sauer? Ich erinnere mich gar nicht mehr daran.«

»Ich war fuchsteufelswild. Wir hatten ihr vertraut. Hätte sie auf Sam aufgepasst, wäre er jetzt noch hier.«

War das gerecht? Hätte ich denn die ganze Zeit an seinem Bettchen gestanden? Die Entführer konnten innerhalb von Sekunden eingebrochen sein und ihn entführt haben, während sie sich eine Tasse Tee kochte.

Ich hätte sie nicht anschreien sollen, das ist mir inzwischen klar. »Elisabeth sagt, sie hatte Angst, im Gefängnis zu landen.«

»Darum ist sie weggelaufen«, sagt Adam langsam. »Klingt einleuchtend.« Er steht auf und gießt sich am Sideboard ein Glas Wein ein. Er trinkt es rasch aus und setzt sich neben mich aufs Sofa. Sein Gesicht ist noch bleicher als zuvor.

»Wir müssen sie trotzdem finden, Adam. Selbst wenn sie unschuldig ist, weiß sie vielleicht etwas. Möglicherweise hat sie ein Auto gesehen, Stimmen gehört oder verdächtige Personen beobachtet.«

Adam lehnt sich schweigend zurück und schließt die Augen. Die Anspannung verschwindet aus seinem Gesicht, und er atmet tief ein und aus. Hinter ihm durchs Fenster sehe ich ein Wetterleuchten in der Dunkelheit aufflackern. Vor anderthalb Tagen hat Sam zuletzt meine Milch getrunken. Ich presse mir die Fingernägel in die Arme. Megan hat noch nicht zurückgerufen. Warum, zum Teufel, braucht sie so lange?

Megan.

Ihr Name erscheint vor dem Schwarz meiner Gedanken, und schneller als Worte breiten sich Erinnerungen aus: Megans Blick, der auf unserem Familienfoto ruhte, als sie zum ersten Mal bei uns zu Hause war. Die geöffnete Hand auf dem Tisch. Selbst damals hatte ich den Einruck, dass sie auf etwas wartete. Wie sie Sam ansah.

Der Entführer kann der Familie auch bekannt sein … von Eifersucht getrieben …

Hat Megan mir den attraktiven Mann geneidet, für den sie arbeitete, die süßen Kinder, die sie auf dem Bild sah? Oder wollte sie mich bestrafen – die wetteifernde Ehefrau, die Mutter, deren Tochter unglücklich war, die leichtsinnige Frau, die ihren Säugling in einem Laden vergaß? Sie war für ihr Aussehen gehänselt worden – hatte meine Reaktion auf Sams Geburtsmal bei ihr Rachegelüste geweckt? Die zerbrochene Tasse, die fallen gelassene Mousse au Chocolat: eine banale Vergeltung im Vergleich zu allem, was sie noch geplant haben konnte.

Ich sitze neben Adam und gebe meinen Erinnerungen eine neue Richtung: Megan hat mich überredet, nach Botswana zu gehen, und angeboten, jemanden für uns zu finden. Hat sie schon damals ihren Plan geschmiedet? Hat sie bewusst eine junge Frau gesucht, die sich leicht ablenken lässt, damit die Diebe unbemerkt eindringen und unseren Sohn für sie entführen können? Sie hat mir die Arbeitserlaubnis besorgt. Es ist einfacher, einen Säugling zu kidnappen, dessen Mutter bei der Arbeit ist.

»Adam, wach auf!«

Er schläft fest und laut schnarchend.

»Megan könnte dahinterstecken.« Ich rüttele ihn an der Schulter.

Sein Kopf schnellt hoch, und er schlägt die Augen auf. Verwirrt sieht er sich um, als könne sie in einer dunklen Zimmerecke stehen. »Megan?«

»Sie kann die ganze Sache ausgeheckt haben. Sam könnte bei ihr sein.«

»Was?« Er reibt sich das Gesicht, als wolle er meine Worte

abrubbeln. »Bist du verrückt geworden? Wie kommst du denn darauf?«

»Sie hat in Botswana gelebt. Sie hat Kontakte hier. Sie kann die ganze Sache organisiert haben. Das wäre durchaus denkbar.«

»Nein, wäre es nicht.« Er runzelt die Stirn. »Das sind doch Spinnereien, Emma. Beruhige dich!« Er mustert mein Gesicht. »Hast du heute schon etwas gegessen?«

»Du kennst Megans Vergangenheit nicht.« Ich stehe auf und laufe händeringend hin und her. Die glühenden Verdächtigungen bringen andere Gedanken ans Licht, die vorher im Dunkeln lagen.

»Sie kannte eine Hexe.« Adam starrt mich an, als die Worte aus mir hervorbrechen. »Das Mädchen, das Megan in der Schule gehänselt hat, wurde ermordet, man hat ihre Knochen gefunden. Megan hat erzählt, dass die Hexe es für sie getan hat. Bei dieser Hexe könnte Sam jetzt sein.«

»Hexen und Knochen?«, murmelt Adam ungläubig. »Emma, das ist doch krank. Wie sollte Megan dazu in der Lage sein? Und weshalb? Sie ist eine Freundin, sie mag uns sehr …«

»Sie mag *dich* sehr.«

Schon beim ersten Mal, als ich sie sah, so parfümiert und gepflegt, kam mir dieser Gedanke. Bei unserer Dinnerparty hatte sie eine Hand auf Adams Arm gelegt. Sie war rot geworden, als er ihr den Kuss gegeben hatte.

»Natürlich, das ist es. Sie liebt dich.«

»Wovon redest du bloß?« Die Furchen zwischen Adams

Augenbrauen werden tiefer. »Megan ist mit Andrew verheiratet.«

»Das ist das Problem. Sie haben keine Kinder.«

... dass Frauen verzweifelt sind ... kinderlose Frauen, die Kinder von anderen stehlen ...

»Sie muss ein Kind gewollt haben. Dein Kind. Es passt alles zusammen.«

»Das höre ich mir nicht länger an!« Doch Adam klingt matt. Er kämpft sich von seinem Platz hoch. »Ich brauche Schlaf.«

»Sie hat mir bewusst das Zertifikat verschafft. Auf diese Weise musste ich das Haus verlassen.«

»Und wie, zum Teufel, sollte sie ihn außer Landes schmuggeln?«, unterbricht mich Adam, während er zur Tür geht. »Wenn wir Sam finden wollen, müssen wir bei klarem Verstand bleiben.« Er verschwindet im Flur.

Der Kudukopf starrt geradeaus in die Ferne. Die Kette aus getrockneten Bohnen ist verschwunden. Ohne Schmuck sieht er noch wilder aus, seine Hörner zum Gemetzel fähig.

Adams Worte sickern durch die Stille. Hat er recht? Verliere ich gerade den Verstand?

In der Ruhe spüre ich, wie mein Herzschlag langsamer wird, und nach einer Weile werden die inneren Bilder von anderen überlagert: Ich sehe Megans gesenkten Kopf, während sie sich meine Sorgen anhört. Ich höre ihre Stimme, die mich tröstet. Mir fällt ein, dass sie sich mir anvertraut, mir von ihrer Vergangenheit erzählt hat. Sie ist eingesprungen, hat auf die Mädchen aufgepasst; sie hat ihnen vorgelesen und Spielzeug gestrickt, sich um mich gekümmert und mir geholfen, mich auszuruhen. Sie hat gesagt, ich solle Sam lieb haben. Sie ist zu Alice durchgedrungen, als wir das nicht geschafft haben. Ihre Bodenständigkeit hat mich gerettet.

Welche Erinnerungen beschreiben die Wahrheit?

Als ich ins Schlafzimmer komme, sitzt Adam auf der Bettkante und löst gerade seine Schnürsenkel.

»Vielleicht hast du recht. Vielleicht bin ich wirklich verrückt, wenn ich Megan verdächtige. Ich weiß, dass sie meine Freundin ist. Es ist nur …« Es ist nur so, dass schreiende Leere herrscht, wo wir Antworten brauchen. Irgendwo gibt es eine Antwort; jemand hat Sam bei sich, auch wenn es nicht Megan ist. »Da ist noch etwas.« Ich spreche zu seinem gesenkten Kopf. »Etwas noch Schlimmeres.«

Er richtet sich auf. Sein Gesicht ist rot und wirkt ungewohnt geschwollen vom Hinunterbeugen. Er blickt mir ungeduldig in die Augen. »Was denn?«

»Goodwill hat etwas von Menschenhandel angedeutet.«

»Ich glaube nicht, dass mit Neugeborenen gehandelt wird«, entgegnet er. »Männer, Frauen, Kinder, klar.« Er streift seine Stiefel ab und legt sich aufs Bett. »Aber keine Säuglinge.«

»Goodwill will uns beiden morgen Genaueres dazu erzählen.« Ich lehne mich gegen die Tür, zu müde, um mich zu bewegen. »Er wollte mir nicht mehr sagen. Er fand, wir sollten beide dabei sein.«

»Ich bin morgen nicht hier«, sagt Adam und schließt die

Augen. »Ich habe in der Botschaft angerufen – und einen Termin bekommen.«

Wenn ich mitkomme, könnte ich die quälende Angst für eine gewisse Zeit betäuben. Ich hätte das Gefühl, etwas Sinnvolles zu tun.

»Du musst zu Hause bleiben«, fährt Adam fort. Er errät meine Gedanken. »Die Mädchen … die Polizei …«

Er hat recht. Selbst ohne diese Aufgaben könnte jederzeit jemand an die Tür klopfen, und Sam wäre wieder hier, in den Armen eines Fremden, der ihn zufällig gefunden hat. Sam, schaukelnd vor Begeisterung und mit lachend geöffnetem Mund. Die Kehle schmerzt mir vor Sehnsucht.

»Ich habe der Polizei auf dem Weg nach Hause von Teko erzählt. Ich habe ihnen das Bild gemailt, das ich Weihnachten im Safaripark von ihr gemacht habe.« Adam nuschelt vor lauter Müdigkeit. »Sie werden sie schon finden …« Er schläft wieder ein, mitten im Satz.

Das Fenster schlägt zu, dann ist das sanfte Rauschen von Regen zu hören. Kurz darauf strömt der Duft feuchter Erde ins Zimmer. Ich höre Schritte über die Veranda schlurfen. Das könnte derjenige sein, der Sam zurückbringt, wie ich es mir vorgestellt habe. Ich renne den Flur entlang ins Wohnzimmer. Ich kämpfe mit der schweren Haustür, drehe den Türknauf in die eine und in die andere Richtung. Endlich schwingt sie auf.

Die Veranda ist leer.

Regen bläst mir in die Augen; eine verschwommene Gestalt tritt in den Lichtkegel vor der Tür. Es ist Josiah auf seiner nächtlichen Runde; Schlüssel glänzen in seiner Hand. Er nickt, zieht den Hut tiefer ins Gesicht und taucht wieder in die Dunkelheit ein.

Ich sinke in mich zusammen, und meine Hand gleitet über das nasse Holz. Der Regen prasselt mir auf den Rücken, aber ich bleibe über die Stelle gebeugt, an der ich meinen Sohn zu sehen gehofft habe.

KAPITEL 26

BOTSWANA, MÄRZ 2014

Nachdem Sam geboren war, holte ich ihn jede Nacht in unser Bett. Mit sanft kratzenden Fingernägeln kauerte er sich an mich, presste sein Gesichtchen an meine Brust. Er saugte mit seinem kleinen Mund, während ich immer wieder einschlummerte. Es war einfacher so, auch wenn die Hebamme nichts davon hielt. Manchmal wachte ich später auf und spürte, wie er auf meinen Bauch rutschte, sich wand und mit den Ellbogen kämpfte, als wäre er noch im Mutterleib. Als ich den zweiten Morgen ohne ihn aufwachte, spürte mein Körper noch seinen Abdruck, als wäre er gerade erst in dieser Sekunde hochgehoben worden.

Adam ist bereits auf den Beinen, sein blasses Gesicht ist ohne Ausdruck, als er in der Küche seinen Kaffee hinunterstürzt. Er hat sich nicht rasiert; sein Haar ist auf der einen Seite noch platt gedrückt vom Schlafen. Heute wird er Fremden von unserem Leid erzählen und vielleicht Horrorszenarien hören, an die wir noch gar nicht gedacht haben.

Keiner von uns erwähnt Megan. Meine Mutmaßungen sind über Nacht verblasst, als wären sie ein Albtraum: beunruhigend, aber irreal und in die Schatten entschwunden.

Vor dem Losfahren erzähle ich Adam, dass Sams gestrickter Elefant im Teich gefunden wurde.

»Wer kann ihn da hineingeworfen haben, Adam? Und warum?«

Er starrt mich an, als hätte er vergessen, dass Sam überhaupt ein solches Spielzeug besaß.

»Er kann schon seit Tagen im Wasser gelegen haben«, erwidert er nach einigen Augenblicken. »Vielleicht ist er im Garten runtergefallen und wurde aus Versehen ins Wasser gekickt. Zoë lässt ständig Spielzeug fallen.«

Aber Zoë hebt ihre Spielsachen auch wieder auf – sie sind ihr wichtig; und abgesehen vom Konzert, wussten die Kinder, dass sie nicht mehr in Teichnähe spielen sollten. Adam schließt die Tür, ohne sich zu verabschieden, und meine Gedanken drehen sich im Kreis und kommen nirgendwo an.

Mit den Mädchen, ihren Büchern und einer Decke gehen wir zum Rasen unter den Bäumen. Alice beugt sich über ihre Matheaufgaben, aber ihre Augen sind geschlossen, ihre Hand ruht auf dem Buchdeckel. Das Buch bleibt geschlossen. Zoë liegt bäuchlings neben ihr und seufzt. Sie schlägt ein Naturbuch auf, schiebt Pauspapier über den Umriss eines Elefanten und beginnt mit einem tiefen Atemzug zu zeichnen. Peo sitzt in der Nähe und umsäumt einen grünen Leinenstoff. Ihre langen Beine hat sie unter dem Rock angewinkelt. Ihr Blick wandert ständig umher. Sie beobachtet, wie Josiah die Veranda fegt, wie ein

Lieferwagen im Vorbeifahren weiß durch die Bäume blitzt und wie der Schatten verläuft, damit die Kinder innerhalb seiner grauen Grenzen bleiben.

Dort lag Sam, unter dem Baum, vor drei Tagen – am Tag, bevor er entführt wurde. Die Blätter haben sich im Blau seiner Augen gespiegelt; seine Arme und Beine haben gezappelt. Er war unversehrt. Ich lasse die Kinder bei Peo zurück und renne ins Haus. Mein Herz pocht, Augen und Kehle brennen. Ich fühle mich krank, als wäre Angst ein Virus, das in jeder Zelle wächst und sich vermehrt.

Megan geht noch immer nicht ans Telefon. Als ich auf meinem Laptop die Nachrichten aufrufe, springt mir Sams Bild vom Bildschirm entgegen. Sein Passbild wurde vergrößert, das Geburtsmal ist deutlich zu sehen, das Scharlachrot leuchtender als in Wirklichkeit. Ich berühre es auf dem Bildschirm. Seine Augen blicken mich an, voller Hoffnung, aber ernst. Der Text ist reißerisch.

Der Säugling Sam, einziger Sohn zweier britischer Ärzte auf Hilfseinsatz in Afrika, wird seit vierzig Stunden vermisst. Entrissen aus seinem …

Als Dr. Jordan von ihrer Arzttätigkeit zurückkehrt, muss sie feststellen, dass ihr Sohn Sam verschwunden ist …

Erfolgreiches Ehepaar ihres einzigen Sohnes beraubt …

Eine Tragödie für die beiden Briten …

Die Medienindustrie schlachtet unsere Verzweiflung aus.

In keinem der Artikel ist von Menschenhandel die Rede. Wenn jemand diese Texte liest, kommt er dann darauf, an Orten nachzusehen, wo Schleuser ihre Fracht verstecken? Ich nehme den Laptop mit ans Fenster, wo ich die

Mädchen im Garten besser im Auge habe. Alice hockt jetzt auf Knien. Zoë hat sich auf den Rücken gedreht, hält sich das Pauspapier übers Gesicht und wedelt damit herum.

Die Gewinne der Menschenhändler müssen enorm sein, wenn sich das Risiko lohnt. Wer hat das Geld, um sie zu bezahlen? Nach Esthers Meinung Politiker und Geschäftsleute, die sich ihre Macht zum Preis eines Tiegels Medizin erkaufen. »Augenlider, Hände, Hoden«, hat sie gewispert. Ich lehne eine Wange ans Fenster, hinterlasse einen Schweißfilm auf dem Glas. Arme und Beine.

Draußen steht Alice so unbeweglich wie eine kleine Statue auf der Decke. Schnell beginne ich zu tippen: *Medizin aus Körperteilen.* Die Seite öffnet sich sofort, als komme es häufiger vor, dass danach gesucht wird, wie man nach einem Kleid Ausschau hält, das man brauchen könnte, oder wohin man in den Urlaub fahren will.

… Menschen entführt, um Teile des Körpers für medizinische Zwecke oder magische Rituale der Zauberei zu entwenden … seit dem 19. Jahrhundert, vermehrt in wirtschaftlich schwierigen Zeiten … Thema etlicher urbaner Legenden …
1994 verkaufte ein vierzehnjähriges Mädchen in Mochudi, Botswana, Orangen am Straßenrand, um sich Geld für eine Klassenfahrt zu verdienen. Männer wollten den gesamten Vorrat kaufen, hatten aber kein Geld. Sie wartete den ganzen Tag, bis sie zurückkamen. Sie knebelten sie, schleiften sie in den Busch und trennten sie in Stücke … Verurteilt wurde niemand … mutmaßlich

Korruption bei der Polizei ... Studentenaufstände ... Scotland Yard wurde eingeschaltet.

Der Horror scheint vom Bildschirm aus ins Zimmer zu sickern, bis die Luft vibriert. Und so dauert es eine Weile, bis mich die Rufe von draußen erreichen. Als ich durchs Fenster sehe, sind es nur noch zwei auf der Decke statt drei. Peo steht da, neben sich Zoë, und ruft laut nach Alice.

Ich schiebe meinen Laptop auf die Fensterbank und stürze los. Alle Zimmer sind leer. Der Teich hinter dem Haus ist spiegelglatt, das Schilf unberührt. Während ich die Einfahrt entlangrenne, erkenne ich durch die Bäume Autos auf der Straße. In der letzten Kurve erscheint Alice in meinem Sichtfeld; sie hat das Gesicht auf das Tor gerichtet. Mir wird übel vor Erleichterung. Ich verlangsame meine Schritte und gehe auf sie zu. Ein Mann lehnt über dem Querstreben, ein Mikrofon in der Hand, und ruft nach ihr. Ringsum parken Kleinbusse; ich sehe Satellitenschüsseln und einen Wald aus Stativen. Unzählige Kameras klicken unisono. Woher kommen sie alle?

Der Mann reißt den Kopf herum, als ich mich nähere. Er ist weiß, hat Bartstoppeln und braunes Haar, das sich am Ausschnitt seines T-Shirts kräuselt. Seine kleinen Augen mustern mich flink. Neben ihm hebt eine junge Botswanerin ihre Kamera in die Höhe und zielt auf mich. Hinter ihr entdecke ich weitere Menschen, eine große Anzahl von Gesichtern, braun und weiß, die in meine Richtung starren. Behutsam drehe ich Alice um, und wir gehen langsam zurück. Laute Stimmen rufen uns hinterher.

»Was ist genau passiert?«

»Was haben Sie gesehen?«

»Wie kommen Sie damit zurecht?«

»Wo ist Ihr Mann?«

»Wer steckt Ihrer Meinung nach dahinter?«

»Wie geht es Ihnen?«

Am liebsten würde ich zurückschreien, dass mir nach Sterben zumute ist. Dass der Tod besser wäre als die Qual, sich in jeder Sekunde zu fragen, ob er leidet, ob er gerade weint. Oder stirbt. Dass ich mir wünsche, der Boden möge sich öffnen und ihre Kameras, Autos und ihre schrecklichen, übergriffigen Fragen verschlucken.

Laut schluchzend schlingt Zoë die Arme um ihre Schwester Alice. Peo tätschelt ihr den Kopf, faltet die Decke zusammen, sammelt die Bücher und Handarbeitsutensilien ein, und sie gehen ins Haus.

Wir brauchen diese Journalisten. Wir brauchen jeden, der eine Kamera, ein Mikro oder ein Notizbuch in der Hand hält. Ich laufe zum Tor zurück. Im Gewitter aus Klicken und Fragen zwinge ich mich, ihnen für ihr Interesse zu danken und darauf zu verweisen, dass sie von der Polizei weitere Informationen erhalten werden. Karten mit Telefonnummern und E-Mail-Adressen werden durchs Tor geschoben. Immer mehr Fragen branden hinter mir die Einfahrt entlang.

Die Stille liegt wie ein kühles Laken im Haus. Elisabeth nimmt die Mädchen mit in die Küche, es duftet nach Gebackenem. Die Tür wird leise wieder geschlossen. Fünf Minuten später treffen Kopano und Goodwill ein. Sie wirken gelassen, als sie aus dem Wagen steigen. Offenbar haben sie sich den Weg mühelos durch das Gedränge gebahnt; das gehört zu ihrem Job. Kopano stiefelt in den Garten, aber Goodwill folgt mir ins Haus. Er zwängt sich wieder in denselben Sessel und holt seinen Notizblock hervor. Er schlägt ihn auf und mustert mich mit ernster Miene.

Er hat die E-Mail gelesen, in der Adam ihm von Teko berichtet hat, und will alles über sie wissen. Ich erkläre ihm, dass sie aus Furcht durchgebrannt sein könnte, aber wahrscheinlich nicht beteiligt sei. Sicher wüssten wir allerdings nichts.

»Woher stammt sie? Ihr Nachname? Hat sie Familie? Welches Dorf?«

Auf keine der Fragen kann ich eine Antwort geben. Sie ist wie ein Schatten weggehuscht, so unwirklich und leise, wie sie gekommen ist.

Ich zeichne den Lauf der Ereignisse nach, der sie zu uns geführt hat: Megan, David, das Waisenhaus, das Adam nicht finden konnte. Goodwill schreibt sich Megans Nummer auf und geht hinaus, um sie anzurufen. Mit verkniffenem Mund kehrt er zurück – er hat sie auch nicht erreicht.

»Es ist wichtig, dass wir diese Teko finden«, sagt er und nimmt mit seinem Notizblock wieder Platz. »Vielleicht hat sie etwas beobachtet. Erfahrungsgemäß begehen allerdings so junge Mädchen keine solche Verbrechen. Höchst unwahrscheinlich, dass sie beteiligt war. Und sie ist nicht selbst mit Ihrem Sohn verschwunden, was ich sonst erwarten würde. Es musste jemand durch die Türen in ihr Zimmer einbrechen. Als Komplizin hätte sie die Tür einfach geöffnet.«

»Sie wusste nicht, wo die Schlüssel lagen. Ich hatte sie abgezogen«, erkläre ich ihm. »Aber die Haustür ist tagsüber nicht abgeschlossen. Einen Komplizen hätte sie ohne Weiteres hereinlassen können.«

»Wie gesagt, ich halte ihre Beteiligung für unwahrscheinlich.« Goodwill klingt verwirrt.

Die Verbrecher müssen im Gebüsch gehockt und das Zimmer beobachtet haben, bis Teko aufstand, sich streckte, gähnte und vielleicht in die Küche ging. Sie können innerhalb weniger Sekunden die Scheibe eingeschlagen und Sam an sich gerissen haben.

»Wo ist der Schlüssel jetzt?«, fragt Goodwill. Ich hole ihn aus der Schublade der Schlafzimmerkommode und lasse ihn auf den Tisch fallen. Er betrachtet ihn nickend. »Warum haben Sie diese Türen tagsüber abgeschlossen, aber die anderen nicht?«, fragt er.

»An der Wand neben den Türen sind Fingerabdrücke. Ich dachte, die Kinder hätten sie dort hinterlassen ...« Ich stehe schnell auf und eile ins Schlafzimmer. Goodwill folgt mir, aber die Abdrücke sind verschwunden. Wir rufen Elisabeth herbei. Sie habe die Wände gesäubert, sagt sie mit ängstlichem Blick. Vor vier Tagen. Sie habe gedacht, die Kinder hätten sie dreckig gemacht.

»Sie sagt zweifellos die Wahrheit«, bestätigt Goodwill und setzt sich wieder auf seinen Platz. »Arbeitet noch jemand für Ihre Familie, den Sie bislang übersehen haben?«, fragt er.

»Josiah und Elisabeth haben Sie ja schon kennengelernt.« Dann fällt mein Blick auf Alices Schulbücher, die ordentlich gestapelt auf dem Tisch liegen. »Ja, es gibt noch jemanden … vielmehr gab es ihn. Simon Katse. Der Hauslehrer der Mädchen. Er hat uns aber schon vor dem Vorfall verlassen.«

»Wann?« Goodwill schreibt etwas auf seinen Notizblock. »Warum hat er aufgehört?«

Ja, warum eigentlich? Einen Augenblick lang kann ich mich nicht mehr daran erinnern, wann oder warum er gegangen ist. Ich weiß auch gar nicht mehr, wie er aussah.

Goodwill wartet und klopft sich ungeduldig mit einem roten Stift gegen die Zähne.

»Er hat wegen seiner Frau gekündigt.« Nach und nach fällt es mir wieder ein. »Sie hat eine neue Stelle in Serule bekommen, deshalb mussten sie umziehen. Sie haben ein Kind, daher …«

»Wann genau hat Ihr Mister Katse aufgehört?«

»Am Montag. Am Tag, bevor Sam verschwunden ist. Vor vier Tagen.« Vor einem ganzen Leben.

»Und die neue Stelle, die so wichtig ist?« Er schreibt schnell und blickt nicht auf.

»Die hat etwas mit einem Entwicklungsausschuss zu tun. Simon hat mir erzählt, sie stehe zur Wahl …« Das Wort scheint im Wohnzimmer zu schweben.

»Wir müssen mit diesem Simon reden«, sagt Goodwill langsam. »Haben Sie seine Adresse?«

»Nein. Aber Kabo weiß, wo er wohnt.«

»Sonst noch jemand?« Er räuspert sich ungeduldig.

»Gibt es noch jemanden, den Sie getroffen oder kennengelernt haben, seit Sie in Botswana leben?«

Ich habe mit kaum jemandem Kontakt, seit wir in Botswana sind. Esthers ängstliche Züge erscheinen vor meinem inneren Auge, Claires breites Gesicht. Die lächelnden Ranger in Mokolodi. Esther wird erschrecken, Claire womöglich genervt sein, aber Goodwill kann sie auch auf anderen Wegen ausfindig machen. Während er sich ihre Kontaktdaten notiert, schicke ich Esther und Claire eine schnelle Nachricht und hoffe, dass sie Verständnis haben. *Es tut mir leid. Die Polizei überprüft alle unsere Kontakte, eventuell kommt sogar jemand vorbei.*

Als er mich tippen hört, runzelt Goodwill die Stirn. Glaubt er, ich würde meine Freunde warnen? Er schlägt seinen Notizblock zu und geht hinaus. Er schließt die Tür hinter sich. Kurz darauf geht er mit dem Handy am Ohr auf der Veranda hin und her.

Simon ist ein guter Mann, aber wozu ist sie in der Lage – seine ehrgeizige, politisch engagierte Frau?

Kopano erscheint an der Tür. »Die Käfige«, sagt er.

Ist das eine Aussage oder eine Frage?

»Die gehören den Kindern, für ihren Zoo.« Wieso ist das wichtig?

Zoë muss ihn aus der Küche gehört haben, denn in diesem Moment kommt sie ins Zimmer, läuft auf Kopano zu und streckt ihm eine Schüssel Pflaumen entgegen. Er nimmt sich eine davon, legt sie aber auf den Tisch. »Das ist ein Zoo, mit Eidechsen und einem Frosch.« Sie hebt den Kopf, um ihn anzusehen, ein dunkler Ring aus Schokolade glänzt um ihren Mund. »Es gibt zwei Eidechsen. Sie heißen Josiah und Simon. Sie sind die besten Freunde. Bisher haben wir nur einen Frosch. Er heißt … Sam.« Sie wird rot, und mit einem kurzen Blick zu mir herüber senkt sie die Stimme. »Weil er Schluckauf hat«, flüstert sie und stellt die Schüssel ab. Dann rennt sie auf mich zu und verbirgt das Gesicht in meinem Rock.

Kopano sieht erst sie an, dann mich. In seinen tief liegenden Augen flackert ein Gefühl auf, das ich nur schwer deuten kann, allerdings spüre ich Unbehagen. Ich löse ihre Hand und bringe sie in die Küche zurück – und einen Moment lang nimmt mich die Alltäglichkeit der Kulisse gefangen, die Farben darin: orangefarbene Kapuzinerkresse in einem grünen Glas, ein Teller mit violetten Pflaumen neben Alice, die am Tisch ein Buch liest. Elisabeth stellt eine blau gestreifte Tasse neben sie, Dampf wirbelt daraus hoch. Zoë bekommt von Peo einen Muffin. Am liebsten würde ich hierbleiben, unbemerkt zuschauen, aber Alice hat mich schon entdeckt. Mit dem Buch in der Hand rutscht sie vom Stuhl und schlägt mir, ohne die Blicke vom Buch abzuwenden, die Tür vor der Nase zu.

Kopano berührt mich an der Schulter; er will, dass ich ihn nach draußen begleite. Wir steigen die Stufen hinunter. Alice trauert – ich darf es nicht persönlich nehmen. Kopano macht große Schritte. Ich komme kaum mit. Sie hasst mich nicht. Es ist einfach ihre Art, mit der Sache umzugehen.

Der schmale Schatten unter den Eukalyptusbäumen duftet aromatisch, eine Wohltat nach dem grellen Licht auf dem Rasen. Kopano deutet auf die Käfige: Alle Törchen stehen offen. Haben die Kinder ihre Tiere freigelassen? Als ich näher komme, höre ich aus dem größten Käfig lautes Gesumm. Innen drängt sich in der hinteren Ecke ein schillerndes Fliegenknäuel. Kopano streckt einen Arm an mir vorbei und schnippt mit den Fingern. Das Geräusch schwillt zu einem wütenden Crescendo an, die Fliegen steigen auf und legen ein Häuflein glänzender Muskeln frei. Es dauert einen Moment, bis ich begreife, dass jemand den kleinen Frosch gehäutet hat.

KAPITEL 27

BOTSWANA, MÄRZ 2014

Kopano und Goodwill bringen die Käfige zum Auto. Ich erzähle Alice und Zoë, dass ich die Eidechsen und den Frosch freigelassen habe. Dann erkläre ich ihnen in liebevollerem Ton, dass keine von ihnen allein in den Garten gehen darf. Beide stimmen schweigend zu. Ein kleiner Verlust, verschlungen von einem größeren. Aber das Rätsel geht mir nach: Wer hat den kleinen Frosch gehäutet? Und warum? Wo sind die Eidechsen? Sammeln sich jetzt dahergelaufene Rowdys bei uns wie Hyänen, die von der Verwüstung angelockt werden? Trotz der durchdringenden Nachmittagshitze ist mir kalt. Das Ganze sieht nach einer Warnung aus, aber niemand versteht sie.

Goodwill sucht nach mir. Er hat einen Text vorbereitet, den ich verlesen soll.

Vor drei Tagen wurde unser vier Monate alter Sohn Sam aus unserem Mietshaus in der Nähe des Dorfes Kubung

in West-Botswana entführt. Sam hat ein großes rotes Geburtsmal auf der rechten Wange, helles Haar und blaue Augen. Bitte melden Sie sich, wenn Sie ihn sehen. Sein Kindermädchen Teko ist einen Tag später verschwunden. Sie kann wichtige Informationen haben. Wer etwas über ihren Verbleib weiß, melde sich bitte umgehend. Teko ist um die 20 Jahre alt, mittelgroß und schlank. Sie hat dunkles Haar, das sie häufig geflochten trägt, und humpelt leicht mit dem rechten Bein.
Als sie zuletzt gesehen wurde, trug sie eine Kette mit blauen Steinen.

Ich gieße Wasser aus dem Kühlschrank in Karaffen und mit Goodwill an meiner Seite trage ich ein Tablett mit gestapelten Gläsern die Einfahrt hinunter. Eine junge Frau nimmt das Tablett mit leichter Verbeugung entgegen. Die Gruppe sammelt sich, und die Karaffen sind schnell geleert.

Goodwill begleitet mich zu einer Reihe von Mikrofonen. Mit den Journalisten und mehreren großen Kameras auf Stativen vor mir beginne ich zu lesen. »Vor drei Tagen wurde unser vier Monate alter Sohn … unser Sohn Sam …« Die Schrift verschwimmt vor meinen Augen. »Bitte helfen Sie uns …«

Ich trete von den Mikrofonen zurück, und der Zettel fällt mir aus der Hand. Goodwill hebt ihn auf und liest weiter. »Sam wurde aus dem Haus in der Nähe des Dorfes Kubung entführt, in dem seine Eltern wohnen. Er hat ein großes rotes Geburtsmal …« Seine Stimme wird immer leiser, als ich die Einfahrt hinaufgehe.

Bevor er sich verabschiedet, frage ich Goodwill noch einmal nach Menschenhandel. Er schüttelt nur den Kopf.

Adam kehrt am Abend zurück, still und mit aschfahlem Gesicht. Auf der Rückfahrt war ihm erst die Presse auf den Fersen, dann wurde er von der Gruppe draußen belagert. Er hat sich hindurchgekämpft, liegt nun aber erschöpft auf dem Bett. Sein Körper scheint weniger Platz zu beanspruchen als vorher, als wäre er durch Trauer und Stress geschrumpft.

»Interpol koordiniert jetzt einige internationale Teams«, sagt er. »Allerdings halten sie es für unwahrscheinlich, dass er das Land bereits verlassen hat. Die Suche an Grenzkontrollpunkten und Flughäfen wurde verstärkt.«

Es muss schwierig sein, Sam außer Landes zu schmuggeln. Er ist zu auffällig. Das Mal wird ihn beschützen.

»Sie überprüfen alle bekannten landesübergreifenden Verbrecherorganisationen«, fährt er fort.

Landesgrenzen dürften im tiefen Busch keine Rolle spielen, niemand würde eine Bande aufhalten, die quer durch die Wildnis von einem Land ins nächste unterwegs ist. Keine Polizei könnte meilenweites ödes Land überwachen.

»Ich habe per Skype mit einer deutschen Behörde für Kindesentführung gesprochen«, sagt Adam. »Wenn wir irgendwie von den Kidnappern kontaktiert werden, sollen wir diese Behörde einschalten. Und nie in die Zahlung von Lösegeld einwilligen.«

Vor diesem Einblick in internationale Verbrechen

verblasst der Schreck über zerstörte Käfige und einen gehäuteten Frosch ein wenig.

»Das könnten auch Kinder aus dem Ort gewesen sein«, sagt Adam, als ich ihm erzähle, was passiert ist. »Die sich gegenseitig anstacheln. Vielleicht glauben sie, wir passen gerade nicht gut auf und sie kommen damit durch.«

Sie sind damit durchgekommen. Unter den Bäumen, wo die Käfige gestanden haben, verdichten sich die Schatten. Kinder können sich leicht nachts hier versteckt und heimlich ihre Grausamkeiten ausgeheckt haben.

Zoë rennt ins Schlafzimmer, klettert auf unser Bett und lehnt den Kopf an Adams Brust. Er legt den Arm um sie. Sein Gesicht entspannt sich. Wenige Sekunden später ist er eingeschlafen. Sie rutscht hinunter und rennt aus dem Zimmer.

Niemand sagt etwas beim Abendessen. Zoë gähnt immer wieder, Alice lässt ihr Essen stehen und ich ebenfalls. Adam isst einen halben Teller Okraeintopf.

Als die Kinder im Bett sind, führen wir unser Gespräch im Wohnzimmer fort.

»Was haben sie zum Handel von Babys gesagt?«

»Du hattest recht. So etwas kommt vor«, erwidert Adam.

Mir sinkt das Herz. Ich will gar nicht recht haben.

»Aber selten. Botswana ist mehr eine Zwischenstation für Kinder, die in anderen Ländern entführt werden und auf dem Weg nach Südafrika sind.«

»Wofür?«

Adam dreht sich weg. Er geht zum Sideboard, öffnet die Tür und gießt sich ein Glas Wein ein.

»Wofür werden sie verkauft, Adam?«

»Zur illegalen Adoption, was Sklaverei bedeuten kann, was wiederum Zwangsarbeit oder Prostitution bedeutet, außerdem …«

Er hält inne und trinkt schnell einen Schluck Wein.

»Sprich weiter!« Jede dieser Möglichkeiten ist schlimmer als die vorherige.

»Organhandel und … Hexenkult«, murmelt er zum Schluss, sehr leise.

Eine Weile sagt keiner von uns beiden etwas. Ich denke nicht einmal etwas. In meinem Kopf ist ein Rauschen, wie bei einem Radio, das nicht mehr richtig funktioniert.

»Simons Frau stehen Wahlen bevor«, erzähle ich ihm nach einer Weile. »Wusstest du, dass Politiker Wundermittel benutzen, die aus menschlichen Körperteilen hergestellt werden?«

»Aber nicht Simon«, gibt Adam schnell zurück. »Er ist Lehrer, er ist rational, intelligent. Er kann nicht an Hexerei glauben.«

Verstand und Intellekt steuern aber nicht den Glauben; der entsteht an einem tieferen, dunkleren Ort. Kabo glaubt an Flüche. Ich habe einmal geglaubt, schneller als alle anderen zu schwimmen würde meinen Vater beschützen. Mit meinem Ehemann Schritt zu halten sei wichtiger als alles andere. Adam muss einmal geglaubt haben, wenn er seine Bleistifte nur ordentlich aufreiht und seine Papiere sorgfältig stapelt, sei er auf der sicheren Seite.

Ich rücke näher an ihn heran. »Im Internet habe ich gelesen, dass in Tansania Albinokinder von Schamanen benutzt werden. Man glaubt, ihre Körperteile besäßen besondere Kräfte. Das könnte aber bedeuten, dass ein weißes Baby …«

»Meist werden für so etwas Kinder benutzt«, unterbricht er mich, als wiederhole er ein Mantra. »Kinder. Keine Säuglinge.« Er tritt ans Fenster und drückt es mit einiger Kraft auf.

Nebeneinander starren wir auf die trüben Umrisse der Eukalyptusbäume. Vielleicht hatten die Männer, die Sam entführt haben, kein Auto. Sie können ihn auch getragen haben. Ich sehe vor mir, wie sie über den Rasen rennen, über den Zaun klettern und anschließend durch den Busch laufen. In jener Nacht schien der Mond. Während ich unterwegs ins Dorf war, um Sam zu finden, sind vielleicht Männer mit unserem Baby immer tiefer zwischen den silbrigen Bäumen entlanggewandert. Vielleicht hat Sam geschlafen, eingelullt vom Rhythmus der Schritte. Irgendwann haben sie ihr Ziel erreicht, eine allein stehende Hütte oder einen alten Viehposten. Jemand, der auf sie gewartet hat, hat ihnen vielleicht die Tür geöffnet. Aber ich kann nicht in die Hütte hineinblicken. Mir ist, als falle die Tür vor meiner Nase ins Schloss.

»Du hast recht«, sage ich zu Adam. »Simon würde Sam nicht entführen. Er ist unser Freund.«

»Wir müssen der Polizei trotzdem zugestehen, ihre Untersuchungen anzustellen.« Er nickt, mehr zu sich selbst. »Simon wird verstehen, dass sie gründlich vorgehen müssen.«

So müssen Hexenverfolgungen im Mittelalter begonnen

haben: Angst entfacht irgendwelche Verdächtigungen, die jedem gesunden Menschenverstand widersprechen. Schon jetzt wird das Bild unseres Lehrers durch seinen dunkleren Zwillingsbruder verfinstert.

Mein Handy klingelt und unterbricht meine Gedanken. Das könnte der Entführer sein, der sich melden will. In der Sekunde, die es dauert, um das Handy aus der Tasche zu ziehen, habe ich bereits beschlossen, Adams Argumenten zum Trotz allen Forderungen zuzustimmen. Aber es ist ein Reporter aus Amerika, der ungeachtet aller Zeitzonen Informationen will.

»Die *Washington Post* hier. Spreche ich mit Doktor Jordan?« Immerhin ist er höflich, das macht es leichter. Adam steht sofort neben mir. Ich schüttele den Kopf. Keine Neuigkeiten. Und auch nicht die Entführer.

»Ich möchte Ihnen mein Mitgefühl in dieser für Sie so schwierigen Zeit aussprechen, Ma'am.«

»Danke.« Tränen steigen mir in die Augen. Anteilnahme nach Drehbuch – und trotzdem wirkungsvoll.

»Würden Sie mir erzählen, wie es in dem Fall steht, damit ich den Millionen Menschen, die Ihre Geschichte verfolgen, davon berichten kann?«

Millionen Menschen? Wie geplant, trifft es mich unvermittelt. Verfolgen Millionen von Menschen unsere Geschichte? Ich blicke auf und erwarte beinahe, Menschen zu sehen, die die Nasen an unser Fenster drücken, Gestalten, die unseren Garten stürmen.

Ungeachtet meines Schweigens fährt er fort. »Viele Menschen fühlen mit Ihnen, Doktor Jordan.«

»Jeder hier tut sein Bestes, um uns zu helfen. Die Polizei war sehr zuvorkommend.« Meine Antwort stammt ebenfalls aus einem Drehbuch. »Wir sind voller Hoffnung.«

Hoffnung ist nicht ganz richtig. Furcht käme der Sache näher.

»Gibt es derzeit wichtige Spuren?«

»Wir … ich …« Sie dürfen nichts über Simon erfahren. Noch nicht. »Bitte erkundigen Sie sich doch bei der Polizei! Vielen Dank.«

Ich schalte mein Handy aus.

Ein blasser Falter schwirrt durchs Fenster. Er ist so groß, dass er auch eine Fledermaus oder ein kleiner Vogel sein könnte. Lautlos fliegt er zur Decke, dann im Zimmer herum, berührt die Wände mit einem gedämpften Geräusch und setzt sich schließlich auf den Saum eines Vorhangs. Schnell schließe ich die Fenster.

Adam sieht nach den Kindern. Zoë hat eine Schüssel Pflaumen auf dem Tisch stehen lassen. Ich ziehe sie zu mir heran und nehme eine Pflaume heraus, aber kaum lege ich die Finger um ihre schmeichelnd weiche, gerundete Form, lasse ich sie wieder fallen. Ich muss daran denken, dass sie die Größe und das Gewicht eines Säuglingsherzens hat.

KAPITEL 28

BOTSWANA, MÄRZ 2014

Ich werde vom lauten Klopfen an der Tür wach gerüttelt. Meine Augen öffnen sich im trüben Licht der Morgendämmerung. Ich ziehe den Morgenmantel fest um mich und laufe durch den Flur. Mein Herz pocht vor Hoffnung und Furcht.

Elisabeth ist vor mir zur Tür gegangen. Goodwills bullige Gestalt steht im dunklen Wohnzimmer, als ich hereinkomme und mit den Händen noch immer am Gürtel meines Morgenmantels herumfingere. Elisabeth zieht die Vorhänge auf und eilt hinaus. Ich höre das Klappern des Kessels auf dem Herd, gefolgt vom Anzünden eines Streichholzes.

Goodwills Blick wirkt irgendwie feindselig. Trotz der frühen Stunde ist er tadellos gekleidet. Kurz fällt mir auf, dass ich keine Ahnung habe, wie lange er braucht, um über die unebenen Straßen zu uns zu holpern.

»Wir haben eine Spur gefunden. Sie führt zu einem Ihrer Angestellten.«

Sie haben entdeckt, dass es Simon war, mein schlimmster Albtraum wird wahr.

»Die Festnahme wird in Kürze erfolgen.«

»In Kürze? Aber …« Simon und seine Frau sind vielleicht schon auf dem Weg in ein anderes Land. Sollte die Polizei sie nicht inzwischen längst geschnappt haben? Adam tritt leise hinter mich ins Zimmer. »Sie wollen Simon festnehmen«, flüstere ich.

Goodwill blickt auf. Er hat gehört, was ich gesagt habe, und verengt den Blick. »Mit Simon Katse hat das nichts zu tun. Wir haben ihn und seine Frau gestern ausfindig gemacht und werden beide heute im Lauf des Tages vernehmen.« Er hält inne, sieht sich suchend nach seinem gewohnten Sessel um und lässt sich vorsichtig darin nieder. Ist Simon also verdächtig? Oder vernehmen sie ihn nur, um seine Beteiligung ausschließen zu können? Andernfalls sollten sie sich beeilen.

»Es geht um Ihren Gärtner, Josiah.«

»Josiah?« Der sanfte, freundliche Josiah? »Da muss ein Irrtum vorliegen.«

»Weshalb verdächtigen Sie ihn?«, fragt Adam und kratzt sich am Handgelenk. Seine Nägel verursachen ein lautes, schabendes Geräusch auf der trockenen Haut, wie Schleifpapier auf Holz. »Er könnte keiner Fliege etwas zuleide tun.«

Goodwill blickt auf die Zettel in seinem Schoß, als wolle er nachsehen, warum sie Josiah verdächtigen. »Wir haben die Fingerabdrücke auf den Käfigen gefunden, die wir mitgenommen haben.«

»Aber er hat diese Käfige ja auch gebaut. Natürlich sind seine Fingerabdrücke darauf.«

Goodwills Daumen umkreisen sich unaufhörlich und flackern am Rand meines Gesichtsfelds. »Die Fingerabdrücke sind frisch, ganz frisch«, sagt er.

»Er hat die Tiere gefüttert. Ich habe den Mädchen verboten, allein rauszugehen, nachdem Sam entführt wurde.«

Adam legt mir leicht eine Hand auf die Schulter. »Er wird seine Gründe haben«, sagt er leise.

Goodwill nickt. Sein Blick ist freundlich, aber ich spüre, dass mehr hinter der Sache steckt. Er müht sich hoch und wendet sich zur Tür. Das Gespräch ist vorbei. Wir hören, wie er in der Küche mit Elisabeth spricht. Minuten später geht er – neben Josiah und gefolgt von Elisabeth – am Fenster entlang. Wie immer trägt Josiah keine Schuhe an den Füßen, und ohne seinen khakifarbenen Hut wirkt sein Gesicht wehrlos. Ich möchte auf ihn zulaufen und ihm erklären, dass wir von seiner Unschuld überzeugt sind, aber Adam hält meine Hand fest und schüttelt den Kopf. »Alles ist möglich«, sagt er.

Neben Goodwills kräftiger Gestalt wirkt Josiah zerbrechlich wie ein Skelett. Vielleicht wird man ihn stunden- oder sogar tagelang festhalten. Eilig hole ich eine Wasserflasche aus dem Kühlschrank und nehme Brot von einem Stapel unter einem Musselintuch auf dem Tisch. Ich haste die Stufen hinunter, aber der Wagen ist bereits hinter den Toren und verschwindet in einer Staubwolke. Elisabeth läuft geradeaus an mir vorbei, zurück ins Haus, ihr Blick ist leer.

»Es tut mir leid, Elisabeth.«

Sie bleibt stehen und senkt den Kopf, als warte sie auf eine weitere Erklärung von mir. Ich würde gern hinzufügen, dass wir nichts mit der Festnahme zu tun haben, aber das ist natürlich Unsinn. Wären wir nicht hergezogen, verbrächte Josiah seinen Tag friedlich im Garten, vielleicht mit dem Hund an seiner Seite. Andererseits, wären wir nicht hergezogen, hätten wir auch Sam noch. Im klaren Morgenlicht wirkt Elisabeths Gesicht schmaler, die Haut verwittert. Sie sieht alt aus.

»Ich kam zu spät, um ihm dies noch zu geben.« Ich strecke ihr Brot und Wasser entgegen. Sie nimmt beides an sich, steigt langsam die Stufen hinauf und verschwindet in der Dunkelheit des Hauses. Kopano hat bereits den kleinen Schuppen betreten, der Josiah als Schlafplatz dient. Das weiße Hemd des Polizisten leuchtet in dem dunklen Raum, wenn er sich bewegt und seine Gummihandschuhe Verwüstung anrichten.

»Bitte seien Sie vorsichtig!«

Sollte er mich gehört haben, dann beachtet er mich nicht. Jede Schublade in der kleinen Kommode steht heraus. Ich erkenne ein sorgsam gefaltetes Hemd, ein abgenutztes kleines Handtuch.

Kopano hebt die Matratze vom Gestell und zerrt sie auf den Boden. Er bleibt stehen, um sich anzusehen, was er angerichtet hat, aber was immer er zu sehen erwartete, ist nicht ans Licht gekommen. Er zuckt mit den Achseln und geht an mir vorüber zur Tür. Sein tief nach innen gekehrter Blick weicht mir aus.

Josiah hat mich auch nicht angesehen – sein Blick traf

nie den meinen, Sam allerdings folgte er überallhin. Ein Pulsschlag der Ungewissheit setzt ein, neben der Sorge wegen Megan. Sie hat immer noch nicht zurückgerufen – nach über vierundzwanzig Stunden. Ist an meinem Verdacht ihr gegenüber etwa doch etwas dran?

Im Haus gibt es keinerlei Anzeichen, dass die Polizei hier war. Die Mädchen müssen bereits gefrühstückt haben. Im Vorgarten helfen sie Elisabeth, das Bettzeug in einer Schüssel zu waschen. Alice und Zoë drücken ein Laken aus, indem sie es zwischen sich eindrehen. Elisabeth nimmt es entgegen, hängt es mit Klammern in den Baum, wo es, gleißend hell vor den Blättern, wie ein Segel flattert.

Im Schlafzimmer knöpft Adam sich mit einem Stück Brot im Mund das Hemd zu. Er trägt die schweren Schuhe und die Hose aus festem Stoff, die er für die geplanten Safaris eingepackt hat. Da konnte er noch nicht ahnen, dass er sie einmal tragen würde, um seinen kleinen Sohn zu suchen. Er wirkt gefasst, und seine Bewegungen sind zielstrebig, als wäre dies der Beginn einer solchen Expedition. Auf einer Karte, die er vor unserer Abfahrt ausgedruckt hat, hat er am Tag zuvor einen zwanzig Kilometer großen Kreis um unser Haus gezeichnet und in acht Segmente unterteilt. Er plant, jeden Tag eine Diagonale abzulaufen. Vielleicht hilft ihm die Einteilung des Gebiets, aber die Linien sind illusorisch: Was haben sie mit meilenweiter, unbewachter Wildnis zu tun? Die Entfernungen sind so, als wolle man Schottland im Alleingang durchkämmen. Die Aufgabe ist aussichtslos.

Er geht an mir vorbei, und als er sich den Rucksack auf

die Schulter schwingt, fliegt er in einem kleinen Bogen durch die Luft und trifft mich an der Schläfe. Der Schmerz setzt meine Wut frei. »Fragst du dich eigentlich jemals, ob das alles zu verhindern gewesen wäre?«

Adam will sich gerade nach mir ausstrecken, da hält er inne. Erst wirkt er überrascht, dann plötzlich argwöhnisch. »Was meinst du damit?« Seine Augen forschen in meinem Gesicht nach Antworten.

»Ist dir mal in den Sinn gekommen, dass wir unseren Sohn noch hätten, wenn du mich nicht gezwungen hättest, auf diesen Scheißtrip mitzukommen?« Mir läuft etwas Warmes übers Gesicht: Die Schnalle muss meine Haut aufgeschürft haben.

Er starrt mich emotionslos an, als hätte er meine Worte gar nicht gehört. Zoës Stimme vor dem Fenster klingt fröhlich. Vögel zwitschern, die Zikaden surren unaufhörlich. Die Kulisse des ganz normalen Alltags, nur dass das Leben nicht mehr normal ist.

Dann verfinstert sich seine Miene, und seine Brauen ziehen sich zusammen. »Ich habe nicht geplant, mit einem Säugling nach Botswana zu kommen. Du warst diejenige, die heimlich schwanger wurde, wenn ich dich daran erinnern darf.«

Bis zum Ende des Satzes ist seine Stimme immer lauter geworden, und sein Atem geht schnell. Wir haben seit Monaten nicht gestritten, aber wir befinden uns sofort auf Kriegsgebiet.

»Verdammt noch mal, du wolltest doch immer ein weiteres Kind!«, schreie ich.

»Dann hättest du, zum Teufel, bis nach unserem Afrikaaufenthalt damit warten sollen!«, schreit er zurück. »Stattdessen hast du mich bei der Entscheidung übergangen!« Wütend wirft er den Rucksack aufs Bett. Der trifft die Nachttischlampe, die zu Boden fällt, der Stoß wiederum zertrümmert die Glühbirne und den dünnen Lampenständer aus Holz. Schritte kommen den Flur entlang. Dicht vor unserer Tür halten sie inne, und Schubladen werden geöffnet. Peo holt sauberes Bettzeug aus der Kommode vor unserem Zimmer. Adam und ich starren uns schwer atmend an. Die Schubladen werden hineingeschoben, und Peos Schritte entfernen sich, bis es wieder still ist.

Adam kommt auf mich zu. Aus der Nähe riecht er nach Ammoniak wie ein Pferd – er hat seit Tagen nicht geduscht. Die Bartstoppeln an seinem Kinn sind dunkel. Er tritt die Tür zu, und angesichts dieser gewalttätigen Bewegung hüpft mir das Herz in der Brust, obwohl meine Wut noch zunimmt.

»Was, zum Teufel, tust du da, Adam? Mach die verdammte Tür wieder auf.« Ich will mich an ihm vorbeischieben, stolpere aber über seine Beine und taumele aufs Bett. Adam beugt sich über mich und drückt mich nach unten. Ich kann mich nicht bewegen.

»Du wolltest eigentlich gar kein weiteres Kind, richtig? Sonst bist du immer so verdammt vorsichtig. Soll ich wirklich glauben, dass es ein Unfall war?« Er hält meinen Kopf an den Seiten fest und spricht mir ins Gesicht. Seine Augen sind rot und so dicht vor mir, dass ich die winzigen geschwollenen Blutgefäße erkenne. Hat er sich in einen anderen Menschen verwandelt oder ist er nach dem Wegreißen der Oberfläche eher er selbst geworden?

»Irgendwann hast du beschlossen, mich zu benutzen. Was glaubst du, wie sich das anfühlt?«

»Red keinen Quatsch! Es ist schiefgelaufen. Das habe ich doch schon gesagt.« Als ich meine Hände befreien will, sehe ich in seinem Gesicht, wie es in ihm kämpft. Ich weiß, was jetzt kommt. Wir haben auch sonst schon im Bett gerungen, aber das war ein Spiel. Dies hier ist Ernst. Was, wenn ich es zulasse? Wird es die Qualen einen Moment verdrängen? Wird es auslöschen, was ich ihm angetan habe? Ich sehe, dass er mein Zögern erkennt und dies als Zustimmung deutet. Er löst sich ein wenig, um den Reißverschluss seiner Hose zu öffnen, und in diesem Moment erscheint Sams Gesicht zwischen uns, sein unschuldiges Lächeln. Sam, der, anders als Adam denkt, in einem Augenblick der Liebe und Hingabe gezeugt wurde.

Ich will mich unter ihm wegdrehen, doch er schiebt meinen Morgenmantel hoch und dringt trotz meiner Gegenwehr schnell in mich ein. Es schmerzt, aber gleich darauf ist es mir gleichgültig. Die Wucht seiner Leidenschaft reißt mich mit, und ich will es auch. Alles außerhalb dessen wird ausgelöscht. Eine Weile beherrscht meine Gedanken nichts anderes als die Empfindung, wie Adam wütend in mich hineinstößt. Selbst das erdrückende Gewicht auf meinem Körper fühlt sich richtig an. Als ich aufblicke, erkenne ich sein wildes Gesicht mit dem verzogenen Mund. Ich schließe die Augen wieder, und in diesen kurzen Sekunden ist der Rausch völlig verflogen. Meine Leidenschaft, falls ich sie wirklich gespürt habe, ist verschwunden. Ich warte, bis er gekommen ist. Wenige Momente später erzittert er und stöhnt auf, zieht sich heraus, rollt sich von mir hinunter und bleibt neben mir liegen.

Langsam kehrt das Gezwitscher zurück, ebenso die Kinderstimmen und entfernten Geräusche aus der Küche. Adam hat den Kopf weggedreht, seine Schultern beben; er weint. Die Stimmen werden lauter. Die Kinder kommen zurück ins Haus. Ich wälze mich herum und richte mich vom Bett auf, entkleide mich und dusche, lasse das Wasser über meinen Körper fließen, bis es kalt ist und ich zittere. Als ich herauskomme, ist Adam fort.

Ich hole Kehrblech und Besen, und als die Glas- und Holzteile der umgestoßenen Lampe auf der Schaufel klappern, kommt es mir so vor, als würde ich die Überreste einer defekten Waage zusammenfegen, bei der sich der Mechanismus, der für das Gleichgewicht sorgt, nicht mehr reparieren lässt.

KAPITEL 29

BOTSWANA, MÄRZ 2014

Der Morgen kriecht vorbei. Jede Bewegung tut so weh, als wäre ich überfallen worden. Sam blickt mich mit demselben hoffnungsvollen Ernst an. Die Worte unter seinem Bild sind genau dieselben wie gestern. Meine Augen brennen, und ich schließe sie. Ich kenne diese Worte auswendig.

Peo bringt mir Tee und legt mir kurz die Hand auf den Kopf. Die Wärme dringt mir durch die Kopfhaut. Kann sie die Zeichen lesen? Weiß sie, was gerade geschehen ist? Weiß ich es? Die Grausamkeit und die Tränen, seine und meine, hallen in meinem Kopf nach, aber was genau passiert ist, verschwimmt und wird bereits zum schwarzen Hintergrund. Das Trauma dieses Vormittags vermehrt das gegenwärtige Trauma nur noch. Die Last, die ich trage, ist noch schwerer und viel dunkler geworden.

Als ich vor der Mittagszeit mit den Kindern in den Garten gehe, ist mir kühl, obwohl meine Haut in der Sonne glüht. Weil ich alles vergesse, habe ich auch keine

Sonnenmilch aufgetragen, aber Peo hat die Mädchen eingecremt. Am Tor scheint sich die Ansammlung wartender Journalisten noch vergrößert zu haben. Ich erkenne die Rauchschwaden eines Lagerfeuers, und in der Luft hängt der Duft von Gebratenem. Rufe und Gelächter, Jahrmarktstimmung. Adam muss sich am Morgen durch die Menge hindurchgekämpft haben. Hat jemand versucht, mit ihm zu reden? Was wurde er gefragt? Jetzt werde ich erkannt: Es blitzt, mein Name wird gerufen. Ich sollte etwas sagen, aber ich habe keine Energie. Wir gehen langsam hinter das Haus und setzen uns auf eine Decke neben dem Teich. Zoës Kopf ruht in meinem Schoß; Alice liegt völlig still und schließt die Augen.

Nach dem Lunch schlafen die Kinder in ihren Betten; im Haus ist es schrecklich. Ich entscheide mich für den breiten Schatten der Veranda. Auf dem Monitor erscheinen neue Bilder, ein kleines von Adam, verwackelt, als bewege er sich rasch. Im Hintergrund die Bäume und unser Tor – heute Morgen aufgenommen und schon um die Welt gesendet. Ich scrolle weiter, und kurz danach sehe ich mich selbst, wie ich gestern in die Kameras spreche. Ich sehe aus wie meine Mutter an den Tagen vor ihrem Tod. Die wichtigste Geschichte ist ihnen entgangen: kein Wort über Josiah. Obwohl er mitten durch die Menge hindurchgefahren wurde, war der alte Mann in der zerlumpten Kleidung für sie unsichtbar.

Eine Eidechse liegt auf dem Boden, reglos, ein kleiner grüner Farbfleck auf dem Holz. Als mein Handy klingelt, verschwindet sie, ohne dass sie sich zu bewegen scheint.

Es ist Megan. Endlich. Aus der langen Pause, nachdem sie meinen Namen sagt, kann ich ablesen, dass sie schlechte Nachrichten hat. Es gibt Regeln, wie man solche Nachrichten verkündet; man nimmt sich länger Zeit und baut kleine Warnsignale ein. In den Sekundenbruchteilen, bevor sie zu reden ansetzt, schießt mir der Gedanke durch den Kopf, sie könne gestehen wollen, dass Sam bei ihr ist, dass er auf ihren Wunsch hin aus Afrika zu ihr gezaubert wurde, aber dass sie ihre Meinung inzwischen geändert hat und ihn zurückbringen möchte. Ich vergebe ihr, ich vergebe ihr alles, wenn sie mir Sam zurückbringt.

Noch ein Takt Stille. »Es tut mir leid, dass du warten musstest. Die Haushälterin ist nicht mehr da, und es dauerte zwei Tage, um sie ausfindig zu machen. Es sieht nicht gut aus. David ist vor vier Monaten verschieden. Krebs. Ich wusste, dass er ins Krankenhaus gekommen war, aber ich hatte keine Ahnung … Hätte er doch nur etwas gesagt …«

Verschieden – wohin genau? Als wäre Sterben ein sanftes Gleiten in eine bessere Welt und nicht der brutale Stoß ins Nichts, den ich so häufig auf der Station erlebt habe.

»Emma, bist du noch dran?«

»Hatte er eine Frau?«

»Sie ist schon vor langer Zeit bei einem Autounfall auf der Straße nach Francistown ums Leben gekommen.«

Autounfall. Ein kurzes Wort, genau wie *vermisst* oder *entführt.* Worte, die eine ganze Welt aus Trümmern und Leid beschreiben. »Weiß denn dann sonst jemand, wo wir dieses Waisenhaus finden können?«

»Ich kenne keinen, der das wissen könnte.« Ihre Stimme ist leise. »Als die Nonnen aufgehört haben, waren nur noch meine Eltern und David übrig. Nach dem Tod meiner Eltern wurde die Missionsstation geschlossen. David hat sich stattdessen um das Waisenhaus gekümmert.«

»Die stellvertretende Direktorin im Krankenhaus hat Adam dasselbe erzählt. Deshalb ist er jedes Waisenhaus in Molepolole abgefahren. Aber niemand kannte Teko. Das verstehe ich nicht.«

»Das ist Afrika, Em.«

»Was soll das heißen?« Eine Ausstiegsklausel? Ein Grund dafür, dass Schlimmes passiert? Etwas Furchtbares ist passiert, aber nicht, weil dies Afrika ist, sondern meinetwegen.

»Solche Einrichtungen werden schnell geschlossen, wenn kein Geld mehr da ist. David ist wahrscheinlich selbst für alles aufgekommen. Nun, da er nicht mehr lebt, können Mitarbeiter nicht mehr bezahlt und die Kinder nicht mehr versorgt werden. Wahrscheinlich wurde das Waisenhaus innerhalb weniger Tage aufgelöst, und man hat die Kinder auf staatliche Heime überall im Land verteilt.«

»Was ist mit seinen eigenen Kindern?«

»Er hatte keine.«

»Deine Eltern …«

»Wie gesagt, Em, sie leben beide nicht mehr.«

Sie ist also verschwunden, die Welt, in der Megan aufwuchs, mit Eltern, die nie ein offenes Ohr für sie hatten, den langen Reihen von Kranken, die sie zwischen Staub und Fliegen versorgten, den Liedern aus der Wellblechkirche, die unter Kiefern durch die sengende Hitze wehten, dem Waisenhaus, das daraus hervorging. Eine Welt aus Einsatz und Kindern und Unglück. Alles fort.

»Es ist meine Schuld. Das weiß ich. Hätte ich David nicht gefragt, wäre das alles nicht passiert … Ich fühle mich ganz und gar dafür verantwortlich.« Ihre Stimme wird kläglich leise.

»Teko hätte aus jedem Waisenhaus stammen können, das hat nichts mit dir oder David zu tun.« Mein Verdacht gegenüber Megan war verrückt, das ist mir mittlerweile klar. »Wir sind davon ausgegangen, dass sie aus seinem Waisenhaus kam, aber dafür gibt es im Moment keine Beweise. Wie wir gehört haben, melden sich Leute auch einfach ohne Vermittlung auf eine Stelle …« Als ich Kabos Worte wiederhole, wird Teko zu einer Fremden, die zufällig zu uns gekommen ist. Wenn es so war, besteht wenig Hoffnung, sie zu finden. Sie könnte überall im Land, überall auf der Welt sein.

»Ich komme zu euch, wenn ihr wollt«, bietet Megan an. »Ich kann mich um die Mädchen kümmern, dann wärt ihr beide ungebundener.«

Es gibt kein *ihr beide* mehr, das ist seit heute Morgen vorbei. Aber wir sind schon vorher auseinandergedriftet, obwohl es schwierig ist, den Zeitpunkt zu bestimmen: als Sam entführt oder als er geboren wurde? Vielleicht auch als ich schwanger wurde oder noch früher, als Adam die Forschungsstelle annahm, ohne es seiner Familie zu sagen.

»Ich suche nach Flügen«, fährt sie fort. »Sag mir nur, wann es passt!«

Ich umklammere das Telefon, würde gern einwilligen,

weiß aber, dass es nicht geht. Sie wird zu Hause gebraucht; unsere Familie ist nicht mehr die, die sie kennt, und ich bin auch nicht mehr dieselbe. »Ich kann unmöglich zulassen, dass du kommst, Megan, aber vielen Dank.«

Weiß sie, dass mir Tränen über das Gesicht laufen? Womit habe ich es auch nur annähernd verdient, dass mir Megan so viel Zuneigung entgegenbringt? Wahrscheinlich verstünde sie die Frage nicht einmal, wenn ich sie ihr stellen würde. Liebe ist für sie kein Kontostand, der ausgeglichen werden müsste.

»Sag Bescheid, wenn du deine Meinung änderst! Ich denke die ganze Zeit an dich«, sagt sie. »Sam war heute auf der Titelseite der *Times.* Adams Bild war in den Zehn-Uhr-Nachrichten. Bei der Arbeit ...«

Draußen ist ein Schrei zu hören. Alice. Ich werfe das Handy weg, eile die Stufen hinunter und hetze über den Rasen, dorthin, wo sie in die Blätter eines riesigen Kaktus starrt.

»Was ist los, Ally? Bist du verletzt?«

Sie deutet auf die dicken Triebe, die sich aneinanderdrängen. Eine tote Schlange liegt verdreht in den von Spinnweben bedeckten Tiefen der Pflanze. Ihr Kiefer ist geöffnet, in den Augen kriechen Ameisen herum. Der gewundene lange Körper wurde ordentlich gehäutet und glänzt vor Fliegen.

»Sie ist tot. Sie kann dir nichts mehr tun.« Ich lege Alice den Arm um die Schultern. »Es war eine gemeine Schlangenart, Liebling. Ich habe Josiah gebeten, sie zu töten.«

»Guck mal!«, flüstert sie und deutet immer noch auf

etwas. Halb versteckt unter dem blutverschmierten Schlangenkörper liegen die beiden kleinen Eidechsen, ebenfalls mit Fliegen bedeckt. Jemand hat sie geköpft und gehäutet.

»Das ist grausam, ekelhaft …«

»Eine Ratte muss sie erwischt haben. Oder ein Mungo.« Ich hoffe, dass sie mir glaubt. »Das muss ganz fix passiert sein. Ein schneller Tod.« Ein weiterer Euphemismus.

»Du hast sie freigelassen. Es ist deine Schuld.«

Sie läuft zurück zum Haus und verschwindet durch die Tür.

Die Körper kleben mit ihrem getrockneten Blut an den Trieben und fühlen sich verkrustet an. Können sie irgendein hilfreicher Beweis sein? In Josiahs Werkstatt neben dem Komposthaufen balanciere ich sie fürs Erste auf einen Dachbalken, weit entfernt von den Ameisen. Der strenge Geruch von Kreosot im Schuppen weckt Bilder von meinem Vater, wie er mitten in einer Winterlandschaft einen Zaun streicht.

Ich war als Studentin nach Hause gefahren und wollte aufgeben. Weshalb ich eigentlich Medizin studieren wollte, wusste ich nicht mehr.

»Es ist zu schwer, Dad. Und uninteressant.«

Er sieht mich nicht an, streicht einfach weiter. Er trägt eine Brille. Wird er alt? Hört er mich überhaupt?

»Ich schaffe es nicht.« Ich spreche lauter.

Einige Minuten Stille, fünf vielleicht. Er streicht sehr sorgfältig, fährt mit dem Pinsel über jede Latte, fängt die Tropfen auf, bevor sie fallen.

»Ist schon in Ordnung, Emmie. Mach einfach weiter!«

»Warum?«

»Das ist die falsche Frage.«

»Dad, ich weiß nicht mehr, warum ich das überhaupt mache.« Diesmal schreie ich und breche in Tränen aus.

Er schiebt seinen Farbeimer weiter, beginnt mit einem neuen Abschnitt. »Die Frage ist nicht, warum, sondern wie.«

»Was meinst du damit konkret?«

»Ich meine damit, dass du dir zuerst überlegst, wie du es schaffen kannst. Der Grund wird dir dann schon einfallen. Für manches gibt es nicht allzu viele Gründe.«

Er lächelt zu mir hoch, und da erinnere ich mich, warum. Sein Lächeln. Jetzt muss ich mir also nur noch überlegen, wie ich es schaffen kann.

Als ich zurück zum Haus laufe, brennt mir die Sonne grausam auf den Nacken, die Schatten zu meinen Füßen sind kurz und schwarz. Ich hebe das Handy auf, wo ich es fallen gelassen habe, und schicke Megan eine Nachricht zur Erklärung. Alice und Zoë sitzen am Küchentisch und sehen zu, wie Elisabeth einen Berg Kräuter hackt. Die Luft duftet nach dem hölzernen Zitronenaroma von wildem Thymian. Peo fegt den Boden und summt dabei ein Lied.

»Es tut mir leid, dass du dich erschrocken hast, Ally«, flüstere ich, während ich mir die Hände wasche. »Ich habe sie weggeschafft.«

Eine Weile ist sie ganz still und mustert mich, als wäre ich eine Fremde. Dann steht sie auf und geht hinaus. Zoë läuft ihr nach und stellt ihr Fragen. Ich hoffe, Alice erzählt ihr nicht, was sie gesehen hat.

Ich wende mich an Elisabeth. »Alice hat mir die Schlange gezeigt, die Josiah getötet hat. Sie wurde gehäutet, die Eidechsen auch. Warum tut jemand so etwas?«

Ihre Hände halten in der Bewegung inne.

»Warum, Elisabeth?«

»Flüche«, sagt sie leise und hackt weiter, aber das Messer geht daneben und trifft das Brett.

Jemand aus dem Dorf also, jemand, der sich nahe herangeschlichen hat – selbst Elisabeth hat Angst. Wir sollten Kabos Angebot mit den Wachhunden annehmen: Ich schreibe ihm schnell eine Nachricht.

Peo raunt Elisabeth etwas zu. Sie versucht beim Übersetzen zu lächeln, aber ihre Lippen beben. »Peo sagt, dass alle Leute aus ihrem Dorf nach Sam suchen. Viele Männer suchen unaufhörlich.«

Ich starre durchs Fenster auf die unfruchtbare Landschaft, als sähe ich überall Männer herumkriechen, die ausschwärmen und mit Stöcken durchs Unterholz streifen, wie das in England der Fall wäre. Was hoffen die Dorfbewohner zu finden? Wenn Sam dort zurückgelassen wurde, hätte er nicht einen Tag lang überlebt. Warum sollten sie im Busch nach etwas anderem als nach einer Leiche suchen?

Aber die Frage ist nicht, warum.

Ich dusche, ziehe saubere Kleidung an, kämme mir das Haar. Ich höre, wie Reifen im Schotter knirschen: Die Polizei kommt heute später als sonst.

Kopano eilt nach hinten ums Haus herum. Goodwill

kommt ins Wohnzimmer, um mich zu sprechen, seine Augen huschen über mein dünnes Strandkleid. Ich bin zu müde zum Waschen, will aber Elisabeth auch nicht noch mehr aufhalsen und habe nur noch meine leichteste Kleidung im Schrank. Adam hat eine Jacke auf dem Stuhl liegen gelassen. Ich streife sie über, aber sie riecht nach seinem Schweiß, und ich ziehe sie wieder aus. Goodwill beobachtet mich, ihm entgeht nichts.

Die Frage ist, wie.

»Wo ist Josiah?« Ich bemühe mich um einen freundlichen Ton, plaudernd, auf Augenhöhe.

Goodwill tritt ans Fenster, trommelt beim Hinausblicken mit den Fingern auf die Fensterbank. Mit interessierter Miene reckt er den Kopf und starrt in den Himmel, als frage er sich, ob es regnen wird. Mich beachtet er nicht. In mir steigt Wut oder Angst auf, ich bin nicht sicher.

»Warum haben Sie ihn festgenommen, Goodwill, abgesehen von den Fingerabdrücken auf den Käfigen?«

»Mma Babira aus der Klinik und Mrs. Stukker in Gaborone waren höchst kooperativ«, erklärt er, als hätte ich nichts gesagt. »In beiden Fällen haben wir nichts Verdächtiges gefunden.«

Es dauert einen Augenblick, bis ich merke, dass er von Esther und Claire spricht. Ich habe kurz Schuldgefühle, dass sie belästigt wurden.

»Die Mitarbeiter im Safaripark in Mokolodi hatten von Ihrer Lage gehört. Die Sache tat ihnen leid. Zum Zeitpunkt der Entführung haben alle gearbeitet. Wir haben niemanden festgenommen. Auch im Hinblick auf Mr. Katse lagen wir falsch«, fährt Goodwill fort und sieht mich kopfschüttelnd an, als wäre ich diejenige, die Simon für schuldig gehalten hat. Er zieht sein Taschentuch hervor und hustet lautstark hinein, faltet es sorgfältig zusammen und steckt es wieder in die Tasche. Es ist, als hätte Josiah aufgehört zu existieren.

»Wir haben Mr. Katse ausführlich verhört. Nachdem er Ihr Haus verlassen hatte, am Tag bevor Ihr Sohn verschwand, holte er seine Frau ab und sie fuhren die Nacht hindurch nach Johannesburg, um mit Verwandten zu feiern.«

»Zu feiern?«

»Seine Frau war bereits gewählt worden. Wir haben mit den Verwandten gesprochen.« Jedes Mal, wenn er nickt, taucht sein Kinn in teigige Fleischrollen ab.

»Weshalb wollten Sie Simon verhören? Haben Sie ihn verdächtigt?«

Ich rücke ein wenig näher an ihn heran, und er tritt einen Schritt zur Seite, gleicht sein Gewicht auf gespreizten Beinen aus. Mir kommt es so vor, als wären wir Tanzpartner und würden uns um eine unaussprechlich schreckliche Mitte herum bewegen. Heute trägt Goodwill eine rot gestreifte Krawatte; die Farbe leuchtet in dem dunklen Zimmer. Er hat die Macht – ich muss vorsichtig sein.

»Er war am selben Tag hier, an dem Sam entführt wurde.« Für einen bulligen Mann wie ihn ist seine Stimme ungewöhnlich sanft. »Wir dachten, ihm könnte möglicherweise etwas Wichtiges begegnet sein.«

»Etwas Wichtiges wie die politischen Ambitionen seiner Frau?«

Goodwill dreht sich zu mir um, stemmt die Hände in die Hüften, macht sich noch größer, noch bedrohlicher. Falls es eine Drohung ist, gehe ich darüber hinweg.

»Ich weiß, dass Körperteile dafür benutzt werden, um Macht zu erlangen … Körperteile von Kindern«, setze ich hinzu.

Die obszönen Worte stehen nun zwischen uns, so wie unausgesprochen schon die ganze Zeit.

»So etwas kommt leider gelegentlich vor, aber nicht in dieser Gegend.« Sein Blick huscht zum Laptop auf dem Tisch und wieder zu mir zurück. »Sie haben sicher von dem alten Fall in Mochudi gelesen. Natürlich ließ sich nie etwas beweisen.«

»Ich weiß außerdem von einem Schüler in der Nähe, der kürzlich in den Busch gelaufen ist. Er wurde nie wiedergefunden.« Weiß er von Baruti? Ich suche in seinem Gesicht nach Anzeichen.

»Kinder, die in den Busch laufen, sind immer gefährdet.« Er wirkt leicht gereizt. »Schlangen, wilde Tiere, Hitze. Eltern sollten ihre Kinder im Haus halten.«

Man hat vermutet, dass die Polizei in Mochudi beteiligt war. Auf wessen Seite steht Goodwill? In diesem vor Spekulationen berstenden Augenblick klopft Kopano an die Tür und tritt ein. Er wirft Goodwill einen kurzen Blick zu und wendet sich dann an mich. »Ihre Tochter hat mir gerade erzählt, dass Sie im Garten gehäutete Reptilien gefunden haben. Ich muss sie sehen. Können Sie sie mir zeigen?«

Gilt hier nicht das Verbot, Kinder allein zu befragen? Ich spüre, wie sich meine Wangen vor Ärger röten, und gehe voran. Kopano folgt mir. Draußen drehe ich mich zu ihm um. Er ist jünger als Goodwill, unvorsichtiger. Vielleicht rutscht ihm heraus, was er weiß.

»Was hat Josiah Ihrer Meinung nach getan, Kopano?«

Keine Antwort.

»Warum interessieren Sie sich für die Reptilien?«

Schweigend späht er zum Haus hinüber, während wir nebeneinander hergehen.

»Warum, Kopano?«

Als wir den Schuppen erreichen, trampeln hinter uns Goodwills schwere Schritte die Verandastufen herunter. Ich muss mich beeilen. »Was wissen Sie über Medizinmorde?«

Aber Goodwill steht bereits neben mir. Kopano hält schweigend eine Plastiktüte auf. Während ich die Kadaver der Schlange und der Eidechsen hineinlege, blickt er ängstlich zur Seite: Er glaubt also ebenfalls an Flüche.

Die Polizisten verabschieden sich, wobei Kopano die Tüte seitlich von sich weghält, als wäre sie verseucht. Der Wagen der beiden fährt die Einfahrt hinunter. Ich habe nicht erfahren, weshalb Josiah festgehalten wird. Minuten später kommt Kabo mit Adam im Auto angefahren.

»Ich habe deinen Mann meilenweit von hier entfernt aufgelesen.« Kopfschüttelnd steigt Kabo aus. »Er war auf dem Rückweg, aber die Sonne geht hier schnell unter.«

Adam steht schweigend in der Einfahrt und starrt mit leerem Blick zu Boden.

»Ich habe deine Nachricht wegen der Hunde bekommen.« Kabo schüttelt mir die Hand. »Ich bin morgen in der Nähe der Zwinger, meine Nichte wird getauft. Ich bringe die Tiere am Nachmittag vorbei.« Er sieht unsicher zu Adam hinüber, dann wendet er sich wieder zu mir um und schiebt die Brille hoch.

»Bleib doch auf eine Tasse Tee, Kabo!«

Ich koche eine Kanne, und wir setzen uns auf die Veranda. Adam und ich weichen unseren Blicken aus.

»Wir hätten Sam taufen sollen«, sagt Adam in die Stille hinein. Staub bedeckt sein Gesicht, seine Augen sind blutunterlaufen. »Sein Name bedeutet *von Gott gehört,* erinnerst du dich? Gott hätte ihn nach uns schreien gehört, wenn wir ihn getauft hätten.«

Ich sehe ihn an – starre ihn an. »Du willst doch nicht sagen, dass du plötzlich an Gott glaubst?«

Bei meinen Worten rutscht Kabo auf seinem Stuhl hin und her, sein Blick wandert von Adam zu mir. Adam blickt auf; Schwalben fliegen in V-Formation über den roten Dämmerhimmel. Einen Moment lang stelle ich mir vor, dass sie nach England ziehen. Ich weiß nicht mehr, welche Jahreszeit wir haben. Ist hier Frühling? Sommer?

»Nur weil ich Gott jetzt brauche, ist es nicht unwahrscheinlicher, dass es ihn gibt«, brummt Adam.

Doch, das ist es – er ist irrational.

»Vielleicht sollte ich anfangen zu beten.« Er lacht unvermittelt. »Falls Sam tot ist, sollte er dann nicht in den Himmel kommen?«

»Ich glaube nicht, dass Gott sich auf einen solchen Handel einlässt«, sagt Kabo vorsichtig. »Er kümmert sich ohnehin um Sam.«

Wir sind an dem Punkt des Abends, an dem sich Ruhe

ausbreitet, ein kurzes Zögern vor der Dunkelheit. Kabo spricht leise, als wäre er in der Kirche, aber Adams Stimme klingt wütend. »Gott hätte auf meiner Seite sein sollen«, sagt er. »Ich bin schließlich nach Afrika gekommen, um zu helfen.«

Wie haben wir uns Afrika vorgestellt? Allein der Name klang einmal aufregend, aber ich kann mich nicht mehr erinnern, warum. Adam hat geglaubt, er könne helfen, und ich auch. Wie arrogant das heute wirkt, wie naiv! Ich bezweifle, dass wir je geholfen haben, denn unsere Hilfe war nicht notwendig. Das Afrika, das wir uns vorgestellt haben, existiert nicht. Unsere Erwartungen wurden in keiner Weise erfüllt. Im Gegenteil – gleichgültig, ob es Gott gibt oder nicht, hier haben wir nur Verlust erlebt.

KAPITEL 30

BOTSWANA, APRIL 2014

Die Fragen brodeln in meinem Kopf. Lebt er oder ist er tot? Wurde er schon wenige Augenblicke nach der Entführung umgebracht? Mein Verstand schwankt zwischen den möglichen Antworten hin und her, während Stunden und Tage verstreichen. Ich wage mich nicht festzulegen. Ich esse kaum etwas; mein Gaumen blutet. Wenn ich aufwache, habe ich einen Eisengeschmack im Mund, als hätte ich im Schlaf an Messern gelutscht.

Meine Milch ist schneller versiegt, als ich gedacht hätte. Von einem Augenblick zum nächsten schmerzten meine Brüste nicht mehr. Ich kann den Gedanken nicht abschütteln, dass mein Körper mehr weiß als mein Verstand, dass meine Milch nicht mehr gebraucht wird, weil Sam tot ist.

Adam fährt dreimal in der Woche zur Botschaft, allein. Gott erwähnt er nicht mehr; er schweigt und isst kaum etwas. Goodwill sagt, die Stelle zur Bekämpfung von Menschenhandel der internationalen Einwanderungsbehörde sei nun eingeschaltet, aber das ist mit Sicherheit zu spät. Sam hätte in den letzten zwei Wochen jederzeit ins Ausland gebracht werden können. Als Goodwill von Überwachung der Bevölkerung und Zeugenschutz spricht, kann ich seinen Worten kaum folgen. Durch meinen Kopf schwirren Bilder von Sam in einem dreckigen Kinderbett in irgendeinem stickigen Hinterzimmer, tränenverschmiert und dürr. Nachts liege ich wach und frage mich, ob er mich wiedererkennen würde, wenn wir ihn jetzt fänden.

Zoë folgt mir überallhin und will getragen werden. Allein durchs Haus zu gehen ist anstrengend; Lärm und Licht schmerzen. Den ganzen Tag suche ich im Internet und zappe durch alle Nachrichtensender. Die Kinder wollen, dass ich ihnen Geschichten erzähle, aber ich verliere oft den Faden und muss von vorn anfangen.

Die Kluft zwischen Adam und mir wird tiefer. Wir reden kaum noch miteinander. Wir schlafen im selben Zimmer, aber ich gehe ins Bett, wenn er schon schläft. Er steht früher auf als ich und durchstreift schon den Busch oder fährt zur Botschaft, wenn die Kinder und ich noch frühstücken.

Gestern flog zweimal ein Presseflugzeug niedrig über unser Haus; glücklicherweise waren die Mädchen drinnen. Die Eukalyptusbäume krümmten und schüttelten sich. Die drei Wachhunde sind in großen Zwingern neben der Garage untergebracht. Gewöhnlich schlafen sie tagsüber, aber gestern wachten sie auf und schlichen heulend umher.

Am Mittwochmorgen kehrt Peo in ihr Dorf zurück. Eine Traube von Frauen wartet auf der Straße hinter dem Tor auf sie und belagert sie. Die Journalistenbusse ringsum sind noch verschlossen. Wie ein blasser Schinken wirkt die platt gedrückte Wange eines Mannes an einem Fenster. Das Geheul der Frauen weckt ihn auf. Er stolpert heraus und richtet seine Kamera auf sie. Andere tun es ihm nach.

Ein großes Mädchen löst sich aus der Gruppe um Peo. Sie kommt auf mich zu und löst das Tragetuch um ihre Brust. Mmapula. Sie hält mir ihr Baby entgegen. Die Gruppe ist jetzt ganz still geworden, nur die Kameras klicken ohne Unterlass. Das Baby fühlt sich leicht und warm an. Es maunzt im Schlaf wie ein Kätzchen. Einen Augenblick lang ist mir schwindelig. Mmapula nimmt es mir wieder ab. Sie reicht mir einen kleinen Strauß Buschblumen.

»Ka a leboga«, sagt sie und lächelt. Danke.

Peo nimmt meine Hand. *»Ka a leboga.«* Mein Akzent klingt unbeholfen. Aus dem Gemurmel werden Gespräche, die abebben, als die Gruppe die Straße hinabläuft. Am liebsten riefe ich sie zurück.

Autotüren werden geöffnet und schlagen wieder zu, Motoren werden gestartet. Einige Journalisten brechen auf, sie haben für heute im Kasten, was sie wollten. Auf dem Weg zurück ragen die Eukalyptusbäume neben mir in die Höhe. Kabo hat erzählt, Bäume besäßen einen mächtigen Geist. Die Vorstellung, dass die alten afrikanischen Baumgötter über uns wachen, tröstet mich. Vor der silbrigen Rinde wirkt meine Hand wie eine Skeletthand. Ich blicke hinauf in den Baldachin aus Blättern und merke, dass ich für den Tod bete. Als Kind habe ich meinen Vater einmal überredet, mit mir in Siena das mittelalterliche Foltermuseum zu besuchen. Um eine Mutter zu bestrafen, wären Folterbänke und Nagelkäfige nicht nötig gewesen. Diese Italiener des zwölften Jahrhunderts hätten ihr nur das Kind wegnehmen müssen. Wenn sie es dadurch hätte beschützen können, hätte sie in alles eingewilligt, selbst in den Tod. Aber meine Folter wird nicht enden. Ich kann nicht sterben.

Wie blasse Blumen drücken die Mädchen oben im Haus ihre Gesichter ans Fenster. Als ich den geschenkten Trockenstrauß an den Fuß eines Baumes stelle, raschelt er. Mein Opfer an die Baumgötter.

Im Haus haben die Mädchen ihre Fensterplätze verlassen und sehen sich einen Zeichentrickfilm im Fernsehen an. Was ist aus all meinen Vorhaben geworden, aus dem normalen Tagesablauf? Ich sollte den Fernseher ausstellen und den Mädchen eine Geschichte vorlesen. Ich sollte Elisabeth helfen, die stiller ist ohne Josiah, magerer. Sie bewegt sich langsamer. Ich lasse den Dingen ihren Lauf, lasse zu, dass sich die Fäden unseres Lebens lösen. Ich kann mich nicht entsinnen, wann die Mädchen zuletzt an ihren Aufgaben gearbeitet haben. Wir haben nie etwas von Simons Freund gehört, und nachdem die Polizei Simon verhört hat, konnte ich ihn auch nicht mehr danach fragen.

Später am Vormittag erscheinen die beiden Polizisten. Kopano verschwindet, aber Goodwill steht im Wohnzimmer und wippt mit den Füßen. Seine Lederschuhe knirschen. Elisabeth nimmt die Mädchen mit in Josiahs Garten. Durchs Fenster sehe ich, dass sie einen Eimer abstellt, um die Ziege zu melken. Alice lehnt an der Mauer neben dem Hundezwinger. Sie klopft gegen das Gitter; ein Hund wacht auf und erhebt sich schwerfällig. Sie täuscht einen kleinen Tritt in seine Richtung vor. Das Tier duckt sich kurz, den Schwanz eng angelegt. Alice war vorher nie gemein. Trauer verändert uns alle. Zoë sitzt derweil in der Hocke, sieht zu Elisabeth auf und wartet, bis sie erfährt, was sie tun soll.

Goodwill nimmt Platz, bleibt aber still. Vielleicht sucht er nach Worten für schlechte Neuigkeiten, vielleicht ist er auch einfach gelangweilt. Dieser Job dauert schon zu lange, und ein Ende ist nicht in Sicht. Sicher warten bereits andere, dass er ihnen Aufmerksamkeit schenkt. Seine Uniform ist wie immer tadellos, nur an den Knöpfen spannt sein Hemd. Auch die Schulkinder hier auf der Straße tragen makellose Uniformen, obwohl es in ihren Häusern oft weder Strom noch fließendes Wasser gibt. Vielleicht wohnt Goodwill in einer solchen Hütte, vielleicht verübelt er es uns, dass wir reicher sind als er. Dabei ist ihm sicher bewusst, dass wir alles verloren haben; niemand kann uns jetzt noch beneiden. Vielleicht nervt ihn die internationale Aufmerksamkeit. Viele vermisste Kinder werden hier nie erwähnt. Einen Augenblick lang schwebt Barutis Gesicht zwischen uns.

In der Küche pfeift der Kessel. Es beruhigt mich, die schwarzen Blätter aus der Blechdose in die angeschlagene gelbe Teekanne zu löffeln und mit dem schweren Kessel einen brodelnden Schwall darüberzugießen. Im Wohnzimmer nimmt Goodwill seine Tasse, nippt daran und seufzt laut, dann betrachtet er die Papiere im Schoß, die er aus seinem Koffer geholt hat.

»Josiah«, sagt er schließlich und runzelt angestrengt die Stirn, als wäre bereits der Name ein Schuldgeständnis.

»Ja?«

»Wir sind in Sorge um diesen Mann. Er sagt nicht die Wahrheit.«

»Wie kommen Sie darauf?«

»Vor dreizehn Tagen, am Tag nachdem Ihr Sohn verschwand, suchte Josiah sein Haus in Mochudi auf. Seinem Bruder sagte er, er brauche Geld, dann ging er wieder. Aber erst am folgenden Morgen kam er hierher zurück. Er weigert sich, uns zu erklären, wo er in den Stunden dazwischen gewesen ist, aber er wirkt verängstigt, das macht mir Sorgen.«

Vermutlich wirkte Goodwill einschüchternd auf den gebrechlichen alten Mann, der daraufhin verstummte. Trotzdem sind diese Worte alarmierend. Was mag Josiah getan haben? Was hält er geheim?

Goodwill wischt sich kurz mit der Hand über das Gesicht. »In meinem Beruf ist Angst gleich Schuld. Ich frage mich, wo der Mann an jenem Tag war und wie es sich herausfinden lässt.«

»Das kann ich Ihnen leider auch nicht sagen. Ich habe keine Ahnung.«

Womit sich Josiah beschäftigt, wenn er nicht arbeitet, und wo seine Familie wohnt, weiß ich nicht. Wie bei Teko haben wir uns nicht dafür interessiert. Ich werde von einer heftigen Welle der Reue ergriffen, in deren Kielwasser Bitterkeit zurückbleibt. Goodwill mustert mich. Er scheint zu argwöhnen, dass ich Josiah schützen will. Er glaubt nicht, dass ich die Wahrheit sage, aber ich sage die Wahrheit. Fast. Die Polizisten haben nicht an Elisabeth gedacht. Vielleicht wissen sie auch gar nicht, dass sie seine Schwester ist. Vielleicht könnte sie uns etwas sagen, aber wenn es etwas herauszufinden gibt, werde ich das selbst tun.

Ich versuche, Josiah einmal mit Goodwills Augen zu betrachten – wie ein Kriminalbeamter: ein Mann ohne Geld, der ganz gegen seine Gewohnheiten kurz nach dem Verschwinden unseres Kindes eine Weile untertaucht und anschließend nicht sagen will, wo er gewesen ist. Ein Mann, der Sam immer besondere Aufmerksamkeit geschenkt hat.

Goodwill erhebt sich mühsam und leert seine Tasse. »Kopano hebt das Grab neben Josiahs Hütte aus.« Er sagt es fast beiläufig, aber ich spüre seine Blicke im Rücken, als ich aus dem Zimmer stürze.

Kopano lehnt auf dem Spaten, um seine Füße verteilen sich bröckelige Erdklumpen. Das Holzkreuz liegt in Einzelteilen auf dem Boden. In der Erde liegen gelbe Fellfetzen, ein langer flacher Schädel. Auf zittrigen Beinen kehre ich ins Wohnzimmer zurück. »Der Hund«, sage ich zu Goodwill, »es ist nur der Hund.«

Goodwill geht schweigend hinaus. Er hat messerscharfe Instinkte und glaubt, dass ich ihm etwas verheimliche. Er muss gewusst haben, dass Josiahs Hund dort begraben ist, aber vielleicht wollte er mich in Schrecken versetzen und hoffte, ich würde aus purer Erleichterung etwas erzählen.

Die Mädchen sind in der Küche bei Elisabeth und holen leere Schraubgläser aus dem Schrank, um aus der Ziegenmilch Butter herzustellen. Sie schickt sie zum

Händewaschen und beginnt mit dem Schrubben der Gläser im Waschbecken. Auf der Herdplatte blubbert ein Topf Wasser voller Kleidung und füllt die Luft mit dem Dampf und Duft von heißem Gewebe.

»Was deinen Bruder Josiah angeht …«

Die Marmeladengläser schaukeln beim Abwaschen im Seifenwasser. Sie wirkt vertieft in ihr Tun – keinerlei Anzeichen, dass sie mich auch nur gehört hat.

»Er steckt in Schwierigkeiten. Vielleicht behält die Polizei ihn da. Vor dreizehn Tagen hat er seinen Bruder besucht, also natürlich auch deinen Bruder, und dann ist er den Nachmittag über verschwunden. Niemand weiß, wo er war, bevor er hierher zurückkehrte.«

Elisabeth sieht aus dem Fenster über dem Spülbecken. Ihr Blick ruht auf dem kleinen Gemüsebeet; die geraden Reihen mit Pflanzen sind trocken und verkümmern allmählich.

»Ngaka ya setso«, murmelt sie.

Die Worte auf Setswana bedeuten Medizinmann.

»Ist er krank?«

Sie sieht mich an und wendet den Kopf wieder ab. Ihr Blick ist voller Geheimnisse.

Es steckt also mehr dahinter als eine Krankheit. Der Dampf verdichtet sich, formt sich zu einem kleinen Herzen, zu Gliedmaßen und zu Lippen. Ich lehne mich an die Wand. »Warum ist er zu diesem Medizinmann gegangen, Elisabeth?«

Sie hebt die Schultern und zieht die Mundwinkel nach unten – sie hat bereits zu viel erzählt.

»Ich muss diesen Medizinmann treffen. Vielleicht kann er uns helfen, etwas für Josiah zu tun.« Bei meinen Worten dreht sie sich zu mir um, und diesmal ruht ihr Blick auf meinem Gesicht. Kann sie ermessen, welche Horrorvisionen mir durch den Kopf gehen?

»Kannst du mich hinbringen?«

Sie neigt den Kopf, so kurz, dass es auch eine zufällige Bewegung sein könnte.

»Heute Nachmittag, wenn Adam zurück ist?«

Wieder ein kleines Nicken.

»Sie brauchen Geld für den Medizinmann«, sagt sie. Zoë kommt in die Küche gerannt, dicht gefolgt von Alice, die schwankt, als schliefe sie noch halb. Sie stolpert gegen einen Stuhl und fällt beinahe hin. Als ich sie umarme, bleibt sie reglos stehen und wartet, dass ich gehe. Elisabeth stellt zwei Gläser auf den Tisch, gießt die Ziegenmilch hinein und dreht die Deckel fest zu. Beim Schütteln schwappt die Milch hin und her. Zoë lacht. Niemand merkt, dass ich hinausgehe.

In Josiahs Zimmer ist es stickig. Die Sonne knallt auf das Wellblechdach, und durch die Hitze verströmt der Putz einen herben Lehmgeruch. Die Schubladen sind nun ganz herausgezogen. Handtuch und Hemd liegen auf dem Boden, und Stiefelabdrücke sind darauf zu erkennen. Ich falte beide Teile zusammen, lege sie zurück und schließe die Kommode. Hinter der Tür ist nichts; ich spähe sogar durchs Schlüsselloch. Mit den Fingerspitzen nehme ich etwas von der groben Staubschicht auf der Fensterbank hoch. Die Matratze liegt wieder auf dem Gestell, wurde an einem Ende aber mit einem Messer aufgeschlitzt, und die Schaumstofffüllung wurde teilweise herausgezogen. Das muss Kopano bei seinem zweiten Besuch erledigt haben.

Im Zimmer ist es so still, dass die Luft vibriert. Der alte Mann ist weg, und ich erahne nicht einmal den leisesten Hauch dessen, wer er war. Fragen drängen sich in den nackten Raum ringsum. Ist allein die Leere schon ein Hinweis, ein Tuch, hinter dem sich ein anderer Josiah versteckt? Er scheint so wenig zu besitzen – sind die eigentlichen Dinge aus seinem Leben irgendwo anders zu finden? Ein Stapel Geld oder eine Kiste mit Messern? Mich befällt nackte Furcht.

KAPITEL 31

BOTSWANA, APRIL 2014

Mein Vater hat mir einmal grobkörnige Fotos in der Zeitung gezeigt, auf denen ehemalige Nazis zu sehen waren. »Sieh nur, wozu Entschlossenheit führen kann!«, sagte er über die Nazijäger, die die Täter aufgespürt hatten. Aber ich starrte auf die Bilder der alten Männer auf der Anklagebank. Ich konnte mir kaum vorstellen, dass diese gebückten weißhaarigen Gestalten zu solchen Grausamkeiten fähig gewesen waren.

Das sonnige Landstück neben Josiahs Hütte sieht genauso aus wie im Dezember. Genau wie damals weichen die Ziegen mit wildem Blick und scharrenden Hufen vor mir zurück. Ich habe immer noch das Gefühl, mich unerlaubt hier aufzuhalten. Wenn man vom Grab einmal absieht, könnte heute genauso gut der Tag unserer Ankunft sein, nur unterschwellig hat sich alles verändert. Für die Journalisten war er unsichtbar, aber haben auch wir den wahren Josiah nicht erkannt? Falls er ein Verbrecher wäre, würde sich dieses Haus gut als Versteck eignen. Er könnte sich schon lange hier aufhalten oder auch erst mit uns zusammen hier angekommen sein, bewusst zur gleichen Zeit. Wie würde dann Elisabeth ins Bild passen? Ist sie die unschuldige Schwester? Die Komplizin?

Als Adam aus dem Busch zurückkehrt, schläft er eine Stunde lang auf dem Bett. Ich hole mein Portemonnaie aus dem Schrank, fische fünfhundert *Pula* heraus und stecke sie in die Tasche. Ich nehme die Autoschlüssel aus seiner Jacke. Der Jeep, mit dem ich bisher immer gefahren bin, ist noch in der Werkstatt. Ich will gerade das Zimmer verlassen, da rührt er sich. »Ich fahre mit Elisabeth zu einem Medizinmann. Ich brauche das Auto eine Weile. Die Kinder spielen in ihrem Zimmer – sie brauchen irgendwann etwas zu essen.«

Er wälzt sich auf den Rücken und runzelt die Stirn. Sein Gesicht ist noch von Schweiß und Staub verschmiert. »Können wir Elisabeth nicht helfen?«

»Sie sagt, es ist eine private Angelegenheit.«

Er nimmt es nickend zur Kenntnis.

Elisabeth wartet schon neben Adams Wagen. Sie hat ihre grüne Wollmütze tief in die Stirn gezogen, ein langer violetter Schal bedeckt zur Hälfte ihr Gesicht. Ihre Augen sind wachsam. »Mochudi«, murmelt sie, als wir ins Auto steigen.

Am Ende der Einfahrt sammeln sich die Journalisten um den Jeep, klopfen ans Fenster und rufen Fragen zu uns herein. Sie sind aggressiver geworden – vielleicht aus Langeweile, vielleicht weil sie sich einbilden, wir hätten etwas zu verbergen. Elisabeth rutscht tiefer in ihren Sitz.

Vor Gaborone stehen lauter Stände am Straßenrand. Unter zerrissenen Markisen wird Obst angeboten. Überall laufen Kinder herum. Sie spazieren am Rand der Fahrbahn entlang, hängen an den Zäunen, werden von Erwachsenen hinter sich hergezogen, manche von ihnen barfuß. Einige Kleinkinder stolpern und stapfen allein hinter den anderen her, und mein Herz verkrampft sich vor Panik. An einer Abzweigung sehe ich aus den Augenwinkeln, wie sich etwas Weißes bewegt. Vor einen Zaun ist ein Tuch oder Laken gespannt. Ich halte den Wagen am Straßenrand und renne keuchend hin, um nachzusehen. Aus der Nähe erkenne ich dünne rote Streifen darauf. Sams Tuch war weiß.

Als wir durch Gaborone fahren, halte ich das Lenkrad so umklammert, als würde ich ein Schiff durch raue See steuern. Ich habe schon eine ganze Weile keinen Verkehr mehr erlebt. An einer Kreuzung springt ein großer Polizist mit weißen Handschuhen auf und ab. Gestikulierend und mit wilder Energie regelt er den Verkehr, der rings um ihn braust und tobt. Als Kabo uns vom Flughafen abgeholt hat, müssen wir einen anderen Weg genommen haben. Die hohen Gebäude mit den glänzenden Fenstern, die mir seinerzeit auffielen, sind nicht zu sehen, die Straßen sind verstopft. Überall eilen oder bummeln Menschen, schieben ihre Fahrräder und Kinderwagen vor sich her, reden, essen und tanzen. An einer Kreuzung torkeln zwei Jugendliche aufeinander zu; Fäuste fliegen. Zu ihren Füßen stehen halb leere Flaschen. Die Kulisse besteht aus müllübersäten langen Zäunen vor Betonhäusern und Blechhütten. Alles wirkt wie eine völlig andere Stadt als bei unserer Ankunft.

Nach vierzig Minuten tauchen an der Hauptstraße vereinzelt die ersten Häuser von Mochudi auf. Elisabeth deutet nach rechts. Die Straße dreht und windet sich, die lose Ansammlung von Häusern verdichtet sich auf dem Weg bergab zu einem engen Netz aus Straßen, die mit Betonhütten gesäumt sind.

Sie streckt den Kopf durchs Fenster und hebt schließlich die Hand. Sie zieht den Schal fester um das Gesicht und deutet auf eine Holztür in einer weißen Mauer. Das Wort »Kiosk« ist in dicken roten Buchstaben über eine Luke gepinselt; vom »K« ist Farbe heruntergetropft und hat auf der Mauer eine blutrote Spur hinterlassen. Elisabeth sinkt noch tiefer in ihren Sitz. Ich parke unter einem schattigen Baum, und sie schließt die Augen; vielleicht will sie schlafen. Ich überquere die schmale Straße, klopfe und warte neben der Tür. Die Sonne knallt auf den weißen Putz. Wenige Augenblicke später linst ein Mädchen mit rosa Rüschenkragen und geflochtenen Zöpfen durch die Luke. Ein Riegel wird zurückgeschoben und die Tür geöffnet. Dahinter liegt ein kleiner Hof mit Lehmboden, der von Hütten gesäumt ist. Sie weist auf eine Bank, stellt sich mit vorgeschobener Brust vor eine Mauer und beobachtet mich unbeweglich. Eine knochendürre Hündin mit geschwollenen Zitzen trottet auf mich zu. Halb setzt sie sich, halb fällt sie gegen eine Stufe und bleibt hechelnd auf der Seite liegen. Eine alte Frau wartet ebenfalls auf der Bank. Ihre verzerrten Hände umklammern einen Stock. Die Hornhaut ihrer Augen ist weiß. Aus den dunklen Pfützen zu unseren Füßen steigen Fliegen auf.

Nach einer Weile öffnet sich die Tür einer Hütte. Ein älteres Mädchen, fest in leuchtend orange-blauen Stoff gehüllt, winkt mich zu sich in die Dunkelheit hinein. Ich deute auf die alte Frau, die vor mir hier war, aber das Mädchen winkt erneut.

Im trüben Licht erkenne ich gerade eben einen kleinen Mann, der am Fenster sitzt. Es riecht moderig und leicht nach Kräutern. Vor ihm liegt ein gewebter Teppich, neben ihm ein kleiner Aschehaufen; Reste der Glut haben sich in den Beton gebrannt. Das Mädchen deutet auf einen Stuhl neben ihm. Aus der Nähe sehe ich sein breites Gesicht mit der dünnen gelblichen Haut, die von feinen Runzeln durchzogen ist. Seine schräg stehenden Augen flackern, als er mich erkennt. Ich habe nicht daran gedacht, dass mein Foto seit Wochen im Fernsehen und in den Zeitungen zu sehen ist. Eigentlich wollte ich mit der Frage einsteigen, ob er Josiah kennt, und dann weitere Informationen sammeln. Aber nun, da er weiß, wer ich bin, besteht die Gefahr, dass er ausweichend reagiert. Falls er sich etwas hat zuschulden kommen lassen, könnte er womöglich sogar verschwinden. Ich könnte die Polizei verständigen, aber die Tür ist geschlossen und das Mädchen lehnt dagegen.

Um Zeit zu gewinnen, blättere ich *Pula* auf den Boden vor ihn. Das Mädchen hebt die Scheine sorgsam auf und schiebt sie in eine Eisenschatulle neben seinem Stuhl. Er hebt fragend das Kinn.

»Josiah …«, setze ich an, halte verunsichert inne.

Er nickt und spricht, ohne sich von mir abzuwenden, in schnellem Setswana zu dem Mädchen an der Tür.

Während er redet, sehe ich mich um. An den Wänden stehen Holzregale, die vollgestopft sind mit Plastiktöpfen, winzigen Flaschen, getöpferten Schalen und kleinen Pappschachteln mit verblichenen Etiketten in Rot und Orange. Eine Kette aus getrockneten Schoten baumelt vom obersten Regal und gleicht jener, die Alice mit Teko gebastelt hat. Der Medizinmann beobachtet mich, nickt und deutet auf eine Schlangenhaut, die an der verrußten Wand befestigt ist. Obwohl die Kanten getrocknet sind und sich nach innen kräuseln, glänzen die korallenroten Streifen wie seinerzeit, als sich das lebendige Tier vor meinen Augen ins Gras schlängelte. Einen Augenblick lang herrscht vollkommene Stille.

Das Mädchen hebt an, mir etwas zu sagen. »Der Medizinmann kennt Sie und Ihren Sohn. Er sagt, Josiah kam mit den Schoten, der Schlangenhaut und anderen Häuten zu ihm. Er brauchte ein Zaubermittel aus Dingen, die Ihnen gehörten.« Dann fügt sie leise hinzu, beinahe so, als verstehe es sich von selbst: »Ein besonderes Zaubermittel, damit man Ihren Sohn wiederfindet.«

Wenn sie die Wahrheit sagt, lag ich daneben. Total daneben. Josiah wollte uns die ganze Zeit bloß helfen. Josiah muss die Schlange, den Frosch und die Eidechsen gehäutet haben. Er war es auch, der die Schotenkette vom Kudugeweih nahm. Er muss sich Geld von seinem Bruder geliehen haben und hergekommen sein. Nachdem der Medizinmann das Zaubermittel hergestellt hat, muss sich Josiah auf den Rückweg begeben und geduldig auf den Bus gewartet haben, womöglich die ganze Nacht hindurch.

Warum hat er das nicht der Polizei erzählt? Aber ich kenne die Antwort – Esther hat sie mir schon vor Monaten anvertraut. Alle haben Angst vor der Macht dieser Medizinmänner. Josiah hat es nicht gewagt, auch nur ein Wort verlauten zu lassen. Wenn die Polizei dem Medizinmann einen Besuch abgestattet hätte, welche Rache hätte er dann befürchten müssen?

»Wie funktioniert dieses Zaubermittel? Ist es eine Medizin? Wer muss sie nehmen?« Ich bin bereit, daran zu glauben. Obwohl mein ganzes Leben lang immer alles auf wissenschaftlichen Beweisen basieren musste, möchte ich glauben, dass ein Zaubermittel Sam zurückbringen kann. Ich würde meinen gesamten Besitz und mein medizinisches Wissen eintauschen, wenn dies nur möglich wäre.

Das Mädchen übersetzt dem Medizinmann meine Frage, und seine Antwort ist lang. Schließlich wendet sie sich an mich. »Niemand nimmt dieses Zaubermittel ein. Es ist nicht für den Körper bestimmt. Der Medizinmann nimmt die Schoten und hackt die Schlangenhaut klein. Er mischt daraus ein Pulver.« Mit der Faust in der Hand deutet sie eine reibende Bewegung an. »Dann hat er mit dem Pulver ein Feuer gemacht. Der Rauch steigt auf.« Sie hebt ihre verschlossene Hand hoch und öffnet sie plötzlich, indem sie ihre kurzen Finger weit auseinanderspreizt. Hoch und hinaus, will die Bewegung sagen, hinaus in den Raum, ins Dorf, in den meilenweiten Busch ringsum, Moleküle, die in die Weiten Afrikas wehen. Ich schließe die Augen und wehe mit ihnen durch die warme Luft.

Die Sonne scheint mir ins Gesicht.

Ich strampele fest mit den Beinen, ziehe die Arme durchs Wasser.

Über dem platschenden Geräusch ruft mein Vater mir zu, dass ich es schaffen kann.

Mein Körper bewegt sich vorwärts auf das Boot zu.

Der Medizinmann steht auf. Meine Augenlider heben sich. Er hält eine kleine Tasche aus Leopardenfell in der Hand. Er gibt mir ein Zeichen, die Hände auszustrecken. Als ich sie zu einer Schale forme, kippt er den Inhalt der Tasche hinein: ein Häuflein winziger Knochen.

Sie fühlen sich kühl an – Wirbelknochen von Mäusen? Von einer Schlange? Unter dem Gemisch befinden sich auch gelbe Hornscherben und ein Dominostein. Das Mädchen sagt mir, ich solle ihnen meinen Wunsch zuflüstern.

»Helft mir, Sam zu finden!«, raune ich.

Als der Medizinmann demonstrativ die Hände öffnet, tue ich es ihm nach und lasse die Knochen auf den Teppich vor ihm fallen. Er betrachtet sie eingehend, stochert mit einem Stock darin herum. Dann entnimmt er Pulver aus verschiedenen Gefäßen und mischt sie in einer Steinschale. Dabei wirft er gelegentlich einen Blick auf die Knochen, als verriete ihre Anordnung eine Rezeptur. Aus einer kleinen Flasche gießt er eine Flüssigkeit auf das Pulver. Lilafarbene Flammen züngeln auf und tanzen darin, und als sie erloschen sind, füllt er das Pulver in ein kleines Gefäß.

»Bestreichen Sie mit dem Pulver Ihr Gesicht!«, sagt

das Mädchen, reicht mir das Gefäß und berührt ihre Augenlider.

»Was passiert dann?«

»Es ist ein mächtiger Zauber aus Wurzeln und Blättern. Er hilft Ihnen, Ihren Sohn zu sehen«, erwidert sie.

Die Finger des Heilers fühlen sich kühl an, als er meine Hand ergreift. Sein Blick ist distanziert, als seien seine Gedanken bereits beim nächsten Patienten, der blinden alten Frau draußen auf der Bank.

»Josiah sitzt im Gefängnis«, erzähle ich ihm rasch. »Die Polizei glaubt, dass er etwas verheimlicht.«

Er sieht mir in die Augen und blinzelt einmal. Dann dreht er sich um.

Auf der Rückfahrt löst Elisabeth ihren Schal. Ihre Hände entspannen sich im Schoß. Wir reden nicht viel, aber ich erzähle ihr, dass Josiah sehr freundlich zu uns war und ich das nun erfahren habe. Ihr Blick wird weich. Zu Hause zieht sie ihre Mütze ab und verschwindet in der Küche. Im Schlafzimmer verstaue ich das kleine Gefäß mit dem Pulver tief im Seitenfach meines Koffers. Mit Adam spreche ich nicht darüber. Er könnte es mir übel nehmen, wenn er davon erführe, und das Pulver wegwerfen wollen.

Nach dem Abendessen lässt er die Hunde aus den Zwingern; vom Fenster aus beobachte ich, wie sich der Schein seiner Taschenlampe in der Dunkelheit auf und ab bewegt, als er an der Einzäunung entlang hinter ihnen herläuft. Im Grunde genommen gibt es auch nichts Wichtiges zu erzählen; es haben sich keine Spuren ergeben. Obwohl auch ich es gern glauben würde, hat sich Sams Schicksal in keiner

Weise aufgeklärt. Am Abend liege ich neben Adam und frage mich, wie ich Goodwill von Josiahs Unschuld überzeugen kann, ohne das Geheimnis des alten Mannes preiszugeben.

Am nächsten Morgen wache ich vom Geräusch einer Hacke auf: Josiah ist zurück im Garten und gräbt im Erdboden.

Später kommt er auf mein Klopfen hin an die Tür seiner Hütte. Er lehnt das Geld ab, auch als ich ihm sage, dass es für das Zaubermittel ist. Er schüttelt mir die Hand und lächelt.

Hinter ihm liegt der leere Raum. Jetzt weiß ich, dass er nichts versteckt. Er hat auch nichts zu verstecken – weil er fast nichts besitzt. Am liebsten ginge ich hinein und bäte ihn um Verzeihung. Dann würde ich mich mit ihm hinsetzen und nachfragen, wie er als junger Mann gelebt und warum er Sam so geliebt hat. Er ist für unseren Sohn losgezogen, hat Geld gezahlt und ist ins Gefängnis gegangen. Hat er ihn an einen Jungen erinnert, den er kannte? An seinen eigenen Sohn?

Ka a leboga. Das ist alles, was ich weiß, aber er nickt und lächelt, lässt schließlich meine Hand los und kehrt zurück in seine Hütte.

Goodwill taucht weder heute noch am kommenden Tag auf. Nach einer Weile fühlt es sich an, als hätten wir Schritte zurück statt nach vorn gemacht. Es kommt mir so vor, als sei Sam weiter weg denn je.

KAPITEL 32

BOTSWANA, MAI 2014

»Ich mache mir Sorgen um Alice«, sagt Adam beim Frühstück. Die Mädchen sind schon aufgestanden. Alice hat Zoë im Wohnzimmer zur Seite geschubst und sitzt so nahe vor dem Fernseher, dass ihr Gesicht blau flimmert.

Ich mache mir ebenfalls Sorgen um sie. Sie ist still und wirkt verängstigt. Sie spielt und liest nicht einmal mehr. Seit Simon nicht mehr gekommen ist, sind die Bücher auf dem Tisch beinahe unberührt geblieben.

»Sie muss nach Hause.« Sein Blick ist wachsam – er erwartet eine Diskussion. »Und Zoë auch. Das Ganze ist jetzt zwei Monate her – Zeit, dass sie zurückkehren in eine irgendwie geartete Normalität.«

Alle losen Spuren, die wir zu haben glaubten, haben sich aufgelöst. Teko ist spurlos verschwunden. Simon und Josiah hätten nie vernommen werden dürfen. Unsere Geschichte läuft immer noch in den Nachrichten, einige Journalisten campieren nach wie vor an unserem Tor. Elisabeth hat mir erzählt, dass Häuptling Momotsi seine Suche fortsetzt. Adam geht jeden Tag in den Busch, aber für die Mädchen bleibt die Zeit einfach stehen.

»Sie ist so unglücklich, dass sie leichtsinnig wird«, sagt er. »Sie sitzt ohne Mütze in der Sonne, und ich habe gesehen, wie sie ohne Schuhe durchs Gras gelaufen ist.« Er nickt zum Garten hinaus, wo das Gras hoch und dünn unter den Bäumen wächst und überall Schlangen lauern können. »Es scheint ihr egal zu sein, was mit ihr passiert. Sie fordert die Gefahr geradezu heraus.«

»Sie trauert, Adam. Mach es nicht schlimmer, als es ist! Sie vergisst einfach, dass sie vorsichtig sein muss.«

»Ich bleibe natürlich hier und suche weiter«, fährt er fort, als hätte ich nichts gesagt. »Scotland Yard schickt nächste Woche eine Sondereinheit, und in ein paar Tagen reisen die Privatdetektive an.«

»Eine Sondereinheit?«

»Das habe ich dir doch gestern erzählt. Goodwill hat zugestimmt, mit ihnen zusammenzuarbeiten, nachdem es bislang keine aussichtsreichen Spuren gibt.«

»Und wie wollen wir die Privatdetektive bezahlen?«

»Ich habe eine Hypothek auf das Haus aufgenommen, Emma, darüber haben wir doch vor zwei Tagen schon gesprochen.«

Wenn das stimmt, kann ich mich nicht erinnern – oder ich habe es nicht gehört. Wenn Adam redet, purzeln seine Worte häufig durcheinander. Manchmal sehe ich, wie sich seine Lippen bewegen, höre aber seine Stimme nur wie aus weiter Ferne.

Als ich auf dem Weg in die Stille unseres Schlafzimmers an Zoë vorbeigehe, springt sie mit einem erschrockenen kleinen Schrei auf. Sie erschrickt sich momentan vor allem. Die Bougainvilleen um unser Schlafzimmerfenster rahmen den Garten ein wie ein Kranz. In meine Rippen schiebt sich eine Klinge der Gewissheit: Sam muss tot oder so gut versteckt sein, dass er unauffindbar bleibt. Weshalb noch hoffen?

Adam folgt mir ins Schlafzimmer. Ich nicke, ohne mich zu ihm umzuwenden.

»Ich besorge euch Tickets für nächste Woche«, sagt er. Ich könnte nicht sagen, ob er erleichtert oder traurig ist. »Reicht dir die Zeit bis dahin?«

Ich maile der Schule der Mädchen, meiner Arbeit und Megan – sie und ich schreiben uns einmal in der Woche. Wenn ihr Name in meiner Inbox erscheint, bekomme ich vor Freude Herzklopfen. Adam organisiert uns die Flugtickets. Wir denken nicht darüber nach, wann er nach England zurückkommt.

Ich schicke Goodwill eine Nachricht und informiere ihn über unsere Abreise. Wir überlegen, ob wir den Polizisten ein Geschenk besorgen sollen, aber schließlich entscheiden wir, dass es nach Bestechung aussehen könnte.

Mit dem Ausräumen der meisten unserer Sachen wirkt das Haus immer mehr wie ein Geisterhaus. Ich bewege mich langsam, wie ein Opfer, das nach einem Bombenanschlag in den verrußten Trümmern nach Überresten sucht. Mit dem Grau, das sich zwischen dem Blond ausbreitet, wird mein Haar blasser, und mein Gesicht ist schmaler geworden. Ich habe mich seit Sams Entführung nicht mehr geschminkt. Ich ziehe an, was gerade griffbereit ist.

Als die letzte Woche zu Ende geht, kommen Goodwill und Kopano zum Haus. Goodwill sagt, sie werden weiterhin an dem Fall arbeiten. Er steht am Fenster, und während unseres Gesprächs ruht sein Blick auf Josiah, der mit einer Schubkarre Holzscheite zum Haus bringt.

»Haben Sie je herausgefunden, wo er gewesen ist?« Ich bin neugierig, ob er die Wahrheit kennt.

»Mithilfe eines Busfahrers haben wir herausgefunden, welchen Weg er genommen hat.«

»Und das Geld?«

»Josiah hat uns erzählt, dass er Medizin brauchte. Er ist ein alter Mann. Das ist ganz normal.« Ein kleines Achselzucken.

»Deshalb haben Sie ihn laufen lassen?«

»Wir haben ausführlich mit dem Hauseigentümer gesprochen. Er war bereit, für seine Integrität zu bürgen, da er ihn seit vielen Jahren kennt.« Goodwill nickt nachdrücklich, während er mich beobachtet.

Er wahrt bewusst eine sachliche Miene, aber irgendetwas will er mir nicht sagen. Hat der Medizinmann seine Kräfte eingesetzt, damit Goodwill Josiah gehen lässt, oder war das reiner Zufall? Wenn der Medizinmann die Macht dazu hatte, war es eine gute Macht und ein unschuldiger Mann ist freigekommen.

»Waren die gehäuteten Reptilien von Nutzen, die Kopano mitgenommen hat?«

»Die Männer, die Ihren Sohn mitgenommen haben, könnten die Tiere in den Käfigen gesehen und sich später noch die Häute geholt haben. Sie besitzen einen gewissen Wert. Hätten wir die Häute gefunden, könnten sie uns weitere Hinweise geben.« Er seufzt. »Aber wir haben sie nie gefunden.«

Eine der Häute hängt an der Wand einer dunklen Hütte in einer Nebenstraße in Mochudi, könnte ich ihm erzählen, und die anderen haben sich in Luft aufgelöst. Sie haben nicht herausgefunden, dass Elisabeth Josiahs Schwester ist. Obwohl Josiah keine Schuld trifft, ist es doch bedenklich, dass der Polizei alle diese Spuren entgangen sind.

»Gibt es Neuigkeiten zu Teko?«

Er dehnt den Nacken, als sei ihm der Kragen zu eng geworden. »Wie Sie wissen, glauben wir nicht an eine Beteiligung ihrerseits.« Er blickt zu Boden, und seine nächsten Worte klingen auswendig gelernt. »Trotzdem bleibt sie unsere wichtigste Zeugin, und wir suchen überall nach ihr.«

Es bleibt nichts mehr zu sagen. Ich spüre, dass er gern fahren möchte. Seltsam, dass ich diesen Mann kaum kenne und er trotzdem das Leben meines Sohnes in der Hand hat.

»Haben Sie Kinder, Goodwill?«

»Vier Jungs.« Er nickt, und vor Stolz klingt seine Stimme tiefer.

»Wie alt?«

»Fünfundzwanzig, zwanzig, achtzehn.« Er hält inne, und sein Lächeln wirkt überraschend authentisch. »Und zwei Wochen.« Mit den Händen malt er eine rundliche Form von der Größe einer Zuckerpackung.

Unter unserem Bett steht ein kleiner Koffer, in den ich alle Sachen von Sam gepackt habe. Ich kippe gefaltete Strampler, mit Enten bestickte Handtücher und Windeln in eine Tüte und reiche sie Goodwill, bevor ich meine Meinung ändern kann. »Für Ihren Sohn.« *Damit Sie meinen nicht vergessen,* füge ich im Stillen hinzu.

Goodwill hat violette Ringe unter den Augen – wahrscheinlich stört das Baby seine Nachtruhe. Er nickt schnell, ohne zu lächeln, und ich kann nicht sagen, ob ihn das Geschenk freut oder ob er zögert, abgelegte Kleidung von einem verschwundenen Säugling anzunehmen. Ohne sich zu verabschieden, durchquert er mit schweren Schritten das Zimmer.

Kopano lächelt und schüttelt mir die Hand. Seine Finger fühlen sich trocken und leicht an. Er hat Sportlerhände. Einen Augenblick lang bedaure ich, nicht mehr über die beiden Männer erfahren zu haben. Allerdings bezweifle ich, dass wir Freunde geworden wären. Ich war nie sicher, wie sehr ich ihnen vertrauen konnte.

Am nächsten Tag fährt Adam mich zur Klinik, damit ich mich von Esther verabschieden kann. Als wir im überfüllten Wartezimmer sitzen, schläft Adam ein, sein Kopf wippt und kippelt auf der Brust hin und her. Beim letzten Mal, als ich in diesem Gebäude war, näherten sich gerade Männer unserem Haus, schlichen in den Garten und starrten in unsere Fenster. Ich kann nicht still sitzen bleiben. Draußen auf der Veranda hocken drei Mädchen auf den Stufen, zwei kauern hinter der Dritten. Die beiden Mädchen lachen und stoßen ihre Freundin von hinten an. Die erhebt sich unvermittelt und läuft davon – mit einem leichten Humpeln im rechten Fuß. Meine Kehle schnürt sich zusammen.

Ich haste die Stufen hinunter, verfehle die letzte und verdrehe mir schmerzhaft den Knöchel. Halb renne, halb hüpfe ich ihr hinterher. Die Mädchen auf den Stufen sehen mich und rufen ihr nach. Sie dreht sich um, aber es ist nicht Teko. Es ist überhaupt kein Mädchen – ich habe mich von ihrer Größe täuschen lassen. Eine schmalgesichtige Frau von etwa fünfzig Jahren sieht mich mit geschürzten Lippen an, die Hände in die Hüften gestemmt. Vielleicht denkt sie, ich wolle mich an der Stichelei beteiligen. Ich stammele eine Entschuldigung, und sie dreht sich um.

Die beiden Mädchen blicken mir stumm nach, als ich ins Gebäude zurückkehre. In der Pause zwischen zwei Patienten werden wir zu Esthers Zimmer geführt. Die Krankenschwester ist aus dem Mutterschutz zurück. Sie läuft geräuschvoll durch das kleine Zimmer, das eine Weile mir zugewiesen war. Ihre Brille blitzt durch die Lücke, wo die Tür an der Wand lehnt. Esther wirkt unsicher; es gibt wenig zu sagen, sie erzählt mir nur, dass Baruti noch immer nicht gefunden wurde. Ein Ozean breitet sich zwischen uns aus. Ich würde ihr am liebsten sagen, dass ich noch dieselbe bin, die sie vor zwei Monaten kennengelernt hat, aber wir wissen beide, dass es nicht stimmt.

Zwei Tage später, an einem Dienstag um vier Uhr morgens, brechen wir auf. Das Auto ist gepackt, die Mädchen sind angezogen und schlafen friedlich hinten auf ihren Sitzen.

Elisabeth steht an der Tür, Josiah neben ihr. Er nimmt die Schultern zurück und steht so gerade da wie bei unserer Ankunft. Wie hätte ich damals ahnen sollen, dass es mir einmal so schwerfallen würde, sie hier zurückzulassen? Ich umarme Elisabeth und drücke sie fest an mich. Sie lächelt und klopft mir auf die Schulter. Ich schüttele Josiahs Hand, und er nickt, ohne mich anzusehen. Wir haben ihnen die Geschenke schon überreicht, Geld, meinen Mantel für Elisabeth. Es gibt so vieles und doch nichts zu sagen. Die letzten Augenblicke vergehen rasch und verbreiten nur ein Gefühl der Leere.

Als wir die Stufen hinuntersteigen, kehren sie ins Haus zurück, und die Tür fällt hinter ihnen ins Schloss. Später wird Josiah im Garten arbeiten; Elisabeth wird die Betten der Mädchen abziehen und die Böden wischen. Sie wird Abendessen für Adam kochen. Noch später wird Josiah die Hunde in den Garten lassen; er mag sie. Ich habe ihn nachmittags in leisem Singsang mit ihnen reden gehört.

Der Wagen gleitet aus der Einfahrt hinaus, und das Haus verschwindet hinter uns. Bald werde ich Tausende Meilen von hier entfernt sein. Ich fliege zurück, ohne kaum mehr zu wissen als unmittelbar nach Sams Entführung. Ich habe ihn völlig im Stich gelassen, aber hinter mir schlafen beide Mädchen und vertrauen darauf, dass sie von diesem Ort des Schreckens in ihren Alltag zurückgebracht werden.

Am Flughafen wartet Kabo auf uns. Hier an dem Ort, an dem wir ihn zum ersten Mal gesehen haben, wird deutlich, wie sehr ihn die letzten Monate verändert haben. Die Jacke schlottert ihm um den Oberkörper, und sein Haar wird grau. Er hilft uns, die Taschen zu entladen, und trägt Zoë zur Abflughalle. Alice trottet langsam hinter uns her. Kabo und Adam unterhalten sich leise und verabreden, die Forschungsarbeiten so schnell wie möglich zu beenden.

In der Abflughalle stehen drei Polizisten an der Wand. Sie erkennen uns und nicken höflich. Eine Gruppe von Journalisten umringt mit Kameras um den Hals die Bar. Sie sind so vertieft in ihre Geschichten, dass sie uns nicht bemerken.

Zoë zieht an meiner Hand: Sie muss aufs Klo. Drinnen hat sich eine Schlange gebildet, und sie wird quengelig. Wir stehen hinter einem jungen Mädchen mit wilder Mähne, das einen weinenden Jungen an der Hand hält. Als sie ihn loslässt und ihr Haar in ein Zopfgummi schiebt, wird ihr langer, schlanker Hals erkennbar. Tekos Hals. Teko bei der Entführung eines weiteren Kindes? Als ich sie berühre, dreht sich das Mädchen um. Ich kenne das Aknegesicht nicht. Sie sieht mich fragend an. Ein rosafarbener Kaugummi ragt ihr aus dem Mund. Sie blickt zu dem weinenden Jungen hinunter, dann wieder zu mir herüber. Offenbar glaubt sie, ich wolle sie auf das Kind aufmerksam machen. Sie lächelt, beugt sich hinab und nimmt den Kleinen auf die Hüfte. Während sie ihn hin und her schaukelt, saugt sie das Kaugummi ein und gibt ihm einen Kuss. Der Junge hört auf zu weinen – nicht entführt also. Ich warte mit Zoë, die die kleine Episode stumm verfolgt hat, weiter in der Schlange.

Als unser Aufruf zum Boarding kommt, umarmt Kabo erst die Kinder und dann mich. Er schiebt die Brille hoch und geht schnell davon. Ich sehe ihm nach, wie er sich entfernt, und spüre einen Kloß im Hals.

Adam küsst mich auf die Wange und beugt sich zu den Kindern hinunter. Ernst und schweigend legt ihm Zoë den Kopf auf die Schulter. Alice erstarrt bei seiner Umarmung. Als er ihr sagt, wie sehr er sie liebt, schließt sie fest die Augen.

Wir steigen ins Flugzeug, finden unsere Plätze, und die Mädchen sitzen auf beiden Seiten neben mir, Zoë am Fenster. Beim Abheben wird Gaborone immer kleiner, dann entfernen sich die großen braunen Buschgebiete unter uns. Wenn Sam noch lebt, befindet er sich irgendwo in dieser Wildnis. Ich wehre mich gegen den Drang, aufzuspringen und zu schreien, dass ich zurückmuss, dass mein Sohn noch dort unten ist. Neben mir stöhnt Alice laut auf. Sie sitzt aufrecht, ihre Hände umklammern die Armlehnen, Schweiß steht ihr auf der Stirn. Ich lege meine Hand auf ihre verkrampften Finger. »Ally, Süße, alles in Ordnung. Wir sind oben.«

Sie sieht mich an. Ihr Blick ist leer.

»Ich weiß, wer ihn mitgenommen hat«, flüstert sie. »Ich habe dabei geholfen.«

KAPITEL 33

LONDON, JANUAR 2015

Glücklicherweise kommt die Post spät. Als ich zurückkehre, nachdem ich die Mädchen zur Schule gebracht habe, liegt auf der Fußmatte ein großer weißer Umschlag. Dem Gewicht nach der psychiatrische Bericht. Hätte Alice ihn gesehen und den Inhalt erraten, wäre ihr erster Tag nach den Ferien womöglich ruiniert gewesen.

Zoës Welpe hat wieder auf den Boden genässt. Ich wische die winzige Pfütze auf, werfe das Spültuch in den Müll und stöhne über meinen Fehler: In Botswana wäre er gewaschen, in der Sonne getrocknet und wieder und wieder benutzt worden.

Der kleine schwarze Hund fühlt sich warm an auf meinem Schoß. Momentan friere ich dauernd. Ich laufe mit zwei Sweatshirts und manchmal auch mit meiner Bettdecke herum. Gewichtsverlust. Verlust.

Regen prasselt ans Fenster. In Kubung ist jetzt Mittag, die Hitze reicht bis in die Schatten hinein. Josiah wird in seiner Hütte schlafen, Elisabeth Mittagessen auftragen. Eine andere Frau wird an der Tür stehen, mit der Hand die Augen beschatten und ihre Kinder hereinrufen.

Kodi zerkaut den Umschlag, während ich den Bericht lese und über die satinweichen Ecken seiner Ohren streiche. Kodi: Setswana für Kudu. Alices Idee.

Bericht von Dr. Harnham, Psychotherapeut
Patient: Alice Jordan. Geboren: 10.08.2004
Diagnose: Psychotische Depression.
Generalisierte Angststörung.

Geschwister:
Zoë Jordan. Geboren: 19.06.2008. Gesund.
Samuel Jordan. Geboren: 17.11.2013. Vermisst, mutmaßlich verstorben im März 2014.

Vermisst. Dieses Wort mündet immer im leeren Raum, im verwaisten Bettchen, in der schwarzen Nacht hinter dem zerbrochenen Glas. *Mutmaßlich verstorben.* Ich mutmaße gar nichts. Sicherheiten haben sich ohnehin aufgelöst. Manchmal weiß ich, dass Sam am Leben ist, manchmal, wenn ich ihn nachts in der Stille unseres Zimmers atmen höre. Dann wieder, und zwar häufiger und in letzter Zeit viel häufiger, weiß ich, dass er tot ist. Ich wünschte, ich hätte den Umschlag nicht geöffnet. Ich wünschte, er wäre nicht in der Post gewesen. Auch wenn Adam und ich mit dem Psychiater alle Ereignisse durchgesprochen haben, wirken sie schwarz auf weiß noch viel schlimmer.

10.08.2004. Voll ausgetragen, normale Geburt eines weiblichen Säuglings. Gewicht: 3 175 g. Apgar-Schema 10.

Normal? Die Geburt war verheerend. Sie hat mir die Frau geraubt, die ich vorher gewesen war. Mit der Geburt wurde ich verzehrt, zerrissen, belagert.

Frühe Kindheit ohne besondere Vorkommnisse.

(Ohne besondere Vorkommnisse? Was ist mit Liebe? Mit Stillen, Gute-Nacht-Geschichten, Spaziergängen zum Spielplatz, Strandausflügen, Mahlzeiten? Und was ist mit meiner Rückkehr zur Arbeit, den Tränen, den Versprechen, dem späten Nachhausekommen? Den gehetzten Gesprächen? Es gab ständig Vorkommnisse, gute wie schlechte.)

Schule
Schulische Leistungen: Durchgehend leistungsstark in allen Bereichen (siehe angehängter Bericht).
Zudem Unterricht in Tennis, Mandarin, Geige …
Persönliche und soziale Entwicklung: Beging mehrfach Diebstähle … entwendete Dinge … Selbstbestätigung …

Alice, die nach Hilfe ruft, um Aufmerksamkeit bettelt. Ich sehe wieder auf Dr. Harnhams Bericht.

Familienleben und frühkindliche psychiatrische Erkrankung (4-8 Jahre)

Vater: Facharzt für Onkologie (Vollzeit)
Mutter: Fachärztin für Geburtshilfe und Gynäkologie (mittlerweile ausgeschieden)
Elterliche Partnerschaft: Hohes Maß an Gefühlsentladungen … an freien Tagen entspannter, aber nicht anhaltend … Kinderbetreuung durch mehrere Au-pairs nacheinander.

Die aber waren zuverlässig. Effizient. Ich habe Referenzen angefordert …

Bekannte Symptome dieser Zeit: Schlafstörungen, Neigung zu zwanghaftem Verhalten.

Die Schritte, die ich nachts gehört hatte, Monate bevor wir nach Afrika flogen, waren Alices Schritte gewesen, nicht die von Sofia. Alice hat uns schon damals belauscht.

Die gestohlenen Sachen, die kaputten Puppen, die strenge Anordnung der Haarspangen: Warnzeichen eines Kindes, das sich unsicher fühlte, das seine Welt zu ordnen versuchte. Erst die Bedeutsamkeit unterschätzt, dann vergessen.

Alice fühlte sich von wichtigen familiären Angelegenheiten ausgeschlossen, z. B. der Schwangerschaft ihrer Mutter. Rückwirkende Diagnose für diese Zeit: leichte Depression mit verbundener Angststörung.

Ich hätte es ihr erzählen sollen. Ich bedaure, es nicht getan zu haben. Sie war müde, kam aber zurecht. So glaubten wir zumindest. Wir haben nichts gemerkt … Nein, wir haben gar nichts kapiert.

Drittes Geschwisterkind: Voll ausgetragen, normale Geburt …

Alice erlebte in erhöhtem Ausmaß Angst und Depression im Zusammenhang mit dem Wohlergehen des Neugeborenen. Sie beschreibt seine Geburt als einen Wendepunkt. Sie fühlte sich seit dieser Zeit weniger im Blick ihrer Eltern. Zu ihrem eigenen Gefühl mangelnder Sicherheit kam die Sorge um das Wohl des Säuglings und ihrer Schwester. Sie hat positive Erinnerungen an das Zusammensein mit einer Freundin der Familie, zu der eine Bindung bestand, die diese Affekte zu jener Zeit abschwächte.

Megan, die uns gerettet hat und es noch immer tut. Und doch, trotz allem, sehe ich manchmal ihr gutmütiges Gesicht und denke: Könntest du es dennoch gewesen sein?

Angaben zum Vorstellungsgrund

Die Familie zog im Dezember 2013 nach Kubung in Botswana, wo Dr. Adam Jordan ein geplantes Forschungssemester aufnahm. Durch den Wegfall der normalen Abläufe, den Verlust von Beziehungen zum Au-pair der Familie und zur oben erwähnten Freundin erlebte Alice weitere Angstzustände. Sie bekam von ihrer Mutter die Information, dass diese während des Forschungsjahres zu Hause bleibe, und erlebte es als erheblichen Vertrauensverlust, als ihre Mutter nach sechs Wochen dennoch unerwartet eine neue Arbeit aufnahm.

Sie schien damals kaum zu bemerken, dass ich wieder arbeiten ging. Ich dachte, es gehe ihr gut, sie sei zwar still, aber alles sei in Ordnung. Das Gegenteil war der Fall.

Zwei wichtige Beziehungen entstanden in dieser Zeit parallel. Alice freundete sich mit ihrem Kindermädchen Teko an, das angestellt war, um sich um ihren Bruder zu kümmern. Teko wurde zur zuverlässigen und fördernden Bezugsperson.
Alice war zudem eng verbunden mit ihrem Hauslehrer Simon Katse, auf den sie idealisierte Eigenschaften projizierte. Wahnhafte Vorstellungen waren zu diesem Zeitpunkt schon eindeutig Teil ihres beeinträchtigten mentalen Zustandes. Als der Lehrer plötzlich seinen Dienst beendete, verschlechterte sich ihr Zustand weiter, woraus sich die unten beschriebenen akustischen Halluzinationen entwickelt haben könnten (siehe Abschnitt 2).

1. Wahnvorstellungen
Alice glaubte, ihre Mutter lehne ihren Bruder wegen seines Geburtsmales im Gesicht ab. Sie hatte ihre Mutter positiv davon reden gehört, dass afrikanische Säuglinge weggegeben werden. Sie erklärt, Teko habe dieselbe Unterhaltung mitgehört und sei ebenfalls dieser Meinung gewesen.

Die späteren Wahnvorstellungen waren mutmaßlich ein psychologischer Abwehrmechanismus gegen Selbstvorwürfe. Alice war besorgt, dass die Entführung durch ihre Wunschvorstellungen verursacht wurde, d. h. ihr Anliegen nach einem sicheren Zuhause für ihren Bruder hätte die Entführung verursacht. Sich Tekos Zustimmung auszudenken würde ihre eigene Verantwortung für diese Gefühle schmälern, weil jemand sie teilte, ein Mechanismus, der in der Psychologie auch als Sündenbockverhalten bekannt ist.

Alice muss meinen dummen Witz auf der Veranda gehört haben und er muss noch zu ihrem sich verschlechternden Zustand beigetragen haben – mit schlimmen Folgen. Vielleicht hat sie Teko ihre Sorgen in einfachem Setswana erzählt. Wenn sie geglaubt hat, dass Teko ein so komplexes Gespräch auf Englisch verstanden hat, muss sie wirklich Wahnvorstellungen gehabt haben.

2. Akustische Halluzinationen
Alice beschreibt, an den Tagen vor der Entführung Atemgeräusche, Schritte und Stimmen gehört zu haben. Sie versuchte, ihrer Familie davon zu erzählen, aber man fand andere Erklärungen, und ihre Ängste wurden abgetan.

Wir haben ihr nicht zugehört, als sie von den Schritten erzählte. Nicht gut genug hingehört. Adam dachte, sie habe gehört, wie er nachts aufgestanden war. Sie machte ihm

Vorwürfe, dass sie sein Flüstern gehört habe. Obwohl sie damals krank aussah, kam mir nicht in den Sinn, dass sie Stimmen hörte.

3. Erhebliche Schuldgefühle und Selbstvorwürfe
Trotz der Erfindung von Tekos Zustimmung (dem oben erwähnten Sündenbockverhalten) erklärt Alice, sie selbst und nicht Teko habe aktiv bei der Entführung mitgeholfen.
Alice glaubt, sie sei in der Nacht, bevor ihr Bruder entführt wurde, durch einen bedrohlichen Schatten oder einen irgendwie gearteten Geist (möglicherweise aus einem Albtraum) überredet worden, dabei zu helfen, dass ihr Bruder aus ihrer eigenen schlechten Familie in eine bessere gebracht würde, wo er liebevolle Aufnahme fände. Alice ist verstört und zeigt erhebliche Stresssymptome, wenn sie näher darauf eingehen soll. Solche halluzinatorischen Episoden können erfahrungsgemäß die subjektive Beschaffenheit von Albträumen haben. Bevor Alice sich nicht wohl dabei fühlt, von diesem Ereignis zu berichten, ist es wenig sinnvoll, sie zu einem neuerlichen Durchleben zu ermutigen.
Gegenwärtiger Stand ist, dass Alice beschreibt, sie sei in ihrem Albtraum/der halluzinatorischen Episode aufgefordert worden, die Familienmitglieder und Angestellten am Nachmittag, bevor ihr Bruder entführt wurde, vom Haus wegzulocken. Ihr Kindermädchen Teko informierte sie nicht darüber, in der Hoffnung, deren Anwesenheit im Haus beschütze ihren Bruder. Als Alice

hörte, dass ihr Bruder trotz Tekos Anwesenheit entführt worden war, übernahm sie die Verantwortung für sein Verschwinden.
Es ist bekannt, wenn auch selten, dass hochintelligente und sensible Kinder traumatische Ereignisse mitunter rückblickend durch halluzinatorische Erfahrungen erklären.
In der Folge von Tekos Verschwinden schloss Alice, dass Teko anschließend ebenfalls entführt worden sei. Sie übernahm die Verantwortung und trauerte um beide Verluste. Als die Suche nach Samuel andauerte, spürte sie die Verzweiflung ihrer Eltern und entwickelte eine Todessehnsucht.

Seit der Rückkehr ihrer Familie nach England arbeitete Alice trotz ihres selbstverletzenden Verhaltens im Anschluss eng mit allen Mitarbeitern des psychiatrischen Teams zusammen, um die oben beschriebenen Überzeugungen und Wahnvorstellungen aufzudecken.

Alice und ich haben während des Fluges von Gaborone nach London miteinander gesprochen – oder zumindest habe ich es versucht. Es wurde allerdings deutlich, dass hier etwas völlig im Argen lag. Nach ihrem Ausbruch weinte sie und beharrte darauf, die Schuldige zu sein. Zwischen ihren Schluchzern behauptete sie, Sam sei entführt worden, damit er gerettet werde. Keine ihrer Erklärungen ergab einen Sinn. Sie war wie von Sinnen vor Trauer. Ich hielt sie in den Armen, sagte ihr, dass wir sie lieben, dass es nicht ihre Schuld sei. Sie beruhigte sich immer mehr und schlief schließlich ein. Ich wusste, dass wir vor einem großen Problem standen, aber ich ahnte nichts von einer psychotischen Störung.

Wie geplant empfing uns Megan und bugsierte uns in Heathrow durch die aufgeregte Journalistenmeute. Sie begleitete uns auch noch, als wir uns durch die Menge der Reporter vor unserem Haus drängten. Zu Hause rief ich den psychiatrischen Bereitschaftsdienst an. Ich dachte, Megan sei bei Alice; sie dachte, sie sei bei mir. Dann sagte Zoë, sie komme nicht ins Badezimmer hinein. Am Ende öffnete Megan die Tür mit einem Schraubenzieher. Alice lag am Boden. Sie hatte sich Paracetamol aus dem Schrank geholt und geschluckt, zusammen mit einer Handvoll Diazepam aus meiner Nachttischschublade.

Adam nahm den nächsten Flieger nach London. Als er ankam, hatte man Alice schon den Magen ausgepumpt und sie lag auf der Kinderstation, wo ihre Leberfunktion überwacht wurde. Während der nächsten Tage waren wir bei ihr, hielten ihre Hand oder lagen neben ihr auf dem Bett, wenn sie schlief. Von Angst und Schrecken gepeinigt, ließ ich sie nicht mehr aus den Augen. Wir schliefen zwei Nächte lang nicht. Zu leicht hätten wir sie verlieren können. Genau wie Sam. Um sich zu vergiften, braucht ein Kind keine hohe Dosis Paracetamol. Sie erholte sich nur langsam, und als ihre Psychose deutlich wurde, wussten wir, dass wir keine ihrer Behauptungen glauben durften. Das psychiatrische Team bat uns, einen Schritt zurückzutreten.

Der Welpe fühlt sich inzwischen schwerer an – er hat sich so entspannt, dass er schläft. Als ich ihn bis zum Hals hochhebe, rührt er sich und schiebt mir verschlafen die Nase unter das Kinn.

Nach Beratung und psychotherapeutischer Intervention gelangt Alice nach und nach zu der Einsicht, dass sie keine Schuld trifft. Sie erkennt, dass ihre Einordnung der Ereignisse rund um die Entführung wahnhafter und halluzinatorischer Art war und auf eine psychotische Depression mit dazugehöriger Angststörung zurückzuführen ist. Nun, da die Ereignisse immer mehr in den Hintergrund rücken, kommt sie zu dem Schluss, dass sie keinerlei Kenntnisse darüber hat und auch hatte, weshalb und auf welche Weise ihr Bruder verschwand. Auch wenn sie bruchstückhaft Setswana gelernt hat, wäre Alice nicht in der Lage gewesen, die Gespräche mit Teko zu führen, die sie beschreibt. Es ist derzeit unklar, ob akustische Halluzinationen oder Wahnvorstellungen hinter ihrer Überzeugung stehen, vollständig mit ihr kommuniziert zu haben. Die psychotherapeutische Arbeit wird dahingehend fortgesetzt, diese Frage zu klären, da sie prognostische Auswirkungen hat.

Behandlung

Unterstützende Psychotherapie
Julie Edwards, Kinderpsychologin: Zwei Sitzungen pro Woche.
Paroxetin, 10 mg bei Bedarf; monatliche Rücksprache mit Dr. Harnham.

Eine Weile später setze ich Kodi in seinen Korb neben dem Ofen; er dreht sich um und sinkt mit der Nase am Schwanz zu einem weichen Bündel zusammen. Unter meiner Hand hebt und senkt sich sein Rücken, das Fell zuckt. Ich lege den Bericht auf Adams Schreibtisch, damit er ihn lesen kann, wenn er nach Hause kommt. Die polierte Oberfläche ist leer – sein Ordnungssinn hat extreme Ausmaße angenommen.

Der Rest des Tages verstreicht. Ich kann mich daran klammern, den Boden zu wischen und die Betten zu machen. Ich finde es beruhigend, die Decken mit der Hand glatt zu streichen, als würde ich meine Gedanken glätten.

Ich spähe durch die Jalousien auf die Straße. Oft liegen vor dem Haus Journalisten auf der Lauer. Wir waren dreimal im Fernsehen, Hand in Hand. Adam kooperiert mit den Medien, ich dagegen meide sie.

Es gab Berichte, dass Sam in Afrika gesichtet wurde, in Kenia und Nigeria, aber alle waren falsch, und danach schien Sam noch weiter weg zu sein. Ich hatte zudem meine ganz eigenen Begegnungen. Zu Weihnachten in der Kirche wurde Teko weiter vorn gegenüber vom Mittelgang zu einer großen fremden Frau, als sie aufstand. Vor drei Wochen erst bin ich einem Mädchen, das genau die gleichen Haare hatte wie Teko, bei Sainsbury bis zur Kasse gefolgt, als sie sich mit verängstigtem Gesicht zu mir umdrehte. Die Frage, was Teko in einen Supermarkt im Norden von London verschlagen haben könnte, war mir gar nicht gekommen. Weshalb ich mich zu so etwas hinreißen lasse, ist mir schleierhaft, denn anders als Adam weiß ich, dass wir ihn verloren haben.

Wir haben auch uns verloren. Wir streifen schweigend durchs Haus, wie Geister einer verloschenen Ehe, und reden fast gar nicht mehr miteinander. Es besteht eine unausgesprochene Abmachung, was die Mädchen betrifft. Sie sollen nicht noch mehr leiden, und deshalb gehen wir höflich miteinander um. Von außen würde es niemand erraten, aber ich erkenne mittlerweile Paare wie uns, die sich nicht unterhalten oder berühren und die auf der Straße hintereinander hergehen.

Mittags ruft Megan an. »Hi, Emma.«

»Hi.«

»Alles in Ordnung?«

»Mmm. Räume einen Schrank auf. Und du?«

»Es ist nur ... Hör zu! Mrs. Ridley-Scott hat heute Vormittag mit Adam gesprochen, und er hat mich gebeten, dich anzurufen. Offenbar will sie wissen ...«

»Nein. Noch nicht.«

Ich kann nicht wieder arbeiten gehen. Jetzt nicht und nie mehr. Wie soll ich Säuglinge entbinden, zusehen, wie sie liebkost werden? Aber es ist nicht nur das: Ich vergesse zudem, was ich sagen will, bevor ich den Satz beendet habe. Ich könnte vermutlich zuverlässig operieren, aber ich kann kein Gespräch führen.

Wir tauschen noch einige Sätze aus, dann muss sie los.

Die Mädchen kommen aus der Schule. Zoë spielt mit Kodi, Alice reicht mir einen Messinganhänger, den sie in der Schule gemacht hat. Ein kleiner Fortschritt.

Später kommt Adam nach Hause. Er liest den Bericht und legt ihn zur Seite. Ich sehe, dass er ihm keine neuen

Informationen entnehmen kann. Die Fakten treffen ihn nicht jedes Mal aufs Neue so wie mich. Er will über die Pressekonferenz reden, die in ein paar Monaten in Gaborone ansteht – am ersten Jahrestag. »Alice geht es besser«, sagt er. »Sie kommt ohne uns klar.«

»Ohne uns?« Ich starre ihn an. »Ich komme nicht mit, Adam. Sie ist noch nicht so weit. Wir können nicht beide gleichzeitig weg.«

»Die Botschaft hat mehr Wirkung, wenn wir gemeinsam auftreten«, sagt er.

»Du musst ohne mich fliegen.«

»Ich habe Doktor Harnham heute auf dem Parkplatz getroffen.« Er spricht ruhig. »Er glaubt, eine kleine Pause von ihren Eltern täte Alice gut. Sie ist so weit, dass wir ihr ein klein wenig Selbstständigkeit zutrauen sollten. Wir sind nur eine Woche unterwegs.«

»Und wer soll sich in der Zeit um sie kümmern?«

»Können wir die beiden nicht in der Schule unterbringen? Ich dachte, es gibt im Bedarfsfall auch für die Tagesschüler eine solche Möglichkeit. Sie wären ja zu zweit. Wir können jeden Tag anrufen. Kodi kann bei meinem Assistenzarzt bleiben – seine Frau ist ganz verrückt nach Hunden.«

Bei ihm klingt alles so einfach. Alice würde es gut gehen. Zoë würde es gut gehen. Selbst dem Hund. Wir müssten nur die Reise und dann die Ankunft am Flughafen überstehen. Allerdings lag beim letzten Mal Sam dort in meinen Armen. Wir würden Goodwill, Kopano und anderen Polizisten begegnen. Scotland Yard ist längst nicht mehr dort, ebenso wenig wie Adams Privatdetektive. Am Ende waren sie auch nicht erfolgreicher als die Polizei, die ohnehin vor Ort war.

Dann fahren wir zum Haus in Kubung, zusammen mit den Journalisten. Wir lassen uns im Garten fotografieren. Auf dem Weg zur Bücherei bin ich letzte Woche im Regen am Highgate-Friedhof vorbeigelaufen. Der frische Kieferduft rief mir den Garten dort wieder in Erinnerung, die erste Nacht unserer Suche und alle weiteren Nächte. Ich musste mich gegen die Umzäunung lehnen, bis der Schwindel nachließ. Noch einmal dorthin zurückzukehren übersteigt meine Kräfte.

Wir gehen hoch, um uns an die Bettkanten der Mädchen zu setzen und uns noch mit ihnen zu unterhalten. Alice erzählt ein wenig von ihrem Tag. Wir reden nicht über Sam, denn der Psychiater bat uns zu warten, bis sie so weit ist. Anschließend spricht Zoë ihre Gebete. Sie kniet neben dem Bett nieder und wispert in ihre Hände. Früher hat sie nie gebetet. Keiner von uns. Ich frage mich, mit wem sie spricht und ob es um ihren Bruder geht. Wenn ich sie beobachte, steht in dem hübschen Kinderzimmer manchmal die Erinnerung an mein eigenes geflüstertes Gebet und die kalten Knochen in meiner Hand vor mir – so irreal wie ein Traum oder auch nur die Erinnerung an einen Traum. Adam beobachtet sie ebenfalls; ich glaube, er freut sich. Ich glaube, er betet heimlich selbst, aber wir reden nicht über Glauben und auch über nichts anderes, das die Oberfläche unseres Alltags antasten könnte.

Manchmal erinnere ich mich an die Stimme meines

Vaters, als er mich vom Boot aus anfeuerte, und an das Gefühl, wie mich seine Hände hineinzogen, aber anstelle seiner Worte herrscht nun Schweigen. Ich kann mich nicht mehr erinnern, wie er klang – ich spüre seine Hände nicht mehr, ich kann mir nicht einmal mehr sein Gesicht vor Augen führen. Er ist völlig verschwunden, und ich bin allein.

KAPITEL 34

LONDON, FEBRUAR 2015

Möwen steigen auf und gleiten am grauen Himmel über den Fernsehturm. Es muss stürmisch sein auf dem Meer. Das Holz der Bank ist dunkel; meine Jeans werden feucht. Am Grashang unterhalb von mir tobt ein Knäuel aus Hunden: ein Schäferhund, Spaniels, ein schmaler Windhund. Sie bellen, rennen und raufen sich, als wären sie auf dem Schulhof: der Anführer, der Schleimer, der kleine Einzelgänger. Kodi ist der Klassenclown. Er rollt sich auf den Rücken und springt die anderen an, möchte gefallen und wird doch meist links liegen gelassen.

Rings um das Rudel unterhalten sich Frauen, die Tiere ständig im Blick. Sie haben Kinderwagen dabei, Buggys und Kinder, die um ihre Beine wuseln. Etwas abseits stehen zwei Männer mittleren Alters, das Kinn in den Mantelkragen geschoben. Sie verlagern ihr Gewicht von einem Bein aufs andere und mustern mich. Sie erkennen mich irgendwie, können mich aber nicht einordnen. Eine der

Frauen folgt ihrem Blick und stößt dann ihre Freundin an. Sie starren zu mir herüber und flüstern miteinander. Ich rufe nach Kodi. Es ist ohnehin Zeit, Alice abzuholen. Er springt mir entgegen, ein typischer Labrador, gutmütig, gehorsam. Auf halbem Weg den Hügel hinab überholt mich eine der Mütter mit ihrem Kinderwagen. Sie muss beinahe rennen, weil ihr Schäferhund sie mit sich reißt. Als der Kinderwagen an mir vorbeifährt, erkenne ich nur die kleinen weißen Finger, die auf der Decke liegen. Sie müssen eiskalt sein. Am liebsten würde ich der Mutter sagen, sie solle das Händchen unter die Decke stecken, aber sie hat mich schon zu weit überholt.

Später zu Hause in der Küche bittet Alice um einen zweiten Donut. Ich gebe mir Mühe, nicht zu erfreut zu wirken. Dr. Harnham meint, wir sollen uns ganz normal verhalten, aber ich kann mich nicht mehr erinnern, wie das geht.

»Wie war es heute, Ally?« Als ich sie vorhin abgeholt habe, haben wir über Kodi geredet und mit welchen Hunden er gespielt hat; ich lasse ihr Zeit.

Sie senkt den Kopf über den Teller, ihre Schultern beben. Mir wird übel. Vielleicht hat die Stunde bei Dr. Harnham sie aufgewühlt. Als sie den Kopf hebt, lacht sie, statt zu weinen. Zoë starrt sie überrascht an, deshalb lache ich auch, stimme in Alices Gelächter mit ein. Wenn es echt klingt, ist es das auch, ein erleichtertes Lachen.

Zoë knufft ihre Schwester in die Seite und lächelt. »Was ist so witzig?«

»Nichts«, sagt Alice. Ihr Gesicht wird ernst, ihr Blick vorsichtig.

Aber es war doch etwas, zusammen mit dem zweiten Donut. Ein weiteres Anzeichen für ihre Besserung.

»Wie war es bei dir, Zoë? Hattest du einen schönen Tag?«

Zoë malt, beugt sich dicht über ihr Papier auf dem Tisch, ihr Atem ist zu hören. Zwischen ihren Zähnen lugt die Zungenspitze hervor. »Doktor Harnham hat mich gefragt, wie es mir in der Schule geht«, sagt Alice, bevor ihre Schwester antworten kann.

»Und?«

»Ich habe ihm erzählt, dass es ganz okay ist.«

»Das ist super, Ally.«

Sie hebt ihre Tasche vom Boden auf. »Ich glaube, ich mache meine Hausaufgaben in meinem Zimmer.« Die Tasche schaukelt, als sie zur Tür läuft.

Es ist still in der Küche. Der Februarwind schleudert Regen ans Fenster. Ich liebe dieses Geräusch. In der Hitze habe ich mich immer nach Regen gesehnt.

»In der Schulversammlung geht es morgen um Afrika«, sagt Zoë wie abgesprochen. Beiläufig, als sei es irgendeine Schulinfo.

»Aha.« Mein Herz beginnt auf der Stelle zu rasen.

»Ich soll auch etwas sagen.«

»Prima.« Aber es ist gar nicht prima. Wie auch? Wie konnten sie Zoë bloß fragen?

»Ich kann sagen, was ich will.«

»Wie schön.«

Worüber soll sie reden? Über die Tiere nicht. Alle, die sie

gesammelt hat, hat sie verloren. Über die Landschaft? Die öde Wildnis wäre für ein Kind wohl ziemlich schwierig zu beschreiben. Über die Leute dort vielleicht. Allerdings hat sie nur drei oder vier Menschen wirklich kennengelernt. Was, wenn sie etwas von dem Tag erzählt, als wir Sam verloren haben?

Zoë beugt sich noch tiefer über ihr Bild und drückt fest auf ihren gelben Wachsmalstift. »Ich sage, dass es dort heiß war. Guck mal!« Sie hält ihr Bild mit einer gelben Sonne hoch, die das gesamte Blatt ausfüllt.

»Klasse, Zoë.«

Die Hitze in Kubung hat einem die Haut verbrannt. Gras ist verdorrt; Esel sind vor Durst am Straßenrand gestorben.

»Natürlich gehen wir zu ihrer Schulversammlung.« Die Kinder sind im Bett, und Adam isst zu Abend. Ich lehne mich an den Herd, beobachte, wie der Regen draußen noch immer auf den Rasen fällt. In Kubung würden sich alle über diesen Regen freuen.

»Wir müssen sie unterstützen.«

»Natürlich«, gibt er zurück. Ich frage mich, was die anderen Eltern sagen, wenn sie ihn sehen. Er war immer schon schlank, aber mittlerweile wirkt er beinahe wie ein Skelett. Er bewegt sich auch langsamer.

»Apropos Afrika …« Er sieht mich hoffnungsvoll an, und ich wende den Blick ab.

»Vielleicht.«

KAPITEL 35

BOTSWANA, MÄRZ 2015

Es ist nicht nur der Kieferndufṭ. Auch der staubige Duft aus dem Busch, der durch Gaborone und in den Hotelgarten weht, ist mir sofort vertraut. Ich hätte mir keine Sorgen zu machen brauchen, wie es ist, hierher zurückzukehren. Es ist, als wären wir in ein anderes Land gekommen; irgendein Land, in dem es heiß und Arbeit billig ist. Das Hotel wurde erst letztes Jahr eröffnet, ein Fünfsternemonstrum. Es hat eine funktionierende Klimaanlage, gedämpftes Licht und dicke Leinentischdecken. Hinter den Glasfenstern des Speisesaals glitzert der Swimmingpool, reihenweise umringt von Sonnenliegen. Wir könnten Hunderte Kilometer von Kubung oder Tausende von Jahren entfernt sein. Verglichen mit diesem Überfluss, war das Dorf mittelalterlich. Es gab kaum fließendes Wasser, Strom oder Internet, nur wenige Waren in den Läden und Schuhe an den Kinderfüßen. Erst als ich den Koch im warmen Setswanatonfall sprechen höre und das junge Mädchen, das uns Tee bringt, lächeln sehe, bringe ich die beiden Welten allmählich zusammen.

Wir sind mit dem Taxi gleich zum Hotel gefahren. Außer der Polizei kannte niemand unsere genaue Ankunftszeit. Diesmal wollen wir die Journalisten für unsere Zwecke einspannen, nicht umgekehrt. Vorher waren wir im Scheinwerferlicht der Medien gefangen. Adam hat drei Nächte gebucht, damit wir uns akklimatisieren und auf die Pressekonferenz vorbereiten können.

Am ersten Tag fühle ich mich rastlos. Am zweiten Tag skype ich schon vor dem Frühstück mit den Mädchen und schwimme eine Runde im Pool. Beim Abtrocknen fällt mein Blick auf ein Chamäleon auf einem Jakarandazweig. Es hat dieselbe Farbe wie die Flechten auf dem Stamm, und seine Augen leuchten, als es die Lider hebt und senkt.

Beim Frühstücksbüfett sind die Teller schwer beladen mit mehreren Schichten von Speisen – Eier und Schinken auf Pfannkuchen, darauf Schellfisch. Ölige Körper rekeln sich rund um den Pool, neben sich kühle Getränke. Im Hintergrund zanken sich Kinder.

»Hier kann ich nicht bleiben, Adam, sonst werde ich verrückt.«

Seit dem Frühstück macht er sich schon Notizen, überlegt, welche Fragen die Journalisten stellen werden, und formuliert Antworten, die den richtigen Ton treffen sollen – dass wir hoffen, aber auf alles gefasst sind. Wir dürfen nicht wie Opfer wirken, sondern müssen dankbar sein, dass die Polizei uns unterstützt. Jetzt liegt das Notizbuch auf seinem Gesicht; wir hatten beide die Hitze vergessen.

»Kannst du dich nicht entspannen?« Seine Stimme klingt gedämpft. »Wir müssen noch die Probedurchgänge machen.«

»Ich muss dem Ganzen hier entfliehen.«

Das Buch rutscht zur Seite, als er sich auf dem Ellbogen aufstützt und mein Gesicht studiert. »Du meinst es ernst, oder?«

»Ich fahre zum Einkaufszentrum. Ich kann irgendwas für die Mädchen besorgen.«

»Versuch zumindest nicht aufzufallen! Setz Hut und Sonnenbrille auf!«

»Keinen falschen Schnauzer?«

»Ich meine es ernst, Emma.« Er kratzt sich am Hals. Er meint es immer ernst.

»Diesmal müssen wir die Medien im Griff haben«, fährt er fort. »Wir wollen Öffentlichkeit, aber zu unseren Bedingungen.«

In der Boutique in der Lobby kaufe ich mir eine große Sonnenbrille und einen breitkrempigen Hut aus schwarzer Baumwolle. Oben in unserem Schlafzimmer krame ich in meinem Koffer und suche die Baumwollhose, eine Leinenjacke und meine eleganten Sandalen heraus. Mein Gesicht wird beschattet von der Krempe meines neuen Huts. Ich habe kein Make-up mitgebracht. Als ich in meinem Koffer nach einem Lippenstift suche, schließen sich meine Finger um ein kleines Plastikgefäß in der Seitentasche. Ich ziehe das vergessene Töpfchen mit zerstoßenen Kräutern heraus, das ich vor einem Jahr weggepackt habe. Ich drehe den Deckel ab und atme den beißenden Duft ein, der mich zum Niesen reizt. Ich tupfe mit einem angefeuchteten Finger in das Pulver und streiche es mir aufs Augenlid, rasch, bevor ich es mir anders überlege. Warum nicht? Was könnte schlimmstenfalls passieren? Ein Ausschlag?

Unten am Pool macht Adam sich fleißig weiter Notizen. Er blickt auf und mustert mich kritisch. Er nickt. Test bestanden. Als ich ins Hoteltaxi steige, leuchtet das Blau der Jakaranda im Hof wie nasses Plastik.

Das Einkaufszentrum ist voller Menschen und Stände. Am liebsten zöge ich die Jacke aus und trüge eine kurze Hose und Flipflops. Überall auf dem Gehweg reihen sich Stände aneinander, in denen geflochtene Körbe, Tüten mit Süßigkeiten und Berge von Nüssen angeboten werden. An einem Ständer hängen Bahnen aus blauem Baumwollstoff; die orangefarbenen Kreise darauf leuchten, die Farben sind so grell, dass sie in den Augen brennen. Der Standbesitzer preist seine Waren feurig an. Als ich mich umdrehe, breitet sich über meinem linken Gesichtsfeld eine schillernde Linie aus. Eine Migräne nimmt Fahrt auf.

Gegenüber dem Einkaufszentrum liegt eine überfüllte kleine Teestube. Ich setze mich an einen Metalltisch weiter hinten, suche nach Paracetamol und schlucke mit dem brennenden Tee, den die Eigentümerin bringt, zwei Tabletten hinunter. Sie lehnt die üppige Hüfte gegen die Tischkante. »Urlaub?«

Ich nicke. Es ist einfacher zu lügen.

»Dann mögen Sie das Land?« Sie wischt sich die Hände an der Schürze ab und wartet auf meine Antwort; ihr rundliches Gesicht wirkt sehr freundlich. Einen Augenblick lang möchte ich ihr erzählen, dass wir in ihrem Land unseren Sohn verloren haben und dass alles, worauf sie vielleicht stolz ist, auf den weiten Himmel, die warmherzigen Menschen und das Leben auf den Straßen, sich für uns in Staub aufgelöst hat. Dass ich Gott anflehe, wir hätten nie unseren Fuß hierher gesetzt. Stattdessen schlucke ich den dunklen Tee hinunter und hoffe, dass sie wieder geht.

»Sind Sie glücklich hier?«, fährt sie hartnäckig fort.

Mich streift die kurze Erinnerung an meine ausgestreckte Hand vor der Sonne und das Gefühl von Sams weichem Babyhaar an meinen Fingerspitzen, dann verschwindet beides. Ich merke, dass ich mich einfach nicht mehr erinnern kann, wie es sich anfühlt, glücklich zu sein. Ein Mann klopft auf den Tresen und verlangt lautstark nach einem kalten Getränk. Die Cafébesitzerin starrt mich noch einen Moment lang an, dann eilt sie nach vorn.

Ich lasse den restlichen Tee stehen und schlendere die Straße entlang, aber ich habe kein Ziel, keine Freundin, die ich besuchen könnte. Ich kann weder ein weiteres Café riskieren noch im Hotel einen Tag am Pool verbringen und für Interviews proben, die ganz sicher zu nichts führen werden.

Mit schnellen Schritten eile ich um eine Kurve nach der anderen, betrachte eifrig Häuser und Gärten voller Wäsche, Fahrräder und Stühle; dann dringt Kinderlärm über die Straße. Auf der anderen Straßenseite steht ein großes Gebäude, und im Hof davor spielen mindestens dreißig Kinder. Zwei Frauen stehen hinter dem Tor, lehnen gegen den Holzrahmen, beobachten die Kinder und tratschen. Vielleicht eine Schule oder ein Waisenhaus. Zwei kleine Jungs kicken mit einem platten Ball, und beim Zusehen taucht ein Gedanke auf, der mir so willkommen ist wie ein kühler Drink: Ich habe hier wohl eine Freundin. Claire. Die Adresse ihres Waisenhauses habe ich noch im Handy gespeichert. Ich könnte ein Taxi nehmen, in ihrer Küche sitzen und ihrer rauen, aber herzlichen Stimme lauschen. Adam wird Verständnis haben. Ich scrolle auf meinem Handy nach ihrem Namen und ihrer Adresse, überquere die Straße, strecke das Handy durchs Tor und zeige es den Frauen. Sie nicken zustimmend; sie kennen Mma Stukker gut. Sie leite ein kleineres Waisenhaus als dieses, aber es sei trotzdem gut.

Lautstark, einander widersprechend und dann noch einmal von vorn erklären sie mir, dass ich zu Fuß hingehen kann. Das Heim liege ungefähr fünf Straßen entfernt. Rechts. Zweimal links. Die zweite rechts und dann an der großen Werkstatt den Weg hinunter einbiegen. Das Waisenhaus liege auf halber Strecke auf der linken Seite. Ich könne es an dem großen Baum über dem Tor erkennen.

Neben dem Gehweg vor der Werkstatt liegen ordentlich gestapelte Reifen; der Geruch nach heißem Gummi verfolgt mich die Straße entlang. Auf halbem Weg streckt sich ein großer Mopanebaum über ein weißes Metalltor;

unter seinen Ästen steht eine Holzbank im Hof. Erschöpft lasse ich mich im Schatten fallen, atme tief durch – es war weiter, als ich dachte. Vor mir führt eine Holztreppe zu einer roten Tür. Kinderstimmen dringen zusammen mit Geschirrgeklapper nach draußen. Essenszeit; ich sollte noch ein wenig warten. Die Tür öffnet sich, und zwei junge Mädchen kommen heraus. Eine spricht laut und nimmt ihre Schürze ab, die andere trägt einen Hut; beide lächeln. Mitarbeiterinnen nach Feierabend, dankbar, draußen und auf dem Heimweg zu sein. Das gesprächige Mädchen ist klein und kräftig, ihr schwarzes Kleid ist so weit gedehnt, dass der Stoff in der Sonne schimmert. Ihre Freundin ist ebenfalls klein, aber schlank und – ganz ungewöhnlich – blond. Der ordentliche Bob glänzt unter ihrem Hut zu perfekt, als dass er echt sein könnte, vielleicht eine Perücke. Sie trägt ein hübsches Kleid mit roten und grünen afrikanischen Mustern und ein großes Paket. Ihre dunkle Brille ist riesig, genau wie meine, und verbirgt ihr Gesicht. Als sie die Stufen heruntersteigt, wirkt ihr rechtes Bein ein wenig so, als würde sie hinken. Das Humpeln ist so leicht, dass ich es mir auch einbilden könnte. Vielleicht tue ich das.

Die Mädchen gehen ohne einen zweiten Blick an mir vorüber. Am Tor klatschen sie sich ab und wenden sich in unterschiedliche Richtungen. Das kleinere Mädchen rennt über die Straße, winkt und ruft etwas zum Abschied. Die Blondine geht nach rechts, und ohne dass ich etwas dagegen tun kann, folge ich ihr. Trotz des winzigen Humpelns läuft sie schnell und biegt an den Straßenecken flink ab. Als sie außer Sichtweite ist, renne ich, um aufzuholen. Sie wirkt ein wenig größer, als Teko war – oder vielleicht ist sie auch nur molliger.

Adam wird entsetzt sein, dass ich immer noch fremden Frauen hinterherjage, aber er muss es ja nicht erfahren. Ich werde es ihm einfach nicht erzählen. Dies ist das letzte Mal, schwöre ich mir und beeile mich. Das allerletzte Mal.

KAPITEL 36

MÄRZ 2015

An der fünften Kreuzung biegt das Mädchen wieder nach rechts ab, aber als ich um die Ecke komme, ist sie verschwunden. Ich lehne mich an die Mauer eines Gebäudes, blinzele mir den Schweiß aus den Augen und suche die Menschenmenge ab. Dann erkenne ich das rot-grüne Kleid auf der anderen Straßenseite. Sie wartet in der Schlange vor einem gelben Bus, dicht hinter einer Reihe von Taxis.

Ich überquere die Straße und bleibe außer Sichtweite, halte mich in der Menschenansammlung um die Taxis herum. Die blonde junge Frau konzentriert sich auf ihr Handy, das Paket steht zu ihren Füßen. Ihr Haar fällt unter dem Hut auf eine Weise nach vorn, die mir nicht vertraut ist. Ich sollte die Sache beenden, ins Hotel zurückfahren, zu Adam, und mich auf die Journalisten vorbereiten – jedes dieser Taxis könnte mich hinbringen. Aber genau in dem Moment, als ich mich umdrehen will, huscht die freie

Hand des Mädchens hoch zum Hals, und obwohl sie keine Kette trägt, beginnt mein Herz zu rasen.

Ich schiebe mich rückwärts zur Tür eines wartenden roten Autos mit Taxischild im Fenster, fingere hinter mir mit der Hand und bekomme den Türgriff zu fassen. Ich öffne die Wagentür, wende mich um und setze mich auf den Rücksitz. Der Taxifahrer blickt sich erstaunt um: ein Mann Anfang zwanzig, Kaugummi im Mund, enges, gelbes T-Shirt, die dunkle Brille nach oben in die öligen Locken geschoben. Kurz blicken wir uns an, ohne zu lächeln, er überrascht, ich abschätzend: zu gut aussehend, zu jung. Ein älterer Herr, ein Vater, wäre besser, abgebrühter, für den Notfall. Ich nicke entschuldigend und will schon wieder aussteigen, als ich vorn eine Bewegung wahrnehme, ein verschwommenes Grün und Rot. Das Mädchen steigt in den gelben Bus.

In diesem Augenblick lächelt der junge Mann mit einer so strahlenden Herzlichkeit, dass mich ein warmes Gefühl durchströmt. »Ich freue mich, Sie heute zu fahren, Ma'am. Wohin soll es gehen?«

»Im gelben Bus sitzt eine Frau. Ich muss ihr folgen.«

Er lächelt über diese klischeehafte Antwort, startet ohne weitere Fragen den Motor und biegt hinter dem Bus auf die Fahrbahn ein.

Ich hatte vergessen, wie Teko sich an den Hals greift. Selbst wenn ich daran gedacht hätte, es Goodwill zu beschreiben, wäre es für jeden anderen schwierig gewesen, diese winzige Bewegung zu erkennen. Eigentlich sollte ich die Polizei informieren, aber wenn dieses Mädchen wirklich

Teko ist, besteht die Gefahr, dass der Anblick und die Sirenen der Polizeiautos sie warnen, dass sie aussteigt, wenn der Bus langsamer wird, und sie in den Vororten untertaucht und für immer verschwindet.

»Wissen Sie, wohin der Bus fährt?«

»Nach Tshabong, ohne Zwischenhalt.«

Tshabong: Der Name klingt vertraut. Eine Stadt im Süden. Adam ist letztes Jahr dort gewesen, um medizinisches Material abzuholen, das aus Südafrika geliefert worden war. »Wie lange dauert die Fahrt?«

Er hebt den muskulösen Rücken zu einem ausladenden Achselzucken. »Sieben Stunden etwa.«

Sieben Stunden. Soll ich allen Ernstes einem Mädchen in einem Bus meilenweit durchs Land nachreisen, nur weil es auf bestimmte Art den Hals berührt hat? Was soll ich Adam hinterher erzählen? Wenn er wüsste, dass ich wieder Fremde verfolge, würde er mir etwas von krankhafter Trauer und Antidepressiva erzählen. Zum anderen würde er möglicherweise die Polizei auf Teko ansetzen, und wir würden sie verlieren. Eine Chance wie diese wird nie wiederkommen. Ich muss es wagen.

Ich tippe schnell eine Nachricht an Adam: *Alten Kollegen getroffen. Könnte hilfreich sein. Komme später.*

Das ist immerhin nicht völlig gelogen. Ich schalte mein Handy aus. »Ist es in Ordnung, wenn Sie mich dorthin fahren und wieder zurück?«

»Solange Sie dafür zahlen.« In seinem Lächeln liegt Besorgnis: Er geht ein Risiko ein.

»Ich zahle, was immer Sie verlangen.« In der Tasche habe

ich das Bargeld, das wir am Flughafen für den Mietwagen nach Kubung und für Geschenke abgehoben haben, die wir Elisabeth, Josiah, Peo und ihrem Mann mitbringen wollten. Adam hat im Hotel noch mehr. Es ist mir egal, wie viel es kostet.

Der Fahrer dreht sich um und wirft mir wieder ein Lächeln zu. »Ich heiße Bogosi – und wissen Sie was? Heute ist mein Glückstag.«

Wir haben die Vororte von Gaborone erreicht. Die Straße verbreitert sich, die Häuser werden größer und stehen weiter auseinander; hinter den Gartenmauern erkenne ich Bäume. Der Bus hat an Tempo zugelegt und schaukelt rasant und von einer zur anderen Seite schwankend voran. Zehn Minuten später liegt vor uns offenes Land, flach, sandig und voller Dornbäume. So wird es nun Hunderte von Meilen weitergehen.

Zu wissen, dass ich in den nächsten Stunden unwiderruflich vorangetragen werde, verleiht mir eine innere Ruhe. Vielleicht sitzt Teko direkt vor mir, ans Fenster gekauert, die Augen geschlossen, ohne zu ahnen, dass sie schon bald in die Vergangenheit zurückgeworfen wird. In einigen Stunden haben wir vielleicht Antworten, die uns weiterbringen, selbst wenn sie womöglich alle Hoffnungen zerschlagen.

Der Wagen rauscht leise dahin. Wie betäubt von der Hitze und der gleichmäßigen Bewegung, spüre ich, wie ich in die Dunkelheit abgleite.

KAPITEL 37

BOTSWANA, MÄRZ 2015

Ich wache auf, als der Wagen langsamer wird. Mein Kopf dröhnt, meine Kehle ist trocken. In meinen gebeugten Ellbogen und Knien hat sich feuchter Schweiß gesammelt. Bogosi hält hinter dem gelben Bus auf dem Hof einer Tankstelle. Der Fahrer, ein kleiner Mann mit dichtem grauen Haar, reckt sich gähnend neben der Zapfsäule, sein großer Bauch wölbt sich unter dem blauen Hemd, als wäre er ein Wasserball. Ein Junge betankt für ihn den Bus. Bogosi steigt aus und füllt selbst Benzin in den Tank des Taxis. Einen zweiten Jungen, der darauf hofft, helfen zu können, scheucht er weg – niemand berührt ihm sein Auto. Er verschwindet im Laden und kommt nach einer Weile mit Wasserflaschen, Kaugummi und Nüssen wieder heraus. Er wechselt einige Worte mit dem Busfahrer, klopft ihm auf den Rücken und lacht. Der Fahrer lacht ebenfalls, nickt und streckt die Finger auseinander, um etwas zu erklären.

Bogosi steigt ins Auto und reicht mir eine Wasserflasche

und Erdnüsse. »Der erste Mann meiner Tante«, sagt er, noch immer grinsend. »Er fährt diese Strecke zweimal in der Woche. Die Leute kommen in die Stadt, um Verwandte zu besuchen, Freunde zu treffen und so weiter.« Er dreht sich nach vorn und reißt mit den Zähnen das Zellophanpapier vom Kaugummipäckchen.

»Sie haben ihm doch nicht erzählt, dass wir jemanden im Bus verfolgen?«

Er schüttelt den Kopf, und unsere Blicke treffen sich im Rückspiegel. In diesem Augenblick wird mir zweierlei klar: Er weiß, wer ich bin, und er ist auf meiner Seite.

»Möchten Sie aussteigen?«, fragt er. »Dann gehe ich zwischen Ihnen und dem Bus zur Toilette.«

Der Gedanke, ein älterer Mann wäre von Vorteil gewesen, war falsch. Bogosi verschreibt sich der Sache mit dem fröhlichen Enthusiasmus eines kleinen Jungen. Ich ziehe den Hut tiefer ins Gesicht, und wir gehen zusammen zum Laden. Er wartet draußen, während ich das Plumpsklo hinten im Gebäude benutze. In dem Bruchstück eines Spiegels, der zwischen Waschbecken und Wand verkeilt ist, sehe ich, wie zerzaust ich bin. Feuchte Haarsträhnen kleben mir an der Haut, aber mein Mund hat auch einen anderen Zug. Ich sehe aus wie im Spiegel im Waschraum vor einer schwierigen OP, wenn ich innerlich Entschlossenheit gesammelt habe. Es funktioniert. Ich fühle mich stärker. Die Kopfschmerzen sind verschwunden.

Als ich wieder herauskomme, lehnt Bogosi an der Mauer und unterhält sich am Handy. Vielleicht sagt er anderen Kunden ab oder besänftigt seine Freundin. Diese Fahrt muss seinen normalen Ablauf durcheinandergebracht haben, aber als er mich sieht, lächelt er und steckt das Handy weg. Er hat eine Zeitung gekauft und beim Zurücklaufen breitet er die bedruckten Seiten aus, um mich von den Busfenstern abzuschirmen.

»Legen Sie die Füße hoch, Ma'am, das ist besser für Sie!«, sagt er beim Einsteigen. Er lässt den Wagen an und folgt dem Bus, der wieder auf die Straße einbiegt. Ich mache es mir bequem und breite die Zeitung auf dem Sitz aus. Er hat recht. Als ich die Füße hochhebe und auf die Zeitung lege, fühle ich mich sofort entspannter.

»Ka a leboga.« Ich lächele ihn im Rückspiegel an und nehme den Hut ab. »Das ist alles, was ich weiß. Ich wünschte, ich könnte Ihre Sprache so gut wie Sie meine.«

»Meine Tante hat sie mir beigebracht.« Er lächelt bescheiden zurück. »Sie hat in England gearbeitet. Und ich sehe mir amerikanische Filme im Fernsehen an.«

»Was ist Tshabong für eine Stadt?«

»Eine Grenzstadt, klein, ziemlich langweilig.« Er blickt durchs Fenster zu einer Gruppe Teenagermädchen hinüber, die am Fahrbahnrand in Richtung Tankstelle gehen. Er grinst und winkt. Die meisten beachten ihn nicht, aber ein Mädchen kichert und dreht den Kopf weg. Bogosi wirkt mit sich zufrieden.

»Was machen die Leute, die dort leben?«

»Manche arbeiten im Kgalagadi-Wildpark weiter westlich. Es gibt ein paar Autowerkstätten. Und natürlich Kriminalität – dort leben viele Kriminelle.« Er lässt die Scheiben herunter und spuckt sein Kaugummi auf die Straße.

»Man kann ganz leicht nach Südafrika fliehen, man muss nur die Straße überqueren. Es wird viel geschmuggelt. Es gibt zwar Grenzkontrollen, aber nach einer Weile gewöhnen sie sich an dich …« Er lässt den Satz unbeendet. Er trommelt aufs Lenkrad. »Es ist ruhig dort. Nicht viele Leute, nicht viel los. Manchmal wandern Kamele durch die Stadt.« Bogosi schaltet das Radio an, und der harte Rhythmus der Trommeln dröhnt durch den Wagen. Wenn das Mädchen im Bus Teko ist und sie zu einer Verbrecherbande gehört, haben sie womöglich Waffen, um ihre Beute zu verteidigen. Ich streife die Hände an der Hose ab und hinterlasse Schweißspuren auf dem Leinenstoff. Meine Gedanken wandern zu Alice und Zoë. Im Skype-Telefonat heute sahen sie glücklich aus. Vielleicht hatte Dr. Harnham recht, und diese Pause von mir tut ihnen gut. Wer weiß, mit welchem tiefen Leid ich sie angesteckt habe? Mein Handy zeigt zehn verpasste Anrufe und vier Nachrichten von Adam an.

Ich schreibe ihm: *Es geht mir gut. Alles in Ordnung.* Meine Uhr zeigt siebzehn Uhr. *In zwei Stunden erkläre ich dir alles.*

Trotz der Angst, die im Rhythmus der Musik zu pulsieren scheint, fallen mir die Augen zu.

Ich wache auf, als das Licht gedämpfter wird. Wir bremsen und biegen hinter dem Bus ein, der eine Haltestelle anfährt. Ringsum stehen Betonhäuschen mit Gärten und kleinen Feldwegen dazwischen. Ein pudriger Dunst aus orangefarbenem Sand hängt in der Luft.

Laut Uhr am Armaturenbrett ist es exakt neunzehn Uhr.

Die ersten Reisenden steigen aus, die meisten von ihnen Frauen mit Körben und Tragetaschen. Steifbeinig verlassen sie den Bus. Ein Händedruck und Worte werden mit dem Fahrer ausgetauscht; das blonde Mädchen steigt beinahe zuletzt aus. Sie achtet nicht auf das freundliche Nicken des Fahrers und macht sich auf den Weg. Mit ihrem Päckchen in der Hand geht sie eilig die Straße entlang.

Ich schicke mich an, die Wagentür zu öffnen, um ihr zu folgen, da dreht Bogosi sich um. »Die blonde Dame mit dem Hut, richtig?«

»Ja, aber …«

»Sie warten hier. Sie wird Sie bemerken, mich aber nicht«, sagt Bogosi nachdrücklich. »Ich komme zurück, wenn ich weiß, wo sie wohnt.« Er steigt aus, schlägt die Tür zu und streckt den Kopf durch das offene Fenster zu mir herein. »Das ist ganz nach meinem Geschmack«, sagt er und ist schon los, bevor ich protestieren kann. Leichtfüßig eilt er die Straße hinauf. Ich beobachte die beiden, bis das Mädchen an einer Baumgruppe nach rechts abbiegt, gleich darauf gefolgt von Bogosi.

Die Minuten dehnen sich endlos. Ich ziehe den Hut und die dunkle Brille auf und steige aus dem Auto. Der Rücken schmerzt, als ich mich strecke. Unter dem heißen Geruch der Wüste liegt ein Hauch von Verwesung, als sei ein Tier gestorben und würde in der Hitze verrotten. Die Stille ist durchdringend, aber nach und nach sickert das Schrillen der Zikaden und Frösche in die Lautlosigkeit und ruft den abendlichen Garten in Kubung vor meinem inneren Auge in Erinnerung. Meine Gedanken werden überflutet von

Bildern, die ich bisher mühsam in Zaum gehalten habe: wie Sam auf unserem Bett liegt, mit den speckigen Beinchen in der Sonne strampelt und vor Freude Zoë angluckst; Sam in seinem Kinderbettchen mit schlafweichem Gesicht; Adam, wie er mit ihm auf dem Arm durch den Garten spaziert und Verstecken mit den Mädchen spielt. Die leere Straße verschwimmt. Ich hätte nicht herkommen sollen. Ich hätte gar nicht nach Botswana zurückkehren sollen. Überall lauern Erinnerungen. Am liebsten führe ich zurück – eine völlig nutzlose Eskapade. Das Mädchen ist nicht Teko. Ich sollte nach Hause fahren.

Niemand ist mehr in der Nähe. Wohin sind alle jene Menschen verschwunden, die vor wenigen Minuten erst aus dem Bus gestiegen sind? Vor zwei Stunden habe ich Adam die letzte Nachricht geschickt. Im Auto tippe ich schnell eine weitere: *Alles okay, bin fast fertig. Hab Geduld, erkläre dir alles.*

Fünf Minuten vergehen, zehn. In der Stille beginnt es in meinem Kopf zu flüstern, dass ich die Polizei hätte rufen sollen, dass ich Bogosi überhaupt nicht kenne. Vielleicht hat er das Mädchen schon eingeholt. Vielleicht hat er sie gewarnt, dass ich ihr auf den Fersen bin. Wenn es Teko ist, könnte man sie leicht erpressen, denn er kennt die Geschichte aus den Medien. Er könnte ihr weismachen, dass sie wegen Nachlässigkeit zur Rechenschaft gezogen wird, wenn sie ihm kein Geld gibt. Um Zeit zu gewinnen, drückt sie ihm vielleicht gerade ein paar Geldscheine in die Hand …

»Ich habe gesehen, wo sie wohnt«, japst Bogosi. Er steht

neben dem Auto, beugt sich vor, hält sich am Autofenster fest. Schweiß tropft ihm auf die Schuhe. »Wir können näher ranfahren.«

Meine innere Vorstellung schwindet. Bogosi quittiert meinen Glückwunsch mit einem Lächeln. Einen Augenblick später ist er eingestiegen, lässt den Wagen an, fährt langsam die Straße entlang und biegt rechts in den kleinen Pfad ein.

»Es ist nicht weit«, sagt er, noch immer außer Atem. »Aber sie ist ein- oder zweimal stehen geblieben und hat eine Pause eingelegt. Ich musste mich verstecken.« Er lächelt, aber sein Griff um das Lenkrad wird fester – er macht sich bereit für die Verfolgung.

»Wir fahren so dicht ans Haus ran, dass wir es gut beschreiben können, und melden uns bei der Polizei. Dann kann sie es überprüfen. Überlassen wir denen die Sache!« Das Ganze könnte schiefgehen, wenn er sich zu sehr hineinhängt. Es besteht die Gefahr, dass er sie verjagt.

Der Pfad endet. Er wendet den Wagen und deutet dabei nickend auf das Holztor in einer hohen Mauer hinter einigen Bäumen.

»Dort ist sie reingegangen«, sagt er. »Ich hab gesehen, wie sie einen Schlüssel aus der Tasche geholt und das Tor aufgeschlossen hat, aber sie trug etwas in der Hand, deshalb hat sie vielleicht vergessen, wieder abzuschließen.« Er lächelt. »Könnte sich lohnen, einen Blick reinzuwerfen.«

»Einen Blick reinzuwerfen? Sind Sie verrückt, Bogosi? Selbst wenn das Tor nicht verschlossen ist, sind vielleicht Leute im Garten oder Hunde. Die sehen mich doch sofort.«

»Die Haustür liegt um die Ecke«, fährt er fort, als hätte ich gar nichts gesagt. »Ich klopfe, und wer immer öffnet, wird in ein Gespräch verwickelt, während Sie im Garten nachsehen.« Er will eine Filmszene spielen: Ich erkunde die Lage, während er für Ablenkung sorgt.

»Worüber wollen Sie denn reden, damit es überzeugend klingt?«

»Über meinen neuen Tür-zu-Tür-Taxiservice.« Er wedelt lässig mit der Hand. »Mit guten Preisen für besondere Kunden. Ich habe auch früher schon an Haustüren geklopft und Werbung gemacht. Den Leuten gefällt's.«

»In Gaborone vielleicht, aber doch nicht in einem winzigen Nest auf dem Land, meilenweit abgelegen«, zische ich. »Wir müssen die Polizei rufen. Die kann sich dann um alles kümmern.«

»Vertrauen Sie mir!«, sagt er grinsend und steigt rasch aus dem Wagen. Bevor ich ihn aufhalten kann, läuft er etwas großspurig auf die Ecke in der Mauer zu. Kurz bevor er verschwindet, dreht er sich um und deutet mit übertriebener Geste zum Tor. *Schnell!,* bedeutet der Wink. *Ich verschaffe Ihnen Zeit.*

Etwas entfernt läutet eine Klingel, dann folgt Hundegebell. In einer solchen Einöde wie hier haben die Leute Hunde. Vor fünfzehn Monaten dachte ich noch, ich wüsste es besser, statt Kabos Rat zu folgen. Reue durchflutet mich und ebbt nur langsam ab.

Durch die stille Luft wehen Stimmen zu mir herüber: Bogosi spricht mit einer Frau. Eine weitere Stimme fällt in tieferer Tonlage mit ein. Bogosi kommt nicht zurück.

Vielleicht hat sein Charme ihm den Weg hinein geebnet. Eine Minute vergeht, dann eine weitere. Meine Kopfhaut juckt vor Spannung. Die Hunde haben auf die Klingel hin angeschlagen. Vielleicht ist es tatsächlich sicher, mich durchs Tor zu wagen. Ich könnte Fotos machen für die Polizei. Ich schlüpfe wieder in meine Sandalen, und bevor ich es mir anders überlege, renne ich mit meinem Handy in der Hand zum Tor. Der Knauf lässt sich mühelos drehen. Bogosi hatte recht – das Tor ist nicht verschlossen.

Vor mir eröffnet sich eine neue Welt: ein quadratischer, gestreifter Rasen, überraschend grün nach dem trüben Braun im Busch; rote Blumen in einer Steinvase, zwei Teakliegen, abgewinkelte Sonnenschirme. Die ruhige Wasseroberfläche in einem ovalen Pool glänzt in der Sonne, aber das Haus wirkt furchterregend: Alle Fenster sind verschlossen und vergittert. Neben der Hintertür stehen auf beiden Seiten große leere Hundezwinger.

Ich trete ein, bleibe dicht an der Wand und fotografiere alles, was ich sehen kann. Das Haus, die Fenster, den Rasen. Irgendwo im Haus fällt eine Tür ins Schloss. Als ich mich umdrehe, sehe ich vier Bettchen mit Seitenwänden. Sie stehen im Schatten an einem kleinen Pfad, der neben dem Haus entlangführt. Ist das hier einfach ein Waisenhaus? Wenn ja, wo sind dann die Kinder? Waisenhäuser sind gewöhnlich lärmende Orte voller Kinder und Spielzeug. Unbehagen beschleicht mich. Mir bleiben nur wenige Augenblicke Zeit.

Im ersten Bettchen schläft ein erst wenige Monate altes Baby. Es liegt auf der Seite, die makellose dunkle Haut seiner Wangen glänzt auf dem weißen Laken. Das Baby im zweiten Bettchen ist wach, die braunen Augen verfolgen die Muster aus Licht und Schatten über ihm, seine geöffnete Handfläche ist rosa wie eine Muschel. Das Kind im dritten Bettchen ist ein kleines Mädchen und älter als die Jungen. Im Haar trägt sie rosafarbene Schleifen, und ihre Wimpern kräuseln sich im Schlaf an ihre Wangen. Sie nuckelt an ihrem winzigen Daumen. Ich fotografiere alle. Ich überwinde den Drang umzukehren und riskiere noch einen Blick in das vierte Bettchen.

Mein Herz macht einen Sprung. Der Junge in diesem Bett ist weiß und schläft mit dem Gesicht nach unten. Kurz setzt mein Atem aus, aber dann sehe ich, dass es nicht Sam sein kann. Dieses Kind ist zu alt und zu groß. Es muss die Beine anwinkeln, denn die Füße stoßen schon gegen das Bettende. Nimmt dieses Waisenhaus auch weiße Kinder auf? Als ich ein Foto mache, schreckt ihn das Klicken auf. Er dreht den Kopf und rollt sich auf den Rücken.

Die Welt bleibt stehen. Alle Farben verblassen. In meinem Magen setzt ein dumpfes Pochen ein, steigt in die Brust herauf, wird so stark, dass es mich beinahe von den Beinen reißt. Mein Blickfeld verengt sich, und das Einzige, was ich sehe, ist das Geburtsmal. Es bedeckt fast die gesamte rechte Wange und an den Rändern hat es Ausbuchtungen wie eine Landkarte.

Schon als ich mich ausstrecke und ihn vorsichtig, eilig heraushole, weiß ich, dass er vollkommen ist, derselbe und doch ganz anders. Ich drücke ihn an mich und bin auf einen Schlag wieder vollständig. Ich lehne die Wange an sein

Haar, das immer noch golden, aber ein bisschen dunkler und dichter geworden ist. Seine Kopfform ist noch genau dieselbe. Er liegt mir gut in den Armen. Er ist schneller gewachsen, als ich es für möglich gehalten hätte. Fünfzehn Monate ist er nun alt, kein vier Monate alter Säugling mehr. Natürlich war mir das theoretisch bewusst, aber ich hatte kein Gefühl dafür. In meinem Herzen hat er sich nie verändert.

Er ist auch ganz schön schwer. Warm und schwer vom Schlaf. Ich habe oft von diesem Augenblick geträumt, aber in meinen Träumen war er winzig, ein blasses, kühles Baby, das leblos in meinen Armen lag. Ich schrie um Hilfe, rannte leere Flure auf und ab. Nie war da dieses wundervolle Kind, dieser atmende Junge mit Schlafbäckchen und getrocknetem Schnodder am Kinn. Mein Herz schlägt seltsam. Ich darf nicht sterben, nicht jetzt. Man stirbt nicht vor Freude oder Dankbarkeit.

Ich drücke ihn fester an mich, die weiche Unterseite der Windel raschelt in meiner Hand. Auf halbem Weg zum Tor öffnet sich hinter mir eine Tür. Das Mädchen vom Bus kommt aus dem Haus. Sie trägt noch ihr rot-grünes Kleid, aber nicht mehr die Sonnenbrille, den Hut und die Perücke. Ihr Gesicht ist etwas runder, aber ihre Augen sind dieselben, ebenso Nase und Mund. Das dunkle Haar ist ordentlich um den Kopf geflochten. Teko. Obwohl ich sie ausfindig gemacht habe, verharre ich vor Überraschung auf der Stelle.

Sam protestiert schläfrig, als ich die Arme enger um ihn schlinge. Teko sieht mich und hält ruckartig inne. Wir starren uns an und warten. Wird sie um Hilfe schreien? Die

Hunde herbeirufen? Ein Wimmern ist zu hören – eins der Babys in den Bettchen wacht auf. Aus dem Wimmern wird ein Weinen. Teko nickt fast unmerklich; ihre linke Hand zuckt minimal. Sie bedeutet mir zu fliehen. Sofort.

Ich trete einen Schritt zurück, drehe mich um und haste die letzten Meter durch den Garten, durchs Tor und schleudere dabei meine Sandalen weg.

Das Taxi steht nicht mehr da. Meine Hände umklammern Sam, als ich den Pfad absuche. Hat Bogosi die Nerven verloren und ist geflohen?

Dann sehe ich an einer schattigen Stelle weiter unten rotes Metall schimmern. Der Wagen wurde umgeparkt, er steht nun dicht an der Mauer. Bogosi kauert über dem Lenkrad. Ich stolpere auf ihn zu, ringe um Atem. Er springt heraus, eilt nach hinten und öffnet die Tür.

»Ich habe das Auto weggefahren … weniger sichtbar … kühler … tut mir leid«, keucht er.

Er schiebt mich ins Wageninnere. Sam wird gegen meine Schulter gestoßen und stößt kleine Laute aus. Bogosi schwingt sich wieder auf den Fahrersitz und dreht den Schlüssel.

Als die Räder auf der Holperpiste durchdrehen, springen zwei große Hunde aus dem Tor, stürzen bellend auf den Wagen zu. Ihre Schnauzen stoßen ans Fenster; eine schaumige Speichelspur läuft zähflüssig am Glas herunter. Als der Wagen losprescht, fallen sie zurück und eine korpulente Gestalt erscheint vor dem Haus: ein Botswaner mit Cowboyhut. Er packt einen der Hunde am Halsband. Er hält etwas in der Hand: einen Stock? Ein Gewehr?

Eine Frau tritt neben ihn. Ihre Arme leuchten weiß, als sie mit geübter Bewegung nach dem anderen Hund greift. Sie sagt etwas und wirkt halb amüsiert, halb verwirrt. Blondes Haar fällt ihr in die breite Stirn.

Als ich sie erkenne, trifft es mich wie ein heftiger Schlag ins Gesicht.

Claire.

Wie kann das sein? Ihr Waisenhaus ist doch in Gaborone. Was unmöglich scheint, prallt auf die Realität: das blonde Haar, die molligen Arme, das breite Gesicht. Sie hat mich nicht gesehen. Sie war so auf die Hunde konzentriert, dass sie kaum auf das Auto und erst recht nicht auf die Insassen geachtet hat. Sie hat keine Ahnung, dass ich mir meinen Sohn zurückgeholt habe.

Wir beschleunigen immer mehr. Meine Fassungslosigkeit verschmilzt mit rasendem Zorn, der mein Gesicht und meine Arme zum Glühen bringt. Claire ist die Verbrecherin, die wir alle die ganze Zeit gejagt haben. Die Wahrheit brennt sich durch jede Nervenbahn wie Feuer in mein Hirn. Ich will anhalten. Ich muss aussteigen, sie an den Schultern packen und ihr meine Fragen ins Gesicht schleudern.

Warum? Warum ausgerechnet Sam? Warum ausgerechnet wir? Warum musste sie uns ein Jahr lang an den Rand der Hölle zerren?

Als ich mich vorbeuge und Bogosi anzuhalten bitte, sind wir schon abgebogen, und Claire ist aus unserem Blickfeld verschwunden.

KAPITEL 38

BOTSWANA, MÄRZ 2015

Der Wagen biegt auf die Straße ein und nimmt Fahrt auf.

»Sie haben Ihren Sohn zurück«, erklärt Bogosi mit leicht brüchiger Stimme.

Ja, ich habe meinen Sohn zurück. Er ist gerettet, ich bin gerettet, wir alle sind gerettet. Ich muss die Wut niederringen, jede Sekunde genießen. Ich bette Sam vorsichtig auf den Sitz, wo ich ihn ansehen und er bequem ausgestreckt schlafen kann.

Seine Wimpern sind länger geworden – sie streichen in einem Bogen an seine Wange, seidig wie bei einem Mädchen. Seine Haut ist durchscheinend. Als ich das Geburtsmal mit den Lippen berühre, fühlt es sich an wie früher.

»… mir kurz Sorgen gemacht …«, sagt Bogosi. »Ich dachte schon, Ihnen sei etwas passiert.«

Mir ist auch etwas passiert. Mein Leben hat einen neuen Anfang genommen. Ich habe das Gefühl, zum ersten Mal seit einem Jahr wieder Luft zu bekommen. Ich lege die Hand um Sams Fuß; er drückt ihn im Schlaf fest gegen meine Finger. Vielleicht kann er schon laufen. Das war mir noch gar nicht in den Sinn gekommen.

»Die Hunde kamen hinten durchs Tor, aber die Leute kamen von vorn. Die wussten noch gar nicht, dass er weg ist. Haben Sie das Gewehr gesehen?« In seiner Stimme liegt Entsetzen. »Die hätten uns erschossen, wenn sie es gewusst hätten.«

Sams Fingernägel sind sorgfältig geschnitten. Ich greife um sein zartes Fäustchen. Die inneren Bilder von geschundenen Händen im Staub verblassen und verschwinden schließlich.

Er wird Angst haben, wenn er aufwacht – er weiß ja nicht, wer ich bin. Er wird weder Adam noch Alice oder Zoë wiedererkennen. Zweimal ein schmerzlicher Verlust in einem so kurzen Leben. Jetzt ist er aber älter, und diesmal wird es schlimmer für ihn werden. Wir müssen sehr vorsichtig, sehr geduldig sein. Vorsichtig lege ich ihm eine Hand auf die Brust, die sich mit seinem Atem auf und ab bewegt. Das ist schon in Ordnung – wir haben alle Zeit der Welt.

Wir fahren gerade an den letzten Häusern von Tshabong vorbei, als drei Polizeiautos in entgegengesetzter Richtung an uns vorbeifahren. Ich sehe im Rückspiegel Bogosis Augen glänzen. »Ich habe die Polizei von der Tankstelle aus angerufen«, sagt er glücklich. »Damit sie alarmiert ist. Nachdem ich das Haus gesehen hatte, habe ich die genaue Adresse durchgegeben. Ich wusste nicht, dass Sie Ihren Sohn finden würden, aber ich dachte, die Polizei ist bestimmt an der Frau interessiert, die wir verfolgt haben.« Er sieht auf die

Uhr. »Jetzt sind fünf Minuten vergangen. Wenn die entdecken, dass Ihr Sohn nicht mehr da ist, wissen sie, dass das Spiel aus ist, und packen ganz schnell ihr Auto. Bei dem Tempo wird die Polizei sie noch erwischen, bevor sie das Ende der Buckelpiste erreicht haben.«

Fünf Minuten erst? So kurz? Es dauert nicht lange, um ein Leben auf den Kopf zu stellen. Es hat nur einen Moment gedauert, ihn zu zeugen, und einen weiteren, ihn zu verlieren. Ich lege die Wange an sein kleines Gesicht. Sein biegsames Ohr fühlt sich kühl an.

Bogosi sieht summend nach hinten. Er möchte gern weiterreden. »Diese Frau an der Tür, sie hat nicht gelächelt …«

»Ich kenne sie.«

»Wirklich?« Seine Stimme wird vor Überraschung lauter.

»Wir haben uns durch Zufall kennengelernt. Sie heißt Claire. Damals waren wir gerade aus England angekommen und übernachteten in einem Hotel.«

Dabei hätten wir unsere Reise gar nicht zu unterbrechen brauchen. Wir hätten direkt nach Kubung fahren können. Dann hätte Claire ihre Kinder nach dem Schwimmen nach Hause gebracht, und Teko hätte nie vor unserer Tür gestanden.

»Sie war mit einer Gruppe von Waisenkindern am Pool. Sie war sehr nett.« Die Erinnerung daran ist bitter, wie Erbrochenes in meinem Mund. »Sie schien sich für die Forschungen meines Mannes zu interessieren.«

Aber natürlich war sie hinter Sam her.

»Wir haben uns damals nicht lange unterhalten. Sie ist noch vor uns wieder gefahren.«

Nämlich um Teko zu instruieren und sich einen Plan zurechtzulegen. Vielleicht hat sie Teko sogar selbst am nächsten Morgen nach Kubung gefahren, hat sie die letzte Strecke zu unserem Haus zu Fuß gehen lassen, damit sie ihre Schuhe unterwegs noch ausziehen, auf uns warten und uns alle hinters Licht führen konnte.

Die winzigen Härchen auf Sams Schläfen glitzern wie goldener Staub. Er öffnet den Mund, und sein vor Nässe runzliger Daumen rutscht heraus. Im Mund funkeln die geriffelten Kanten neuer Zähne.

»... nicht viel gesagt. Sie hat gefragt, wer ich sei, und ich habe ihr von meinem Taxiservice erzählt«, erzählt Bogosi weiter. »Sie hat die Hunde zurückgehalten. Dann erschien der Mann und wollte wissen, weshalb ich ausgerechnet bei ihnen geklingelt hätte. Ich erklärte, dass ich alle Häuser in der Gegend abklappere, aber er blieb misstrauisch. Er rief nach irgendjemandem, der im Garten nachsehen sollte. Er hielt das Ganze für einen Trick. Und damit hatte er recht«, kichert Bogosi. »Als er sah, wie ich ihm über die Schulter blickte, hat er mir die Tür vor der Nase zugeschlagen.« Er dreht sich um und wirft mir ein Grinsen zu. »Ich hörte ihn drinnen fluchen.«

»Claire kommt aus Südafrika, soweit ich weiß. Er auch?« Vielleicht haben sie Freunde kurz hinter der Grenze. Sie könnten trotzdem entkommen.

»Schwer zu sagen. Einen Akzent hatte er nicht.« Er kramt in seiner Hemdtasche, holt eine Packung Kaugummi heraus, beißt ein Stück ab und kaut los. »Er sprach perfekt Englisch.«

»Englisch?« Er hätte Teko doch auf Setswana rufen müssen, denn sie spricht kein Englisch.

»Ja – *noch* besser als ich.« Er zwinkert im Rückspiegel.

»Haben Sie eine Antwort gehört?«

»Ein Mädchen rief zurück, sie sei schon unterwegs.«

»Und sie sprach …?«

»Englisch. Spielt das eine Rolle?« Er klingt überrascht.

Ja, es spielt eine Rolle. Denn es bedeutet, dass Alice die Wahrheit sagt. Teko hat Englisch gesprochen, genau wie Alice erzählt hat, auch wenn wir ihr nicht geglaubt haben. Teko stand bei allem mit geneigtem Kopf im Hintergrund und lauschte die ganze Zeit.

Das Auto braust unaufhörlich durch die Landschaft. Alles sieht aus wie vorher, aber es hat sich verändert. Ein Erdbeben hat den vertrauten Anblick der Vergangenheit aufgebrochen. Was verborgen war, ist offenbar geworden.

Alice hat nicht gelogen. Hätten wir auf sie gehört, hätten wir auf die Antworten kommen können. Meine Gedanken springen ein Jahr zurück: Wenn Teko Englisch spricht, muss sie vorher von Adams Konferenz gewusst und Claire informiert haben. Danach konnte die Entführung geplant werden.

Sam rollt gegen die Rückenlehne, und ich schiebe meine Hand zwischen sein Gesicht und das Leder. Teko muss die Kidnapper durch die Haustür hereingelassen haben. Adams Rückkehr hat ihre Flucht verhindert, und sie musste die Glastüren einschlagen, um einen Einbruch vorzutäuschen. Das war eine Sache weniger Minuten.

Alice hat nicht gelogen.

Sams Atem an meinen Fingern ist warm. Er schläft so tief, als hätte er Schlafmittel bekommen – vielleicht hat er das auch. Ruhiggestellte Kinder machen weniger Arbeit. Ich überprüfe seinen Puls und seinen Atem, beide sind normal. Er wird die Sache ausschlafen. Ich lege die Lippen auf die sanfte Rundung seiner Wangen.

Sie hatte keine psychotische Störung. Das Flüstern und die Schritte, die ihr Angst gemacht haben, waren real: Es waren Claires Männer, die sich anschlichen und Fingerabdrücke an der Wand hinterließen. Wir haben Alices Warnungen in den Wind geschlagen. Als sie durchdrehte, dachten wir, sie sei psychotisch gestört. Dabei war sie eingeschüchtert, allein und verängstigt. Meine Tränen fließen. Wird sie uns je verzeihen können? Bogosi wirft mir einen mitfühlenden Blick zu, aber ich weine um mehr, als er ahnen kann: aus Freude, weil ich meinen Sohn zurückbekommen habe, aus Freude, dass Alice nie psychotisch gestört war, und aus Scham darüber, dass wir es geglaubt haben.

Sams Haare schimmern in der Sonne; sie glänzen wie Zoës Haar. Seine Haut ist ganz rein. Sie haben sich gut um ihn gekümmert, aber was haben sie sich davon erhofft?

»Da waren noch mehr Kleinkinder, Bogosi. Afrikanische Babys, jünger als Sam. Was sollen wir ihretwegen unternehmen?«

Er schüttelt den Kopf. Einen Augenblick lang wirkt er unglücklich. »Die Polizei ist inzwischen vor Ort. Sie wird wissen, was zu tun ist.« Er beugt sich vor und dreht das Radio lauter.

Er will nicht darüber reden. Sein Kopf wippt zum Takt der Musik. Vielleicht ärgert ihn die Ungerechtigkeit: Das weiße Baby reicher Eltern erhielt weltweite Aufmerksamkeit, aber für die anderen Kinder trat niemand ein, und falls doch, hat niemand darauf gehört. Wo waren die Medien, als ihre Eltern eine Stimme brauchten? Andere Erklärungen schweben im Raum, dunkle Flügel von Monstern, denen wir entflohen sind; Menschenhandel von Säuglingen, Hexerei, weitere denkbare Möglichkeiten, die Bogosi nicht zu nennen wagt. Ich lege meine Hand um Sams schlafenden Kopf. Er ist in Sicherheit. Es ist an der Zeit, Adam Bescheid zu geben. Es ist längst an der Zeit. Er meldet sich sofort und spricht so laut, dass mein Ohr schmerzt.

»Himmel Herrgott, Emma. Wo zum Teufel bist du gewesen? Ich warte schon in der Schlange vor der Polizeiwache, um dich als vermisst zu melden.«

»Die Polizei weiß genau, wo ich bin. Sie ist gerade an uns vorbeigefahren.« Ich muss lachen und kann eine Weile nicht mehr aufhören.

»Wovon redest du, verdammt noch mal? Hast du den Verstand verloren? Das war die Hölle für mich! Ich bin verrückt geworden vor Sorge …«

»Ich habe ihn zurück, Adam. Ich habe Sam bei mir.«

Adam sagt nichts. Ich höre ihn nicht einmal mehr atmen.

»Es geht ihm gut. Er ist ganz süß. Er ist das süßeste Wesen, das du je gesehen hast.«

Es bleibt so lange still, dass ich schon glaube, dass er

mich vollends für verrückt hält und sich fragt, was er tun soll. Dann unterbricht ein leises Luftholen das Schweigen – er weint. Ich bleibe am Telefon, weil es sich anfühlt, als hielte ich seine Hand, und ich will, dass er bei mir ist, wenn Sam die Augen aufschlägt.

KAPITEL 39

LONDON, JANUAR 2016

Wir wollen für die Mädchen auf dem Dachboden ein Zimmer ausbauen. Letzte Woche bin ich hochgestiegen, um aufzuräumen, bevor die Handwerker kamen. Ich war auf großes Chaos vorbereitet, hatte aber die vielen Kisten vergessen, die wir hineingestellt und hoch aufgetürmt hatten. Nachdem mein Vater gestorben war, hatten wir die Sachen aus seinem Arbeitszimmer in Teekisten gepackt, auf den Dachboden geräumt, die Luke verschlossen und jahrelang dort stehen gelassen.

Ich ging um die Kisten herum, die Luft roch säuerlich nach Staub, und unter meinen Füßen knirschten tote Fliegen. Dies waren Dads Besitztümer. Es fiel mir schwer, sie anzufassen, aber noch schwerer, sie wegzuwerfen. Ich trank Tee, schaltete das Radio ein und begann mit der Arbeit. Die obersten Papiere raschelten schon, weil sie so alt waren. Aus ordentlichen Stapeln wurden schwankende Türme: alte Forschungsberichte und veröffentlichte Aufsätze,

Gremienprotokolle, akademische Auszeichnungen. Keine Briefe; die von meiner Mutter lagen bereits in einer Schachtel in seinem Schreibtisch. In der letzten Teekiste lagen Hunderte von Bankauszügen und Versicherungsschreiben. Akten. Die Quittung über den Verkauf seines Schiffes. Am Boden tasteten meine Finger über Sperrholz und Teeblätter und fanden schließlich seinen Ausweis. Er hatte ihn ein Jahr vor seinem Tod noch erneuern lassen.

Auf dem Foto sah er ungewohnt aus. Weder traurig noch lächelnd, einfach anders. Das Licht vom Fenster war zu hell, aber als ich die Seite in den Halbschatten hielt, begriff ich. Ich hatte diesen Blick schon einmal gesehen: bei Josiah. Es war der Blick eines alten Mannes, der zufrieden war. Ich setzte mich auf den Kistenrand. Er war also dort angekommen, ohne meine Hilfe, ganz allein. Mir wurde klar, dass es ihm vielleicht schon jahrelang so ging. Als ich die Treppe hinunterstieg, um den Ausweis in seinen Schreibtisch zu legen, fühlte sich mein Körper flüssig an, als ließe ich mich treiben, als hätte mich eine Hand losgelassen.

Alles andere packte ich in Tüten. Ich schob ganze Armladungen wahllos hinein und stopfte mit dem Fuß nach. Nur als mir die Quittung vom Verkauf des Schiffes in die Finger kam, bewahrte ich sie auf. Ich musste dreimal zur Deponie fahren – die Tüten wirbelten über die Ränder der Container und landeten mit leisem Krachen in der Tiefe. Als ich zurückkehrte, kam es mir so vor, als umrunde das leere Auto die Kurven schneller als bei der Hinfahrt.

EPILOG

Wir arbeiten beide in Teilzeit. Wir sind im Gleichgewicht, wobei Gleichgewicht vielleicht nicht ganz das richtige Wort ist. Die Eheberaterin schlug vor, unser beider Leben mehr als sich überschneidende Kreise zu betrachten, weniger als Gewichte einer Waage. Meine Kreise sind Familie, Ehe, Arbeit und Schwimmen. Sam lernt schwimmen; Adam kommt mit. Sam klammert an uns. Wir gehen es langsam an. Wir haben mittlerweile mehr gute Nächte; es kommt seltener vor, dass er wach ist, sich festklammert und weint. Vor zwei Wochen hat er sein erstes Wort gesprochen: *Hund.* Ich hoffe, er meint damit Kodi und nicht die sabbernden Köter, die ihn bewacht haben. Der Psychiater meinte, er könne später noch Probleme bekommen, aber er hat sich schon einmal geirrt.

Adam und ich gehen es auch ruhig an. Dienstags gehen wir schwimmen, Sam ist dann bei Megan. Adam schlägt mich im Schmetterlingsschwimmen; ich kann dafür schneller kraulen. Ich spüre einen Kick, wenn ich vor ihm anschlage; manches sitzt zu tief, um sich noch zu ändern.

Zoë wird immer zielstrebiger. Sie will Tierärztin werden und ist ruhiger geworden. Wir beobachten sie ebenfalls, nur für alle Fälle.

Bei Alice ist es anders. Sie redet ohne Unterlass. Darüber, was war, darüber, was wird, und dann immer wieder die ganze Geschichte von vorn. Der Psychiater lag richtig mit seiner Vermutung, dass sie sich Sorgen machte, sich unsicher fühlte und immer größere Angst bekam, nachdem Sam geboren war. Niemand konnte ahnen, dass dies Claire direkt in die Hände spielte.

Kurz nach unserer Ankunft in Kubung hörte Alice, wie Teko etwas auf Englisch ins Telefon flüsterte. Teko bat sie inständig, ihr Geheimnis nicht zu verraten, weil ihr wegen dieser Lüge sonst gekündigt werden könnte. Alice willigte ein. Sie brauchte eine Freundin, und Teko schien dafür eine gute Wahl zu sein. Sie hörten beide, wie ich darüber sprach, dass Babys weggegeben werden, und Teko stimmte Alice in ihrer Sorge um Sam zu und verstärkte sie noch auf geschickte Weise. Als Teko verschwand, hatte Alice keine Ahnung, dass diese an der Entführung ihres Bruders beteiligt gewesen war.

In der Nacht vor Sams Entführung ertappte Alice einen Mann, der sich in der Küche versteckte, genau wie sie es uns erzählt hatte. Er behauptete, er wolle Sam davor bewahren, dass wir ihn weggäben. Er sagte, sie müsse ihm helfen, sonst geschehe etwas Schlimmes. Sie war verängstigt, wollte aber das Beste für Sam und willigte ein, die Familie am nächsten Nachmittag abzulenken. Sie bemerkte ihren Fehler, als sie unseren großen Kummer sah.

Aus Schuldgefühl und Verzweiflung warf sie später Sams Elefant in den Teich. Sie hatte ihren Bruder weggeworfen, weshalb sollten wir sein Spielzeug behalten?

Meistens höre ich ihr zu. Sie weiß, dass es nicht ihre Schuld war. Sie weiß, dass es uns leidtut. Sogar der Psychiater hat sich entschuldigt.

Wir können Teko nicht die Schuld geben, jedenfalls nicht ganz. Hat sie aus Armut gehandelt oder weil sie wirklich dachte, Sam müsse gerettet werden? Wir werden es nie erfahren. Kaum, dass wir mit dem Taxi fort waren, ist sie in den Busch gelaufen, ohne irgendetwas mitzunehmen.

Als die Polizei eintraf, waren Daniel und Claire im Haus und hatten keine Ahnung, dass Sam verschwunden und Teko auf und davon war. Bei der Verhandlung Monate später beschuldigten sie sich gegenseitig, und die ganze Wahrheit kam mit einem Schwall ans Licht.

Megan flog zum Prozess, um an unserer Stelle alles zu verfolgen. »Ich möchte das gern«, erklärte sie und hielt Sam auf dem Schoß. Sie schob ihre Kaffeetasse aus seiner Reichweite und beugte sich über seinen Kopf hinweg zu mir herüber. »Erst habe ich dich überredet, nach Botswana zu fliegen, und dann habe ich nicht nachgefragt, als David sich nicht meldete. Demnach ist das doch das Mindeste, was ich tun kann.«

Wenn sie schon Schuldgefühle hatte, wie sollten sie dann mich erst plagen! Megan durfte nie erfahren, dass sie bis zu Sams Auffinden neben allen anderen eine mögliche Spur gewesen war.

Der Verhandlungssaal in Kapstadt war brechend voll.

Claire und Daniel leiteten ein legales Waisenhaus in Gaborone. Wie ihr Anwalt anmerkte, war ihre Organisation von Regierungsbehörden inspiziert worden und hatte mit Bravour bestanden. Selbst Goodwill hatte sich täuschen lassen. Das Haus in Tshabong war die Basis für einen geheimen Handel mit Babys, die für die illegale Adoption auf Bestellung gezeugt oder geraubt wurden. Weiße Kinder für südafrikanische Paare waren schwer zu finden. Sam war die Ausnahme gewesen. Dass ich Claire erzählte, sein Geburtsmal werde schnell verblassen, begünstigte den Entführungsplan offenbar.

Teko sollte die Entführung von innen heraus organisieren, aber sie gewann Alice lieb, und die Sache verzögerte sich. Daniel stattete Teko nachts Besuche ab und setzte sie unter Druck. Als Alice ihn in der Küche sah, bedrohte er sie ebenfalls. Er beschädigte mein Auto, um meine Rückkehr zu verzögern. Beim Auskundschaften von Sams Bettchen hinterließ er seine Fingerabdrücke auf der Wand.

Claire hoffte sicher, sie werde davonkommen, wenn sie so viel über Daniel preisgab, aber beide wurden zu Gefängnisstrafen von unbestimmter Länge verurteilt. Ihre Komplizen, die Männer, die Sam in ihrem Auftrag entführten, wurden nie gefunden.

Bis heute wollte niemand die anderen Babys zurückhaben. Alle wurden in staatlichen Heimen untergebracht. Die Fotos, die ich von ihnen gemacht habe, wurden an Goodwill und Häuptling Momotsi weitergeleitet, falls sie von Eltern hören, die nach ihren Kindern suchen. Niemand hat sich bisher gemeldet. Vielleicht haben sie zu große Angst.

Vielleicht gab es Verträge über hohe Summen, von denen Claire nichts erwähnt hat, ungeschriebene Abmachungen mit Geschäftsleuten, Politikern oder den *Boloi* persönlich, Männern, deren Überzeugungen jedem gesunden Menschenverstand, jeder Mitmenschlichkeit widersprechen. Eine Mutter, die sich um ihre anderen Kinder sorgt, würde es nicht wagen, die Polizei einzuschalten. Barutis Mutter hat es nicht getan.

Heute beim Frühstück sprechen wir erstmals über den Sommerurlaub. Es ist ein kalter, verregneter Morgen, ein Morgen, an dem sich alle nach Sonne sehnen und man zugleich froh ist, im Haus zu sitzen. In der Küche duftet es nach Toast und Kaffee. Heute ist mein freier Tag, ich habe noch meinen Schlafanzug an und will gerade den Hund füttern.

Adam will nach Island fliegen. Alice schlägt die Provence vor. Zoë streichelt Kodi, blickt auf und lächelt. »Afrika«, sagt sie strahlend.

Hundekuchen klimpern in den Napf. Adam will gerade seine Schuhe holen und verharrt in der Bewegung. »Wirklich, Zoë?«, fragt er.

Sam isst eine Banane. Er drückt sie fest in der Faust und sieht zu, wie sie zwischen seinen Fingern herausquillt.

»Da sind wir doch schon gewesen, Zo-Zo«, sage ich. Sam lutscht an seiner Hand; in seinem Haar klebt Banane.

»Rosie hat Elefanten getroffen, als sie dort war.«

Wir haben andere Beobachtungen gemacht. Wir haben die Sonne in den Bäumen gesehen. Vogelzwitschern gehört. Freundlichkeit erfahren. Und erlebt, wozu Armut führen kann.

Ich wische Sam die Hände ab. Er rutscht vom Stuhl und hockt sich neben Zoë auf den Boden. Sie beobachten Kodi, wie er seine Leckerlis zerkaut. Als er fertig ist, steht Zoë auf. Sie zupft an meiner Hand. »Ich will noch mal nach Afrika.«

Ich küsse sie auf den Kopf. Ihre Miene verfinstert sich, aber dann fällt ihr Blick auf Kodis leeren Wassernapf. »Das tut mir leid«, sagt sie und beugt sich hinunter, um ihm den Kopf zu kraulen. Sie hebt den Napf hoch und stellt sich auf die Zehenspitzen, um ihn am Wasserhahn aufzufüllen. Sam steht neben ihr, reckt sich, um sie nachzuahmen, so hoch er kann. Die Schüssel rutscht herunter, Wasser spritzt auf ihn und ihre Uniform. Aufregung entsteht. Als beide wieder trocken sind, hat sie ihren Wunsch vergessen.

Die Mädchen machen sich mit Adam auf den Weg. Ich sehe nach, ob die Reißverschlüsse hochgezogen und die Schals an Ort und Stelle sind, und küsse alle zum Abschied.

Ich habe nichts vergessen.

Sam schließt die Augen für sein Nickerchen. Die Dose mit den zerstoßenen Kräutern steckt noch immer in der Seitentasche meines Koffers, in die ich sie vor zehn Monaten gepackt habe. Der Inhalt sieht aus wie gewöhnlicher Staub: grau, weich, fest. Ich klettere im Arbeitszimmer auf einen Stuhl und stelle die Dose hoch oben auf ein Regal, außerhalb jeglicher Reichweite, gleich neben die medizinischen Lexika ganz oben.